FANTASY

W0360040

Buch

Die Armee der Rebellen gegen die tyrannische und grausame Banrìgh wächst. Meghan, die weise Hexe, hatte prophezeit, dass sich das Schicksal ihrer Gemeinschaft in der alten Stadt Lucescere am See der zwei Monde entscheiden würde. Doch als sie mit Iseult und dem geflügelten Jungen Bacaiche dort die befreundeten Truppen zusammenziehen wollte, war sie in einen Hinterhalt geraten. Erst, wenn Meghan wieder aus den Klauen der Herrscherin befreit ist, können die Verbündeten ihre Pläne für die entscheidende Schlacht schmieden. Und eine alte Prophezeiung muss zuvor noch erfüllt werden: Das Land Eileanan kann erst frei sein, wenn zusammengefügt wird, was zerbrochen war: Zwillinge, die sich nie gesehen haben, die drei Teile des magischen Schlüssels und der geflügelte Mann mit den Kräften des verloren gegangenen Leitsterns.

Autorin

Kate Forsyth wurde 1966 im australischen Sydney geboren, wo sie mit ihrem Ehemann und ihren beiden Kindern lebt. Sie ist als Journalistin für mehrere Magazine tätig und eine der erfolgreichsten Autorinnen in Australien. Ihr Fantasy-Reich Eileanan ist von der schottischen Heimat ihrer Vorfahren inspiriert.

Bereits *erschienen*:

Der magische Schlüssel: 1. Der Hexenturm (24162), 2. Die Hexen von Eileanan (24174), 3. Der See der zwei Monde (24163), 4. Der Aufstand der Hexen (24175)

Demnächst erscheinen:

Der magische Schlüssel: 5. Der Palast der Drachen (24164), 6. Die verwunschenen Türme (24176)

Weitere Bände sind in Vorbereitung.

FANTASY

Kate Forsyth

Der Aufstand der Hexen

Der magische Schlüssel 4

Ins Deutsche übertragen
von Karin König

BLANVALET

Die Originalausgabe erschien unter dem Titel
»The Pool of the Two Moons.
Book Two of The Witches of Eileanan« (Parts 4–6)
bei Arrow/Random House Australia, Sydney

Umwelthinweis:
Alle bedruckten Materialien dieses Taschenbuches
sind chlorfrei und umweltschonend.

Blanvalet Taschenbücher erscheinen im Goldmann Verlag,
einem Unternehmen der Verlagsgruppe Random House GmbH.

Deutsche Erstveröffentlichung 12/2002
Copyright © der Originalausgabe 1998 by Kate Forsyth
Copyright © der deutschsprachigen Ausgabe 2002
by Wilhelm Goldmann Verlag, München,
in der Verlagsgruppe Random House GmbH
Umschlaggestaltung: Design Team München
Umschlagillustration: Agt. Schlück/Berni
Satz: deutsch-türkischer fotosatz, Berlin
Druck: Elsnerdruck, Berlin
Titelnummer: 24175
Redaktion: Manuela Schomann
V. B. · Herstellung: Peter Papenbrok
Printed in Germany
ISBN 3-442-24175-8
www.blanvalet-verlag.de

1 3 5 7 9 10 8 6 4 2

Für meine liebe Mutter,
Gillian Mackenzie Evans

TÌRLETHAN
Drachenklaue
Weißlockenberge
Der Hauer
Pass
Turm der Rosen & Dornen
Caeryla
Sithicheberge
Muileach
Rhyllster
Turm der Träumer
Turm der Zwei Monde
Lucescere
RIONNAGAN
Ban-Bharrach
BLÈSSEM
Loch Lucescere
Rhyssmadill
Dùn Eidean
Berhtfane
Schleusen und Kanäle
Dùn Gorm
Turm der Gesegneten Felder
N
CLACHAN
Die Finger
Seedeich
Cuinns Turm
Südeileanan

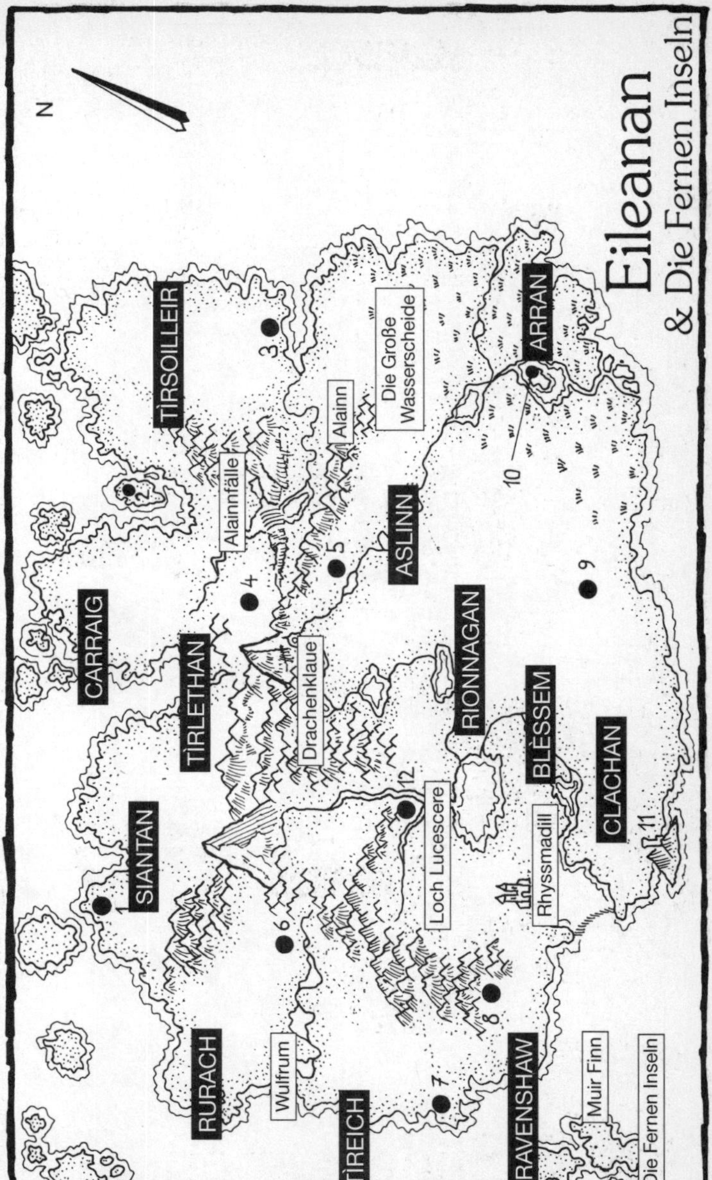

Bitte Rückseite beachten

Zur Karte auf Seite 7:

1	Turm des Sturms
2	Turm der Meersinger
3	Turm der Krieger
4	Turm der Rosen & Dornen
5	Turm der Träumer
6	Turm der Sucher
7	Turm der Pferde-Lairds
8	Turm der Raben
9	Turm der Gesegneten Felder
10	Turm der Nebel
11	Cuinns Turm
12	Turm der Zwei Monde

Das Weberschiffchen fliegt dahin

Herbst

Der Geflügelte Prionnsa

Der Rabe flog auf den Zweig einer Kiefer hinab und neigte den glänzenden Kopf. Er krächzte rau, und Iseult sah Lachlan mit erhobener Augenbraue an. »Er sagt, es sei nicht mehr allzu weit«, erwiderte Lachlan, während er sich gegen den Regen stemmte.

Aus den Bergen vor ihnen ragte die große Masse des Hauers hervor, dessen Gipfel in dunkle Sturmwolken gehüllt war. Sie hatten mehrere Wochen gebraucht, um das Land vom Verschleierten Wald aus zu durchqueren, denn sie hatten sich an verborgene Pfade gehalten, da sie es nicht gewagt hatten, eines der Bergdörfer zu betreten. Sie kamen zu einem Bach, der einen steilen Hang hinabfloss, und folgten seinem Verlauf durch dichtes Dornengestrüpp. Die bereits verdorrenden Früchte des Goldschlehdorns hingen zu beiden Seiten, während darüber ein roter Felsen aufragte, an dessen Hang große Steinblöcke verstreut lagen. Jesyah flog auf einen dieser Blöcke herab, krächzte belustigt und verschwand dann außer Sicht.

Iseult und Lachlan folgten ihm vorsichtig und fanden einen schmalen gewundenen Durchgang durch den Felsen. Der Donbeag, der auf Iseults Schulter kauerte, keckerte neugierig. Zwischen den Felsen verborgene Wächter riefen sie an, aber da ihnen Lachlan bekannt war, durfte die Gruppe weitergehen.

Bald konnten sie Hämmern und Rufen und das Klirren von Schwertern hören. Ein Pferd wieherte, was in dem schmalen Durchgang eigenartig klang. Lachlan drängte voran und ging in einen großen Talkessel voraus, der auf allen Seiten von hohen, mit Höhlen durchsetzten Felswänden umgeben war. Zelte bedeckten die Wiese, und überall arbeiteten bewaffnete Männer oder übten mit ihren Waffen. An einem Ende befand sich ein See, der von schmalen Wasserfällen gespeist wurde, die wiederum vom weit darüber liegenden Rand des Gletschers herabflossen. Iseult hob den Blick zum symmetrischen Gipfel des Hauers, der durch einen Riss in den Sturmwolken kurz sichtbar wurde.

»Der Schädel der Welt«, flüsterte sie.

Sie hatte keine Zeit, dem Berg, der den Menschen vom Rückgrat der Welt heilig war, mehr als einen langen Blick zu gönnen. Sobald sie aus dem Schutz des Durchgangs traten, wurden sie erneut von Wachen angerufen. Lachlan, dessen goldtopasfarbene Augen vor Aufregung strahlten, rief ihnen zu. Dann hallten Begrüßungsrufe rund um den Talkessel wider, und ein großer Mann in blauem Wams und einem verblichenen Kilt trat aus der Menge hervor und ergriff Lachlans Hand.

»Duncan!«, rief Lachlan. »Es tut wahrhaft gut, dich zu sehen!«

Duncans Gesicht war kantig, tief gebräunt und durch eine knotige Narbe verunstaltet, die von einem Ohr bis in seinen buschigen schwarzen Bart verlief. Seine Nase musste so häufig gebrochen gewesen sein, dass nur schwer zu erkennen war, wie sie ursprünglich ausgesehen hatte. Er war stämmig wie eine alte Eiche, und seine Armmuskeln traten hervor. Iseult dachte, dass sie nicht gerne in einen Zweikampf mit ihm verwickelt werden würde.

Er zog Lachlan in eine ungestüme Umarmung, aus der dieser

zerzaust und atemlos wieder hervorkam. »Eisenfaust, wann wirst du aufhören zu versuchen, mir die Rippen zu brechen?«, keuchte er und hielt sich die Seite. Duncan grinste breit, sodass dunkle Lücken sichtbar wurden, wo ihm Zähne fehlten, während Lachlan von allen Seiten freudig begrüßt wurde. »Sieh nur, dort ist Jorge!«, rief Lachlan. »Gehen wir zu ihm und reden mit ihm.«

Er deutete auf einen alten Mann, der am anderen Ende des Sees stand. Sein schneeweißer Bart ergoss sich bis zur Taille über seine Brust. Er trug ein hellblaues Gewand, und ein Rabe kauerte auf seiner Schulter.

Während sie den See umrundeten, hob Jorge seinen zottigen Kopf, und Iseult erkannte voller Mitleid jäh, dass er blind war. Genau in diesem Moment verblüffte er sie, indem er willkommen heißend lächelte und rief: »Bacaiche! Mein lieber Junge! Ich bin so froh, dich zu sehen!«

»Ihr könnt mich jetzt Lachlan nennen«, erwiderte der Prionnsa majestätisch.

»Du hast dich offenbart?«

»In der Tat.«

»Ach, ich bin so froh. Es wurde auch Zeit. Tatsächlich denk ich, du hättest es schon früher tun sollen, aber Meghan hatte zu viel Angst vor den möglichen Konsequenzen.« Dann fragte er mit einem Lächeln in der Stimme: »Und wer ist das Mädchen?«

»Meine Frau«, erwiderte Lachlan stolz. »Iseult NicFaghan, ich möchte, dass du Jorge den Seher kennen lernst, der mir sehr geholfen hat, als ich mich schließlich wieder im Körper eines Menschen befand.«

»Oh, oh! Deine Frau! Und schwanger, wie ich sehe. Ich gratuliere euch beiden, obwohl ich wirklich überrascht bin, das zu hören. NicFaghan? Das ist kein mir bekannter Name, und ich kenne alle Clans, sogar die niederen. Obwohl er klingt, wisst ihr …«

»Iseult stammt von Faodhagan dem Roten ab«, erwiderte Lachlan.

»Von Faodhagan! Aber dieser Clan ist doch vor bestimmt schon tausend Jahren ausgestorben?« Jorge hielt inne und rief dann aus: »Natürlich, du erinnerst mich an Isabeau! Seid ihr Zwillinge? Faodhagan war ein Zwilling, daran erinnere ich mich.«

»Sie sehen vollkommen gleich aus«, sagte Lachlan. »Ich hatte vergessen, dass Ihr Iseults Schwester bereits begegnet seid.«

»Das ist wahr. Ich war einer der Zauberer bei ihrer Prüfung. Darf ich dich berühren, Iseult? Sonst kann ich mir kein klares Bild von dir machen.«

Iseult ließ widerwillig zu, dass der alte Mann mit seinen verkrümmten Fingern ihren Kopf ergriff. Khan'cohbans ließen sich nicht gerne von Fremden berühren. Seine trüben weißen Augen stießen sie ab, aber sie unterdrückte ihre Abneigung und stand still, bis er sie schließlich wieder losließ. Das Schwindelgefühl, das seine Berührung mit sich brachte, verging, und sie sah, dass er lächelte.

»Meghan muss sich gefreut haben, als sie erfuhr, dass es zwei Isabeaus gibt«, sagte er.

»Ich bin Iseult und allen Erzählungen zufolge ganz anders als meine Schwester.«

»Oh, oh, ich wollt dich nicht kränken, Kind. Ich meinte bloß, dass man nur selten zwei Hexen mit solcher Macht und solchen Anlagen findet. Ich sehe selbst, dass du ganz anders bist als Isabeau.«

»Aber Ihr seid blind – was glaubt Ihr da sehen zu können?«

Lachlan protestierte gedämpft, aber Jorge sagte: »Ich sehe nicht mit den physischen Augen, meine Liebe.«

Er führte sie zu einem umgestürzten Baumstamm und fragte: »Aber wie kann das sein, dass ein neuer Clan entdeckt wurde? Ich hatte geglaubt, den Roten Zauberern sei eine schreckliche Tragödie widerfahren. Isabeau hat ihn sowie all jene getötet, die sie zurückzuhalten versuchten, nicht wahr?«

Iseult ließ sich im Schneidersitz auf dem Boden nieder, die Handflächen im Schoß nach oben gewandt. Lachlan verdrehte die Augen. Sie ignorierte ihn und erzählte Jorge die Geschichte von Sorcha der Mörderin und wie die Blutlinie der Feuermacherinnen entstanden war. Er hörte sehr interessiert zu, nickte mit seinem zottigen weißen Kopf und sagte anschließend: »NicFaghan. Ja, das passt. Tochter Faodhagans.«

Lachen erklang rund um die Lichtung, während Kinder zwischen den Bäumen umherliefen. Iseult legte eine Hand auf ihren Bauch, der den Stoff ihres Hemdes allmählich zu dehnen begann. Der Seher lächelte und sagte: »Du trägst Zwillinge, wusstest du das?«

Iseults verträumtes Lächeln wurde zu einem entsetzten Starren. »Zwillinge! Ich hatte gehofft …«

»Ja, Zwillinge, den Blutlinien der MacCuinns und der NicFaghans geboren. Das sind wirklich freudige Nachrichten! Aber warum bist du so betrübt, mein Kind? Zwillinge sind verboten? Von wem? Ach, ich verstehe. Gräm dich nicht, meine Liebe. In Eileanan sind Zwillinge nicht verboten, besonders nicht die Zwillinge einer Zauberin!« Dann seufzte er und fügte hinzu: »Tatsächlich sind sie es im Moment doch, aber bald, meine Liebe, bald! Der Hexensabbat wird wieder auferstehen, und deine Zwillingshexen werden wirklich willkommen sein!«

»Aber ich bin den Göttern des Weiß gegenüber noch immer in *Geas*«, murmelte Iseult, die Arme fest über dem Schoß verschränkt. Weder Jorge noch Lachlan verstanden es.

An diesem Abend fand ein Willkommensfest für den Krüppel statt, mit Musik und Gesang und vielen Geschichten von den

Eskapaden der Rebellen. Duncan führte mit wirbelndem Kilt einen erstaunlich gekonnten Gigue über gekreuzten Langschwertern auf. Einer der Bettlerjungen spielte die Fiedel, bis Zehen wippten und Finger schnippten und stämmige Soldaten Arm in Arm um das Freudenfeuer tanzten. Lachlan sang mitreißende Kriegsgesänge für sie, bis die Soldaten in Hochrufe ausbrachen und Langschwerter gegen Schilde schlugen. Anschließend sang Lachlan leise Liebeslieder, bis kein Auge mehr in der Menge trocken war. Sogar Iseults Augen wurden feucht, und ihr Herz schwoll vor Liebe zu ihrem Ehemann an. Mit seinem Gesang berührte Lachlan sie am stärksten; seine Amselstimme war so herzerweichend lieblich und geschmeidig, dass sie all das auszudrücken schien, was er ihr nicht sagen konnte.

Nachdem Lachlans Gesang verklungen war, schritt Duncan Eisenfaust in die Mitte der Menge und hob seine große Hand. »Männer, heute ist wirklich ein besonderer Abend, weil unser alter Freund Bacaiche der Krüppel wieder unter uns ist. Viele von euch hier haben während der vergangenen acht Jahre an seiner Seite gekämpft und wissen, wie tapfer und wagemutig er ist.«

Hochrufe erklangen von den Rebellen, und Lachlan lächelte und neigte den Kopf, wobei der Umhang aus Nyxhaar bis zum Hals fest geschlossen war. Duncan lächelte ihnen zu und stemmte seine riesigen Hände in die Hüften. Er wartete, bis der Tumult erstarb, und fuhr dann fort: »Nun weiß ich, dass ihr Männer dem Hexensabbat treu ergeben seid, und hoffe, dass die guten alten Zeiten zurückkehren. Seit der MacCuinn die böse Unbekannte geheiratet hat, haben sich die Dinge in Eileanan zunehmend verschlechtert. Die Roten Garden stolzieren im Land umher, nehmen sich von den Feldern und aus Häusern, was sie wollen, schänden unsere Frauen, töten unsere Männer und verbrennen jedermann, der sich ihnen widersetzt. Die Menschen im Land verhungern, die Flüsse füllen sich erneut mit den üblen Fairgean, und die schreckliche Banrìgh regiert den Hof und das Heer.«

Zischen und Rufe erklangen aus der Menge. Duncan machte erneut eine wirkungsvolle Pause und nahm einen Schluck aus der Whiskyflasche in seiner Hand. »Gerüchte im Land berichten von einer Prophezeiung, die besagt, dass ein geflügelter Mann mit dem verlorenen Leitstern in Händen kommen wird, um das Land zu retten. Er wird im Schulterschluss mit Drachen kommen und alle Mächte der Zauberei befehligen können. Er wird Rìgh sein und uns vor Tod und Unheil erretten!«

Lachlan trat vor und löste die Spange seines magischen Umhangs. »Ich präsentiere euch Lachlan Owein MacCuinn, vierter Sohn Partetas des Tapferen!«, rief Duncan und kniete dann nieder, sein großes Langschwert wie ein Kreuz vor sich haltend.

Der Umhang aus Nyxhaar glitt in der verwunderten Stille zu Boden, und Lachlan breitete seine großartigen, nachtschwarzen Schwingen aus. Er trug den Kilt und das Plaid der MacCuinns, die Rothirschspange an der Brust, den *Sgian Dubh* in den Lederstiefeln. Er wirkte jeder Zoll wie ein Prionnsa.

Sogar Iseult, welche die Verwandlung vom Krüppel zum geflügelten Prionnsa nun schon viele Male gesehen hatte, konnte einen bewundernden Laut nicht unterdrücken. Erstauntes Seufzen erklang aus der Menge, und dann wurde die Nacht von aufgeregten und anerkennenden Rufen zerrissen. »Er ist geflügelt!«

»Die Prophezeiung ist wahr!«

»Ein MacCuinn – einer der Vermissten Prionnsachan!«

»Wir sind gerettet!«

»Nun können wir nicht mehr verlieren!«

»Es lebe Lachlan der Geflügelte!«

Hochrufe erklangen immer wieder, und eintausend Mann

knieten vor ihm nieder, die Schwerter ergeben emporgereckt. Lachlan neigte feierlich den Kopf. Dann erzählte er die Geschichte seiner Verwünschung, von der Zeit, in der er im Körper einer Amsel gefangen war, und von seiner Rückverwandlung in den Körper eines Menschen mit Schwingen und Klauen. Er erzählte, wie er Rache an der Banrìgh für ihre üblen Hexereien geschworen, sich den Rebellen angeschlossen und in jedem Land Eileanans mit ihnen gekämpft hatte. Er berichtete ihnen, wie er von den Garden der Banrìgh gefangen genommen wurde und entkommen war, nackt wie ein neugeborenes Baby, nur mit einem Umhang aus Illusionen als Schutz. Er erzählte ihnen, dass seine Großtante Meghan von den Tieren noch lebe, sich aber in die Hände der Anti-Hexenliga begeben habe, um seine Freiheit zu sichern. Diese Nachricht wurde mit entsetztem Stöhnen aufgenommen.

Dann streckte Lachlan die Hand nach Iseult aus und berichtete den Soldaten, dass sie der Blutlinie Faodhagans des Roten entstamme, eine Hexe und selbst Kriegerin sei und Zwillinge trüge, Erben des Throns. Iseult trat in den Lichtkreis, und die aufständischen Soldaten jubelten, bis sich Iseults Wangen vor Verlegenheit röteten.

»Es ist an der Zeit, dass wir das Herz der Macht Mayas der Unbekannten angreifen!«, rief Lachlan. »Wir werden nach Lucescere reiten, um die Stadt zu erobern und den Leitstern wiederzuerlangen! Wenn ich das Erbe des Aedan wieder in Händen habe, sind wir nicht mehr aufzuhalten! Die Rebellion geht weiter!«

Das Klirren von Langschwertern auf Schilden und das Stampfen von Füßen sowie Klatschen und Jubeln erklang rund um den Talkessel, bis sich Iseult die Ohren zuhalten musste. »Lang lebe Lachlan MacCuinn! Lang lebe der geflügelte Prionnsa!«, riefen die Rebellen. »Eà segne Lachlan MacCuinn!«

Finn erwachte früh und sprang aus ihrem Bett aus Farn, sodass die schlafende Elfenkatze auf den Höhlenboden fiel. »Wach auf, Jo!«, rief Finn, aber das andere Mädchen reagierte nur mit einem Murmeln. Finn lief in den neuen Morgen hinaus, und ihre bloßen Zehen rollten sich protestierend ein, als sie auf das taufeuchte Gras trat. Die Sonne vergoldete die Blätter der Bäume, der See schimmerte blau, und darüber glitzerten die Berggipfel vor Schnee. Die breite Fläche des Gletschers blendete in der Sonne so stark, dass Finn die Augen mit der Hand bedecken musste, um zum Hauer hinaufzublicken, dessen steile Hänge symmetrisch wie ein Kegel waren. Der Hauer war meist wolkenverhangen, und aus einem unbestimmten Grund schien es ihr vertraut, wenn sie seinen spitzen Gipfel und die weiße Schneekappe so klar sehen konnte wie jetzt.

Das Rebellenlager regte sich bereits. Dünne Rauchfäden stiegen von den Frühstücksfeuern auf, und Soldaten fütterten ihre an der Felsklippe angepflockten Pferde. Finn tanzte über die Wiese auf das Lager zu und hoffte, im hellen Tageslicht mehr von den Neuankömmlingen zu sehen.

Finn hatten die wundersamen und phantastischen Ereignisse des Abends zutiefst berührt. Sie und die übrige Liga hatten auf vorderen Plätzen gesessen, was hauptsächlich Jays Können mit der Fiedel zu verdanken gewesen war. Lachlan MacCuinns magischer Umhang war zu ihren Füßen gesunken, und der Schatten seiner Schwingen war über ihre Gesichter gefallen. Nun waren sie alle mit Leib und Seele Lachlan MacCuinns Sache verschworen.

Finn konnte dem Hilfskoch, der ihre verfilzten, kastanienbraunen Locken zauste und sie »einen kleinen Frechdachs« nannte, leicht Frühstück für sich selbst und für die kleine Katze abschmeicheln. Mit Goblin auf ihrer Schulter schlenderte sie durch die Zeltreihen und zusammengerollten Bettzeuge, bis sie in die Nähe der Stelle kam, wo Lachlan und seine Gruppe die Nacht verbracht hatten. Sie umging mühelos die zum Schutz seines Lagerfeuers aufgestellten Wachen und kauerte sich auf einen Fleck, von dem aus sie den Eingang seines Zeltes sehen konnte, ohne selbst gesehen zu werden. Als sie ihr Brot und den Schinken aufgegessen hatte, kam die Banprionnsa hervor und streckte sich im Sonnenschein. Sie war wie ein Junge mit einer Hose und einem losen Hemd bekleidet und hatte die roten Locken im Nacken zusammengebunden. Während Finn bewundernd hinsah, blickten die blauen Augen in die Schatten, wo sich das kleine Mädchen verbarg. Als Iseult die Größe und Gestalt des verborgenen Beobachters erkannte, glättete sich ihre Stirn.

»Komm raus, Kind, ich werde dir nichts tun«, sagte sie. »Wie heißt du?«

Finn hüpfte freudig in den Sonnenschein, nannte Iseult ihren Namen und erzählte ihr alles über die Liga der Heilenden Hand sowie über Tòmas, ihr Maskottchen, der durch Auflegen der Hände heilen konnte. Sie erzählte ihr von den vergangenen vier Monaten in dem Talkessel und wie sie trotz des Hohns und Gelächters der Soldaten ihr eigenes Bataillon gebildet hatten.

Die Liga der Heilenden Hand hatte sich mehr als verdreifacht, seit die Soldaten gekommen waren, denn unter den Gefolgsleuten des Lagers befanden sich auch viele Kinder. Dillon hatte Johanna befohlen, ihnen ein Banner zu nähen, welches Connor an einen Stock gebunden trug. Es zeigte eine merkwürdig geformte gelbe Hand auf blauem Untergrund, und die Kinder waren sehr stolz darauf.

Jeden Tag übte die Liga unter den aufmerksamen Augen ihres Anführers Dillons des Kühnen Manöver. Sie hatten zu Anfang nur wenige Waffen gehabt, hatten aber im ganzen Lager gebettelt, geborgt und gestohlen, bis alle zweiunddreißig Mitglieder der Liga scharfe Dolche besaßen, die in ihren Gürteln steckten. Die älteren Jungen hatten die Soldaten überredet, sie im Gebrauch von Kurzschwertern und Armbrüsten auszubilden, und Finn war sehr verärgert darüber, dass die Soldaten sie nicht daran teilhaben lassen wollten.

»Sie behaupten, ein Mädchen könnte nicht schießen lernen!«, sagte Finn betrübt.

»Ach, sie sind Narren!«, rief Iseult. »Ich werd dich ausbilden, und wir werden den Soldaten zeigen, wie gut ein Mädchen schießen kann!«

Das freute Finn wirklich sehr, und sie bat auf der Stelle um eine Unterrichtsstunde. Iseult schüttelte den Kopf und sagte, sie müsse zunächst an einer Kriegsversammlung teilnehmen.

»Sie lassen Euch zur Kriegsversammlung gehen?«, fragte Finn mit geweiteten Augen, da sie am eigenen Leib hatte erfahren müssen, wie wenig die Soldaten von Frauen im Krieg hielten.

»Natürlich! Ich würd gerne sehen, wie sie mich davon abhalten wollen.«

Finn stieß ein seliges Seufzen aus und fragte, ob sie auch mitkommen könne. Iseult schüttelte erneut den Kopf. »Nein, Finn, ich fürchte, das könnte die Nachsicht der Heerführer zu sehr strapazieren. Aber du könntest etwas für mich tun.« Sie durchwühlte eine kleine Tasche an ihrer Taille und nahm einen zerbrochenen Pfeil hervor, der vom Alter dunkel und brüchig war. »Jorge hat uns erzählt, du hättest ein *Talent*, Dinge zu finden.«

Finn zuckte die Achseln. »Die Leute bitten mich immer, etwas für sie zu suchen.«

»Das klingt, als wünschtest du, sie würden es nicht tun.«

Finn errötete und schaute zu Boden, während sie den Saum ihres zerlumpten Kleides verdrehte. »Sie wollen immer, dass ich schlechte Dinge finde«, murrte sie.

»Nun, ich möchte, dass du etwas für Lachlan findest, etwas

sehr Wichtiges, das uns vielleicht zum Sieg verhilft«, sagte Iseult ernst.

Finn schaute auf, wobei ihre braungrünen Augen glänzten. »Für Euch und den Geflügelten würd ich gerne etwas finden!«, rief sie. »Was denn?«

Iseult erklärte ihr, was es mit Oweins Bogen auf sich hatte und wie er in den Hexentürmen von Lucescere verborgen worden war. Finns Miene verfinsterte sich. »Ich würd eher geröstete Kröten essen, als nach Lucescere zurückgehen. Ich war Lehrling einer Hexenschnüfflerin – die Großsucherin Glynelda persönlich hat mich versklavt. Ich lief davon und werde schwer bestraft, wenn sie mich erwischen.«

»Glynelda ist tot«, beruhigte Iseult sie. »Es gibt einen neuen Großsucher, aus Siantan – und er weilt in Dunceleste, nicht in Lucescere. Du wärst sicher.«

Finn schüttelte den Kopf. »Alle Sucher in Lucescere kennen mich. Sie wissen, dass ich Jorge und Tòmas bei der Flucht geholfen habe …«

Iseults blaue Augen wirkten nachdenklich. »Hm, das könnte ein Problem sein«, antwortete sie. »Obwohl wir nicht vorhaben, selbst in die Stadt zu gehen, da wir es nicht riskieren können, Lachlan der Liga gegen Hexen in die Hände zu spielen. Wir wollen die Wallanlage von den Bergen aus überwinden.«

»Wie?«

Iseult lächelte kläglich. »Das ist eines unserer Probleme. Ich wollte versuchen hinüberzuspringen …«

»Aber sie ist zweihundert Fuß hoch!«

»Ja, ich weiß, und ich glaub nicht, dass ich das jetzt schaffe, da mich die Babys belasten und ich krank war … Hoffentlich fällt uns in der Kriegsversammlung eine Lösung ein.«

»Goblin und ich könnten sie für Euch erklettern«, bot Finn an.

Iseult sah sie überrascht an. »Sie soll nicht zu erklettern sein«, wandte sie ein. »Sie ist glatt wie Eis und wölbt sich auswärts. Niemand hat sie je erstiegen.«

»Goblin ist eine Elfenkatze«, sagte Finn. »Sie erklettert auch diese Felsklippen, und die Wallanlage kann nicht höher oder glatter sein als sie.«

Iseult betrachtete die Felsklippe, die den Talkessel wie eine erstarrte Woge umschloss. Sie war an manchen Stellen annähernd dreihundert Fuß hoch. »Die erklettert deine Katze?«

»Ja, so leicht, als würd sie auf einem Weg laufen. Ihr solltet sie sehen! Ihre Krallen sind sehr scharf.«

»Aber du hast keine Krallen …«

»Nein, aber wisst Ihr, der Hexenschnüffler, bei dem ich ausgebildet wurde, war in Wahrheit ein Dieb, und zwar einer der besten. Er konnte dem Rìgh einen Edelstein direkt aus der Krone stehlen, wenn er wollte. Ich bin für ihn in so manches Haus und so manche Burg geklettert und hab dabei festgestellt, dass die meisten Mauern Risse oder Efeu oder etwas anderes aufweisen, woran man sich festhalten kann.«

»Es heißt, diese Wallanlage habe nichts davon. Nicht einmal einen Riss.«

»Alle Mauern haben Risse. Aber wenn Ihr wollt, könnt ich an Goblin einen Faden und an dem Faden ein Seil befestigen …«

»Ja, aber deine Katze kann das Seil doch gewiss nicht sicher anbinden?«

»Nein, aber sie könnt um einen Vorsprung herumlaufen und dann wieder herunterklettern, sodass das Seil hinaufgezogen werden kann.«

»Das müsstest du jedoch zuerst mit ihr üben, und dafür haben wir keine Zeit …«

»Ach, ich werd ihr einfach sagen, was sie tun soll. Das ist kein Problem!«

»Du kannst mit der Katze sprechen?«

Finn nickte. Iseult sah sie interessiert an. Dieses kleine Mädchen besaß anscheinend wirklich große Macht, wenn sie schon in so jungen Jahren eine Vertraute gefunden hatte.

»Wie kannst du wissen, dass der Vorsprung sicher ist? Wir wollen doch nicht, dass sich das Seil löst, wenn du hinaufkletterst.«

»Ach, Goblin wird auch nicht wollen, dass ich falle. Sie wird sich vergewissern, dass das Seil fest ist.«

Iseult sah das kleine Mädchen bewundernd an. »Das ist wirklich eine großartige Idee. Vielleicht sollte ich dich doch mit zur Kriegsversammlung nehmen!«

Finn richtete sich stolz auf. »Wirklich?«

Iseult lächelte flüchtig. »Nein, tut mir Leid, Finn, Kriegsversammlungen sind wirklich nicht der richtige Ort für Kinder, gleichgültig wie schlau sie sind. Ich würd jedoch gerne sehen, wie du die Felsklippe erkletterst, und überlegen, ob es nicht eine Möglichkeit gibt sicherzustellen, dass du die Wallanlage bewältigen kannst. Es ist jedoch immer gefährlich. Rotgardisten patrouillieren am alten Turm, und du hast gehört, wie Lachlan erzählte, dass er dort gefangen genommen wurde.«

»Ich könnte mich tarnen!«, rief Finn aufgeregt. »Ich bin nur ein Kind. Die Soldaten werden nicht erkennen, dass ich eine Rebellin bin, wenn ich mich tarne.«

Iseult sagte: »Vielleicht. Wir werden sehen.« Sie streckte sich und fügte dann hinzu: »Ich muss meine Schlafmütze von Ehemann wecken, wenn wir unsere Pläne jemals vollenden wollen. Nun lauf, Finn, und wir werden später wieder reden.«

Mit der kleinen, schwarzen Katze als lautlosem Schatten auf den Fersen, lief Finn durch das Lager und jauchzte vor Begeisterung. Sie hatte die Banprionnsa getroffen und sollte bei der Einnahme Lucesceres helfen! Wenn sie das erst Scruffy erzählte!

Die Kriegsversammlung dauerte viele Stunden, obwohl Lachlan und Iseult den Plan hundertmal mit Meghan durchgesprochen, ihn verbessert und auf Fehler überprüft hatten. Die Verzögerungen waren teilweise auch durch Auseinandersetzungen zwischen den einzelnen Divisionen des Rebellenheeres bedingt, aber größtenteils entstanden sie durch die Weigerung des Anführers, auch nur einem von Iseults Worten zuzuhören. In Eileanan wurden Frauen niemals im Kampf ausgebildet, und Frauen, die tatsächlich kämpfen konnten, wurden als ebenso unnatürlich angesehen wie ein Lamm mit zwei Köpfen. Tìrsoilleir war das einzige Land, in dem Kriegerinnen üblich waren, und die Berhtilden wurden aufgrund ihrer Neigung zu Selbstaufopferung und -verstümmelung allgemein mit Entsetzen betrachtet.

Die Tatsache, dass Iseult noch immer beide Brüste besaß, beruhigte sie ein wenig, aber sie musste mehrere der Rebellenführer im Kampf besiegen, bevor sie ihr glauben wollten, dass sie wirklich kämpfen konnte. Cathmor der Gewandte war der wendigste von allen, als es zum Zweikampf kam, und doch entwaffnete Iseult ihn mit wenigen raschen, heftigen Bewegungen. Dann trat Duncan Eisenfaust höhnisch und mit einem Scherz auf den Lippen vor, aber sie vollführte einen Salto direkt über seinen Kopf hinweg, sodass er herumfuhr, das Gleichgewicht verlor und mit einem mächtigen Tritt von ihr zu Boden geschickt wurde. Sie landete in solch rascher Abfolge drei weitere Tritte, dass die Soldaten sie ehrfurchtsvoll ansahen und sich dann aufstellten, um sich gegen sie zu erproben.

Sie hatte sich so sehr bemüht, sich zu beweisen, dass es bereits Nachmittag war, bevor sie eher erschöpft den Angriffsplan darlegen konnte. Nachdem sie Meghans Karte von Rionnagan an die Zeltwand geheftet hatte, erklärte Iseult mit dem Dolch ihre Strategie und begegnete allen Einwänden der Anführer mit einer für sie höchst ungewöhnlichen Geduld.

Nach Sonnenuntergang brachten die Köche Eintopf und Brot herein. Während Iseult aß, bemerkte sie mit Vergnügen die Begeisterung in den Stimmen der Soldaten, die ihren Plan diskutierten. Um Mitternacht erklärten sich alle einverstanden, und nur noch die unwichtigeren Einzelheiten mussten erörtert werden. Um zwei Uhr morgens wusste jeder Anführer genau, was er und seine Männer zu tun hatten, und Iseult und Lachlan wurden mit Krügen voll Ale gefeiert.

Wie bei allen erfolgreichen militärischen Feldzügen war es ein einfacher Plan. Lachlan, Iseult und Duncan würden mit einer ausgesuchten Gruppe Soldaten durch die Weißlockenberge zu dem Wald hinter Lucescere ziehen. Von dort aus würden sie in die Stadt eindringen, darauf vertrauend, dass die Bettlerkinder die Gilde der Diebe zum Aufstand überreden und Kontakt mit den Rebellenführern aufnehmen konnten, die sich bereits draußen in den Armenvierteln verbargen. Die Soldaten sollten, nach der Leibwache von Lachlans Vater, die Blauen Garden genannt werden.

Jorge würde durch das Kristallsehen einen der Zauberer im Rebellenlager in den Weißlockenbergen kontaktieren. Fast fünfhundert Rebellen waren im ganzen Süden verstreut, die auf der anderen Seite des Ban-Bharrach heimlich versammelt würden. Die im Talkessel verbliebenen Soldaten würden durch Rionnagan marschieren, um, angeführt von Cathmor dem Gewandten, von Norden nach Lucescere einzudringen. Auf diese Weise würde der Angriff aus drei Richtungen gleichzeitig erfolgen, während die Tore von ihren Verbündeten in der Stadt geöffnet würden.

»Was ist mit dem Leitstern?«, riefen die Soldaten. »Wenn Ihr den Leitstern erst in Händen habt, wird uns nichts mehr standhalten können!«

Lachlan hatte gewusst, dass diese Frage kommen würde, hatte aber nicht die Absicht, den Soldaten zu erklären, dass er und Iseult zunächst die beiden anderen Teile des Schlüssels erringen und sie vereinen mussten, bevor sie auch nur darauf hoffen konnten, die verlorene Kugel zurückzuerlangen. Er sagte lediglich, der Leitstern sei in Lucescere verborgen und könnte nur unter großen Schwierigkeiten zurückerlangt werden. Außerdem erzählte er ihnen, dass der Gesang des Leitsterns bereits erstürbe und dass seine rechtzeitige Rettung, je näher der Winter käme, um so unwahrscheinlicher würde. »Meghan von den Tieren sagt, er wird sterben, wenn er nicht gefunden und berührt wird«, erklärte er düster, »sodass wir uns nicht auf die Kräfte des Leitsterns verlassen können.«

Als er und Iseult schließlich erschöpft zu ihrem Zelt stapften, beschäftigte dieses letzte Problem ihre Gedanken. »Meghan sagte, sie würde Isabeau kontaktieren und sicherstellen, dass sie den anderen Teil des Schlüssels nach Lucescere bringt«, sagte Iseult leise, während sie sich auszog. »Aber wie können wir sicher sein, dass Meghan ihr die Nachricht zukommen lassen konnte?«

»Das können wir nicht«, erwiderte Lachlan düster. »Wir können uns bei nichts sicher sein.«

Isabeau lag im gelben Gras und kaute auf einem Strohhalm, während Lasair hinter ihr zufrieden graste. Die Sonne fühlte sich auf ihren Armen warm an, aber der Wind vom Meer war schneidend. Sie rollte sich herum, schaute in den dunstigen Himmel hinauf und seufzte. Wären nicht ihre Ritte durch den Wald gewesen, wäre ihr das Leben im Palast während dieses letzten Monats sehr schwer gefallen. Sani schien sie stets zu beobachten, und Latifa war reizbar und besorgt.

Sowohl Latifa als auch Isabeau hatte die Nachricht von Meghans Gefangennahme sehr verstört. Der Gedanke, dass ihre geliebte Hüterin in den Händen der schrecklichen Liga gegen Hexen war, betrübte Isabeau zutiefst. Wenn der Großinquisitor sie selbst schon so grausam gefoltert hatte, was würden sie dann erst der Oberzauberin Meghan NicCuinn antun?

Meghans wahre Identität war ebenso ein Grund für Isabeaus Erschütterung wie die Nachricht über ihre Gefangennahme. Sie hatte ihre Hüterin nie als eine andere als Meghan von den Tieren gekannt. Das Wissen, dass Meghan eine Banprionnsa war, ein Abkömmling von Cuinn Löwenherz persönlich, berührte sie eher seltsam. Innerlich verfluchte sie die Zauberin für ihre Geheimhaltung und ihr mangelndes Vertrauen. Hätte Isabeau nicht anders gehandelt, wenn sie es gewusst hätte?

Die alte Köchin hatte nicht nur um Meghans Sicherheit gefürchtet, sondern auch um ihre eigene. Sie war seit sechzehn Jahren eng mit der Rebellion verbunden und einer von Meghans nützlichsten Spionen. Wenn Meghan unter Folter die Namen der Hexen und Rebellen preisgäbe, die sie kannte, würde Latifa gewiss angezeigt.

Eine Woche später war jedoch die Nachricht von der Flucht der Oberzauberin gekommen. Gerüchte über üble Zauberei und seltsame Bestien machten heimlich die Runde, aber sicher wusste man nur, dass sich der Großsucher Humbert aufgrund dieser Nachricht in seinem noblen Quartier erhängt hatte. Sein Nachfolger, der Großsucher Renshaw, ließ seine Männer die Wälder und Hügel rund um Lucescere durchforsten, aber sie konnten kein Zeichen von Meghan entdecken.

Isabeau musste ihre Aufregung verbergen und vorgeben, ebenso verängstigt zu sein wie die übrigen Dienstboten des Palastes. Sie hielt den Kopf gesenkt, arbeitete fleißig und wartete darauf, dass Meghan Kontakt zu ihr aufnehmen würde. Einsamkeit durchdrang sie, trotz der Menschenmengen, die sie jeden Tag umgaben. Sie wünschte, sie hätte im Palast eine Freundin finden können. Sie hatte ihr ganzes Leben lang von einer Kameradin geträumt, die ebenso empfand wie sie, eine Freundin und Vertraute, der sie ihre geheimsten Gedanken anvertrauen könnte.

Isabeau erhob sich und wanderte den Seedeich entlang, während sie auf das gekräuselte Wasser hinausblickte, das unter ihr auf den Sand spülte. Einige Hundert Meter weiter war der Deich unterbrochen, sodass man zu den darunter liegenden Sanddünen hinabsteigen konnte. Obwohl nur zwei Eisenpfosten durchgerostet waren, genügte dies Isabeau, ihren schlanken Körper hindurchzuzwängen.

Sie kletterte leichtfüßig die Leiter hinab, obwohl diese so lang war, dass ihre Arme schmerzten, als sie schließlich den Strand unter ihren Füßen spürte. Sie setzte sich hin, zog die Stiefel aus und grub die Zehen in den Sand. Muscheln und getrockneter Tang schmückten die Dünen, und sie sammelte einige, während sie den langen Weg zum Wasser hinabging. Ein Riff verlief ins Meer hinaus und bildete eine kleine Lagune mit kristallklarem Wasser, in der sich Untiefen mit fluoreszierend schimmernden Fischen gesammelt hatten. Innerhalb von Sekunden plätscherte Isabeau in der Gischt. Sie zog den Saum ihrer Röcke durch den Gürtel, sodass ihre Beine bis zu den Knien bloß waren. *Niemand sonst würde der Meeresküste so nahe kommen, sodass mich niemand sehen wird,* dachte sie trotzig.

Isabeau war so weit von der Küste entfernt aufgewachsen, dass ihr viele der Geschichten, die sie über die Gefahren des Meeres gehört hatte, märchenhaft und nicht recht glaubhaft erschienen waren. Sie hatte keine Angst vorm Wasser, da sie schon als ganz kleines Kind von den Ottern schwimmen gelernt hatte. Viele ihrer Altersgenossen im Palast hatten zu große Angst davor, auch nur den Kopf unter die Pumpe zu halten, falls sich die schwimmhäutige Hand einer Fairge ausstrecken und sie erwürgen sollte. Isabeau betrachtete solche Ängste eher verächtlich, wenn auch nicht so sehr, dass sie sich weiter als nur bis zu den Knien hineinwagen würde.

Dieser einsame Küstenstreifen war einer der wenigen Plätze Eileanans, an denen das Wasser ruhig war und ein natürlicher Hafen bestand. Jenseits der Mündung des Flusses befanden sich mehrere massive Tore, gefolgt von einer Reihe von Kanälen, in deren Schutz die Kriegs- und Handelsschiffe, vor Sturm und Invasion sicher, im Berhtfane lagen.

Die Schleusen waren zu Aedan Weißlockes Zeit nach den zweiten Fairgeankriegen von den Hexen errichtet worden. Meghan sagte, sie seien ein Triumph des Maschinenbaus, da sie es ermöglichten, Schiffe beliebig zu heben oder zu senken, ohne gleichzeitig die Fairgean hereinzulassen. Die MacBranns dieser Zeit hatten sie entworfen und ihren Bau überwacht, und die Schleusen hatten seit über vierhundert Jahren nicht versagt.

Auf der anderen Seite des Meeresarms begann das Gestade, eine weite Sandfläche, die im Bogen zu den Salzwiesen Arrans führte. Das Gestade erstreckte sich über die ganze Länge Clachans, mit wogenden Dünen, in denen Sandlöwen jagten und Seekühe brüllten und jedes Frühjahr kämpften.

Bevor die Menschen kamen, waren die Fairgean mit den Frühjahrstiden herangekommen, um auf den weichen Dünen des Gestades ihren Nachwuchs zu gebären, während die männlichen Fairgean Seekühe gejagt hatten, wegen ihres vielen Fleisches und der dicken Felle. Die weiblichen Fairgean hatten ihren Babys im ruhigen Wasser das Schwimmen beigebracht und Seetrauben als Wintervorrat gesammelt.

Am Gestade hatten auch die meisten Schlachten gegen die Fairgean stattgefunden. Hier war Parteta der Tapfere gestorben, drei Jahre bevor Isabeau geboren wurde. Hier hatte der junge Jaspar den Leitstern gegen die Fairgean erhoben und sie wieder ins Meer getrieben. *Und sie wurden niemals wieder gesehen,* hatte die Geschichte stets geendet.

Der Gedanke an die Fairgean verursachte Isabeau Übelkeit, denn die im Meer lebenden Zauberwesen waren in den nördlichen Gewässern erneut gesehen worden. Eine Wolke schob sich vor die Sonne und verwandelte die Farbe des Wassers in Stahlgrau. Isabeau wandte sich um und eilte den Weg zurück, den sie gekommen war. Ihre Fußabdrücke wurden bereits von der ansteigenden Flut ausgelöscht, und ihre nassen Beine froren.

Es dauerte lange, die rostige Leiter wieder hinaufzusteigen. Isabeau schaute auf, erkannte, wie viel weiter sie noch klettern musste, und erstarrte. Jemand beobachtete sie. Die Person beugte sich über den Deich, die Sonne im Rücken, sodass Isabeau nur den dunklen Umriss eines Kopfes und Schultern sehen konnte. Das Blut dröhnte in ihren Ohren. Sie wusste nicht, was sie tun sollte. Der Gezeitenwechsel würde es vielleicht erschweren, rechtzeitig eine andere Unterbrechung im Seedeich zu finden, der speziell dafür gemacht war, Menschen fernzuhalten. Tatsächlich hatte sie keine Wahl. Ihre Beine schwer wie Blei, begann sie erneut zu klettern.

Der Beobachter sagte mit tiefer weiblicher Stimme: »Du bist mutig, dass du am Strand entlangwanderst. Hast du keine Angst vor den Fairgean?«

Isabeau erwiderte vorsichtig: »Um die Wahrheit zu sagen, bin ich ein wenig enttäuscht.«

»So? Warum? Hast du keine Fairgean gesehen? Aber du wolltest es?«

»Ich hatte noch niemals zuvor das Meer gesehen. Es ist so ruhig. Ich hatte stets gehört, es sei gefährlich und voller fremdartiger, wundersamer Tiere. Ich muss zugeben, dass ich wenigstens *etwas* zu sehen hoffte – vielleicht eine Meerschlange oder einen fliegenden Fisch. Aber ich sah nur Vögel.«

»Es war heute ungewöhnlich ruhig. Es ist solch ein stiller, warmer Tag. Es ist noch immer Sommer, sodass die Gezeiten niedrig sind.«

Die Frau hatte eines der unwiderstehlichsten Gesichter, die Isabeau je gesehen hatte. Es war kantig, mit starker Kinnlinie, die Haut reines Oliv. Ihr seidiges Haar war direkt über der Stirn und dann wieder nahe den Ohren geschnitten und verlief im Bogen zu zwei schwarzen, glänzenden Schwingen auf ihren breiten Wangenknochen. Jedes Mal, wenn sie den Kopf bewegte, schimmerten blaue Lichter über die tiefschwarze Oberfläche. Ihre Augen glänzten zwischen dichten, dunklen Wimpern silbrig blau, und sie trug ein locker um sich geschlungenes, dunkles Plaid.

»Lass dich nicht vom Meer täuschen«, sagte die Frau. »Es ist selbst im Sommer gefährlich. Das ist die Zeit, wenn es von Meerottern wimmelt und die jungen Seekuhbullen ihre Kräfte zu messen beginnen. Außerdem sind das Meer und der Sand stets trügerisch. Es gibt giftige Fische, die wie Felsen aussehen, und Dumaale und Sandskorpione – ihr Gift tötet dich in Sekunden, sodass du stets aufpassen musst.«

»Ich werd nicht wieder dort hinuntergehen!« Isabeau schlängelte sich durch das Gitter.

Die Fremde fuhr spöttisch fort: »Dabei hab ich noch gar nicht die Riffe und Strudel und Schwertfische und Meerschlangen erwähnt …«

»Genug, genug!« Isabeau strich sich den Sand von den Füßen und zog ihre Stiefel wieder an. »Was bin ich doch für eine Närrin! Nach allen Vorträgen, die ich gehört habe, geh ich doch bei der ersten Gelegenheit plantschen!«

Die Fremde kicherte mit tiefer Stimme. »Du kannst jederzeit plantschen gehen, solange du weißt, was du tust.«

»Was ich nicht weiß! Ihr aber anscheinend schon. Wurdet Ihr

hier in der Nähe geboren, dass Ihr so viel über Dumaale und Sandskorpione wisst?«

»Nein. Ich würde dem Meer fernbleiben, wenn ich du wäre«, sagte sie mit plötzlich veränderter Stimme. Sie war kühler, reservierter geworden, als hätte sie sich wie Isabeau daran erinnert, dass sie vorsichtiger sein sollte. »Es kann gefährlich sein, und außerdem mögen die Menschen es nicht. Du bist vermutlich fremd hier, aber du solltest wissen, dass die Bewohner Clachans in Bezug auf das Meer wirklich abergläubisch sind. Du solltest nicht mit Sand am Rock durch Dùn Gorm wandern.« Sie hielt inne und streckte eine Hand aus. »Ich muss gehen. Denk daran, was ich gesagt habe – halte dich vom Meer fern. Auf Wiedersehen.«

Isabeau ergriff ihre Hand und dankte ihr. In den Schatten unter den Bäumen konnte sie ihr Gesicht kaum erkennen. Sie sah Zähne aufblitzen, als die Frau lächelte, und dann war sie fort. Erst da rief Isabeau Lasair.

Obwohl sie den ganzen Weg zum Waldrand zurückgaloppierten, kam Isabeau dennoch zu spät. Sie eilte um die Ställe herum, wohl wissend, dass sie sich erst säubern müsste, bevor sie sich in der Küche blicken ließe. Wenn die Dienstboten ihr vom Wasser durchnässtes Gewand sähen, würden sie wirklich misstrauisch werden.

Riordan Säbelbein rauchte beim Reinigen eines Pferdegeschirrs eine lange Tonpfeife. Er warf ihr nur einen Blick zu und wurde sehr betrübt. »Du warst am Meer«, beschuldigte er sie. »Sieh dich nur an! Rote, du kannst nicht im Meer herumplantschen und spielen. Siehst du das nicht ein? Sieh dir dein Gewand an!«

Sie versuchte, es herunterzuspielen, aber er umfasste ihr Kinn, sodass sie ihm in die Augen sehen musste. »Rote, niemand außer Hexen und Zauberwesen wagt es, das Meer zu betrachten. Du willst doch nicht, dass die Liga gegen Hexen auf dich aufmerksam wird! Bleib dem Meer fern!«

Sie nickte und sagte: »Ich verstehe.« Riordans Aufregung war berechtigt, wie sie wusste. Sie wollte die Aufmerksamkeit der Liga gegen Hexen gewiss nicht wieder auf sich ziehen. Dennoch war sie sich einer tiefen Enttäuschung bewusst. Ihr Spaziergang an der Meeresküste entlang hatte sie fasziniert, denn es war etwas an einer solch gewaltigen Menge Wasser, das sich regte und murmelte, was das Auge und den Geist verzauberte. Und sie hatte sich stark von der dunkelhaarigen Frau angezogen gefühlt. Sie hatte sich den ganzen Heimweg über gefragt, ob sie sie jemals wiedersehen würde. Es schien unwahrscheinlich, und Isabeau bedauerte das.

Spät an diesem Abend fegte Isabeau den Milchraum aus und versuchte, ein Gähnen zu unterdrücken, das ihre Kiefer knacken ließ, als sie ein drängendes Quieken hörte. Sie schaute auf und sah eine große schwarze Ratte auf dem Butterfass kauern. Sie lief hin und her, wobei der lange Schwanz unruhig zuckte. *Du musst mitkommen,* sagte sie mit ihrer in den höchsten Tönen quiekenden Stimme. *Die große Mutterratte will es.*

Langsam, Kleine, sagte Isabeau und gähnte hinter vorgehaltener Hand. *Es gibt hier eine Katze, die dich mit einem Haps verschlingen könnte!*

Das Nagetier quiekte entsetzt und lief um den Rand des großen Fasses herum. *Du musst mitkommen,* sagte es erneut und richtete sich auf die Hinterbeine auf, wobei die perlartigen Augen vor Angst glänzten.

Nicht jetzt, erwiderte Isabeau ebenfalls quiekend, weil sie dachte, die Ratte wolle ihr wohl ihr Nest mit Jungen zeigen. *Ich muss schlafen.* Und sie stellte den Besen fort und schleppte sich mühsam die vielen Stufen zu ihrem Raum hinauf, wobei sie sich heftig die Augen rieb und wünschte, sie wäre an diesem Tag nicht so weit gewandert. Die Ratte folgte ihr einen Teil des Weges, schoss aber beim Anblick der Küchenkatze davon, die auf einem Treppenabsatz saß und mit einer Pfote ihren gestreiften, goldfarbenen Kopf putzte. Die Flucht führte die Ratte in die Kornkammer, wo ein nachlässiges Dienstmädchen den Deckel eines der Kornbehälter offen gelassen hatte. Alle Gedanken an die Nachricht schwanden mit der Freude an einem Fest mit ungeschältem Weizen.

Aus dem Nebel

Je weiter sich die Jongleure Arran näherten, desto wilder und unfruchtbarer wurde die Landschaft. Im Osten neigte sich das Land zu Salzwiesen hinab, die hier und da von flachen Salzwasserseen und Meeresarmen unterbrochen waren. Am Horizont schimmerte grau das Meer. Lilanthe blickte darauf, während sie voranging, denn sie hatte noch niemals zuvor eine Wasserfläche gesehen, die größer als ein Waldsee war. Das Meer geriet in Sicht und wieder außer Sicht, während sich der Weg durch wildes Gras wand.

Sie hatte geschäftige Monate hinter sich. Sie waren kreuz und quer durch Blèssem gezogen, für die Feiern zum Johannistag sogar bis Dùn Gorm hinab. Da die Roten Garden ihr Hauptquartier in der blauen Stadt hatten, verbrachten Lilanthe und Brun zwei Wochen in einem Rebellenunterschlupf in Blèssem. Die alte Dame, der das Haus gehörte, besaß einen wunderschönen Garten, in dem Lilanthe ihre Wurzeln in Ruhe versenken konnte.

Als Enit zurückkehrte, um die Zauberwesen abzuholen, hatte sich ihnen ein weiterer Wohnwagen angeschlossen – ein Freund, den sie beim Sommerjahrmarkt getroffen hatten und der Menschenmengen ebenso scheute wie Lilanthe und Brun. Zur Enttäuschung der Baumtauscherin verbrachte Dide sehr viel Zeit mit dem Fremden – einem dunklen kleinen Mann mit Hakennase, einem sardonischen Lächeln und einem Holzbein. Lilanthe war wider Willen eifersüchtig und versank in kaltes Schweigen. Nach zwei Wochen Trennung hatte sie auf einen Hinweis gehofft, dass der junge Jongleur sie vermisst hätte, aber er schien kaum zu bemerken, dass sie wieder zusammen waren.

Die Jongleure hatten während ihrer Reisen durch Blèssem viele interessante Neuigkeiten gesammelt. Das Verschwinden der Kinder wurde seltsamen geflügelten Wesen angelastet, die deren Eltern durch Hypnose bewegungsunfähig machten. Dieselben grauen Geister waren gesehen worden, unmittelbar bevor das Hauptquartier der Alten Gilde der Feuerwerksmagier mit einer erstaunlichen Zurschaustellung von Raketen, Sternschnuppen und Flammenrädern explodiert war. Der Leichnam des Gildemeisters war unter all den in den verkohlten Ruinen der Fabrik entdeckten Leichen nicht zu finden gewesen, und einer der Trunkenbolde der Stadt schwor, er hätte gesehen, wie der Gildemeister zusammen mit vielen ausgebeulten Säcken und Fässern von den Geistern davongetragen wurde. Da dasselbe geflügelte Wesen vor einigen Monaten ein *Uile-Bheist* vor einer zornigen Menge gerettet hatte, glaubte man, dass sie mit den Rebellen im Bunde waren.

Dide hatte seiner Großmutter mit düsterer Miene ins Ohr geflüstert: »Bestimmt arbeiten doch keine solchen Wesen mit uns zusammen?« Enit hatte den Kopf geschüttelt, die Augen verhüllt, und Gwilym hatte verbittert geschnaubt. »Ein grauer Geist, der lautlos aus dem Nebel auftaucht und seine Beute hypnotisiert? Das war gewiss ein Mesmerd! Das bedeutet, dass die Distel ihre hellen Finger im Spiel hat. Ich wage zu behaupten, dass sie das *Uile-Bheist* für ihre Theurgia haben wollte – es muss irgendwelche magischen Kräfte besessen haben, die sie für ihre eigenen Zwecke einspannen wollte.«

Enit hatte beschlossen, nach Arran selbst zu ziehen, um einen Freund Gwilyms aufzusuchen, der ihnen vielleicht helfen könnte, die Gründe hinter Margrit von Arrans bizarrem Treiben zu verstehen. Da die Pläne der Rebellen derart gefährdet waren, wollte Enit keine Überraschungen erleben.

Bei Sonnenuntergang hatten sie den Rand der Moore erreicht, die voll Riedgras, großen Binsen und Rohrkolben standen und geheimnisvoll raschelten. Blaubeinige Reiher flogen über sie hinweg und stießen krächzend ihren rauen Gesang aus. Eine dichte Nebeldecke hing vor ihnen über dem Weg, und die kahlen Zweige der Bäume wanden sich darüber frei.

Morrell hob Nina neben ihre Großmutter auf den Sitz. Dann trat er zum Kopf der Stute, eine Hand am Dolchheft. Nebel schwebte auf sie zu, und der Himmel dahinter verfinsterte sich zu einem eigenartigen Grün. Die Schatten vor ihnen waren lang und flach. Obwohl ihnen die Sonne noch immer auf den Rücken brannte, drohten auf allen Seiten Sturmwolken. Sie beobachteten den über den Weg ziehenden Nebel und schauten dann zu Enit. Sie lächelte ihnen ermutigend zu und sagte: »Keine Angst, ich habe nicht die Absicht, bei Nacht durch die Moore zu ziehen. Lasst uns ein Lager errichten und am Morgen weiterziehen.«

Sie errichteten dankbar das Lager, während die Pferde verächtlich das dünne Gras abrupften. Als Lilanthe ihre Wurzeln versenkte, merkte sie, dass die Erde sauer und unzulänglich war, ganz anders als der üppige Lehm Blèssems.

Am nächsten Morgen waren die Wohnwagen in Nebel gehüllt. Alle fühlten sich unbehaglich, da sie sich an die Geschichten erinnerten, die sie über Arran gehört hatten. Gerüchte besagten, dass nur ein tapferer Mann den Murkmyre ohne Erlaubnis zu betreten wagte. Und es wurden viele Geschichten von Menschen erzählt, die hineingingen und niemals wieder hervorkamen oder Jahre später mit irrem Blick und stotternder Sprache zurückkehrten, ohne das Entsetzen oder die Wunder beschreiben zu können, die sie gesehen hatten.

Gwilym der Hässliche war der Einzige, den sie kannten, der den Turm der Nebel jemals gesehen hatte, aber er wollte nicht über seine Zeit dort sprechen und war immer übellauniger geworden, je näher sie den Mooren kamen. Er hatte nicht leichtfertig zugestimmt, nach Arran zurückzukehren, aber Enits Spione hatten ihm erzählt, Margrit von Arran reise zur Lammasversammlung nach Rhyssmadill. Erst da gab er ihren Argumenten nach, obwohl ihm die Aussicht, die Moore erneut zu betreten, ganz offensichtlich missfiel.

Beim Frühstück erörterten sie den besten Handlungskurs. Enit musste beim Wohnwagen bleiben, da sie nur wenige Schritte schmerzfrei gehen konnte. Nina sollte auch dort bleiben. »Um Grandma Gesellschaft zu leisten«, sagte Dide hastig, als das kleine Mädchen die Lippen schürzte. Er dachte, dass auch Lilanthe dableiben sollte, obwohl er mit Enit darin übereinstimmte, dass sich der Cluricaun als nützlicher erweisen könnte, da er gegen die Magie unempfindlich war, welche die Moore Arrans durchtränkte.

Lilanthe sagte mit erstickter Stimme, sie wollte mitgehen. Gwilym erwiderte schroff, sie sei eine Närrin. »Ich möchte keinen Fuß – oder auch Holzstumpf – über die Grenze Arrans setzen. Nicht einmal, wenn Margrit NicFóghnan fort ist. Wenn du auch nur ein wenig Verstand besäßest, Mädchen, würdest du es auch nicht wollen.« Lilanthe schwieg. Er lachte sardonisch. »Aber ich muss gehen, verflucht seien die Schicksalsgöttinnen, da ich der Einzige bin, der die Wege durch die Moore kennt.«

»Jemand muss zurückbleiben und dabei helfen, die Wohnwagen zu bewachen«, führte Dide an.

Morrell schnaubte. »Als wäre eine Baumtauscherin von größerem Nutzen als eine alte Frau und ein Kind. Einer von uns sollte bleiben, und das weißt du, Junge.« Dide zögerte, wenig geneigt, die Chance aufzugeben, Arran kennen zu lernen, und Morrell brach in schallendes Gelächter aus. »Ich hab nicht die Absicht, die Banprionnsa zu reizen. Du kannst gehen, Dide. Ich werde bleiben und ein wenig wohlverdiente Ruhe genießen.«

»Gut«, erwiderte Dide und begann, sich auf den Marsch in die Moore vorzubereiten. Er kleidete sich nicht so auffällig wie üblich, sondern trug stattdessen eine graue Tunika über einer hellbraunen Kniehose und Strümpfen. Gwilym steckte zwei Dolche in seinen Gürtel und einen *Sgian Dubh* in den Stiefel. Über seinem Schoß hielt er einen großen Stab, den er während der letzten Wochen geschnitzt und geglättet hatte.

Lilanthe bereitete sich mit starrer Miene ebenfalls vor, indem sie Nahrung, ein warmes Plaid und einen Dolch einpackte. Nach einem Moment des Zögerns nahm Dide eine seiner goldenen Kugeln hervor und gab sie Lilanthe. »Falls etwas schief geht«, sagte er, »ruf mich durch die Kugel. Ich werde dich finden.«

Sie nickte und lächelte, wobei sie eine seltsame Starrheit in den Wangen verspürte. Während der bezähmte Brun hinter ihnen blieb, verabschiedeten sie sich still von den Übrigen und folgten Gwilym den Weg hinab.

Auf beiden Seiten wirbelte Nebel über dem Schlamm, der nach Fäulnis roch. Die Geräusche waren im Nebel gedämpft, und sie wandten alle die Köpfe, um etwas hören zu können. Bald kamen sie zu einer Weggabelung, und Gwilym eilte schweigend nach links. Sie stapften während der nächsten drei Stunden durch die Moore, zwischen hoch aus dem Nebel aufragenden Bäumen hindurch.

Schließlich machten sie Rast, aßen die Nahrung, die sie mitgenommen hatten, und spülten sie mit stark mit Wasser verdünntem Reineclaudenwein hinunter. Sie sahen eine Sumpfratte, groß wie eine Katze, einen Flecken Wasser durchschwimmen. Sie zeigte ihnen die groben Fänge, und Lilanthe schrak zurück und konnte einen Schrei nicht unterdrücken.

Bald darauf verlor sich der Weg, und sie mussten sich durch glucksenden Schlamm und über treibende Gras- und Erdinseln kämpfen. Gwilym ging voraus, prüfte den Boden vor sich mit seinem Stab und hatte Probleme damit, dass sein Holzbein im Schlamm wegrutschte.

Nach einer Stunde derart langsamen Vorankommens vermischte sich der Geruch von Torfrauch mit dem Gestank der Moore. Gwilym beschleunigte seinen Schritt und ging zu einer Hütte voran, die in einen niedrigen Hügel gebaut war. Hätte er nicht darauf hingewiesen, wären Dide und Lilanthe unmittelbar daran vorbeigelaufen, denn das Dach der Hütte war mit Torf gedeckt und ebenso dicht mit Riedgras und Moosen bewachsen wie der dahinter liegende Hang. Die Tür war nur vier Fuß hoch und aus verwittertem Treibholz gemacht, das ebenso grau wie die Moore war. Gwilym klopfte an, und eine raue Stimme rief: »Jaauuu?«

Gwilym verzog den Mund zu einem Lächeln, nickte seinen Gefährten zu und schob die Tür auf. Sie alle bückten sich und traten ein. Nur der Cluricaun war klein genug, um stehen zu bleiben und sich in dem dunklen, verräucherten Raum nicht ducken zu müssen.

Es war ein kleiner Raum, grob mit Bänken und einem Tisch aus Treibholz möbliert und mit schwach duftenden Moorblumen geschmückt. Ein kleines Wesen rührte in einem Topf über dem Torffeuer. Sie wandte sich um, als sie hereinkamen, und zeigte bei einem Lächeln ihre Fänge. Ihre purpurfarbenschwarze Haut wies dunkles Fell auf, und sie trug ein braunes Gewand mit einem um ihre schräg abfallenden Schultern geschlungenen Tuch. Sie besaß nur jeweils vier Finger und vier Zehen und große, schwarze Augen voller Glanz.

Sie war ein Zauberwesen der Moore, und ihr Name war Aya. Sie sprach kaum ein Wort des üblichen Dialekts, aber ihr verhutzeltes Gesicht und die Töne, die sie ausstieß, waren überraschend ausdrucksvoll. Aya war den größten Teil ihres Lebens das Kindermädchen des Sohnes und Erben der Banprionnsa gewesen. Schließlich war sie so alt geworden, dass die vielen Treppen zu viel für sie wurden. Iain MacFóghnan hatte daraufhin dafür gesorgt, dass sie in die Moore zurückkehren konnte, wie sie es sich so sehnlichst gewünscht hatte.

Sie hob ihre dunklen, runzligen Pfoten und stöhnte, als Gwilym sagte, er brauche Informationen von ihr. Jedes Mal, wenn Gwilym dann noch etwas zu sagen versuchte, bedeckte sie ihre Ohrmuscheln mit den Pfoten und wiegte sich vor und zurück. »Schlechter Mann Ban mag nicht«, klagte sie. »Schlechter Mann gehen, nicht auf Wiedersehen sagen, auch nicht zu meinem kleinen Mann, Ban sehr wütend, mein Mann traurig.«

Er ergriff ihre Pfoten, zog sie herab und sagte rau: »Aya, es tut mir wirklich Leid, dass ich so gehen musste, wie ich es getan habe, ohne Abschiedsgruß, aber was hätte ich sonst tun sollen? Iain wusste, dass ich gehen musste.«

»Ee-an will so gern fliehen.«

Gwilym wandte sich ab, und sein Holzstumpf schleifte über den Boden. »Die Mesmerdean hätten ihren einzigen Sohn nicht ungestraft vorüberziehen lassen.« Er vollführte eine ungeduldige Geste und wandte sich erneut um. »Aya, sagst du mir, was geschehen ist, seit ich gegangen bin?«

»Helle Männer.«

»Helle Männer?«

»Sonne scheint auf Arme, Beine.« Sie bemühte sich um Verständlichkeit, schwang die Pfoten über ihre Gliedmaßen und deutete dann auf die Silberdolche an Dides Taille. »Hell. Scheinen. In Sonne. Gerassel.«

»Silberne Männer?« Sie nickte lebhaft, und sie sahen einander verblüfft an. Brun wiederholte sanft: »Helle Männer, silberne Männer, scheinen in der Sonne hell.«

Das Zauberwesen der Moore nickte begeistert, und Gwilym fragte: »Es tut mir Leid, Aya, ich verstehe nicht. Was kannst du mir noch erzählen?«

»Mein Mann, kleiner Mann, verheirateter Mann.«

»Iain?«

»Ee-an.«

»Was hat diese Fluchhexe ihm angetan?« Gwilym grub seinen Stumpf in den schlammigen Boden. Sie sahen ihn an, und er verkrampfte die Hände und sagte: »Es hat keinen Zweck, ich muss mit Iain selbst sprechen. Er ist der Einzige, der etwas Nützliches wissen wird.«

»Aber … sprichst du nicht vom Prionnsa? Dem Sohn der Distel?«

Gwilym nickte und setzte sich jäh auf eines der mit Riedgras bestreuten, in den Hang geschnittenen Betten. »Iain hasst die Fluchhexe ebenso sehr wie ich«, erwiderte er mit schwerer Stimme. »Wir müssen ihn irgendwie benachrichtigen. Es wird wirklich gefährlich sein. Ich würde eine halbe Krone darauf verwetten, dass Margrit ihren schrecklichen Khan'cohban nicht mitgenommen hat – er wird irgendwo herumschleichen, ganz zu schweigen von den Mesmerdean und Zauberwesen der Moore und den Irrwischen, die alle berichten, was sie sehen. Hässlicher, du Narr, was tust du hier?«

»Der Hässliche ist hier, weil er weiß, dass es das Beste und Ehrlichste ist, was er tun kann«, sagte Dide fest. »Der Hässliche ist hier, weil er im Herzen ein guter Mann ist, wenn auch ein wenig voreingenommen. Der Hässliche ist hier, weil er seinem Freund dem Jongleur helfen will.«

»Der Hässliche ist hier, weil er ein Narr ist«, erwiderte Gwilym in sich hineinlächelnd.

»Ich gehe meinen Mann, ich gehe fragen meinen Mann«, sagte Aya, wobei sie ihr ängstliches, seetraubenschwarzes Gesicht anhob.

»Ja, bring Iain eine Nachricht«, stimmte er ihr zu. »Wir werden ihn zu treffen versuchen, wenn es überhaupt möglich ist. Die rangälteren Mesmerdean sind vielleicht alle bei Margrit – obwohl es kühler wird und sie bald ihre Winterhülle bekommen und sich Schlamm suchen, in den sie sich eingraben können ... Iain wird es wissen. Wir müssen irgendwie ein sicheres Treffen ermöglichen.«

Iain beugte sich herab und drückte sein altes Kindermädchen erfreut. »Noch mehr Moorkekse, Aya! Für meine hübsche Frau? Komm und gib sie ihr selbst. Sie hatte gehofft, dass du uns bald besuchen kämst.« Ihm entging der flehentliche Blick, den das Zauberwesen der Moore ihm aus ihren großen, schwarzen Augen zuwarf, ebenso wenig wie der deutende, knubbelige Finger. Unter den Keksen lag eine Nachricht, und Iain, dessen Puls sich beschleunigte, glaubte die Handschrift zu erkennen.

Zehn Minuten später eilte er zum Turm der Theurgia und bemühte sich sehr, seine Aufregung zu verbergen. Er konnte spüren, dass seine Augen leuchteten und seine Wangen glühten, aber er entspannte seine Schultern so gut er konnte, da er den Blick des Khan'cohban auf sich ruhen spürte.

»Die Schicksalsgöttinnen sind wahrhaft mit uns!«, flüsterte Iain, sobald das Geschirrklappern der Kinder um sie herum erklang, die ihren Tee bekamen. »Ich habe eine N-N-Nachricht von einem Freund – er will sich mit uns t-t-treffen und r-r-reden. Douglas, das ist unsere Chance! Es kann kein Zufall sein, dass Gwilym der Hässliche gerade j-j-jetzt nach Arran zurückgekehrt ist. Er hat immer gesagt, wir würden eines Tages von hier entkommen – er muss meinetwegen zurückgekehrt sein! Und M-M-Mutter ist fort, und die M-M-Mesmerdean trauern wegen des Massakers an ihren Eibrüdern – das ist gewiss das Werk der Schicksalsgöttinnen, die über uns wachen.«

Douglas' Augen strahlten. »Endlich! Ich hatte schon das Gefühl, vollkommen wahnsinnig zu werden, wenn ich Papa wegen der Invasion nicht irgendwie warnen könnte. Ich konnte es nicht mehr ertragen! Zu wissen, dass sie Eileanan angreifen wollen und niemand außer uns etwas davon weiß! Wir müssen fliehen und sie warnen!«

»Dies ist v-v-vielleicht unsere einzige Chance. Es ist an der Zeit, unseren Plan auszuführen!«

Als Khan'tirell ihm an diesem Abend sein Abendessen servierte, sagte Iain beiläufig zu seiner Frau: »Elf, du w-w-wirkst ein wenig blass. Wie fühlst du dich?«

»Ich muss zugeben, dass ich mich wirklich ein wenig schwach fühle.«

»Du verbringst zu viel Zeit drinnen. Warum setzt du dich morgen nicht draußen in den Garten? Du brauchst etwas Sonnenschein und frische Luft, und du weißt, dass M-M-Mutter um des Babys willen um dein Wohlergehen besorgt ist.«

»Natürlich, Iain. Es ist nur so, dass es im Garten so heiß ist.«

»Ich sollte dich auf dem See umherrudern«, sagte Iain. »Auf dem Wasser ist es immer kühl – wir könnten ein P-P-Picknick machen.«

»Wirklich?«, rief Elfrida und klatschte in die Hände.

»Khan'tirell, würdet Ihr für morgen ein Boot besorgen?«

»Gern, mein Laird. Wohin wollt Ihr rudern?«

»Vielleicht nach Norden zum Wald. Mylady wird die g-g-goldene G-G-Göttin blühen sehen wollen.«

»Oh, ja!«, rief Elfrida.

»Ich denke, das ist vielleicht zu gefährlich für …«

»Unsinn!«, rief sie. »Bin ich nicht eine NicHilde?«

»Ja, Mylady«, sagte er und verbeugte sich, während er ihre schlanke Gestalt nachdenklich betrachtete. Iain wünschte, sie hätte ihn nicht daran erinnert, dass sie von einer langen Reihe Kriegerhexen abstammte. Aber sie ermattete bereits wieder und spielte seufzend mit ihrem Essen. »Außerdem ist es nicht so, dass ich nahe herangehen will – wegen des Babys. Ich würde sie jedoch gerne sehen. Ich hab gehört, sie soll wirklich wunderschön sein.«

»Und die jungen Schwäne werden alle sch-sch-schwimmen. Das wird dir gefallen, Elf.«

»Oh, wie schön! Iain, warum nehmen wir nicht die Kinder mit? Ihnen werden die jungen Schwäne auch gefallen, und wir könnten einen Festtag daraus machen!«

Sie konnten spüren, wie Khan'tirell den Gedanken erwog. Elfrida gurrte: »Ich habe gemerkt, dass ich den Klang von Kinderlachen um mich herum derzeit liebe.«

Iain warf ihr einen warnenden Blick zu, aber der gehörnte Mann kam zu einem Entschluss und nickte. »Gut, mein Laird, ich werde für alle Boote besorgen sowie Zauberwesen der Moore, die Euch rudern sollen, und zwei Mesmerdean, die den Weg für Euch auskundschaften.«

»Oh, müssen wir diese furchtbar schrecklichen Wesen mitnehmen?« Elfridas Erschaudern war nicht nur gekünstelt.

Iain sagte ungezwungen: »Das ist doch gewiss nicht nötig, nicht wahr, Kh-Kh-Khan'tirell? Ich brauche keine M-M-Mesmerdean, die den Weg zur Lichtung der goldenen G-G-Göttin auskundschaften. Ich war schon v-v-viele Male dort, und es ist leicht, den Fluss hinaufzurudern.«

Khan'tirell schwieg, bedeutete den Dienstboten nur mit einem Fingerschnippen, mehr Wein einzugießen, und sie erkannten, dass er seine Meinung nicht geändert hatte.

Sie brachen am nächsten Morgen in der klaren Stunde nach der Dämmerung auf. Eines der sechs langen Boote war mit Proviantkörben und Decken beladen. Elfrida saß auf Seidenkissen gestützt im Bug eines weiteren, Iain ihr gegenüber, und die Kinder besetzten die übrigen Boote, ein Zauberer in jedem Heck. Klein Jock, der Sohn des Kleinpächters, saß gedrängt zwischen den Weidenkörben und den Zauberwesen der Moore.

Khan'tirell selbst sprang behände in Iains Boot, und die Zuversicht des Prionnsa sank. Er hatte gehofft, der Narbige Krieger würde es nicht für nötig befinden, sie zu begleiten, und hatte sogar dafür gebetet, bevor er eingeschlafen war. Es hatte nicht funktioniert, und nun würde ihre Flucht erheblich erschwert.

Um acht Uhr war der Nebel verschwunden, und ein heller Sommerhimmel erstreckte sich über ihnen. Sonnenlicht tanzte auf dem Wasser des Sees hinter ihnen, aber unter den überhängenden Wassereichen war es kühl. Die Zauberwesen der Moore ruderten langsam, sodass die Bootsinsassen viel Zeit hatten, die wild lebenden Tiere zu bewundern. Flaumige, junge, rötliche Schwäne spielten an den Seichtstellen, während die Schwaneneltern in der Nähe dahintrieben. Eine grün schillernde Schlange lag zusammengerollt auf einem niedrigen Ast, und Vögel stiegen mit lautem Geschrei aus den Rohrkolben auf, während die schwarzen runzligen Pfoten der Zauberwesen der Moore die großen Binsen beiseite schoben, um sie zu betrachten. Gelegentlich rief ein Zauberwesen den anderen Zauberwesen etwas zu und erhielt als Antwort in demselben hohen Klageton ein: »Jaauuu!«

Um die Mittagszeit hatten sie eine Biegung umrundet und

sahen zu ihrer Linken einen niedrigen, von hohen Bäumen gekrönten Hügel aufsteigen, während sich vor ihnen das glitzernde Wasser des Murkfane erstreckte. Ein üppiger, fremdartiger Geruch schwebte durch die Luft. Elfrida hob das Gesicht und schnupperte genüsslich. Iain beugte sich vor und berührte ihr Knie. »Versuche, den Duft nicht einzuatmen, Elf – es ist das Lockmittel der g-g-goldenen G-G-Göttin und wird dich benommen machen.«

Khan'tirell wies die Zauberwesen der Moore an, die Boote nahe ans Ufer zu rudern. Als sie auf festen Untergrund kletterten, zog Iain die herabhängenden Zweige einer Weide beiseite, und alle Kinder äußerten laut ihr Erstaunen. Auf dem Boden vor ihnen lag eine Blüte, größer als ihre Köpfe, wie eine Lilie geformt und gelb wie Sommersonnenschein. Ihre sich nach außen wölbenden Blätter umgaben lange Staubgefäße, die sich unter dem Gewicht der üppigen Pollen beugten. Purpurrote Flecke sprenkelten das untere Blütenblatt, wie ein Pfad, der zum karmesinroten Bett des Stempels führte. Tief darinnen befand sich ein rundes Kügelchen goldenen Honigs. Die Luft roch schwer von ihrem köstlichen Duft.

Der große, grüne Stängel, der von scharfen Dornen geschützt war, wand sich aus derselben Quelle wie hundert weitere. Jeder Stängel, so dick wie der Körper eines Menschen, trug eine der herabhängenden gelben Blüten, während riesige grüne Blätter über die Menschen aufragten.

»Sie sind wunderschön!«, rief Elfrida.

»Und t-t-tödlich«, erwiderte Iain grimmig. »Es ist eine Fleisch fressende Pflanze – ihre Sch-Sch-Schönheit und ihr Duft sollen Unvorsichtige anlocken. Am gefährlichsten ist sie am späten Nachmittag – die Wirksamkeit ihres Duftes nimmt z-z-zum Sonnenuntergang hin zu, und sie v-v-verdaut gerne während der Nacht.«

Elfrida schrak zurück. »Sie frisst Fleisch? Würde sie uns fressen?«

»Wenn sie könnte«, erwiderte Iain. »Meine Vorfahren pflegten jedermann an die g-g-goldene Göttin zu verfüttern, der nicht ihrer Meinung war.«

Er nahm eine Hand voll Kiesel vom Boden auf. »Sieh her!«, rief er. »Die g-g-goldene Göttin wird sich ruckartig schließen, wenn sie in rascher Folge mehr als zwei oder drei Berührungen verspürt – wie etwas, was ihren gefleckten Pfad hinuntergleitet.«

Iain warf einige der Kiesel die Kehle der Blume hinab, und die Blütenblätter rollten sich augenblicklich ein. Die anderen Blumen um sie herum regten sich und raschelten, wobei ihre Stängel sich auf sie zu wanden, als könnten sie sie riechen. »Sie können unsere Wärme spüren«, sagte Iain und wies sie alle an, einige Schritte zurückzutreten. Er neigte den Kopf und flüsterte Elfrida leise zu: »Der Met, den wir in unserer H-H-Hochzeitsnacht getrunken haben, wurde mit dem Honig der g-g-goldenen G-G-Göttin gemacht. Es heißt, er sei ein m-m-mächtiger Liebestrank.«

Elfrida hob ihre grauen Augen zu ihm und errötete. Sie erinnerte sich gut an die Leidenschaft, die sie empfunden hatte, nachdem sie den mit Honig versetzten Wein getrunken hatte. Iain lächelte ihr zu und drückte ihre Hand. »Der Honig wird hoch geschätzt«, sagte er wieder lauter. »Zusammen mit D-D-Düsterwaid und Ryssamen ist er eine der Hauptausfuhrwaren Arrans. Es ist jedoch sehr gefährlich, ihn zu sammeln. Wir haben v-v-viele Zauberwesen der Moore dazu ausgebildet, das goldene Kügelchen zu pflücken, und verlieren jedes Jahr e-e-einige.«

Er trat einen langen Schritt vorwärts, und die Blume regte sich leicht und öffnete ihre Blütenblätter, um ihr karmesinrotes

Herz besser zu offenbaren, auf dem die schimmernde Honigkugel lag. Iain setzte vorsichtig einen Fuß auf einen der tiefroten Flecken und beugte sich vor, sodass Kopf und Schultern außer Sicht gerieten. Elfrida stieß einen kleinen Schrei aus, aber gerade, als sich die Blätter schlossen, kam Iain wieder hervor. Er öffnete eine Hand, um den Schülern das Honigkügelchen zu zeigen, das er darin hielt. »Man hat n-n-nur eine Chance«, erklärte er. »Eine Berührung, und die Blütenblätter sch-sch-schließen sich. Der Zeitablauf ist wichtig.« Er ließ die andere Hand in die Tasche gleiten, goss den Honig dann vorsichtig in ein Gefäß und schloss fest den Deckel. »Wir werden ihn später gemeinsam t-t-trinken, meine Liebe«, sagte er zu Elfrida, die erneut errötete und lachte.

Die Zauberwesen der Moore ruderten die Boote das von Hängeweiden bestandene Ufer des Sees entlang, bis sie zu der niedrigen Wasserwiese kamen, die sich neben dem Westufer erstreckte. Dort wurden die Boote an Land gezogen, und die Zauberwesen der Moore packten eilig das Picknick aus. Sie stiegen einen sanften Hang hinauf, wobei der Boden mit jedem Schritt fester wurde, und gelangten zu einem Hain hoher Bäume.

Im Norden konnten sie den Waldrand erkennen, mit der purpurfarbenen Großen Wasserscheide im Hintergrund. Sie lag nur eine halbe Tagesreise jenseits der Grenze zu Aslinn und Blèssem. Iain spürte, wie sich sein Puls vor Aufregung beschleunigte, und blickte zu Douglas, der daraufhin grinste.

Sie saßen auf von den Zauberwesen der Moore ausgebreiteten Decken und Kissen und aßen das prächtige Festmahl, das die Zauberwesen servierten. Zu Iains Besorgnis verweigerte Khan'tirell den Wein, den sie mit einem Schlaftrunk versetzt hatten, und streifte stattdessen mit unermüdlicher Anmut über die Kuppe des Hügels.

Die Zauberwesen der Moore holten gerade Obst und Zuckerwerk hervor, als Douglas plötzlich aufsprang. »Ich möchte einen Toast ausbringen! Ladys, Gentlemen, erhebt eure Gläser.« Die Zauberwesen der Moore eilten mit den Weinflaschen umher. Douglas wartete, bis alle Gläser randvoll waren, und rief dann: »Einen Toast auf das Baby! Erbe des Turms der Nebel und ganz Arrans.«

Alle jubelten und tranken eifrig. Iain sagte freundlich: »Trinkt Ihr nicht auf unser Baby, Khan'tirell?«

Ein helles, glänzendes Auge blitzte in seine Richtung, und dann trat der Khan'cohban mit wachsamem, kantigem Gesicht vor. Er nahm das Glas entgegen, das eine lächelnde Elfrida ihm reichte, und trank einen Mund voll. Sein Mund verzog sich ein wenig, und er beugte sich herab, um das Glas wieder abzustellen. Douglas rief: »Und einen Toast auf die stolzen Eltern, mögen sie in vierzig Jahren noch genauso glücklich sein wie jetzt!« Khan'tirell trank erneut und wandte sich ab, als Douglas mit teuflischem Glitzern in seinen meergrünen Augen rief: »Und natürlich einen Toast auf unsere anmutige Wohltäterin, Margrit NicFóghnan von Arran!«

Alle jubelten und leerten ihre Gläser, und Khan'tirell war gezwungen, dem Folge zu leisten. Die Lichtung hallte vor Gesprächen und Lachen wider, als er sich erneut herabbeugte, sein leeres Glas abstellte und dann wieder forttrat. Elfrida und Iain sahen einander bestürzt an. Es war genügend Mohnsaft und Baldrian in seinem Wein gewesen, um einen Rothirsch zu betäuben, und doch schien er unbeeinflusst. Einer der Zauberer schnarchte bereits auf seinen Kissen, und die übrigen gähnten hinter vorgehaltener Hand. Und doch war Khan'tirells Gang anmutig wie immer, während er zwischen den Bäumen umherstreifte. Iain zuckte die Achseln. Er war auf diese Möglichkeit vorbereitet.

Die Kinder spielten Verstecken. Douglas, Gilliane, Iain und Elfrida lagen auf Kissen und unterhielten sich, während die

Zauberer einer nach dem anderen zu schnarchen begannen. »Was ist mit den Mesmerdean?«, flüsterte Elfrida besorgt. »Wie werden wir sie überwältigen?«

»Die M-M-Mesmerdean wissen, was wir tun. Erinnere dich, dass sie unsere emotionalen Energien ebenso d-d-deutlich lesen können wie wir Wörter auf einer Buchseite.«

Elfrida wurde blass. »Sie wissen es?« Ihre Stimme klang schrill.

Iain nickte. »Natürlich. Ich w-w-wusste, dass das der erste Test war. Wenn sie uns aufhalten w-w-wollten, hätten sie K-K-Khan'tirell ihr Unbehagen vermittelt. Ich hab sie b-b-beobachtet, während ich sprach. Sie waren interessiert, haben sich aber nicht g-g-geregt.«

»Warum?« Gilliane war verblüfft. »Sie dienen doch gewiss deiner Mutter?«

»Mesmerdean dienen nur sich selbst«, erwiderte Iain tadelnd. »Das m-m-musst du verstehen – sie waren niemals unsere Diener. Sie haben es erwählt, sich mit m-m-meiner Familie zu verbünden, weil wir die Moore ebenso sehr lieben wie sie. Es besteht keine G-G-Gefahr, dass ein MacFóghnan die M-M-Moore jemals trockenlegen würde.«

»Aber sie tun, was deine Mutter ihnen sagt.«

Iain lachte. »Manchmal. Im M-M-Moment haben sie ihre Unterstützung zurückgezogen, weil sie alle t-t-trauern. Eine oder zwei Wochen vor dem Johannistag wurde eine ganze Schar Eibrüder von der Feindin meiner Mutter, der Oberzauberin, g-g-getötet. Nicht nur die älteren Brüder dieser Schar, sondern alle Älteren t-t-trauern. Es wird mehrere M-M-Monate dauern, bevor sie ihre Hilfe wieder anbieten werden.«

Iain warf einen raschen Blick auf den Khan'cohban und war froh zu erkennen, dass er verwirrt die Hörner schüttelte. Sein Gang war langsamer geworden, und hin und wieder stolperte er. Dennoch – die Schatten wurden bereits länger, und sie hatten verabredet, sich bei Sonnenuntergang mit ihren Freunden zu treffen. Er würde Schritte unternehmen müssen, um sicherzustellen, dass Khan'tirell ihnen nicht folgte. Er stand auf, streckte sich und ging auf den Narbigen Krieger zu.

»Mein Laird, es wird spät. Ich denke, wir sollten zum Turm zurückkehren«, sagte der Khan'cohban mit seiner kehligen Stimme.

Iain ließ eine Hand in seine Tasche gleiten und nahm das pollenbestäubte Staubgefäß der goldenen Göttin hervor. Er hatte es abgebrochen, als er den Honig geerntet hatte, und es in seiner Tasche verborgen. Nun hob er das Staubgefäß an und blies dagegen, sodass eine Wolke goldener Staub den gehörnten Khan'cohban einnahm. Er hustete und würgte und schwankte dann. Er kämpfte noch einen Moment gegen die Bewusstlosigkeit an, fiel aber dann auf der Stelle um.

»Schnell! Es wird Zeit!«, rief Iain, und seine Gefährten erhoben sich, sahen rasch das übrig gebliebene Essen durch und schüttelten die Decken aus. Nur die ältesten Kinder hatten von dem Plan gewusst, da die jüngeren das Geheimnis niemals hätten bewahren können. Während Douglas eilig die Boote vorbereitete, führte Gillian rasch auch die Übrigen hin und sagte ihnen, was sie vorhatten.

Einige der Kinder waren verängstigt oder verwirrt. Die Schüler aus Tìrsoilleir reagierten herausfordernd und schalten die anderen Narren. »Mylady wird euch nur alle wieder einfangen«, riefen sie.

»Aber der Turm der Nebel ist die einzige Theurgia im Land«, rief ein anderer. »Hier ist der einzige Ort, wo wir Magie lernen können.«

Der Corriganjunge hatte Angst. »In Eileanan werden *Uile-Bheistean* ermordet!«, rief er. »Wenn ich mit euch gehe, woher soll ich dann wissen, dass ihr mich nicht an die Roten Garden verratet?« Die Baumtauscherin sank gegen ihn, wobei ihre großen grünen Augen verschreckt aufblitzten.

»Wir werden alles in unserer M-M-Macht Stehende tun, damit ihr sicher seid«, sagte Iain. »Mein Freund kämpft mit den Rebellen – sie betrachten die Zauberwesen nicht als *Uile-Bheistean*. Sie a-a-arbeiten daran, Eileanan von dem Erlass gegen Zauberwesen und dem Erlass gegen Hexen zu befreien.«

Streit entbrannte, und Iain sagte aufgebracht: »Wir haben hierfür k-k-keine Zeit. Entweder kehrt ihr mit den Zauberern zum Turm der Nebel zurück oder kommt jetzt mit uns. Was werdet ihr tun?«

Letztendlich entschieden sich alle Kinder, Iain und Elfrida zu begleiten. Sie füllten ihre Taschen mit den Resten des Picknicks, bewaffneten sich mit scharfen Speisemessern und packten Decken zusammen. Die gutherzige Elfrida breitete die übrigen Decken über die Zauberer und den Schatzmeister, damit sie nicht froren, während sie sich ausschliefen, und sie ließen etwas Nahrung zurück.

Dann stiegen sie alle in drei der Boote, und Iain zerstörte die Böden der übrigen. Jetzt, wo es wirklich ernst wurde, war er angespannt und bleich. Niemand kannte die Konsequenzen eines misslungenen Fluchtversuchs besser als er.

Die Zauberwesen der Moore hatten mit großen, ängstlichen Augen zugesehen, und Iain beugte sich zu ihnen herab und erteilte ihnen strikte Befehle, die Zauberer nicht zu wecken und nicht zu versuchen, Kontakt mit dem Turm aufzunehmen. Sie hatten gelernt, ihm fraglos zu gehorchen, und so nickten sie ergeben mit den seetraubendunklen Köpfen, obwohl sie Angst und Unsicherheit empfanden.

Die Boote legten mühelos vom Ufer ab, und ihr Kielwasser teilte das ruhige Wasser kräuselnd. Von den Kindern erklangen erstaunte Ausrufe, und Elfrida sah Iain mit kaum merklicher Angst an. »Ich wusste nicht, dass du das kannst«, sagte sie.

Er lachte. »Ein Boot ohne Riemen oder Stange zu bewegen, war die erste Lektion, die ich je gelernt habe! Wirklich, es ist leicht.«

»Wirst du es mir beibringen?«

»Ich werde es bestimmt versuchen«, antwortete er. »Aber ich weiß nicht, ob du ein *Talent* in den Elementen Luft und Wasser hast, denn das brauchst du.«

Der Himmel über ihnen wurde von den Farben des Sonnenuntergangs beleuchtet – rosenfarben und violett und aprikosengelb. Ein leichter Wind war aufgekommen und kräuselte das Wasser, sodass die widergespiegelten Farben unter den Bugen der Boote verschwammen. Sie kamen zur Mündung des Flusses und verlangsamten ihre Fahrt, während Iain besorgt den Strand überprüfte. Dann stieß er einen aufgeregten Schrei aus, als ein untersetzter Mann in Grau aus dem Schutz einer Trauerweide trat, die Hand zum Gruß erhoben.

Die Boote schwenkten zum Ufer, und der Mann und seine Begleiter kletterten an Bord. Dann schwenkten die Boote wieder auf den Fluss hinaus und liefen weich gegen die Strömung an.

»Gwilym, du alter Gauner! Du bist es wirklich! Hässlich wie immer, wie ich sehe.«

»Hässlicher«, erwiderte der Mann grimmig und deutete auf sein Holzbein.

»Du hast ein Bein verloren! Was ist geschehen?«

Während Gwilym erklärte, wie er der Verbrennung auf den Johannisfeuern entkommen war, sahen die Übrigen einander an und stellten sich dann zögerlich vor. Lilanthe war überrascht, in dem anderen Boot ein Mädchen zu sehen, das eine wirre Mähne blattartiger Haare und ein ebenso kantiges Gesicht wie ihres aufwies. Sie sah sie an und begegnete ihrem Blick – so grün wie ein frisches Blatt. *Baumwandlerin?* dachte sie vorsichtig und war erfreut, als Antwort zu hören: *So nenne ich mich nicht. Ich bin nur zur Hälfte eine Baumwandlerin!*

Ich auch! Ich nenne mich eine Baumtauscherin …

Baumtauscherin?

Meine Mutter war eine Baumwandlerin, mein Vater ein Mensch.

Bei mir war es umgekehrt.

Wirklich? Dein Vater war ein Baumwandler? Du bist dennoch ein Mischling, genau wie ich.

Ich dachte, ich wäre die Einzige …

Ich auch!

Sie lächelten einander über die Wasserfläche hinweg zu, und Lilanthe fühlte sich von Glück durchströmt. Sie war so lange allein gewesen, ein *Uile-Bheist*, das anders war als alle anderen *Uile-Bheistean*. Nun wusste sie, dass es noch eine Baumtauscherin gab, und fühlte sich plötzlich nicht mehr ganz so allein.

Die Boote fuhren eine weitere halbe Stunde lautlos den Fluss hinauf, und der Wald an den Ufern wurde mit jeder Meile dichter und abwechslungsreicher. Es war schon fast dunkel, als sie hinter sich einen lang gezogenen Schrei hörten.

»Was war das?«, rief Douglas aus.

Iain spannte sich an und schaute in den Himmel hinter ihnen. Der Laut erklang erneut, und sie sahen einen Schwarm Schwäne weit nach Osten emporfliegen, deren karmesinrot geränderte Schwingen die letzten Sonnenstrahlen einfingen. Die Schwäne zogen einen hübschen Schlitten hinter sich her, der einen Pfad über die Wolken zu schneiden schien.

Der Prionnsa fluchte und stieß sich an der Seite des Bootes den Kopf. »Kh-Khan'tirell muss aufgewacht sein, Eà verdamme ihn! Er hat die Schwäne meiner M-M-Mutter herbeigerufen. Wir werden die Boote zurücklassen müssen!«

»Warum?«

»Wir sind auf dem Fluss zu deutlich zu erkennen – du siehst ja, dass er sie M-M-Mutters Schlitten hat mitbringen lassen, damit er auf der Suche nach uns mitfliegen kann. Es wird nicht lange dauern, bis sie uns einholen.« Er fluchte erneut und sagte mutlos: »Ich hätte wissen müssen, dass der Schlaftrunk ihn nicht allzu lange außer Gefecht setzen würde!«

»Die Schwäne ziehen einen Schlitten?«, fragte Elfrida und empfand leichtes Bedauern, dass sie dies niemals hatte ausprobieren können. Ein Schlitten, der von Schwänen durch die Luft gezogen wurde – das klang wunderschön und romantisch.

Iain nickte. »Wir werden w-w-weiterfahren, bis wir festeren Boden erreichen«, sagte er eher zu sich selbst als zu den anderen. »Von hier aus sind es nur noch vier Stunden Fußmarsch, und Kh-Kh-Khan'tirell wird nicht sehen, wo wir an Land gehen.«

Die Boote wurden nun schneller voranbewegt, bis hinter beiden eine Bugwelle entstand. Die Kinder kreischten währenddessen und klammerten sich fest. Hinter ihnen erklang erneut der Schrei der Schwäne, und Iain sagte: »Sie haben ihn aufgenommen. Er ist uns auf der Spur! Er hat ein ausgezeichnetes Sehvermögen, sogar im Dunkeln. Wir müssen die Boote jetzt zurücklassen.«

Sie fuhren schnell zum Ufer. Im Schutz überhängender Zweige kletterten alle an Land, wobei sie vorsichtig festen Untergrund suchten. Dann schickte Iain die Boote zum Auskundschaften den Fluss wieder hinauf.

»Wir können Khan'tirell nicht bekämpfen«, erklärte er Dide. »Er ist ein Narbiger Krieger und in allen Arten der Kriegskunst ausgebildet. Mit den Schwänen wird er uns sehr schnell einholen können. Unsere einzige Hoffnung besteht darin, in den Mooren verborgen zu bleiben und zu versuchen, die Grenze zu Fuß zu erreichen.« Er seufzte. »Ich hatte gehofft, wir müssten uns nicht den Sümpfen stellen. Es wäre um so vieles einfacher gewesen, einfach den Fluss hinauf nach Aslinn zu fahren!«

Mit der einsetzenden Nacht erhob sich auch der Nebel, verschluckte den Pfad und schlang frostige Arme um sie. Iain und Elfrida gingen voraus, die kleinsten Kinder hinter ihnen. Dide und Gwilym bildeten die Nachhut und hielten ein wachsames Auge auf Anzeichen des Khan'cohban. Die Übrigen verteilten sich dazwischen, wobei Lilanthe neben Corissa lief, der anderen Baumtauscherin, und sich eifrig mit ihr unterhielt. Der Cluricaun blieb dicht an Lilanthes Seite, dieses eine Mal ohne Scherze und Faxen.

Sie kamen nur langsam und mühsam voran. Obwohl Iain und Gwilym Binsen als Hexenlichter angezündet und die ganze Reihe entlang weitergegeben hatten, wirbelte der Nebel rund um sie herum und verbarg alle vor den Blicken der jeweils anderen. Die Kinder waren müde und angstbereit, und Iain trug den schläfrigen Jock auf dem Rücken. Immer wieder glitt einer von ihnen auf dem Pfad aus und musste aus dem Schlamm gezogen werden. Aber das Schlimmste von allem war, dass sie im Sumpf rund um sich herum Augen spüren konnten. Gelegentlich sahen sie den geisterhaften Umriss eines Mesmerd, der mit ihnen Schritt hielt, über der trügerischen Oberfläche der Moore aufragen.

»H-H-Habt keine Angst«, flüsterte Iain. »Hört ihr, wie sie summen? Sie sind nur n-n-neugierig. Sie werden uns nichts tun, wenn auch wir ihnen nicht zu schaden versuchen.«

Mehrere Male sahen sie seitlich einige blasse Lichter flackern. Manchmal schwebten die Lichter so nahe, dass sie Teil ihres Zuges zu sein schienen. Andere Male schimmerten sie draußen im Moor und lockten sie von ihrem Pfad fort. »Haltet euren Blick auf mich gerichtet!«, rief Iain. »Man kann leicht vom Weg abkommen. Bleibt nahe beieinander.«

Der kleine Cluricaun ergriff Lilanthes Hand und sagte ernst:

»Ergreife es, und es wird fliehen,
nur Schatten in deiner Hand.
Folge ihm, und es wird dich ziehen
in unergründliche Moore und Treibsand.
Ignoriere es, und es wird garantieren,
dass dein Fuß trifft auf festes Land.«

»Was hat er gesagt?«, fragte Corissa, und Lilanthe sagte: »Es ist ein Rätsel. Er stellt sie dauernd. Was ist es, Brun?«

Der Cluricaun wiederholte das Rätsel, und Iain schaute erstaunt auf. »Er meint ein Irrlicht. Es ist ein sehr altes Rätsel – er spricht von einem Irrlicht.«

»Irrlicht«, sagte Brun, während er neben Lilanthe hertrottete. »Irrlicht ...«

»Das stimmt«, sagte Iain mit noch immer überraschter Stimme. »Ich dachte, dieses Rätsel würde man nur in Arran kennen. Diese trügerischen Lichter sind Irrlichter, und sie werden euch wirklich in die Irre führen, wenn ihr ihnen f-f-folgt. Passt auf, dass sie euch nicht täuschen.«

Die Irrlichter tanzten fast eine Stunde lang neben ihnen her, aber schließlich wurde der Pfad breiter und fester, und die Bäume, die aus dem Nebel aufragten, waren Bäume des Waldes und nicht mehr der Moore. »Wir sind fast an der Grenze«, sagte Iain, ohne die Erleichterung in seiner müden Stimme verbergen zu können. »Wenn alles plangemäß verlaufen ist, sollten Gwilyms Freunde uns erwarten.« Er wandte sich um und blickte die lange Reihe der dahintrottenden, erschöpften Kinder entlang, konnte aber nirgends den einbeinigen Zauberer entdecken. Er drängte voran, wandte sich aber immer wieder um, schaute in den treibenden Nebel und hoffte, dass er die stämmige Gestalt seines Freundes offenbarte. Das Moor blieb hinter ihnen zurück, und die Bäume erhoben sich dunkel um sie herum. Vor ihnen flackerte Feuerschein, und sie eilten vorwärts. Schmutzig und mit zerrissener Kleidung taumelten sie zwischen den dunklen Umrissen der Wohnwagen hindurch und sanken vor dem Feuer auf die Knie.

Eine alte Frau beugte sich vor, auf deren Brust viele Bernsteinperlen feurig schimmerten. »Willkommen! Ihr müsst erschöpft sein! Wir sind wirklich froh, euch zu sehen!«

Ein kleines Mädchen sprang aufgeregt umher, begrüßte die anderen Kinder und bot ihnen heiße Suppe und Brot an. Dann hielt sie mitten in der Bewegung inne und fragte: »Wo ist Dide?«

Die Kinder hatten sich mit dankbarem Aufschrei zu Boden fallen lassen, sich die schmerzenden Beine gerieben und sich gegen die Kälte der Vordämmerung in Decken gehüllt. Elfrida ging zwischen ihnen umher, half beim Austeilen des Essens und beruhigte die Kinder. Bei den Worten des Mädchens hielt sie inne und schaute auf.

»Ja, wo ist er?«, fragte auch ein dunkler Mann, dessen große Ohrringe glitzerten.

»Und Gwilym? Wo ist der Hässliche?«, fragte Nina und brach in Tränen aus.

Lilanthe und Brun erkannten jäh, dass Dide nicht bei ihnen war, wandten sich um und blickten in die Nacht. Iain erhob sich mit bleichem Gesicht. »Wo ist Douglas?«

Elfrida zuckte traurig die Achseln. »Ich dachte, er wäre unmittelbar hinter uns.«

»Du meinst, sie sind nicht mit uns herausgekommen? Sie haben sich im Moor verirrt?« Lilanthes Stimme wurde vor Angst plötzlich schrill.

»Ich hoffe nicht«, erwiderte Iain grimmig. »Wenn sie den Pfad v-v-verlassen haben, hab ich kaum eine Chance, sie zu f-f-finden.«

»Vielleicht schaffen sie es allein …«, sagte Elfrida tröstend.

Iain schüttelte den Kopf. »Die Moore bergen viele Gefahren«, erklärte er. »Selbst Gwilym kennt sie nicht alle. Wenn wir sie nicht bald finden, werden sie niemals gefunden.«

Dide war stehen geblieben, um auf Gwilym den Hässlichen zu warten, der erneut im Schlamm ausgeglitten und hingefallen war. Er wusste es besser, als dass er Hilfe angeboten hätte, sondern wartete, bis sich der Zauberer mühsam wieder erhob, bevor er an dessen Seite trat. »Habt Ihr wieder den Schlamm probiert, Hässlicher?«

»Hmm. Ich bin so froh, wieder zurück zu sein, dass ich Arrans liebliche Erde einfach bei jeder Gelegenheit küssen muss«, erwiderte Gwilym sardonisch. Er klopfte seine schlammbespritzte Tunika ab. »Ich sehe wie ein Schlammgeist aus«, sagte er kläglich.

»Was ist ein Schlammgeist?«

»Eines der entzückenderen Zauberwesen der Moore«, antwortete Gwilym. »Schlammgeister liegen unmittelbar unter der Oberfläche des Schlamms und ziehen unvorsichtige Wanderer hinein.«

»Reizend.«

»In der Tat, wie so viele Dinge in Arran. Es ist wirklich ein entzückender Ort.«

»Meint Ihr?« Douglas' Stimme klang ihm aus der Dunkelheit voran. »Ich persönlich halte es für einen schrecklichen Ort und werd froh sein, wenn ich niemals wieder hierher zurückkommen muss.«

»Vielleicht sollten wir erst einmal hinausgelangen, bevor wir uns über das Zurückkehren Gedanken machen«, erwiderte Gwilym, der sich nicht die Mühe machte zu erklären, dass er seine Worte sarkastisch gemeint hatte.

Sie sahen sich um und erkannten, dass der Zug bereits außer

Sicht geraten war. »Wir sollten uns beeilen«, drängte Douglas und erschauderte leicht.

Sie konnten den nebelhaft tanzenden Schein von Iains Hexenlicht sehen und liefen hastig weiter, wobei Gwilym seinen Stab hochhielt, sodass sich das Licht an dessen Spitze vor ihnen ausbreitete.

»Ich kann die anderen nicht mehr hören«, sagte Douglas. »Sollen wir rufen und ihnen sagen, dass sie warten sollen?«

»Es ist schon riskant genug, Lichter anzuzünden«, sagte Gwilym. »Wenn der Khan'cohban Rufe hört, wird er uns noch schneller aufspüren.«

Sie drängten in der nebligen Dunkelheit voran. Gwilym glitt erneut aus und fiel fluchend hin, und Douglas versuchte ihm aufzuhelfen, woraufhin seine Hand jedoch heftig zurückgestoßen wurde. »Ich schaff es allein, danke«, sagte Gwilym barsch. »Ihr braucht nicht auf mich zu warten. Ich hole Euch ein.«

Douglas öffnete den Mund zum Widerspruch, gewahrte einen mahnenden Blick von Dide und schloss ihn wieder. Stattdessen ging er weiter und prüfte den Pfad mit einem Stock. Einmal schrie er auf und deutete zitternd auf zwei große Augen, die ihn aus der Dunkelheit anstarrten. Gwilym ließ das Hexenlicht aufflackern, und sie sahen einen großen Frosch seelenruhig auf einem Baumstamm sitzen. Er war gedrungen und breit, mit hervorstehenden, orangefarben schimmernden Augen und reichte Dide bis zur Taille.

»Das Ding frisst keine Menschen, oder?« Douglas' Stimme bebte.

Gwilym schüttelte den Kopf. »Nein, nur Insekten und Mesmerdean.«

»Es frisst Mesmerdean?«

»Der einzige natürliche Feind der Wesen«, antwortete der Zauberer.

»Ich bin froh zu erfahren, dass wenigstens etwas diesen ekligen Wesen überlegen ist«, murmelte Douglas. »Wir sollten uns beeilen. Ich kann spüren, wie sie uns beobachten.«

»Es werden keine Mesmerdean sein, die uns so nahe der Frösche beobachten.«

»Nun, irgendetwas beobachtet uns, und das gefällt mir nicht!«

Sie ließen den Frosch hinter sich, dessen tiefer, röhrender Laut durch die Moore hallte, und eilten in Richtung der schwankenden Reihe von Lichtern. Gwilym runzelte die Stirn, die herben Züge grimmig angespannt. Einmal rief er: »Iain!«, aber es erfolgte keine Antwort.

»Ich dachte, wir sollten nicht rufen?«, wandte Douglas ein.

»Ich denke, wir sollten versuchen, sie rasch einzuholen.« Gwilyms Stimme klang düsterer denn je. »Ich hab ein ganz ungutes Gefühl.«

»He, der Pfad scheint verschwunden zu sein«, sagte Douglas plötzlich. »Ich kann auf keiner Seite mehr festen Boden spüren.«

Gwilym drängte sich neben ihn und hob seinen Stab, damit sie bessere Sicht hatten. Auf allen Seiten kräuselte sich und gluckste Schlamm. Sie standen auf einem kleinen treibenden Hügel, der unter ihrem Gewicht schwankte. »Aber die Lichter«, sagte Dide und deutete hin. Vor ihnen schwebten einige fahle Lichtkugeln, die leicht flackerten und sie weiter lockten.

Gwilym stöhnte. »Irrlichter! Wir sind von verdammten Irrlichtern fehlgeleitet worden!« Er schlug sich mit dem Handballen an die Stirn. »Narr!«, knirschte er. »Gwilym der Narr.«

Sie wandten sich um und sprangen auf der Suche nach festerem Boden von einem kleinen Hügel zum anderen auf die Bäume zu, als Douglas plötzlich aufschrie und in den Schlamm stürzte. Er wurde schnell eingesaugt, sodass nur noch sein verzweifeltes, bleiches Gesicht über dem Schlamm sichtbar war.

Blitzschnell warf Gwilym sich zu Boden und streckte dem Jungen seinen Stab entgegen. Douglas bekam ihn zu fassen, aber es war sehr mühsam, ihn aus dem Treibsand herauszuziehen.

Schließlich war es geschafft und Douglas mit übel riechendem Schlamm bedeckt. »Etwas hat mich hineingezogen«, rief er. »Ich hab eine Hand an meinem Knöchel gespürt.«

»Schlammgeister!«, stöhnte Gwilym. »Genau das, was wir brauchen.«

Sie kauerten sich zusammen auf einen kleinen Hügel. »Was machen wir jetzt?«, fragte Dide. Er sah eine bleiche Hand aus dem Schlamm kriechen und schlug mit seinem Stab heftig darauf ein. Sie wurde rasch wieder zurückgezogen, und Schlamm gluckste in der Nähe.

»Ich hoffe, dass wir nicht zu weit vom Pfad abgekommen sind und die anderen bald merken, dass wir fehlen, und uns suchen kommen«, sagte Gwilym. »Sonst müssen wir versuchen, die Nacht zu überleben.«

Douglas schluckte. »Ihr sagt das so, als hieltet Ihr es nicht für sehr wahrscheinlich.«

»Das liegt daran, dass ich es nicht für sehr wahrscheinlich halte«, erwiderte der Zauberer. »Wir befinden uns inmitten eines Schlammgeistergebiets, uns ist ein Khan'cohban auf den Fersen, und alle Schlangen in diesem schrecklichen Moor sind giftig. Ich bin diesem Sumpf einmal lebend entkommen. Ich glaub nicht, dass ich mich ein zweites Mal auf mein Glück verlassen kann.«

Douglas war unter dem auf seinem Gesicht klebenden Schlamm und verwelkten Laub sehr blass. »Wenn wir einfach unsere Spuren zurückverfolgen …«

»Wir können es versuchen«, sagte Gwilym erschöpft.

Sie sahen weit zu ihrer Linken eine weitere Reihe tanzender Lichter. »Glaubt Ihr …?«, rief Douglas hoffnungsvoll.

»Es werden wieder Irrlichter sein«, sagte Gwilym und setzte

sich auf einen halb eingesunkenen Baumstamm. »Du gewöhnst dich besser an sie, Junge, sonst wirst du ihnen tiefer in die Moore folgen.«

Dide bemerkte nach und nach ein Kribbeln in seinem Unterbewusstsein. Er schüttelte es ab, aber es kehrte mit immer größerer Macht zurück. Plötzlich griff er in seinen Rucksack und nahm eine goldene Kugel hervor. Sie schimmerte in der Dunkelheit dumpf. Er betrachtete sie ungläubig. »Lilanthe?«, flüsterte er.

Dide. Bist du da?

Lilanthe?

Ja. Wir suchen euch. Weißt du, wo ihr seid?

Dide lachte sardonisch. Irgendwo im Moor …

Iain will wissen, ob du Orientierungspunkte ausmachen kannst. Er sagt, ihr könntet sterben, wenn wir euch nicht erreichen. Es gibt viele gefährliche Wesen im Moor, und er sagt, wir müssten euch bald finden und dass seine Magie viele der Wesen ferngehalten hat …

Hier ist zu viel Nebel. Ich kann nichts sehen.

Ich kann dich spüren. Ich werde Iain zu euch führen.

Nein, Lilanthe, das ist zu gefährlich …

Aber die Baumtauscherin hatte den Kontakt bereits abgebrochen, sodass Dide nur noch in die Kugel starren konnte. Schließlich schaute er auf und erzählte den beiden anderen, was sie gesagt hatte. Gwilym meinte mit schwerer Stimme: »Sie wird uns nicht finden können. Moorgase verwirren den Geist, und alles sieht gleich aus.«

»Sie hat starke Geisteskräfte«, sagte Dide zögernd. »Wenn uns jemand finden kann, dann Lilanthe.«

Die drei ruhten sich eine Weile aus, wehrten mit Stöcken die Schlammgeister ab und teilten sich etwas Essen. Eine hellgrüne Schlange glitt vorüber, beobachtete sie aus schmalen, schwarzen

Augen, und rund um sie herum sangen Riesenfrösche. »Zumindest sind wir vor den Mesmerdean sicher, solange die Frösche singen«, sagte Gwilym mürrisch.

»Wieso? Ich dachte, wir wären ohnehin vor ihnen sicher.«

»*Iain* war vor ihnen sicher«, erwiderte Gwilym. »Die Mesmerdean wissen, wer ich bin. Sie haben mich schon einmal gefangen genommen, um Margrit zu erfreuen – sie könnten sich dafür entscheiden, es wieder zu tun.«

»Nun, Ihr seid ein aufmunternder Gefährte«, sagte Douglas, während er auf zwei hervorstehende Augen einschlug, die durch den Schlamm auf ihn zu trieben. »Erinnert mich daran, dass ich nie wieder eine Nacht mit Euch im Moor verbringe.«

»Glaub mir, wenn wir diese Nacht überleben, werd ich niemals auch nur wieder in die Nähe eines Moors gehen«, sagte Gwilym. »Möge Eà meine Zeugin sein.«

Dide …

Lilanthe? Wo bist du?

Ich kann dich jetzt in der Nähe spüren. Könnt ihr ein Licht irgendeiner Art anzünden?

Dide folgte ihrer Aufforderung und schickte eine hohe blaue Flamme in die Nacht.

»Wenn das den Khan'cohban nicht zu uns führt, dann kann nichts es tun«, seufzte Gwilym.

Sie hörten einen Schrei, und dann tänzelte eine Reihe weißblauer Lichter auf sie zu.

Vorsicht, überall ist Moor und Treibsand, warnte Dide besorgt.

Iain fällt eine Art Bäume mit großen Blättern, antwortete Lilanthe. *Er und Brun legen sie ins Moor, um einen Pfad zu schlagen. Könnt ihr uns sehen?*

Ja, ich glaube. Wenn es eure Lichter sind und keine üblen Irrlichter mehr.

Ich kann euer Licht sehen. Haltet durch, wir werden bald da sein.

Dide gab die Nachricht an die Übrigen weiter und war froh, Douglas' angstvolles Gesicht sich ein wenig entspannen zu sehen. Der Nebel wurde allmählich heller, und die Schlammgeister unternahmen noch einen gemeinsamen Ansturm auf ihren Hügel, als wollten sie sie ertränken, bevor die Sonne aufging. Sie mussten zehn Minuten hart kämpfen, wehrten die Schlammgeister mit Stiefeln, Stöcken, Beinstumpf und Fäusten ab, bevor Iain sie über seine Behelfsbrücke erreichte. Er verbannte die Zauberwesen mit einem Schnippen seiner Hand und einem verächtlichen Wort, und sie sanken geräuschvoll wieder unter den Schlamm.

»Von Irrlichtern fehlgeleitet!«, sagte Iain, während ein Lächeln sein müdes, schlammverschmiertes Gesicht entspannte. »Gwilym, du überraschst mich, du als unerschrockener Moorforscher.«

Der Zauberer erwiderte das Lächeln und ließ sich über die versinkende Brücke aus glänzenden Blättern helfen, zu müde, um darauf zu beharren, dass er keine Hilfe brauche.

Lilanthe und Brun warteten ungeduldig am Ufer, beide von Kopf bis Fuß mit Schlamm und Blättern bedeckt. Lilanthe hatte einem *Uile-Bheist* noch nie ähnlicher gesehen, aber Dide lief direkt aus dem Moor in ihre Arme und drückte sie fest. Er merkte, dass er Tränen in den Augen hatte.

»Kluges Mädchen!«, rief er. »Ich hab nicht einmal an die Kugel gedacht! Ich gab sie dir für den Fall, dass du verloren gingst, nicht ich!«

Lilanthe konnte nichts sagen, zufrieden, Dides Arme fest um sich und sein Gesicht nass an ihrem Hals zu spüren. Sie erwiderte seine Umarmung, wobei ihre Augen vor Erleichterung brannten, während überall um sie herum Vögel sangen.

Wenn der Khan'cohban ihr Notlicht hatte aufflackern sehen, war er noch zu weit entfernt, um sie rechtzeitig zu erreichen. Iain konnte sie ohne weitere Zwischenfälle aus dem Moor heraus und nach Aslinn hineinführen. Sie wurden mit Rufen der Erleichterung empfangen. Iain und Lilanthe hatten für die Rettung ihrer drei Gefährten und den Rückweg weitaus länger gebraucht als erwartet, sodass es nun schon vollkommen hell war. Sie waren alle zu erschöpft, um noch weiterzulaufen, und sanken zum Ausruhen auf Decken.

»Ihr könnt jetzt nicht schlafen! Wir müssen den Rìgh warnen!«, rief Douglas. »Wir müssen ihm sagen, dass die Glorreichen Soldaten kommen.«

»Du meinst die Tìrsoilleiraner?«, fragte Dide.

»Ja, sie haben einen V-V-Vertrag mit meiner M-M-Mutter unterzeichnet. Sie wollen in Eileanan einfallen.« Iain erzählte ihnen rasch von den Plänen der Glorreichen Soldaten.

Gwilym und Dide sahen einander an. »Aya meinte ihre in der Sonne glänzende Rüstung«, murmelte der Jongleur. »Und hat zweifellos gehört, wie sie die Glorreichen Soldaten genannt wurden, wie es stets der Fall ist.«

»Und das erklärt die Berichte von Fremden und Lichtern im Moor«, erwiderte Gwilym. »Obwohl – was wollten sie mit den Feuerwerksmagiern?«

»Wir müssen schleunigst nach Rhyssmadill! Mein Vater ist dort, und der Rìgh – sie werden unvorbereitet überrascht werden!«, warnte Douglas.

»Was hat M-M-Mutter gesagt, wann sie angreifen wollen? Nach der Lammasversammlung? Das werden wir niemals schaffen, n-n-nicht einmal, wenn wir fliegende Pferde zum Reiten hätten«, sagte Iain. »Wir könnten jedoch rasch nach Dùn Eidean ziehen. G-G-Gillianes und Ghislaines Großmutter ist die B-B-Banprionnsawitwe, und die Stadt wird auf sie hören.«

»Was ist mit Rhyssmadill?«, rief Douglas.

Gilliane sagte schüchtern: »Ich könnte versuchen, meiner Mutter eine Traumbotschaft zu schicken. Sie und mein Vater sind mit meiner Tante und meinem Onkel nach Rhyssmadill gegangen.«

»Du kannst Traumbotschaften schicken?« Dides Stimme klang aufgeregt.

»Meine Mutter ist eine NicAislin«, erwiderte sie achselzuckend. »Ich reise in meinen Träumen zu seltsamen Orten, und Ghislaine auch. Ich habe niemals gelernt, wie, aber die Banprionnsa war sich sicher, dass wir lernen könnten, Traumgänger zu werden – darum haben sie uns entführt.«

»Also werden wir nach Dùn Eidean ziehen, um MacThanachs Mutter zu warnen, und Gilliane wird versuchen, Rhyssmadill zu warnen ...«, begann Iain.

»Ich möchte Blèssem nicht wieder betreten«, rief Lilanthe. »Die letzten Monate waren ein Albtraum. Das möchte ich nicht noch einmal durchmachen.«

Gwilym schüttelte ebenfalls den Kopf, wie auch die beiden Zauberwesenmischlinge aus der Theurgia. »In Blairgowrie haben sie versucht, mich zu Tode zu steinigen«, sagte der Corriganjunge mit versteinertem Blick. »Erzählt mir nicht, dass Ihr mich in Blèssem schützen könnt! Jedermann weiß, dass sie *Uile-Bheistean* hassen.«

»Ich geh wieder in die Wälder«, sagte die Baumtauscherin Corissa.

»Aber wollt ihr uns denn nicht helfen?«, fragte Douglas ungläubig. »Ganz Eileanan ist bedroht.«

Sie zuckte die Achseln. »Was geht mich das an? Mich kümmert nicht, wer regiert, solange ich mich frei bewegen kann. Menschen haben mir nur Böses angetan.«

»Wie kannst du das sagen?« Douglas war aufgebracht. »Wären wir nicht gewesen, wärst du noch immer in diesem schrecklichen Turm!«

»Wären die Menschen nicht gewesen, wär ich gar nicht erst dorthin gekommen«, erklärte Corissa, während sie ruhig eine weitere Schale Gemüseeintopf leerte.

»Beurteile nicht alle Menschen nach den wenigen, die du kennen gelernt hast«, sagte Enit freundlich. »Aber du kannst natürlich gehen, wohin du willst. Darf ich einige Vorschläge machen?«

Alle nickten. Die alte Frau sagte: »Wir müssen die Städte rasch benachrichtigen, und ich glaube nicht, dass eine Horde Kinder zu Fuß die Lösung sind. Wenn es stimmt, dass die Glorreichen Soldaten Dùn Eidean und Dùn Gorm angreifen wollen, wird das ganze Land in Flammen aufgehen. Ihr werdet alle getötet werden. Nein, ich hab einen weitaus besseren Plan.«

»Was? Was wollt Ihr tun?«, riefen sie.

Enit zwinkerte. »Ich werde durch das Kristallsehen Kontakt zu meiner Freundin Muire in Dùn Eidean aufnehmen. Sie ist Dienstmädchen der Banprionnsawitwe persönlich. Sie wird die Nachrichten in einer Minute haben, anstatt in Wochen. Ich werd auch die Rebellen in Dùn Gorm und überall sonst benachrichtigen und ihnen mitteilen, sie sollen sich auf den Angriff vorbereiten. Und ich werde Kontakt zu Meghan NicCuinn aufnehmen, die die Nachricht an einen ihrer Spione in Rhyssmadill weitergeben wird. Wie ich höre, hat der Rìgh schon ein offenes Ohr für ihn, seit er ein Junge war.« Sie lachte über ihre Mienen. »Ich hab überall Freunde, meine Kinder. Ich bereise dieses Land in meinem Wohnwagen, schon seit ich ein Kind war.«

»W-W-Was ist mit uns?«, fragte Iain eher niedergeschlagen. In ihrer Phantasie hatten sie das ganze Land gerettet und waren Helden.

»Warum schließt ihr euch nicht der Rebellion an? Ich werde euch mit nach Rionnagan nehmen. Das Rebellenlager versammelt sich dort – und eine alte Freundin von mir hat bereits viele Kinder mit *Talent* für eine Theurgia versammelt.«

Sofort entstand Aufruhr, und Enit lachte. »Ruhig, meine Kinder. Jorge der Seher ist ein äußerst sanfter Mann, und seine Theurgia wird ganz anders sein als die von Margrit von Arran! Außerdem muss sie nur kurze Zeit bestehen. Vielleicht wird das Land gerettet, und ihr könnt gehen, wohin ihr wollt.«

Enit füllte ihre Silberschale mit Wasser, stellte sie ans Feuer und blickte lange Zeit hinein. Schließlich schaute sie auf, das runzlige Gesicht war müde. »Ich habe mit Muire gesprochen. Sie wird der Witwe sofort berichten. Sie schwört, dass sie sie überzeugen kann, etwas zu unternehmen und die Stadt rechtzeitig zu warnen.«

Die Kinder jubelten aufgeregt, und Douglas und Iain grinsten sich erschöpft an. Dann sagte Enit zögernder: »Ich kann jedoch Meghan nicht erreichen. Wir nehmen jede Woche am gleichen Tag durch das Kristallsehen Kontakt miteinander auf, stets in der Dämmerung, aber sie hat mir schon seit Wochen nicht mehr geantwortet … Ich hab ein ungutes Gefühl. Dide, vielleicht könntest du versuchen, Bacaiche zu erreichen?«

Dann rief die alte Jongleurin Vögel aus dem Wald auf ihre Hand, befestigte verschlüsselte Nachrichten an deren Beinen und sprach in ihrer Sprache ernst mit ihnen, bevor sie sie dem Himmel entgegenwarf. Inzwischen blickte Dide in die Schale, und sein Gesicht verdüsterte sich. Dann schaute er wieder auf und sagte: »Enit, ich habe mit meinem Meister gesprochen. Meghan wurde gefangen genommen. Und sie hat den MacRuraich auf unsere Spur gesetzt.«

Die alte Frau spielte mit ihren Perlen, die Augen umschattet. Schließlich hob sie den Blick und sagte: »Tatsächlich hatte ich befürchtet, dass vielleicht genau das passiert sein könnte. Meghan erzählte mir, der schwarze Wolf sei ihr auf den Fersen. Nun, wir sollten besser weiterziehen. Wir wurden zuletzt in Blèssem gesehen. Daher sollten wir soviel Abstand wie möglich zwischen uns und das gesegnete Land bringen.«

Der Wolf jagt

Das Heulen eines Wolfs hallte rund um das Tal wider, und die verdrossen dreinblickenden Soldaten, die den schmalen Pfad entlangritten, zogen ihre Umhänge enger um sich. Anghus MacRuraich konnte seine jähe Freude nicht verbergen. Er sah sich eifrig um und erkannte den Umriss eines Wolfs, der sich vor dem karmesinroten Schein des aufgehenden Mondes abhob. Der Wolf heulte erneut, die Schnauze gen Himmel gerichtet, und Anghus musste das Verlangen unterdrücken, den Namen seiner Schwester zu rufen. Er sah Floinn Rotbart die jahrhunderte alte Geste gegen Böses ausführen und fragte sich erneut, wie er sich seiner unwillkommenen Begleitung entledigen könnte.

Die Woche nach Meghans Gefangennahme hatte er in der hitzigen, vereinnahmenden Umarmung des Alkohols verbracht. Er hörte nur auf zu trinken, wenn ihn die Bewusstlosigkeit schließlich überwältigte. Wenn er erwachte, griff er sofort wieder nach der silbernen Feldflasche. Er war todunglücklich, zornig und zum ersten Mal in seinem Leben verwirrt. Was sollte er tun? Die Offenbarungen, die Meghan ihm über seine Schwester und Tochter gemacht hatte, hatten alles verkehrt. Tabithas eine Wölfin? Seine kleine Tochter Fionnghal der Lehrling eines Diebes und Bettlers? Sein eigenes *Talent* durch einen einfachen Umkehrzauber auf sich selbst zurückgeworfen? Er sehnte sich nach seiner Frau. Wenn Gwyneth nur bei ihm wäre, um ihn in ihr helles, seidiges Haar zu hüllen, in ihren hellen, seidigen Körper, seine Stirn mit ihrem kühlen Mund zu glätten und ihm zu sagen, dass sie ihn liebte. Es war so lange her, seit sie ihm gesagt hatte, dass sie ihn liebte.

Schließlich hatte ihn sein getreuer Diener aus seinem Elend gerissen. Er hatte am fünften Morgen am Bett des Prionnsa gestanden, bis Anghus sich schließlich herumgerollt und ihn aus Augen angesehen hatte, die sich anfühlten, als wären sie mit glühenden Schürhaken bearbeitet worden.

»Oh, oh, also habt Ihr beschlossen aufzuwachen«, hatte Donald gesagt und verspätet »mein Laird« hinzugefügt. Er reichte seinem Herrn ein Glas Wasser, das Anghus fortschob und stattdessen Whisky verlangte. »Ihr habt Eure Feldflasche schon wieder leer getrunken, mein Laird«, antwortete Donald sanftmütig.

»Dann besorg mir neuen!«

»Bald, mein Laird. Ich hab zunächst etwas zu essen und Tee für Euch.«

»Ich will keinen Tee, Eà verdamm dich!«

Donald antwortete nicht. Teller klapperten, während er den Tisch für Anghus deckte. Er brachte seinem Herrn kaltes Wasser und ein Handtuch, und Anghus wusch sich nach einem Moment finsteren Dreinblickens Gesicht und Kopf, stöhnte und beklagte sich. Dann taumelte er vom Bett zum Tisch, wo er verärgert in seinem Essen stocherte, zu stolz, um erneut Whisky zu verlangen, ohne aber etwas anderes zu wollen.

Sein Diener stand vor ihm, die runde Wollmütze in den Händen drehend, sodass sein kahler Schädel im Lampenlicht glänzte. »Was habt Ihr vor, mein Laird?«

Anghus lachte, ein unangenehmer Laut. »Dich auf die Suche nach meinem Lebenselixier zu schicken, Mann.«

»Wie Ihr wünscht, mein Laird. Ich meine, danach.«

»Gibt es etwas danach?«

»Das müsst Ihr bestimmen, mein Laird. Ich möchte nur wissen, wann wir diesen Ort zu verlassen gedenken, mein Laird.«

»Jetzt, niemals, wen kümmert's?«

Donald erwiderte nichts, sondern umklammerte mit den großen Händen die runde Wollmütze. Dann zog er sie sehr besonnen an, nahm sein Plaid hoch und wollte gehen. Plötzlich rief Anghus: »Nein, Mann, bleib noch ein wenig.« Er hielt inne, offensichtlich um Worte ringend, und sagte dann abrupt: »Es tut mir Leid, Donald, ich bin dir wirklich ein schlechter Laird.«

Donalds Züge wurden fast unmerklich sanfter. »Ihr seid besorgt, mein Laird.«

»Ja.« Anghus betrachtete seine Hände und sagte dann rau: »Ich weiß nicht, wohin ich mich wenden soll, Donald. Der vor mir liegende Weg ist unklar.«

Wohl wissend, welch schwieriges Eingeständnis das für einen MacRuraich war, nahm Donald die runde Wollmütze wieder ab. Die Kuppel seines Schädels glänzte rötlich. Er hörte schweigend zu, als Anghus ihm erzählte, was Meghan gesagt hatte. »Ich habe versprochen, den Krüppel zu suchen, wie es die Banrìgh befohlen hat. Ich hab mein Wort darauf gegeben. Aber ich weiß, dass mir über meine Fionnghal nur Lügen erzählt wurden. Meghan hat mir vielleicht einen Anhaltspunkt gegeben, wie ich sie aufspüren kann. Alles an mir, mein ganzes Sein, sehnt sich danach, es zu versuchen.«

»Warum tut Ihr es dann nicht?«

»Es zu tun, käme einer Rebellion gleich, Donald, verstehst du das nicht? Ich habe einen königlichen Befehl, von der Banrìgh persönlich unterzeichnet. Ich hab mein Wort gegeben, und das Wort eines MacRuraich ist bindend. Wenn ich mein Wort breche – bin ich dann besser als sie? Außerdem kann ich ein solches

Risiko nicht eingehen. Ich muss an meine Leute denken, die durch die Hände der verdammten Rotgardisten genug erlitten haben.«

»Ja, und sie sind wirklich zornig, mein Laird, und verbergen ihre Waffen im Strohdach, wie sie es auch schon in früheren Zeiten getan haben. Aber Ihr wisst, dass Ihr der Laird seid und sie Euch folgen werden, gleichgültig welchen Weg Ihr einschlagt.«

Anghus sah dem Diener scharf ins runzlige, apfelwangige Gesicht, aber es war so offen und arglos wie immer. Er erwiderte gemächlich: »Die MacRuraichs waren den MacCuinns stets treu ergeben.«

»Mein Laird, ich versteh nicht, warum die Suche nach Eurer Tochter einer Rebellion gleichkäme«, sagte Donald. Anghus sah ihn an. Der Diener fuhr zögernd fort: »Außerdem – ist es nicht nur der Schnörkel der Banrìgh auf diesem Stück Papier? Ihr habt nicht der Frau des Rìgh einen Treueeid geschworen, sondern nur ihm.«

Anghus nickte. »Das ist wahr.«

»Und halten sie nicht den geflügelten Burschen für den Krüppel und haben Euch befohlen, ihn aufzuspüren? Wenn Ihr ihm zu diesem Rebellenlager folgt, wo Ihr Eure Tochter vermutet – befolgt Ihr dann nicht nur einfach ihre Befehle? Nur Meghan von den Tieren hat Euch gesagt, er sei nicht der Krüppel.«

Anghus' braungrüne Augen erhellten sich allmählich. »Ja, ja, so ist es«, sagte er. »Und wer ist die Liga gegen Hexen, dass sie meine Bestrebungen überhaupt in Frage stellen sollte? Ich bin ja nicht nur irgendein dummstolzer Hexenschnüffler, der über jeden Schritt berichten muss.«

Er erhob sich und verlangte verärgert nach seinen Stiefeln. »Du hast sie inzwischen gewiss säubern lassen!«

Donald stülpte sich die runde Wollmütze wieder auf den Kopf

und holte die Stiefel aus dem Stiefelknecht. Anghus, der sein Gepäck nach einem sauberen Hemd durchsuchte, sagte: »Und vergiss meinen Whisky nicht, Donald, sonst zieh ich dir den Bart lang!«

Anghus hatte nicht verhindern können, dass ihm eine Eskorte aufgedrängt wurde, obwohl er Humbert beschworen hatte, dass ein Sucher ihn eher behindern als ihm helfen würde. Also waren er und Donald mit sechs Soldaten aus Dunceleste hinausgeritten, unter ihnen die drei, die ihre Reise durch das Herz des Verschleierten Waldes überlebt hatten.

Sie waren dem geflügelten Prionnsa auf der Spur, und es war ein umständlicher Weg, der durch Täler, zurück in den Wald und durch schwieriges Felsengebiet führte. Wäre Anghus nicht ebenso einer außersinnlichen wie einer physischen Spur gefolgt, hätte er ihn niemals aufspüren können.

Obwohl er seine Absicht in keiner Weise verlauten ließ, wussten die Männer genug über Spurensuche, um zu erkennen, dass er jemandem folgte. Da Anghus den Weg ungeachtet physischer Zeichen wie Fußabdrücke, abgebrochener Zweige oder mit Erde bedeckter verglühter Kohlen zu erkennen schien, sahen die Männer ihn fragend an. Besonders Floinn Rotbart war misstrauisch. Er betrachtete Anghus mit seinen wässerigen blauen Augen und fragte eines Tages, wohin der Prionnsa sie führe. »In diesen Bergen gibt es nichts anderes als Wollbären und Kaninchen, mein Laird. Ich dachte, Ihr solltet diesen schrecklichen Krüppel aufspüren, aber mir kommt es so vor, als würden wir nur im Kreis laufen.«

Anghus erwiderte gelassen: »Beunruhigt Euch nicht, Floinn, ich hab mich nicht verirrt. Ein MacRuraich verirrt sich niemals.«

Als er diese Worte wiederholte, die im Verlaufe der Jahrhunderte zu einer Art Mantra geworden waren, kam es ihm in den Sinn, wie viel Spott sie zu diesem Zeitpunkt der Geschichte beinhalteten. Man könnte argumentieren, dass alle lebenden MacRuraichs Verirrte waren – Tabithas, Fionnghal und er selbst, alle verirrt und fast bis zur Unkenntlichkeit verwandelt. Der Gedanke erschöpfte ihn. Es kostete ihn Mühe, sein Pferd anzutreiben, und er konnte seinen Gesichtsausdruck weder vor Donald noch vor Casey Falkenauge verbergen. Er war sich der angespannt auf sein Gesicht gerichteten blauen Augen des Letzteren bewusst und fragte sich, was er wohl dachte.

Anghus wusste, dass er die Soldaten loswerden musste, bevor er dem Rebellenlager zu nahe käme, aber es widerstrebte ihm, etwas zu unternehmen, was seine Wahlmöglichkeiten verringern würde. Er musste auf eine Gelegenheit warten, sie stattdessen zu überlisten.

Diese bot sich im Verlauf der zweiten Woche, als sie sich so tief in den Bergen befanden, dass die Soldaten Schwierigkeiten haben würden, ohne Hilfe wieder herauszufinden. Anghus wollte nicht, dass Humbert zu rasch informiert würde. Aber er wollte den Soldaten auch keinen Schaden zufügen, besonders dem jungen Pfeifer mit seinen unbeholfenen Handgelenken und treuen Hundeaugen oder dem scharfsichtigen Casey nicht. Als er also bemerkte, dass sich das Wetter verschlechtern würde, ritt er in die Wälder hinab.

Sie zogen gerade hintereinander einen Hügelkamm entlang, als der Sturm, der den ganzen Tag gedroht hatte, mit Donnerhall über sie hereinbrach. »Hier draußen im Freien ist es zu gefährlich«, rief Anghus. »Wir sollten so schnell wie möglich Schutz suchen.«

Da der strömende Regen ihre Sicht verdunkelte, folgten die Soldaten Anghus einfach in den Wald hinein. Der Prionnsa, der sich im dichten Unterholz verbarg, hörte sie durch das Gestrüpp brechen. Er pfiff wie ein Baumsegler, und bald tauchte Donald ruhig neben ihm auf, der sein Pferd führte. Er hielt seine Hand über die Nase der Stute, damit sie nicht wieherte.

Sowohl Anghus als auch Donald waren erfahrene Jäger und Förster und hatten keine Schwierigkeiten, die Soldaten im wirren Unterholz hinter sich zu lassen. Sie schlichen leise zum Waldrand zurück und nahmen ihre Reise wieder auf.

Irgendwann während der Nacht hörten sie etwas in den Wäldern hinter ihnen und verbargen sich vorsichtshalber im Unterholz. Es war Tabithas, die ihrer Spur mit der Nase am Boden folgte. Es war das erste Mal seit Meghans Offenbarungen, dass Anghus der Wölfin wieder nahe kam, und er war überrascht über den Ansturm der Gefühle, der ihn überwältigte. Plötzlich kniete er am Boden, die Arme voller winselnder, sich windender Wölfin, die Tränen auf seinen Wangen mit Regen vermischt.

»Tabithas, Tabithas, bist du es wirklich?«, fragte er, und sie kläffte und stieß ihren Kopf unter sein Kinn, damit er sie kraulte.

Er blickte in ihre gelben Augen und suchte nach einer Ähnlichkeit mit seiner Schwester, aber es war kein Zeichen zu erkennen, dass die Wölfin jemals eine Frau gewesen war, ganz zu schweigen von einer mächtigen Zauberin. Kummer und Zorn erfüllten ihn, und er lehnte den Kopf an ihr dichtes Fell. Sie winselte und leckte ihm die Wange, während sie heftig mit dem Schwanz wedelte, und er schluckte gegen einen Knoten in seinem Hals an. »Ich kann nicht glauben, dass du es wirklich bist«, sagte er rau, und sie lehnte sich gegen ihn und schaute mit einem solch deutlichen Ausdruck des Verstehens und der Zuneigung auf dem Wolfsgesicht zu ihm hoch, dass er plötzlich nicht mehr bezweifelte, dass diese Wölfin mit dem Silberfell wirklich seine Schwester war.

Bei Sonnenaufgang waren sie bereits weit von dem Wald entfernt, wo sie ihre Begleiter zurückgelassen hatten, und waren müde, hungrig und völlig ausgekühlt. Beide Männer waren nass bis auf die Haut, und ihre Kleidung klebte feucht an ihnen.

»Sollen wir rasten, mein Laird?«, fragte Donald. »Meine Magenwände kleben schon fast zusammen.«

Anghus schüttelte den Kopf. Er fühlte sich unbehaglich, und die Wölfin schien seine Angst zu teilen, denn sie schaute häufig zurück und knurrte mit zurückgezogenen Lefzen. »Nein, die Roten Garden sind erfahrene Spurenleser, und wir haben mehr Spuren hinterlassen, als mir lieb ist. Wir sollten weiterziehen, solange wir können.«

Sie aßen während des Ritts, und Anghus nahm mehrere Schlucke Whisky, um sich aufzuwärmen. Er fühlte sich seltsam verletzlich, als wenn einige Hautschichten abgeschält worden wären. Er hatte sein Herz und seinen Geist so lange verschlossen gehalten, aber nun schienen sich alle seine sorgfältigen Abwehrmechanismen aufzulösen. »Ich werde sie bald finden, meine Fionnghal«, sagte er sich. Die Wölfin bellte und sah zu ihm hoch, während sie neben den Pferden dahinlief, die ihr Wolfsgeruch beunruhigte.

Um die Mittagszeit war sich Anghus sicher, dass sie verfolgt wurden. Alle Haare in seinem Nacken sträubten sich, sein Rückgrat fühlte sich starr und angespannt an, und die Wölfin blickte mit gesträubtem Fell und leise grollend den Weg zurück. Er beschloss, besser nachzusehen, wer es war, bevor er endgültig handelte, sodass er und Donald sich hinter einem Felsvorsprung versteckten. Nach ungefähr zehn Minuten sahen sie Casey Falkenauge aus dem Wald trotten. Hinter ihm ritt Ashlin der Pfeifer, dessen widerspenstige Knie und Ellbogen zeigten, dass er die Kunst des Reitens noch immer nicht beherrschte. Casey verhielt sein Pferd, stieg geschmeidig ab und kniete sich hin, um den Boden zu untersuchen. Anghus und Donald hatten die

Hufe ihrer Pferde mit Stoff umwickelt, um deren Abdrücke im weichen Schlamm zu verbergen, aber ein erfahrener und scharfsichtiger Kundschafter würde die hinterlassenen, verwischten Spuren dennoch erkennen können. Casey Falkenauge war offensichtlich ein solcher Kundschafter.

»Sollen wir sie abhängen oder uns wohl oder übel mit ihnen abfinden?«, fragte Donald.

Anghus rieb sich seinen krausen Bart und gelangte dann zu einer Entscheidung. »Ich denke, wir sollten mit ihnen reden. Ich mag Casey und den Jungen und möchte nicht, dass ihnen etwas zustößt. Wir haben fast alle Listen angewandt, um sie abzuschütteln, aber sie wollen sich offensichtlich nicht abschütteln lassen. Und ich möchte wissen, warum.«

Er erhob sich, streckte sich und trat auf den Pfad hinab. Als Casey und Ashlin um die Ecke kamen, saßen Anghus und Donald ruhig auf Felsblöcken am Wegesrand und rauchten ihre Pfeifen. Casey verhielt sein Pferd und betrachtete sie mit ausdruckslosen blauen Augen. Ashlin war nicht so zurückhaltend. Seine Augen erstrahlten, ein breites Lächeln teilte sein sommersprossiges Gesicht, und er drängte sein Pferd unbeholfen voran.

»Also habt Ihr beschlossen, uns einzuholen«, sagte Anghus freundlich und klopfte seine Pfeife aus. »Wir haben uns schon gefragt, was mit Euch geschehen sei. Setzt Euch, wir wollten gerade essen.«

Casey sah ihn nachdenklich an, stieg dann ab und schlenderte zu ihnen herüber, sein Pferd mit sich führend. Ashlin redete aufgeregt. Er glaubte offensichtlich, Anghus und Donald wären im Sturm zufällig von ihnen getrennt worden, und freute sich, sie wiederzusehen. Casey unterlief dieses Missverständnis nicht. Anghus konnte an seiner verschlossenen Miene erkennen, dass er genau wusste, dass Anghus sie absichtlich zurückgelassen hatte.

»Und was ist mit Euren Gefährten geschehen?«, fragte Anghus, während sie eine provisorische Mahlzeit vorbereiteten.

Casey antwortete wohlüberlegt: »Sie haben sich anscheinend verirrt.«

»Schade, dass wir keine Zeit haben, auf sie zu warten«, erwiderte Anghus.

»Sie scheinen aus einem unbestimmten Grund zu glauben, Ihr wärt weiter südwärts in die Wälder gezogen«, sagte Casey. »Ich hörte sie rufen, sie hätten Spuren gefunden …«

Anghus' Augen schimmerten grün. Er fragte sich, ob der Soldat etwas damit zu tun gehabt hatte. Casey Falkenauge war wirklich schwer einzuschätzen.

»Wie schade. Ich hatte Floinn Rotbart gerade zu mögen begonnen«, sagte Donald.

Sie sahen, wie sich Caseys harter Mund an einer Seite verzog, und erkannten, dass der Kavallerist den rothaarigen Riesen als ebenso unangenehm empfunden hatte wie sie. Anghus fragte sich allmählich, ob er Casey ins Vertrauen ziehen sollte. Er hatte den Kavalleristen in schwierigen Zeiten als guten Gefährten kennen gelernt, mit kühlem Kopf, starkem Arm und scharfem Auge. Aber es war gewiss zu riskant. Nichts von dem, was Casey geäußert hatte, ließ an seiner treuen Ergebenheit zur Banrìgh zweifeln. Anghus hoffte noch immer, seine Absichten geheim halten zu können – er war noch nicht bereit, dem Rìgh den Krieg mit Rurach und Siantan zu erklären, den jede offenkundig rebellische Handlung bedeuten würde.

Der Kavallerist nahm das Essen entgegen, das Donald ihm reichte. »Ich frage mich, wonach Ihr jagt, mein Laird«, sagte er sehr höflich.

»Wonach ich jage?«

»Ich konnte nicht umhin zu bemerken, dass die schwarze Wölfin einer Spur folgt.«

»Tatsächlich?«

»Ja. Ich habe gehört, dass ein schwarzer Wolf niemals aufgibt, wenn er oder sie – einmal eine Spur aufgenommen hat.«

Anghus lachte. Er beschloss, Casey Falkenauge zu mögen. »Es sei denn, ein verlockenderer Geruch kreuzt seinen Weg«, sagte er. »Jeder Wolf wird eine schwach und alt gewordene Spur verlassen, wenn er oder sie auf eine ihm zusagendere trifft.«

Casey lächelte und nahm eine lange Tonpfeife hervor, die er nachdenklich stopfte. Ashlin der Pfeifer hörte aufmerksam zu, ohne sich sicher zu sein, dass er verstand, wovon die Rede war. Casey zündete die Pfeife an und schmauchte friedlich.

Donald und Anghus wechselten mit erhobenen Augenbrauen einen Blick. »Ah, Ihr seid Raucher«, sagte der Diener liebenswürdig und nahm auch seinen abgegriffenen Lederbeutel hervor. »Aber wie könnt Ihr Euch vom Sold eines Kavalleristen Tabak leisten?«

»Mein Onkel Donovan ist Hafenmeister in Dùn Gorm. Die Händler aus dem Glorreichen Land waren so freundlich, ihm eine oder zwei Stangen zu schenken, als sie durch die Schleusentore kamen. In Dunceleste wartete ein Päckchen auf mich, als wir aus dem Verschleierten Wald zurückkamen.«

»Seid Ihr auch Whiskytrinker?«, fragte Anghus, während er seine silberne Feldflasche hervorzog.

»Und das mir – einem Highlander«, sagte Casey bekümmert. »Dass Ihr mir solch eine Frage stellen müsst.«

Anghus goss ihnen allen einen Schluck ein, wenn auch für Ashlin deutlich weniger. »Dann trinken wir auf die Zukunft, meine Freunde!«

Iseult erwachte nach der Kriegsversammlung früh am Morgen mit besorgten Gedanken daran, wie viel ihres Plans noch immer auf Glück und Zufall beruhte. Gitâ lag zusammengerollt auf einem Kissen und keckerte, während sie sich anzog. Sie streichelte ihn, wohl wissend, wie sehr der kleine Donbeag Meghan vermissen musste.

Sobald sie hinaustrat, wurde sie sich der Tatsache bewusst, dass sie beobachtet wurde, und lächelte. »Wo versteckst du dich dieses Mal, Finn?«, rief sie.

Ein kastanienbrauner Kopf kam hinter einem Stapel Fässer hervor, und daneben erschien ein kleiner schwarzer Kopf mit Pinselohren. »Ich bin hier, Iseult«, rief Finn zurück und kroch auf Händen und Knien hervor.

»Willst du mit mir zum See kommen?«

»Ja!« Finn sprang aufgeregt umher; ihre Beine unter dem kurzen, zerrissenen Kleid waren sehr dünn und sehr schmutzig.

»Hast du keine andere Kleidung? Du musst in diesem alten Fetzen doch frieren.«

»Nun, ja, ich frier fast immer, aber ich trag schon seit Jahren nichts anderes«, erwiderte Finn überrascht. »Zuerst war es mir immer zu groß – und jetzt platze ich überall heraus.«

»Und hast du keine Schuhe?«, fragte Iseult, während sie Finns schmutzige, bloße Füße betrachtete, die von Dornen und scharfen Steinen zerschnitten waren.

Finns überraschter Gesichtsausdruck vertiefte sich. »Wo sollte ich Schuhe herbekommen?«

»Es wird bald Winter. Wir werden sehen müssen, was wir für dich tun können«, sagte Iseult und ging durch das lärmende Lager voran.

Finn lachte. »In Lucescere schneit es im Winter. Die Pfützen überfrieren, und der Wind, der durch die alte Stadt fegt, ist schneidend wie ein Dolch. Ich bin inzwischen daran gewöhnt.«

»Dennoch – es muss hier doch einen Schuster geben und wahrscheinlich auch jemanden, der nähen kann. Ich werd dafür sorgen, dass ihr Kinder alle warme Kleidung habt, bevor der Winter kommt!«

Iseult zog sich aus und glitt in den See, und nach einer Weile gesellte sich Finn in dem eisigen Wasser zu ihr, planschte und kreischte. Iseult ließ sie den verfilzten Dreck aus ihren braunen Haaren spülen und ihre schmutzigen Füße mit einer rauen Bürste schrubben. Ihr Kreischen lockte auch die übrigen Kinder aus ihren Höhlen, und bald tanzten viele kleine Köpfe auf dem See, und die Luft hallte von ihrem Jauchzen wider.

Danach ließ Iseult sich von Finn zeigen, wie die Elfenkatze klettern konnte, und sie beobachtete erstaunt, wie das Kätzchen rasch und leicht senkrecht den nach außen gewölbten Felsen hinaufstieg. Ihre scharfen Krallen schienen sich unmittelbar in den Fels zu bohren, und Finn sagte sehnsüchtig: »Wisst Ihr, wenn ich solche Krallen hätte, könnte ich ebenso leicht klettern!«

Iseult kam, wie ein Geschenk von Eà, eine Idee, und sie ging nachdenklich zum Lager zurück, während Finn tanzend und plappernd neben ihr herlief. Nachdem sie gegessen hatten, wobei Finn noch die Hälfte von Iseults Frühstück vertilgte, suchten sie Duncan auf, und Iseult erklärte ihm ihre Idee.

»Könnten wir nicht Schuhe fertigen, die Krallen wie die einer Katze aufweisen? Unsere kleine Finn hier sagt, sie kann die meisten Mauern erklettern, braucht aber etwas, was ihr Halt gibt, wenn keine Risse oder Spalten da sind. Anscheinend wird es ihr zufallen, die Wallanlage hinter dem Turm der Zwei Monde zu bezwingen, die aber bekanntlich so glatt wie Glas ist. Wenn wir eine Art Stifte an ihren Füßen befestigen könnten – wär das nicht hilfreich?«

»Nun, wir haben natürlich einen Schuster, aber ich weiß nicht, ob er so etwas fertigen kann«, erwiderte Duncan unsicher. Er brachte Iseult und die aufgeregte Finn dennoch hin, und nach anfänglichem Protest sagte der Schuster schließlich zu, es zu versuchen. Er versprach auch, robuste Stiefel für alle Kinder zu fertigen, wenn er die Zeit dazu fände, obwohl er auch erwähnte, die Füße der Soldaten hätten Vorrang. Dann suchte Iseult den Schneider der Soldaten auf und bat ihn, den Kindern wärmere Kleidung zu nähen, bevor sie aufbrachen. Er änderte einfach einige alte Kleidungsstücke für sie um, und bald trugen alle Mitglieder der Liga der Heilenden Hand wollene Kniehosen, die unter dem Knie über Kreuz gebunden wurden, langärmelige Tuniken und darüber Wämser.

Die nächsten Wochen wurden auf die Reisevorbereitungen und die Arbeit mit den Soldaten verwandt. Iseult stellte fest, dass die Rebellen überwiegend schlecht ausgebildet waren, da viele von ihnen lediglich die Söhne von Kleinpächtern oder davongelaufene Lehrlinge waren. Sie und Duncan arbeiteten eng zusammen und erkannten bald, dass allmählich eine Beziehung zwischen ihnen entstand. Obwohl der breitschultrige Mann seine Gefühle gut verbarg, war er sowohl misstrauisch als auch eifersüchtig auf die neue Frau seines Laird gewesen. Nach einer Woche Beobachtung ihrer Bemühungen schwand jedoch einiges Misstrauen, und er reagierte zunehmend bereitwilliger auf sie.

Iseult beteiligte sich auch an den täglichen Jagdausflügen und beeindruckte die Soldaten mit ihrem Können sehr. *Meghan ist nicht hier*, sagte sie sich. *Und es ist besser, die Männer für unsere Sache einzunehmen, als sie durch Meghans absonderliche Ansichten zu verwirren*, obwohl sie feststellte, dass sie nicht viel von dem erjagten Fleisch essen konnte, sondern geschmorte Wurzeln und Gemüse vorzog.

Als der Sommer in den Herbst überging, wurden verstärkt Reisevorbereitungen getroffen. Lachlan und seine Gruppe mussten zuerst aufbrechen, da sie einen langen und schwierigen

Weg durch die Weißlockenberge vor sich hatten. Sie mussten den Muileach überqueren, um hinter Lucescere herauszukommen, und das bedeutete, dass sie tief ins Gebirge eindringen mussten, um den Fluss nahe seiner Quelle überqueren zu können. Es gab keine andere Möglichkeit, den reißenden Fluss zu durchwaten.

Finn war trotz aller Versicherungen Iseults entschlossen, sich zu tarnen, bevor sie sich Lucescere näherten. Sie beschloss, ihr Haar blond zu färben und ihre charakteristischen Elfenzüge mit Schlamm zu beschmieren.

Niemand von ihnen wusste, wie man braunes Haar blond färbte, aber Iseult zog einfach das *Buch der Schatten* aus der Tasche und sah darin nach. Die Seiten blätterten sich zum Erstaunen der Kinder von alleine um und öffneten sich schließlich bei einem Rezept, das das Haar mit einer Paste zu bleichen versprach, die aus der Asche von Berberitzenzweigen gemacht war. Finns Kopf wurde fast einen ganzen Tag lang mit diesem ekelhaften Gemisch darauf eingewickelt, und als die Asche schließlich herausgewaschen wurde, war ihr kastanienbraunes Haar hellblond.

An diesem Nachmittag kam der Schuster mit einer Auswahl kleiner, aber fester Stiefel zu Iseult. Er und der Schmied hatten außerdem Rahmen mit zwölf scharfen, gebogenen Stiften gefertigt, die Finn über ihre Stiefel schnallen konnte, sowie grausam wirkende, ebenfalls mit Stiften versehene Handschuhe für ihre Hände. Außerdem hatte der Schmied spitze Haken gefertigt, die man in jeden Riss hämmern konnte, damit Finn Halt fand.

Finn brachte das alles ans Ende des Talkessels, erlaubte aber niemandem, ihr zuzusehen. Während der nächsten vier Tage erkletterte sie Bäume und Felswände, übte Techniken mit Seilen und Seilrollen und war schließlich bereit, es Iseult und Lachlan zu zeigen. Die Liga schwärmte in höchster Aufregung um das kleine Mädchen herum, während sie ernst ihre Krallen umschnallte und sich bereitmachte, die Felsklippe zu erklettern. Langsam, aber sicher stieg sie den steilen, glatten Hang hinauf und versicherte sich, dass die Haken tief genug in den Stein geschlagen waren, bevor sie versuchsweise ihr Gewicht darauf verlagerte. Sie glitt mehrere Male aus, konnte sich aber jedes Mal wieder fangen, obwohl Iseults Herz stockte.

Als Finn schließlich die Spitze der dreihundert Fuß hohen Felsklippe erreichte, erklangen Jubel und Pfiffe rund um den Talkessel. »Sie ist selbst wie eine Elfenkatze«, murmelte Jay Dillon zu. »So werden wir sie von jetzt ab nennen – Finn die Katze.«

Zwei Tage später ritten Anghus und seine Männer in ein Tal direkt am Fuß des Hauers ein. Anghus' *Talent* sagte ihm, dass der geflügelte Mann unmittelbar vor ihnen war, obwohl nichts außer einer hoch aufragenden roten Felsklippe zu sehen war. Er versuchte, Fionnghal zu erspüren, aber seine Wahrnehmungen verwirrten sich jedes Mal und ihm wurde beinahe übel, sodass er schließlich davon abließ.

Früh am nächsten Morgen marschierte eine Kavalkade Soldaten direkt aus dem Fels hervor. Anghus und Casey sahen einander überrascht an, denn sie hatten keinen Spalt oder Riss in der Felswand entdeckt. Dann schrie Anghus leise auf, denn der Kavalkade voran schritt der Krüppel, in seinen schwarzen Umhang gehüllt.

Neben ihm gingen die große Frau, eine weiße runde Wollmütze über ihre rotgoldenen Locken gezogen, und ein blinder alter Mann mit einem Raben auf der Schulter. Dahinter marschierte eine Truppe Kinder, angeführt von einem kleinen Jungen, der stolz ein primitives Banner trug – eine gelbe Hand auf blauem Untergrund.

Anghus betrachtete die Kinder bange und suchte nach dem kastanienbraunen Haar seiner Tochter. Die einzigen Mädchen unter den Kindern waren hellhaarig, eines mit einem flachsfarbenen Lockenkopf. Als sein Blick über sie hinwegglitt, wurde ihm schwindelig. Er konnte nichts mehr sehen, da Schwärze vor seinen Augen umherwirbelte. Er trat einen Schritt vor, wollte den MacCuinn-Jungen ansprechen, aber alles drehte sich um ihn, und er wusste nicht mehr, wo oben und unten war. Er stolperte, fiel hin und rollte den Felshang hinab.

Zerschlagen und mit blutender Hand und Schläfe lag er dann still da. Gesichter beugten sich über ihn. Er hörte den MacCuinn-Jungen Befehle rufen, und dann wurde er davongetragen. Er war sich einer großen Leere, Kummers und Enttäuschung bewusst. Tabithas winselte neben ihm, zupfte an seinem Ärmel und versuchte, ihn zum Aufstehen zu bewegen. Sein innerer Kompass drehte sich wild – er wusste nicht, wo er war, er wusste nicht, was er hier tat. Er wusste nur, dass er sich verirrt hatte.

Die Lammasversammlung

Eine Woche vor Lammas ritt die Hexenbanprionnsa von Aran Margrit NicFóghnan nach Rhyssmadill hinein. Sie kam mit einem großen Gefolge von Dienern und Bediensteten und einer Wagenladung Geschenke für den Rìgh. Die Küche summte vor Gerede – alle fragten sich, was sie nach Rhyssmadill führte und warum die Liga gegen Hexen einer Zauberin den Zugang zum Palast gewährte.

Isabeau schlich sich davon, um einen Blick auf sie zu erhaschen. Sie war eine große Frau, eindrucksvoll in schwarzen Samt mit Goldbrokat und Spitze gekleidet. Ihr Gesicht war nur leicht gefurcht, wirkte aber kalt und verächtlich. An der Brust trug sie das Wappen der MacFóghnans, die blühende Distel. Ein MacFóghnan besuchte einen MacCuinn so selten, dass der Rìgh sogar aufstand, um sie zu empfangen.

Er war sehr krank gewesen und hatte die meiste Zeit in seinem großen Himmelbett verbracht. Latifa war besorgt um ihn und kochte so manche heiße Brühe oder heißen Molketrank, um seinen Appetit anzuregen und ihm Kraft zu geben. Isabeau begleitete sie gewöhnlich, denn Latifa besaß kein solch umfangreiches und fundiertes Wissen über Kräuter wie Isabeau. Sie war entsetzt über die eingefallenen Wangen des Rìgh, das Grau seiner Haut, den unregelmäßigen Herzschlag. Er war erst knapp über dreißig, aber er sah wie ein alter Mann aus. Sie schüttelte den Kopf und begegnete ernst Latifas Blick, denn er wirkte todgeweiht.

Die Dienstboten wurden mit den Vorbereitungen für den Lammastag beschäftigt, ein wichtiger Festtag in Eileanan. Es war nicht nur das Fest der ersten Ernte, sondern auch der Tag, an dem Kleinpächter und Farmer den Lairds ihre Pacht und Steuern bezahlten, an dem die Lairds die Prionnsachan bezahlten und an dem die Prionnsachan den Rìgh bezahlten.

Die große Halle in Rhyssmadill wurde für Geschenke in Form von Getreide, Seidenstoffen, wertvollen Steinen und Mineralien, kunstfertig bearbeiteten Metallen und Beuteln mit klingenden Münzen öffentlich zugänglich gemacht. Die Prionnsachan kamen aus ganz Eileanan, wobei einige eine einmonatige Reise auf sich genommen hatten, denn der Lammastag war traditionell der Zeitpunkt, an dem man mit dem Rìgh sprechen und Probleme und Handelsdarlehen erörtern konnte. Da das Land durch die Überfälle der Fairgean und der Rebellen in Aufruhr war, wurde erwartet, dass diese Lammasversammlung turbulent verlaufen würde.

Gwyneth NicSian kam, die ihren Mann Anghus MacRuraich von Rurach und ihre eigene Heimat Siantan vertrat, die jetzt als der Doppelte Thron vereint waren. Sie war eine wunderschöne Frau mit langem, hellem Zopf. Sie brachte eine Wagenladung seltenes Bauholz, Säcke Holzkohle und üppige Schneelöwenfelle mit.

Der Prionnsa von Carraig, Linley MacSeinn, kehrte von einem erfolglosen Versuch zurück, die Berge nach Carraig hinein zu überqueren. Er war vor Zorn und Kummer angespannt wie eine Feder, denn sein Sohn und Erbe war Anfang des Frühjahrs vom Hof verschwunden, und alle seine Versuche, eine Armee aufzustellen, um sein Land zurückzugewinnen, waren fehlgeschlagen. Die MacSeinns waren einst ein reicher Clan gewesen, die mit Fellen, Fisch, Rohmetallen und Fairgeanschuppen handelten, aber ihr Reichtum ging während der Invasion Carraigs verloren. Als stolzer Mann fand der Prionnsa seine Position offensichtlich schwierig, und es wurde in der Küche viel darüber spekuliert, was er wohl bei der Versammlung zu sagen hätte.

Aus Tìreich kam der MacAhern-Clan, die durch Ravenshaw gereist waren, um nach Rhyssmadill zu gelangen. Der Prionnsa, Kenneth MacAhern, bot eine absolute Sensation, indem er auf einem der berühmten fliegenden Pferde einritt. Es war ein honigfarbenes Tier mit breiter Brust, regenbogenfarbenen Schwingen und einem weit ausladenden Geweih. Der MacAhern ritt ohne Sattel oder Zaumzeug, wie es alle Thigearns taten. Ein fliegendes Pferd war mit solchen Mitteln nicht zu zähmen.

So reizvoll die Ankunft des Pferdeclans auch war, erweckte sie jedoch nicht annähernd so viel Interesse wie die diplomatische Gruppe von Tìrsoilleir. Die weißen Wappenröcke der Glorreichen Soldaten waren überall im Palast und in der Stadt zu sehen. Einige trugen eine lange, seltsam geformte Waffe, die Hakenbüchse genannt wurde, über der Schulter. Die Schankkellner erzählten, diese Waffen würden mit lautem Knall Feuerwerke hervorbringen. Isabeau konnte sich nicht vorstellen, warum eine Waffe ein Feuerwerk abschießen sollte, und der Gedanke daran bereitete ihr Unbehagen. Ihr Schlaf war von Albträumen erfüllt, von denen viele die Gestalt silberfarbener und weißer Soldaten annahmen.

Ihre schlechten Träume hatten an Häufigkeit und Intensität zugenommen, bis Isabeau nachts nur noch widerwillig die Augen schloss. Sie träumte, dass sie durch Nebel zu entkommen versuchte, verzweifelt vor etwas, vor jemandem davonlief, nur um sich mit den Füßen in Schlamm und mit dem Körper in

Dornen zu verfangen. Sie hatte Kriegsträume voller Blut und Flammen. Sie hatte Liebesträume, die sowohl wunderschön als auch eigenartig waren. Manchmal war das Gesicht, das sich zum Kuss zu ihr herabbeugte, dunkel und leidenschaftlich, und manchmal war es fremdartig, mit großen, funkelnden Augen.

Wenige Tage vor dem Erntefest erschien ihr ihre Hüterin in einem Traum. Isabeau empfand beim Anblick von Meghans schmalem, runzligem Gesicht und den schwarzen, glänzenden Augen schmerzliche Freude. Sie war in Schatten gehüllt, die wie dunkle Schwingen über ihr aufragten. *Isabeau …* Sie rief wie aus weiter Ferne. *Isabeau, du musst kommen. Du musst kommen …*

Wohin?

Nach Lucescere. Zum alten Palast. Du musst mit dem Schlüssel kommen …

Meghan, wo bist du?

Komm nach Lucescere. Du musst mir den Schlüssel bringen. Isabeau, ich brauche dich. Komm nach Lucescere …

Als Isabeau erwacht war, schlich sie in die Küche hinab, wo Latifa die Feuer schürte. Der Schlüsselring an der Taille der Köchin klimperte, und Isabeau betrachtete ihn sehnsüchtig. Die Monate, in denen sie ein Drittel des Schlüssels bei sich getragen hatte, hatten in ihr eine Sehnsucht hinterlassen, die sie manchmal nur schwer abschütteln konnte. Mit leiser Stimme erzählte sie der Köchin, was Meghan gesagt hatte.

Latifa runzelte die Stirn und umklammerte ihren Schlüsselring. »Es ist viel zu gefährlich für dich, allein nach Lucescere zu gehen«, sagte sie. »Besonders aufgrund nur eines Traums. Nur sehr wenige besitzen die Fähigkeit, auf dem Traumpfad zu wandeln, und du bist noch immer erst eine eben flügge gewordene Hexe – ich hab noch keinen Beweis dafür gesehen, dass du dieses *Talent* besitzt! Wenn Meghan wollte, dass ich dir den

Schlüssel übergäbe, hätte sie es mir gesagt. Aber sie antwortet mir nicht, wenn ich sie durchs Kristallsehen zu erreichen versuche, und wir haben seit ihrem Verschwinden nichts mehr von ihr gehört. Ich kann den Schlüssel nicht aus der Hand geben, nur weil du einen Albtraum hattest.«

»Aber Meghan sagte …«

Die Stimme der Köchin wurde sanfter. »Es is' nur natürlich, dass du von ihr träumst, da du dich um sie sorgst, wie es auch sein muss. Und du bist nervös. Ich kann erkennen, dass du nich' geschlafen hast. Träume sind unsichere Eindrücke, mein Kind, oft nur Fetzen des schlafenden Geistes.«

»Aber warum sollte ich von Lucescere träumen. Es bedeutet mir nichts …«

Sie zuckte die Achseln. »Lucescere ist eine legendäre Stadt, von Regenbogen und alten Geschichten umsponnen. Ich denke, es is' nur natürlich, dass du davon träumst.« Obwohl sie freundlich sprach, hatte ihre Stimme eine gewisse Härte, während sie den Schlüsselring besitzergreifend liebkoste.

»Aber …«

»Es war nur ein Traum, Kind. Lass ihn ruhen.«

Meghan begann Isabeau in ihren Träumen ebenso häufig heimzusuchen wie der wunderschöne Mann mit den goldenen Augen oder das fremdartige Wesen, das ihr solche Seligkeit brachte, und auch ebenso häufig wie die Träume von Flammen und Blut. Isabeau trank vor dem Schlafengehen aus Verzweiflung Kamillentee, aber die Träume kamen selbst noch in tiefstem Schlaf.

Während des Tages wurden die Gäste von Jongleuren und Troubadouren unterhalten, während die Gärten in eine Art Volksfest verwandelt und in den Ställen Sorbetts, Sülze und Becher mit eiskaltem Glockenfruchtwein ausgegeben wurden. Kleine Gruppen Männer unterhielten sich ruhig in Ecken und brachen gelegentlich zu Schwert- oder Ringkämpfen auf. Die Frauen tändelten und schwatzten und flüsterten einander hinter den Fächern zu.

Isabeau war von Neugier und Aufregung erfüllt. Dies kam ihren Erwartungen eines Lebens im Palast des Rìgh schon näher – ein Hof voller Prionnsachan und Banprionnsachan in prachtvoller Kleidung, die eifrig Ränke schmiedeten. Sie würde die Lammasversammlung gerne belauschen und fragte sich, ob es eine Möglichkeit gäbe, sich im Versammlungsraum zu verstecken. Sie könnte unschätzbare Neuigkeiten für Meghan und die Rebellen aufschnappen und sich in den Augen ihrer Hüterin rehabilitieren. Denn Isabeau konnte das Gefühl, versagt zu haben, trotz des erfolgreichen Vereinens zweier Teile des Schlüssels, nicht abschütteln. Sie war so selbstsicher gewesen, als sie und Meghan sich getrennt hatten, aber sie hatte ihre Mission nur mit Hilfe der Celestine überhaupt beenden können. Nun, wo Isabeaus Kraft und Gesundheit allmählich zurückkehrten, wünschte sie sich, wieder in die Rebellion mit einbezogen zu werden.

Am Morgen der Lammasversammlung, während sie und Latifa dicke gelbe Kerzen für den Lammassabbat fertigten, äußerte sie der alten Köchin gegenüber recht sehnsüchtig ihren Wunsch. »Du möchtest also hören, was die Prionnsachan sagen? Nun, du hast hart gearbeitet und bist jetzt schon recht gut darin, deine Gedanken abzuschirmen. Ich werd dich mit mir hineinhorchen lassen, aber du musst deinen Geist sorgfältig schützen.«

»Also wolltet Ihr die Lammasversammlung ohnehin beobachten?«

Latifa lächelte, wobei ihre kleinen rosinenartigen Augen in Hautfalten verschwanden. »Das wollte ich tatsächlich. Glaubst du, ich würd mir eine solche Gelegenheit entgehen lassen? Natürlich muss ich lauschen. Es is' jedoch sehr gefährlich, Isabeau. Ich werd dich nur mit mir lauschen lassen, wenn du mucksmäuschenstill bist.«

Isabeau nickte aufgeregt.

»Und ich meine nicht deinen Körper, denn wir werden weit vom Versammlungsraum entfernt sein. Ich meine deinen Geist, mein Kind. Die schreckliche Dienerin der Banrìgh wird auch lauschen und beobachten, und wir wollen nich' ihre Aufmerksamkeit auf uns ziehen. Also musst du deine ungeduldigen, forschenden Gedanken zusammennehmen und so fest verschlossen halten wie möglich.«

Isabeau nickte erneut und wusste, dass sie es tun konnte. Diese letzten Monate hatten Isabeau viel über das Abschirmen ihrer Gedanken gelehrt. Sie konnte sich inzwischen sogar vor Latifa verschließen, was die Köchin recht missmutig machte.

Sie beobachteten die Versammlung aus der Sicherheit und Abgeschiedenheit von Latifas Raum. Die dicke, alte Köchin zündete rund um sie herum Kerzen an, die aus Düsterwaid, Hagedorn und Rosen gemacht waren, um Vorahnungen und Hellsichtigkeit zu fördern. Isabeau fand es sehr interessant, wie Latifa den Kerzen wertvolle Essenzen beifügte, um ihre Fertigkeiten zu unterstützen, und bewahrte das Rezept für zukünftigen Gebrauch im Gedächtnis.

Dann bat Latifa Isabeau, ins Herz des Feuers zu blicken. Während der süßliche Rauch ihre Sinne vernebelte, wurde sie von Mustern aus glühendem Licht und Dunkelheit vereinnahmt. Der Raum hinter ihr verblasste. Sie erlebte ein Gefühl von Leichtigkeit, von Schwindel, als schwebe sie. Sie ließ sich treiben. Es war, als hätte Latifa sie am Kopf berührt, ohne dass physischer Kontakt stattgefunden hatte. Sie fühlte sich in die Luft hinaufgezogen, als zöge Latifa sie an den Haaren. Sie konnte nur Flammen sehen, aber es war, als drehe sie sich, in Latifas

Gewebe verflochten, wie ein Strang Wolle zu einem Faden gedreht wird. Es war ein Gefühl der Ausbreitung. Sie war leicht und zerbrechlich wie im Sonnenschein schwebende Staubteilchen. Dann sah sie in der Feuerkohle Gestalten und hörte Worte.

Gwyneth NicSian beschrieb die Schreckensherrschaft, welche die Fairgean entlang der ganzen Küste Siantans und Rurachs ausübten. Viele Fischer und Jäger der Meere waren niedergemetzelt und Küstendörfer von der Morrigan Bay bis zum Wulfrum überfallen worden, der Flusshandel war zum Erliegen gekommen, als Schiffe versenkt und von unten zum Kentern gebracht worden waren, und die Bergdörfer wurden von Flüchtlingen überflutet. Sie hatte nicht mehr genug Getreide, da die Händlerschiffe von Rhyssmadill niemals eingetroffen waren.

»Und«, fuhr die Banprionnsa vorsichtig fort, »die ständige Abwesenheit meines Ehemannes, des MacRuraich, macht es schwierig, Lösungen für unsere Probleme zu finden.«

»Der Prionnsa ist im Auftrage des Rìgh unterwegs und kann nicht zurückgerufen werden«, sagte Sani mit ihrer zischenden Stimme. Isabeau fragte sich, warum der Rìgh nicht für sich selbst sprach. Sie versuchte, die Dienerin der Banrìgh zu erkennen, aber sie war in den Feuerbildern nur eine schwarze, gebeugte Gestalt.

Der MacAhern sagte, seine Leute hätten sich einfach von der Küste Tìreichs zurückgezogen und ihre Wohnwagen ins Hinterland gebracht. Es fehlte ihnen jedoch, ihre Pferde nicht mehr auf den Sanddünen trainieren und ihre Mahlzeiten nicht mehr mit Fisch und Krustentieren ergänzen zu können. Außerdem waren die Bewohner Tìreichs geschickte und kluge Händler und bedauerten die Schließung der Händlermärkte. In den fünf Jahren, seit die Fairgean mit den Überfällen begonnen hatten, waren die Sommermärkte allmählich aufgegeben worden, was dem Reichtum der MacAhern schadete.

Der MacSeinn bemühte sich sehr, das zutiefst empfundene Gefühl, verraten worden zu sein, aus seiner Stimme herauszuhalten, aber es klang dennoch bei jedem Wort durch. Es hatte eine Invasion in seinem Land stattgefunden. Seine Leute waren grausam niedergemetzelt worden. Er, der Laird des Clans der MacSeinn und direkter Abkömmling von Seinneadair dem Sänger, war ein Flüchtling und von der Freundlichkeit anderer abhängig. Sein ältester Sohn war bei der Invasion getötet worden, seine Tochter war im Verlauf der Flucht gestorben, und sein letztes lebendes Kind war am Hof des Rìgh entführt worden.

»Wären wir hart gegen die Fairgean vorgegangen und hätten sie aus Carraig vertrieben, als sie anfänglich dort einfielen, würde jetzt vielleicht nicht das ganze Land leiden«, sagte er ernst. »Sie haben in meinem Land eine Basis errichtet, von der aus sie andere Länder angreifen. Wir hätten sie schon vor fünf Jahren im Keim ersticken sollen! Und es ist noch nicht zu spät!«

Der MacThanach hatte nicht viele menschliche Verluste erlitten, da Blèssem durch Aedans Wall vor dem Meer geschützt war, aber er hatte dennoch viel zu sagen. Viele der vermissten Kinder kamen aus seinen Hoheitsgebieten. Zwei davon waren seine eigenen Verwandten und Abkömmlinge von Aislinna der Traumwandlerin persönlich. »Es muss etwas geschehen, um herauszufinden, wer all diese Kinder entführt«, rief er.

Er beklagte sich über die gefährlichen Wesen, die Aslinn derart heimsuchten, dass die Pelztierjäger, Kohlenbrenner, Förster und Bergarbeiter zu verängstigt waren, um ihrer Arbeit nachzugehen. Der MacThanach brauchte Rohmetalle für die Herstellung von Pflugscharen, Holzkohle für seine Whiskyfässer und Bauholz für die Errichtung neuer Bauernhöfe. »Warum vernichten Eure Roten Garden nicht die schrecklichen, gehörnten Zauberwesen in den Wäldern, anstatt in den Provinzen mit Trinken und Herumhuren Ärger zu verursachen? Mein Getreide verfault an den Docks, aber in Siantan entstehen Aufstände, weil Brot fehlt. Wir müssen die Handelsrouten wieder öffnen!«

Das bewirkte Aufruhr, da die Flotte schwer bestückter Schiffe, die im Sommer nordwärts gesandt worden war, einfach verschwunden war. Keine Nachricht war von ihnen gekommen, seit sie aus dem Meeresarm in den Muir Finn gesegelt waren. Dughall MacBrann von Ravenshaw sagte, sie wären von den Leuten seines Vaters vor der Küste gesichtet worden, aber der Ausguck an der Mündung des Wulfrum hatte das Meer im vergangenen Monat erfolglos abgesucht.

»Ich habe Berichte über wieder auf dem Meer kreuzende Piraten gehört«, sagte Dughall. »Sie verbergen sich offensichtlich zwischen den Lieblichen Inseln. Kann es sein, dass sie die Flotte angegriffen haben?«

»Es müssen die Fairgean sein«, sagte der Admiral der Kriegsflotte des Rìgh. »Meine Seeleute wissen, wie man einen Angriff dieser schrecklichen Piraten abwehrt. Nur die Fairgean hätten eine ganze Flotte versenken können, mit ihren Meerschlangen und Walen.«

Es hagelte von allen Seiten Kritik, und als er antwortete, klang seine gutmütig-derbe Stimme abwehrend. »Ihr müsst erkennen, meine Lairds, dass die Kriegsflotte fast fünfzehn Jahre lang nicht im Dienst war. Seine Hoheit der Rìgh sagte, die Fairgean seien geschlagen und er brauche das Geld für andere Dinge. Wir haben nur eine Stammflotte beibehalten, und viele dieser Schiffe sind alt und schlecht gepflegt. Die meisten unserer Männer wurden zwangsweise zu den Roten Garden eingezogen, weshalb unsere Kräfte stark geschwächt sind. Können wir sie nicht zur Kriegsflotte zurückberufen, um unsere Schiffe wieder in Ordnung zu bringen?«

»Wir brauchen die Roten Garden, um die Rebellen aufzuspüren«, erwiderte Sani. »Tatsächlich hat der Rìgh gerade einen Befehl unterzeichnet, dass jeder Clan uns mit zweihundert weiteren Männern unterstützen muss.«

Überall im Raum erklang Seufzen und Stöhnen. Sani sagte zuvorkommend: »Ich weiß, dass Ihr alle die Rebellion vernichten wollt, da diese üblen Verbrecher das ganze Land geplündert haben.«

»Aber was ist mit den Fairgean?«, rief der MacSeinn. »Sie sind weitaus gefährlicher als eine Hand voll rebellischer Burschen!«

»Ich denke, der Rìgh kann besser entscheiden, welches die größte Bedrohung dieses Landes ist«, zischte Sani.

Dughall fragte nach dem Leitstern. »Es gibt Gerüchte«, sagte er mit seiner kühlen, spöttischen Stimme, »dass der Leitstern am Tag der Abrechnung nicht von den Hexen zerstört, sondern irgendwo in den Ruinen des Turms der Zwei Monde verborgen wurde. Unser gesegneter Rìgh würde es doch sicher wissen, wenn der Leitstern noch heil wäre? Er ist unsere größte Waffe gegen die Fairgean – jetzt vielleicht unsere einzige Waffe.«

Zum ersten Mal erklang die sanfte, schwache Stimme des Rìgh. »Ich weiß es nicht, Dughall«, sagte er mit matter, leidender Stimme. »Ich habe den Gesang des Leitsterns lange gehört und geglaubt, er müsse noch immer heil und unbeschädigt sein. Aber der Gesang ist ins Stocken geraten, und ich weiß nun, dass es nur meine Erinnerungen waren, die mich gequält haben. Der Leitstern wurde von Meghan von den Tieren zerstört, etwas wovon ich stets geglaubt hatte, sie würde es niemals fertig bringen. Aber sie ist eine unbarmherzige, kaltherzige Hexe, und ihre Kräfte haben offensichtlich ausgereicht, um die Kräfte des Erbes Aedans zu bezwingen. Es gibt also keine Hoffnung. Wir können nicht darauf bauen, dass uns der Leitstern bei der Abwehr der Fairgean helfen wird.«

Die Versammlung brach in eine heftige Diskussion aus. Linley MacSeinn sagte verbittert und wenig bemüht, seine Stimme zu senken, dass die Ermordung der Hexen nichts anderes bewirkt hätte, als sie, die Übrigen, den Fairgean auszuliefern. Alasdair MacThanach warnte ihn, dass er gerade Verrat übe. Der MacSeinn erwiderte: »Das kümmert mich nicht. Es ist die Wahrheit. Die Hexen verteidigen uns schon seit eintausend Jahren gegen die furchtbaren Meerleute und nun, wo sie fort sind, können wir uns auf keine andere Weise verteidigen, als die Küste zu verlassen. Wir können nicht überleben, wenn wir die Meere nicht wieder frei befahren können!«

Die Diskussion wurde fortgeführt und die Gemüter erhitzten sich zusehends. Der Rìgh sprach selten und, wenn er es tat, schien es, als hätte er kaum zugehört. Maya war nicht anwesend, aber ihre Dienerin Sani sprach so selbstsicher, als wäre sie die Banrìgh persönlich, und natürlich widersetzte sich ihr niemand oder sprach respektlos mit ihr.

Tatsächlich war sie gegen Ende der Versammlung die Gesprächigste von allen, im Namen des Rìgh und seiner Frau. Es schien Isabeau, dass sie die Anspannung und Unentschlossenheit insgeheim förderte, anstatt nach Lösungen zu suchen, aber niemand sonst schien zu bemerken, wie sie den MacSeinn aufstachelte und den Admiral verspottete, oder wenn jemand es bemerkte, sagte er nichts dazu. Sie verhöhnte sogar Dughall, den Cousin des Rìgh, als er darauf drängte, Geldmittel für die Kriegsflotte abzuzweigen, sie aufzubauen und die Küste zu verteidigen. Mit wenigen glatten Worten ließ sie ihn wie einen vergnügungssüchtigen Stutzer erscheinen, der sein Erbe mit Spielen und Tand vergeudet hatte.

Dann wurden Margrit von Arran und die Anführer der Diplomatengruppe aus Tìrsoilleir vorgelassen. Die NicFóghnan kam mit Freundschaftsbeteuerungen und bot an, Eileanan bei seinem Kampf gegen die Fairgean mit Männern und Vorräten zu helfen. Jaspar dankte ihr und nahm ihre Hilfe eher vorsichtig an.

Baron Neville von St Clair hielt eine lange und blumige Rede über die gemeinsamen Vorfahren und die Notwendigkeit, sich in diesen schwierigen Zeiten zusammenzuschließen. Er beschrieb, wie die Fairgean während der vergangenen Jahre die Nordküste angegriffen hatten, woraufhin die Fealde versucht hatten, einen Friedensvertrag mit den Fairgean zu schließen, aber ihre Botschafter waren mit abgeschnittenen Händen und Zungen zurückgekehrt.

Er erwähnte taktvoll die eigenen Verluste des Rìgh und bat dann mit viel Trara um die Erlaubnis, eine Flottille von Handelsschiffen zum Handel mit Dùn Gorm einlaufen zu lassen. Er sprach davon, dass sie Getreide, Wein, Salz und Glas brauchten.

An diesem Punkt erstarben die ständigen Einwände des MacThanach. Der Prionnsa von Blèssem war den Glorreichen Soldaten gegenüber sehr misstrauisch und hatte sich bereits gegen sie geäußert. Sobald Baron Neville jedoch über den Handel zu sprechen begann, hörten seine Zwischenrufe auf, obwohl er dem Rìgh ins Ohr flüsterte, dass seine Cousine Albträume gehabt hätte. »Vielleicht sollten wir besser vorsichtig sein«, murmelte er.

Offensichtlich wollte er von den übrigen Prionnsachan nicht gehört werden, obwohl Latifa und Isabeau ihn dank der klangverstärkenden Kräfte der Köchin deutlich verstanden. Sani hörte ihn ebenfalls und zischte: »Ihr würdet eine bedeutende Handelsvereinbarung gefährden, weil Eure törichte Cousine ein paar *Träume* hatte?«

»Sie ist eine NicAislin«, murrte der Prionnsa bedeutungsvoll, aber entweder hörte der Rìgh es nicht oder es kümmerte ihn nicht, denn er schwieg dazu. Der MacThanach lehnte sich achselzuckend auf seinem Stuhl zurück. Isabeau fragte sich, ob die Cousine des Prionnsa die gleichen Albträume gehabt hatte wie sie – Türme im Nebel, Flammenblumen, silberfarbene Soldaten, die schrien: »Stirb! Stirb!«, Blut in Brunnen.

Als Baron Neville schließlich endete, seufzte der Rìgh und sagte: »Danke, mein Laird. Das ist natürlich etwas, worüber wir alle werden nachdenken müssen. Vielleicht wartet Ihr in der Vorhalle auf uns, während wir hören, was unsere Prionnsachan zu berichten haben.«

Baron Neville und seine Gefolgsleute verließen den Raum eher unwillig, und jene, die zurückblieben, diskutierten in Gruppen, wobei Sanis zischende Stimme allmählich all jene zum Schweigen brachte, die sich gegen die Tìrsoilleiraner stellten. Als sich die Lammasversammlung schließlich auflöste, waren die Differenzen zwischen den Prionnsachan und dem Rìgh gravierender denn je. Der einzige klare Handlungskurs, der beschlossen wurde, war die Erlaubnis, dass die Schiffsflotte vom Glorreichen Land die Schleusentore in den Berhtfane passieren durfte. Isabeau fragte sich, warum sie als Einzige die Freundschaftsbeteuerungen der Glorreichen Soldaten als trügerisch empfand. Sogar Latifa war von der Idee des Händlermarktes begeistert und fragte sich nur, ob dort dann auch Trockenkräuter angeboten würden.

»Ich habe seit Dekaden keinen Trockenkräutereintopf mehr kochen können!«, sagte Latifa, während sie Isabeau wieder in die Küche hinabscheuchte. »Wenn das Jaspars Appetit nicht anregt, wird nichts es können!«

Die Lammasfeierlichkeiten dauerten eine Woche und gipfelten in der Allgemeinen Reitveranstaltung, während der alle Stadtbewohner auf ihren Pferden in die Moore hinausströmten und mit Weidengerten gegen die Grenzsteine schlugen, um sie allgemein im Gedächtnis zu verankern. Es war eine von vielem Lachen und Trinken begleitete, ausgelassene Parade und endete mit einem Festmahl auf Dùn Gorms großem Platz. Gewöhnlich wurde am Ende der Allgemeinen Reitveranstaltung auch der Rìgh mit einer Weidengerte leicht geschlagen, um ihn daran zu erinnern, dass er ein Diener des Volkes sei, aber in diesem Jahr war er zu krank, um den Palast zu verlassen.

Isabeau hatte geglaubt, sie würde zu beschäftigt sein, um sich davonstehlen zu können, aber Latifa merkte zwei Tage nach Lammas, dass sie kein Steinkraut mehr hatte, das für die Medizin des Rìgh benötigt wurde. Niemand konnte so gut wie Isabeau wilde Kräuter finden, und so wurde sie losgeschickt, im Wald Steinkraut zu suchen. Sie sagte Latifa nicht, dass sie genau wusste, wo die seltene Pflanze zu finden war, damit sie ein paar Stunden Zeit mit Lasair verbringen konnte. Sie ritt zunächst zu der Lichtung, auf der das Kraut zwischen den Steinen einer eingefallenen Hütte wuchs, pflückte es und steckte es vorsichtig in ihre Tasche. Dann ritten sie und Lasair durch den Wald weiter und genossen die Wärme des Tages.

Sie versuchte, dem Meer fernzubleiben, aber Lasair wandte sich wie selbstverständlich in diese Richtung, und sie dachte ein wenig schuldbewusst, dass es niemandem schaden würde, einen Blick zu riskieren. Bald atmete sie die frische Salzigkeit der Meeresbrise ein, und dann konnte sie auch schon das Getöse der auf die Felsen brandenden Wogen hören. Sie ritt zur Landspitze, wo das Meer durch einen Durchbruch in den Klippen rauschte, eine Fontäne in den Himmel schickte und ein unheimliches Geräusch verursachte. Lasair beunruhigte der Klang, und so ließ sie ihn frei grasen. Sie legte sich an den Rand der Klippe und schaute auf das unter ihr tosende Meer hinab. Sie hatte gerade beschlossen, wieder nach Hause zu reiten, als sie hinter sich leise Schritte hörte.

»Wie ich sehe, hast du meinen Rat nicht angenommen, dich vom Meer fernzuhalten«, sagte eine raue Stimme.

»Nein«, sagte Isabeau. »Obwohl ich nicht wieder unten auf dem Sand war.«

»Zu viel Angst vor Sandskorpionen?«, fragte die schwarzhaarige Frau. Isabeau nickte und die Frau sagte mit bebenden Nasenflügeln: »Ach, die Sandskorpione kommen nur in der Morgen- und Abenddämmerung hervor. Jetzt braucht man sie nicht zu fürchten.«

»Heißt das, wir können hinabgehen?«

Die Frau runzelte die Stirn, zuckte dann die Achseln und sagte: »Warum nicht?« Sie weigerte sich jedoch, die Leiter hinabzusteigen, und sagte: »Nein, ich kenne einen viel besseren Platz, um auf den Sand hinabzugelangen. Komm, ich zeig ihn dir.«

Isabeau war hin und her gerissen. Sie wollte ihre Bekanntschaft mit der schwarzhaarigen Frau gerne fortsetzen, wollte aber Lasair nicht verraten, der auf der nächstgelegenen Lichtung graste. Wenn sie Lasair jedoch befahl, sie allein zu lassen, hatte sie keine Möglichkeit, nach Hause zu gelangen.

Sie brauchte nur wenige Sekunden für ihre Entscheidung. Sie sandte dem Hengst eine Geistbotschaft und folgte der Frau dann den Rand der Klippe entlang auf den Fluss zu. Auf diese Weise, so erklärte die Frau, könnten sie die gefährlichen Felsen und Klippen der Küste Ravenshaws meiden und stattdessen die Sanddünen des Gestades entlangwandern.

Zunächst mussten sie den Fluss überqueren, aber die Frau führte sie zu einem der wuchtigen Tore, die den Fluss versperrten. Sie brauchten nur wenige Minuten, um den schmalen Laufgang zu überqueren, der über die großen Eisenträger führte. Isabeau blickte in die Schleusen hinab und war von dem steilen Abfall zwischen dem Wasserstand des Berhtfane und dem des Meeresarms auf der anderen Seite fasziniert.

»Wie heißt du?«, fragte die Fremde.

»Isabeau«, erwiderte sie scheu. »Obwohl man mich überwiegend die Rote nennt.«

»Ich kann erkennen, warum.«

»Und wie heißt Ihr?«

Die Frau zögerte leicht und erwiderte dann: »Morag.«

Morag war wirklich eine geheimnisvolle Person. Sie hatte ein Plaid eng um ihren Körper geschlungen und zog ihre Stiefel auf dem Sand nicht aus, noch nahm sie ihren Rock hoch, wie Isabeau es tat. Sie erzählte Isabeau nichts über sich und verschloss sich, wann immer Isabeau mehr zu erfragen versuchte. Auf die Fragen, wo sie geboren sei oder wo sie lebe, gab sie rätselhafte Antworten und antwortete auch manchmal gar nicht. Isabeau drängte nicht gerne auf weitere Informationen, da sie solche Angelegenheiten auch selbst nur ungern erörterte. Isabeau gab auch keinerlei Hinweis auf ihr eigenes geheimes Leben, auch wenn sie stark vermutete, dass Morag eine Hexe war.

Denn es gab nichts, was Morag nicht über die Seeküste wusste. Sie zeichnete ein Diagramm in den Sand, um die Anziehungskraft des Mondes auf die Gezeiten zu erklären. Sie zeigte Isabeau, wie man erkennen konnte, wie hoch die Flut stieg. Isabeaus Augen weiteten sich, als sie fünfzig Fuß über sich in den Felsen des Walls verfangenen Tang sah. Sie pflückte Seetrauben für sie und brachte ihr bei, wie man erkannte, wann sie reif waren. Mit einem Stock stießen sie einen Dumaal an und beobachteten, wie er mit dem Schwanz mit der fluoreszierenden Spitze ausschlug. Morag grub sogar das Nest eines Sandskorpions aus, um ihr das kleine tödliche Tier zu zeigen, das den Schwanz über den Kopf legte, um seine perlartigen Augen vor der Sonne zu schützen.

Als das Plaid von Morags Körper glitt, bemerkte Isabeau zum ersten Mal, dass sie schwanger war. Die Art, wie ihre Freundin unbewusst ihren Bauch barg, erinnerte Isabeau an eine schwangere Frau, die sie einmal in einem Highlanddorf gesehen hatte. Diese Frau war der Geburt weitaus näher und daher die Wölbung, die das Baby barg, auch erheblich größer gewesen. Dennoch – diese Haltung, die Faust am unteren Rücken, um den Schmerz dort zu lindern, selbst der träumerische, wie benommene Ausdruck, der Morags Gesicht manchmal überzog, erinnerte Isabeau unwiderstehlich an die Frau aus den Highlands.

»Morag!«, rief Isabeau. »Ihr seid schwanger! Das hatte ich nicht bemerkt.«

»Ja«, erwiderte ihre Freundin, deren Hände unbewusst über den gewölbten Bauch strichen. »Es dauert aber noch einige Monate.«

»Euer Ehemann muss erfreut sein!«, rief Isabeau in der Hoffnung aus, ihrer geheimnisvollen Freundin einige weitere Informationen zu entlocken. Morag nickte jedoch nur, lächelte und wechselte das Thema.

Es war ein langer Weg vom Strand zurück zum Palast. Isabeau war müde und fußkrank, als sie sich schließlich über die Brücke schleppte, obwohl ihre Augen vor Begeisterung blauer funkelten als das Meer selbst. An diesem einen Nachmittag hatte sie mehr über das Meer gelernt, als in all den Jahren Ausbildung bei Meghan.

Isabeau wurde für ihre verspätete Rückkehr mit dem Steinkraut ernstlich gescholten, und ihr wurde gesagt, sie dürfe das Palastgelände nicht mehr verlassen, wenn sie sich solche Freiheiten herausnahm. Sie seufzte und kehrte zu ihrem Platz am Bratspieß zurück, um vom Meer zu träumen. Eines Tages würde sie vielleicht eine Meerschlange sehen oder einen blauen Wal oder vielleicht sogar eine Fairge. Morag hatte ihr beschrieben, wie die geheimnisvollen Meerleute durch die Wogen schwammen, während sich ihre Jungen an ihr langes Haar klammerten, und wie sie sangen und pfiffen und nach Perlen tauchten. Sie dachte, es müsste ein wundersamer Anblick sein.

Isabeau hatte es arrangiert, ihre neue Freundin eine Woche später wieder zu treffen, sodass sie sich am verabredeten Tag aus der Küche schlich, ohne jemandem zu sagen, wohin sie ging. Latifa würde hoffentlich denken, sie mache eine Besorgung für einen der anderen Dienstboten, und wäre, da der Palast noch immer so bevölkert war, hoffentlich so beschäftigt, dass sie Isabeau vielleicht überhaupt nicht vermissen würde.

Isabeau hatte noch einen weiteren Grund für ihren Ausflug in den Wald. Die Pferdelairds von Tìreich hatten sie fasziniert, und die Tatsache, dass sie noch immer den magischen Sattel und das Zaumzeug besaß, hatte sie beunruhigt. Wolkenschatten hatte ihr erzählt, das Reitgeschirr gehöre dem Clan der MacAhern und dass sein Verlust sie sehr bekümmerte. Also hatte Isabeau beschlossen, es ihnen zurückzugeben.

Isabeau ritt wie stets Lasair, der ein unheimliches Gespür dafür hatte, wann sie ihn brauchte. Sie musste nur zum Rand des Palastparks gehen, und der Hengst war da und tänzelte vor Freude, sie zu sehen. An diesem Morgen führte sie ihn zu dem hohlen Baum, in dem sie den Sattel und das Zaumzeug verborgen hatte, und verbrachte einige Zeit damit, das abgenutzte Leder zu polieren. Dann sattelte sie Lasair, der sich dem magischen Zaumzeug unterwarf, wie er sich keiner anderen Form von Beschränkung unterworfen hätte.

Isabeau trieb Lasair in kurzem Galopp die Waldwiesen hinab; ihre zerzausten Locken schimmerten ebenso rot wie seine Mähne. Pferd und Reiterin bewegten sich in vollkommenem Einklang, zu einer Einheit verschmolzen. Isabeau hatte die Magie des Sattels des Ahearn noch nie so machtvoll gespürt. Es war, als galoppierten sie auf Funken, als würden sie vom Boden abheben und die Sonnenstrahlen hinauf ins nebelhafte Herz der Sonne reiten.

Schließlich zügelte Isabeau Lasair und beugte sich vor, um ihr Gesicht in seiner Mähne zu versenken und seinen feuchten Hals zu streicheln. Nun bereute sie ihre Entscheidung. Der Sattel hatte sie und Lasair in Rekordzeit von Aslinn nach Rhyssmadill gebracht und ihnen die Kraft verliehen, noch lange weiterzureiten, nachdem ihre natürlichen Reserven erschöpft waren. Nun, wo sie beide wieder gestärkt waren, machte das Reitgeschirr Lasair flinker als einen Vogel und sie zu einer ebenso geschickten Reiterin, wie jeder Thigearn es war.

Ihr schneller Ritt hatte sie in die Nähe der Hauptstraße geführt, die sich aus dem westlichen Tor in den Wald schlängelte. Es war die Hauptstrecke von Rhyssmadill zu den westlichen Ländern und der Weg, den die Pferdelairds für ihre Heimreise nehmen mussten.

Isabeau nahm Lasair den Sattel ab, drängte den Hengst in den Wald zurück, setzte sich dann auf einen Stein am Weg und wartete. Zunächst hörte sie sie nur, ein leises Trommeln, das den Boden vibrieren und Laub herabfallen ließ. Dann roch sie sie, Pferde und Schweiß und Staub, und dann wogte um die Wegbiegung eine Wolke feinen Pulvers hervor. Sie erhob sich und wischte sich die vor Nervosität feuchten Hände am Rock ab. Eine Kavalkade von Pferden und Reitern kam um die Ecke; Fahnen und Stander flatterten und Metallgebisse und -ringe funkelten. An der Spitze tänzelte ein großes, mit einem Geweih versehenes Tier mit Regenbogenschwingen und mattgoldener Haut, die rund um seine mächtigen Fesselgelenke bunt gefiedert war.

Isabeau versteckte ihre verkrüppelte Hand auf dem Rücken und vollführte den anmutigsten Hofknicks, der ihr möglich war. Kenneth MacAhern hob eine Hand, und die Parade kam stampfend und klingend zum Halt. Das Wesen mit dem Geweih schüttelte seinen zierlichen Kopf, tänzelte und wieherte verachtungsvoll. Isabeau war so von seinen bunt gestreiften Schwingen fasziniert, dass sie ihren Blick kaum abwenden konnte, aber schließlich sah sie zum MacAhern hoch und sagte: »Bitte, mein Laird, ich hab etwas, was wohl Euch gehört.«

Er sah sie mit scharfsinnigen, haselnussbraunen Augen an, und sie wurde sich jäh der sechs direkt auf sie zielenden Pfeile bewusst. Sie errötete, hielt seinem Blick aber unverwandt stand und deutete auf den am Wegesrand liegenden Sattel und das Zaumzeug. Er betrachtete beides zunächst nur flüchtig und sah erst dann genauer hin. Er stieg mit einer leichten, anmutigen Bewegung ab, und das fliegende Pferd bäumte sich auf und breitete seine Schwingen aus. Er schritt an ihr vorbei, betrachtete den Sattel genau, hob ihn dann hoch und trat neben sie. »Wie bist du daran gekommen? Woher wusstest du, dass er uns gehört?«

»Er wurde mir gegeben. Man sagte mir, er gehöre Euch, und sein Verlust bekümmere Euch.«

»Wer gab ihn dir?«

Isabeau sprach mühsam. »Eine Freundin. Sie hatte ihn in einer alten Scheune gefunden.«

»Du weißt, was er ist?«

Isabeau nickte.

»Du hast ein Pferd. Warum behältst du ihn nicht selbst?«

Während sie sich fragte, woher er von Lasair wusste, sagte sie leise: »Das würde ich gerne. Wenn ich mit dem Sattel reite, hab ich das Gefühl zu wissen, wie es sich anfühlt zu fliegen. Aber Lasair ist ein freies Pferd – ich hab ihm versprochen, niemals Peitsche oder Sporen, Sattel oder Zaumzeug zu verwenden …«

Ein Lächeln machte seine braune Wange faltig, und die Reiter hinter ihnen lachten und murmelten. »Du hast das Herz eines Tireichaners. Wir glauben auch, dass unsere Pferde freie Geschöpfe sind«, sagte der MacAhern zu Isabeau. »Ich danke dir für die Rückerstattung des Sattels. Er ist eines der großartigsten Relikte unseres Landes und wurde schon seit vielen Generationen vermisst. Wie heißt du?«

»Isabeau.«

»Kein Familienname?« Sie schüttelte den Kopf, und er runzelte die Stirn und sah sie nachdenklich an. »Das ist seltsam. Du scheinst von Adel zu sein.«

»Ich bin ein Findelkind«, belehrte Isabeau ihn.

Er musterte sie gemächlich und genau und strich sich dabei über den Bart. »Willst du mit uns reisen? Hast du den Sattel deshalb zurückgebracht?«

Sie schüttelte den Kopf. »Ich bin Lehrling. Ich kann nicht fortgehen«, erwiderte sie, obwohl sie einen sehnsüchtigen Blick auf die glänzenden, muskulösen Pferde warf, die allmählich unruhig wurden.

»Und doch hast du das Herz eines Thigearn. Dein Pferd läuft am Waldrand entlang, wartet auf dich, und du verbirgst ihn vor uns. Der Sattel des Ahearn vermittelt dir das Gefühl zu fliegen. Wenn du mit uns fortgehen willst, nehmen wir dich mit.«

»Danke, aber ich kann nicht fortgehen. Ich hab hier eine Aufgabe zu erfüllen«, versuchte sie zu erklären.

»Was kann ich dir dann im Gegenzug für den Sattel anbieten?«

Ihr Gesicht nahm einen überraschten Ausdruck an. »Nichts. Ich will nichts. Ich wünschte nur ... Der Sattel gehört mir nicht. Er hat mir geholfen und mich gestärkt, als ich Kraft brauchte, aber nun brauche ich ihn nicht mehr. Es schien vom Schicksal vorherbestimmt, dass Ihr hier wart, und ich wusste nicht, wann ich wieder die Gelegenheit bekäme. Also hab ich ihn hergebracht. Er gehört Euch.«

»Nun, dann danke ich dir erneut, Isabeau das Findelkind.« Die langen braunen Finger des MacAhern lösten die Spange an seiner Brust, und er gab sie ihr, drückte sie ihr in die schwielige Handfläche. »Wenn du deine Meinung änderst, oder wenn du meine Hilfe brauchst, dann komm nach Tìreich. Gib dies irgendeinem meiner Leute, und er wird dich zu mir bringen.«

Sie betrachtete die Spange, sah die Gestalt eines sich aufbäumenden Pferdes und errötete. »Ist das nicht Euer Familienwappen? Wollt Ihr mir das wirklich geben?«

Er lachte. »Es ist nur ein wertloses Schmuckstück, Kind. Ich trage das Familienerbstück nicht, wenn ich durch fremde Länder reite. Es befindet sich sicher in Tìreich, dessen sei gewiss. Nein, ich geb es gern im Gegenzug für den Sattel, der wirklich ein königliches Geschenk ist.«

Isabeau wollte erneut widersprechen, aber er beugte sich herab und sagte leise zu ihr: »Wir vom Pferdeclan glauben nicht an Geschenke ohne Erwiderung. Das bedeutet, dass man etwas schuldet, und wir schulden niemandem gerne etwas.«

Sie schloss ihre Finger über der Spange und nickte. »Dann dank ich Euch, mein Laird«, sagte sie deutlich, und er lächelte und schwang sich wieder auf sein fliegendes Pferd.

»Dann freue ich mich auf ein Wiedersehen, Isabeau das Findelkind. Ich bin sicher, dass die Schicksalsgöttinnen die Fäden unserer Leben wieder zusammenführen werden.«

Es war das erste Mal seit Monaten, dass Isabeau wieder jemanden die Schicksalsgöttinnen hatte erwähnen hören, und ihre Augen brannten vor Tränen. Sie nickte und trat zurück, und das fliegende Pferd sprang vorwärts, wobei die ausgebreiteten, regenbogenfarbenen Schwingen den großen Mann auf seinem Rücken umrahmten. Die übrigen Reiter folgten ihm mit einem Schrei, strömten als verschwommenes Braun, Kastanienbraun und Schwarz an Isabeau vorbei. Staub bedeckte sie, aber sie blieb stehen und sah ihnen nach, bis die gesamte Kavalkade vorüber war.

Dann rief sie Lasair zu sich, der aus den Bäumen herangaloppierte, die Ohren neugierig aufgestellt. Er blickte die Straße hinab, und sie streichelte seinen glänzenden Hals. »Wärst du gerne mit ihnen geritten, Lasair?«

Er wieherte, schüttelte seine Mähne und stampfte auf den Boden auf, und sie sagte: »Ich glaube, in Tìreich hättest du nicht ganz so frei umherlaufen können.«

Sie verbarg die Spange in ihrer Tasche, schwang sich auf Lasairs Rücken, und sie trabten in den Wald, während ein Regenschauer auf das Laubwerk über ihnen prasselte. Isabeau fühlte sich aus einem unbestimmten Grund leichter, freier. Sie war froh, dass sie den Sattel zurückgegeben hatte, und dachte, dass Meghan gewollt hätte, dass sie es tat.

Als sie die Küste erreichten, stieg Isabeau ab und ließ den Hengst frei grasen. Sie lehnte sich gegen den Wall und schaute aufs Meer. Der Himmel über den weit entfernten Inseln war von einem klaren Apfelgrün. Lange Sonnenstrahlen fielen schräg durch die Wolken und spendeten dem Strand Wärme. Auf der Landspitze war es jedoch kalt und windig. Isabeau begann auf und ab zu gehen, bestrebt, zum Strand hinunterzugelangen. Schließlich entschied sie, dass Morag nicht mehr kommen würde, kletterte die Leiter hinab und wanderte durch die Dünen. Es fühlte sich gut an, draußen in der frischen, feuchten Luft zu sein. Möwen stiegen mit dem Wind auf und schrien vor Freude. Isabeau hob den Kopf und antwortete den Schreien. *Ja, Wind stark, Möwe fliegt, ja …*

Weit entfernt, nur als Silhouette vor dem hellgrünen Himmel, wirkte ein Schwarm weißer Segel wie riesige Möwenschwingen. Isabeau beobachtete sie fasziniert und fragte sich, wie es so weit draußen auf dem Meer wohl war. Die Schiffe mussten von den Lieblichen Inseln kommen, und sie fragte sich, ob es vielleicht die vermisste Flotte war, die nach Eileanan zurückkehrte. Sie lachte über ihre hoffnungsfrohe Einbildung – es handelte sich mit größerer Wahrscheinlichkeit um die Flottille der Fischer, die mit von Hering gefüllten Netzen zurückkamen. Obwohl sie noch niemals Fischerboote mit so vielen dick geblähten Segeln gesehen hatte.

Blassrote Wolken, von unten wie geschmolzenes Gold beleuchtet, überzogen den Himmel von Horizont zu Horizont. Ihr glühendes Feuer kühlte allmählich ab. Isabeau sah den ersten Lichtschimmer der aufsteigenden Monde über das raue, graue Meer gleiten. Plötzlich durchnässte sie eine eiskalte Woge bis zur Taille, und sie erkannte, dass sie weit am Strand entlanggelaufen war.

Isabeau sah sich mit jäher Furcht um. Sie erkannte, dass die Gezeiten gewechselt hatten. Große, schaumbedeckte Wogen rasten auf sie zu. Die Sonne war hinter dem Wald versunken, und der Schatten des Walls erstreckte sich über den Sand, während die Dämmerung die Dünen violett und grau färbte. Wogen brachen bereits gegen die wuchtige Mauer hinter der Biegung. Wenn sie sich nicht beeilte, wäre der Rückweg zur Leiter abgeschnitten.

Isabeau eilte über den Sand zurück. Wellen fraßen ihre Fußabdrücke. Die Flut kam mit beängstigender Geschwindigkeit heran. Der vor zwanzig Minuten noch so warme Sand war jetzt mit Schaum überzogen. Sie begann zu laufen.

Wasser wirbelte um ihre Knie, als sie die Leiter schließlich erreichte. Es kostete sie Mühe, sie mit dem Gewicht ihrer triefenden Röcke hinaufzusteigen. Die Entenmuscheln auf den Leitersprossen schnitten ihr grausam in die noch immer bloßen Füße. Die Stiefel, die sie um den Hals geschlungen hatte, behinderten sie noch zusätzlich. Wogen zogen an ihr, und einen Moment wurden ihr beide Füße von der Leiter geschwemmt. Sie klammerte sich fest und es gelang ihr, sich höher hinaufzuziehen.

Vor Ermüdung und Kälte zitternd konnte sie nur langsam klettern. Es schien, als griffe das Wasser mit Klauenhänden nach ihr, so heftig zog es sie abwärts. Die Kräfte verließen sie allmählich, als eine tiefe, weibliche Stimme ihr von oben zurief: »Schnell, Mädchen, sonst wirst du das Abendessen für eine Meerschlange. Nimm meine Hand.«

Mit neuerlicher Energie kletterte Isabeau die glitschigen Sprossen hinauf und konnte Moragს Handgelenk ergreifen. Starke Finger schlossen sich um ihre und zogen sie die letzten wenigen Fuß hinauf.

Isabeau klammerte sich an die Eisenstäbe und schaute aufs Meer hinab, das jetzt grau und bedrohlich gegen den steinernen Wall prallte. »Es steigt so hoch«, keuchte sie.

»Natürlich steigt es so hoch, darum wurde der Wall auch so hoch gebaut. Rasch, winde dich hindurch. Du siehst wirklich erschöpft aus, und ich will nicht, dass du ins Meer zurückfällst.«

Isabeaus Beine zitterten so sehr, dass sie es kaum schaffte, aber schließlich gingen sie langsam an der Außenseite des Walls entlang.

»Warum bist du zum Strand hinuntergegangen?« Moragს Stimme klang streng und ein wenig besorgt. »Hast du nicht daran gedacht, dass in nur wenigen Wochen die Herbsttagundnachtgleiche ist? Und es war stürmisch, sodass die Flut höher steigt, als es seit dem Frühjahr der Fall war!«

Isabeau nickte, zornig auf sich selbst, weil sie es tatsächlich vergessen hatte. Sie wandte sich um und schaute erneut aufs Meer hinaus. Sie konnte nicht glauben, wie rasch die Gezeiten gewechselt hatten. Sie keuchte. »Seht nur!«

In der gewaltigen Dünung, die auf den Strand krachte, waren

eine Anzahl schmale, schwarze Köpfe zu sehen. Sie ritten so mühelos auf den Wellen wie jede Seekuh, tauchten ab und sprangen aus dem Wasser, als genössen sie die wild brandende Strömung. Sie waren zu weit entfernt, um ihre Züge zu erkennen, aber Isabeau hatte keine Zweifel, dass es Fairgean waren. Morag schaute in die von ihr angezeigte Richtung, und ihr Gesicht nahm einen seltsamen Ausdruck an.

»Komm mit!«, rief sie. »Wir müssen fort von hier!«

»Wir sind doch gewiss sicher?«, fragte Isabeau. »Sie können den Wall nicht durchbrechen …«

»Wenn du die Leiter hinaufklettern und dich durch den Zaun zwängen kannst – warum glaubst du dann, dass die Fairgean es nicht könnten?«, erwiderte Morag ernst. Alle Farbe war aus ihren Wangen gewichen, und sie hatte die Arme über der Brust gekreuzt, als habe sie Angst.

Furcht durchströmte auch Isabeau, die einige Schritte vom Wall zurücktrat. Mit rasch pochendem Herzen betrachtete sie die Fairgean, die noch immer in den Wogen vor dem Strand herumtollten. Ihr Traum, die Meerleute zu sehen, war wahr geworden, aber Isabeau konnte nur Angst empfinden.

Morag sagte: »Ich muss zurück. Sei vorsichtig, Rote. Geh nicht zum Strand hinunter, wenn Fairgean im Wasser sind – sie werden dich hinabziehen und ohne Zögern ertränken.« Sie schwang sich auf den Damensattel, nachdem sie auf einen Baumstamm gestiegen war, um einen Fuß in den Steigbügel stellen zu können.

Isabeau wartete nicht einmal, bis der Hufschlag ihres Pferdes verklungen war, bevor sie Lasair im Geiste rief. Er spürte ihre Angst und galoppierte heran, und sie schwang sich auf seinen Rücken, ohne abzuwarten, bis er stehen geblieben war. Er legte die ganze Strecke zum Waldrand in kurzem Galopp zurück, und nur ihre Reitkünste halfen ihr, oben zu bleiben, als Äste aus der

Dunkelheit heranpeitschten und auf beiden Seiten wuchtige Baumstämme dicht aufragten. Schließlich glitt Isabeau zerkratzt und voller blauer Flecke von Lasairs Rücken und lehnte die Stirn an seinen feuchten Hals. Sie dachte verzweifelt: *Sei vorsichtig, Lasair.*

Zu ihrer großen Überraschung und Freude hörte sie ein leises: *Du auch …*

Feuerwerk

Donovan Drehfuß lehnte auf dem Geländer und beobachtete, wie die perlmuttartige Flut der Morgendämmerung auf ihn zurollte. Die Stadt hinter ihm war still und verschlossen, aber über den aufragenden Inseln löste sich bereits die Sonne aus einem weißen Nebel. Er stapfte weiter und betrachtete verzagt den die großen Bolzen umgebenden Rost. Die Tore brauchten eine gründliche Überholung, aber der Rìgh wollte die Ausgabe nicht genehmigen. Der Hafendamm war in noch schlechterer Verfassung, und die großen Steine zerbröckeln zu sehen, erfüllte Donovan mit Besorgnis. Es waren Fairgean im Meer, und der Rìgh konnte nicht erkennen, dass der Hafendamm repariert werden sollte? Die Gleichgültigkeit des MacCuinn hatte wirklich etwas Seltsames. Trotz aller ihrer Fehler war den MacCuinns das Wohlergehen ihres Volkes niemals gleichgültig gewesen. Die anmutigen Umrisse einer Flotte von sechs großen Schiffen ragten aus dem Nebel auf. Die Segel hingen schlaff an den Masten, aber die Schiffe segelten dennoch weich heran, von der Kraft der Flut getragen. Donovan Drehfuß runzelte die Stirn und stopfte nachdenklich seine Tonpfeife, presste den Tabak mit einem spatelförmigen Daumen tief in den Pfeifenkopf. Den Tabak bekam er gewöhnlich von Händlern von den Lieblichen Inseln, wenn sie mit ihrer Ladung hereinsegelten – ein Geschenk, um den Prozess des Tallierens und Schleusens zu beschleunigen. Die Lieblichen Inseln waren der einzige Fleck der Fernen Inseln, wo diese Pflanze wuchs, die ein gemäßigtes Klima bevorzugte. Tabak und Schnupftabak waren demzufolge selten und normalerweise für diejenigen reserviert, die tiefe Taschen hatten. Donovan Drehfuß betrachtete den Tabak als eines der Privilegien seiner Position als Hafenmeister.

Er zündete seine Pfeife an und beobachtete trübsinnig die in den Meeresarm hineinsegelnden Schiffe. Die tìrsoilleiranischen Schiffsführer wussten, dass der beste Zeitpunkt, in den Berhtfane einzulaufen, die auflaufende Flut war. Sie schienen die Flutzeiten fast ebenso gut zu kennen wie er. Und dieser Tabak, den er rauchte – sie hatten gewusst, dass sie ihm eine Stange davon zukommen lassen sollten, als sie durch seine Tore kamen. Woher hatten sie es gewusst und woher hatten sie den Tabak? Er wuchs gewiss nicht auf den kühlen Ebenen Tìrsoilleirs. Darüber wunderte er sich ebenso, wie er sich schon über viele andere Dinge gewundert hatte, die während der letzten Jahre geschehen waren. Aber Donovan folgte nur den Befehlen des Rìgh, und der MacCuinn hatte gesagt: »Lass diese Schiffe mit den weißen Segeln herein.«

Eines nach dem anderen ließ Donovan Drehfuß die Schiffe durch die Tore und in die Schleusen hinein. Die Flut hob sie an und trug sie in die friedlichen Gewässer des Berhtfane. Jeder der sechs Schiffsführer gab ihm mit einem Nicken oder einem starren Lächeln eine Stange Tabak. Die Schiffe schienen recht harmlos, die Decks nur von Seeleuten mit braunen Armen und wenigen Soldaten besetzt. Aber Donovan standen die Nackenhaare dennoch zu Berge, und er steckte den Tabak mit verzogenen Mundwinkeln und dem Gefühl ein, vielleicht jemandem seine Gedanken mitteilen zu sollen. Aber wem?

Dughall MacBrann war in dieser Nacht unruhig und konnte nicht schlafen. Er war sehr besorgt über den letzten Brief seines Vaters, der in seliger Abgeschiedenheit auf dem Familiensitz auf der anderen Seite Ravenshaws lebte. Der MacBrann war nun schon ältlich und so von seinen vielen wunderlichen Erfindungen und komischen Apparaten vereinnahmt, dass er sich nur selten dessen bewusst wurde, was um ihn herum vorging. In seinen Briefen erzählte er gewöhnlich Weitschweifiges und Unzusammenhängendes, aber dieser letzte Brief war wirrer denn je. Zwischen Beschreibungen seiner letzten Flugmaschine, Jubel über einen neuen Wurf Welpen von seinem Lieblingsjagdhund und Klagen über die anhaltende Abwesenheit seines Sohnes hatte Dughalls Vater einen Besuch einer Horde Glorreicher Soldaten erwähnt. Drei Absätze später erwähnte er, dass sie gekommen seien, um die vielen verborgenen Häfen und Buchten Ravenshaws zu nutzen, und wiederum zwei Seiten später schrieb er, sie hätten für dieses Privileg eine lächerliche Summe Geld geboten. Der MacBrann hatte nicht daran gedacht, seinem langmütigen Sohn mitzuteilen, was er geantwortet hatte, und die rätselhafte Nachbemerkung, die besagte, dass er »sie mit einem Floh im Ohr davongeschickt« habe, hätte sich ebenso auf die Glorreichen Soldaten wie auf die Welpen beziehen können.

Dughall MacBrann hätte nicht erklären können, warum ihm der Brief seines Vaters solches Unbehagen bereitete. Es waren nicht die zerstreuten, halb fertigen Gedanken, unbeendeten Anekdoten und seltsamen Ausdrucksweisen, die ihn so beunruhigten, denn das war der übliche Briefstil des Prionnsa von Ravenshaw. Es war auch nicht das Wissen, dass die Tìrsoilleiraner seinen Vater um die Erlaubnis gebeten hatten, die Buchten zu nutzen, obwohl einen das wirklich zum Nachdenken brachte. Es war auch nicht der Bericht von der Sichtung fremder Schiffe auf dem Meer, noch die Geschichten der Fairgean in den Flüssen. Es war ein seinen Rücken hinabrieselndes Kribbeln, das Dughall gut kannte. Er spürte Gefahr drohen. Diese Tatsache war es, die ihn veranlasste, sich im Bett hin und her zu wälzen, und diese Tatsache war es auch, die ihn schließlich einige Stunden vor der Morgendämmerung aus dem Bett trieb.

Er setzte sich auf, zog seinen langen Samtmorgenmantel und die pelzgefütterten Hausschuhe an und trat zur Tür. Der Palast war dunkel und still. Er zögerte einen langen Moment und stieg dann die große Treppe zu den Räumen des Rìgh im oberen Stockwerk hinauf. Die verschlafenen Wächter nickten ihm zu und ließen ihn passieren, wohl wissend, dass Dughall MacBrann der engste Freund des Rìgh war.

Dughall wusste, dass die übrigen Prionnsachan ihn wegen seines anhaltend guten Verhältnisses zu Jaspar verachteten, da Dughalls Mutter, Mathilde NicCuinn am Tag der Abrechnung von den Roten Garden getötet worden war. Das Entsetzen über ihren Tod hatte seinen Vater – der schon immer ein Exzentriker war – in milden Wahnsinn getrieben. Viele der Lairds verachteten Dughall für seine Schwäche, die Ermordung seiner Mutter so sanftmütig akzeptiert zu haben, obwohl viele bei der Verbrennung ebenfalls Angehörige verloren hatten. »Der junge Dughall will das Geschick des Clans der MacBrann wieder zum Guten wenden«, flüsterten sie, »indem er der Speichellecker des Rìgh geworden ist …«

Dughall ignorierte das Flüstern. Was konnte er tatsächlich auch sonst tun? Seit Dughall Jaspar nach dem Tag der Abrechnung mit quälenden Schuldgefühlen vorgefunden hatte, standen sich die Cousins näher denn je. Jaspar war stets ebenso sein bester Freund wie sein Cousin gewesen, und Dughall erkannte die Macht der ihm auferlegten Verhexung. Er hatte schon vor langer Zeit beschlossen, Jaspar zur Seite zu stehen, und obwohl ihn die Entscheidung teuer zu stehen kam, war er niemals von dem selbst erwählten Kurs abgewichen.

Jaspar schlief, einen Arm über den Kopf gelegt, die dunklen Locken feucht vor Schweiß. Dughall schlang seinen Morgenmantel fester um sich und setzte sich in den Sessel am Bett. Das Feuer verglühte bereits zu Asche, und es wurde allmählich kalt, während sich die Nacht dem Tag zuneigte. Er betrachtete das Gesicht seines Cousins, das nur vom Flackern des ersterbenden Feuers beleuchtet wurde, und schalt sich einen Narren. Es gab keine Gefahr. Jaspar schlief. Der Palast war ruhig. Er sollte im Bett sein und die Träume eines Mannes träumen, der keine größeren Sorgen im Leben hatte als diejenige, wie er seine letzten Spielschulden bezahlen sollte.

Dughall spürte erneut einen eisigen Schauder sein Rückgrat hinablaufen und verkrampfte die Hände. Diese Vorahnung von Gefahr war keine Einbildung. Dughall hatte sie schon viele Male zuvor empfunden, und dieses Kältegefühl war stets Schmerz, Verlust und Kummer vorausgegangen. Er stützte den Kopf auf die Hände, bereit, die letzten wenigen Stunden der Nacht weichen zu sehen.

Die Glorreichen Soldaten hatten den Nachmittag damit verbracht, die legendäre blaue Stadt Dùn Gorm zu erkunden. Bride, die Hauptstadt Tìrsoilleirs, war weitläufig und großartig, aber nicht annähernd so wunderschön wie diese traumhafte und reich verzierte, aus blaugrauem Marmor erbaute Stadt. Während sie durch die Straßen gingen, ohne jemals ihre starre Formation zu verlassen, waren sie weiteren Glorreichen Soldaten begegnet, hatten die Faust aufs Herz gelegt und »Deus Vult« gemurmelt.

Während sich an diesem Abend die Gasthäuser der Stadt mit unzufriedenen Händlern, rüpelhaften Edelknaben und aufrührerischen Seeleuten füllten, hatten die Glorreichen Soldaten in ihren Kammern gekniet und Gebete gesprochen. Einige Zeit später hatten sie sich mit den Schwertern in ihre Kojen gelegt und geschlafen.

In der Dunkelheit vor der Morgendämmerung, als auch der entschlossenste Nachtschwärmer schließlich in den Schlaf gesunken war, erhoben sie sich, wuschen sich in kaltem Wasser, legten ihre Kettenpanzer an und beteten wieder. »Deus Vult!«, flüsterten sie. »Deus Vult!«

Inzwischen lagen fünfzehn Schiffe aus Tìrsoilleir im Berhtfane. Sechs waren Galeonen, mit vier Masten und meterweise aufgerollten Segeln. Sechs waren dreimastige Karavellen, schneller und manövrierfähiger, aber von ihren massigen Cousins in den Schatten gestellt. Die übrigen waren Handelskarracken mit zwei quadratischen Segeln und einem Besansegel.

Alle Schiffe setzten kleine Boote aus, von denen einige von Soldaten besetzt waren, die mit umwickelten Riemen an den Strand ruderten. Auf den übrigen Booten war Stroh aufgetürmt worden, und sie waren nur mit einem Mann mit bloßer Brust und Füßen besetzt. Die strohgefüllten Dingis trieben durch den Hafen und brachen dann in Flammen aus. Als die Funken in die Rigg zu schweben begannen und Flammen die Ankerseile hinaufkrochen, tauchten die Männer unter Wasser und schnitten die Ruderseile der eileananischen Schiffe durch, sodass sie nicht mehr gesteuert werden konnten.

Große Flammenzungen schlugen aus einem Handelsschiff, und bestürzte Schreie erklangen. Funkenregen stob wie Glühwürmchen in die Nacht. Innerhalb von zwanzig Minuten war der größte Teil der eileananischen Schiffe nur noch Scheiterhaufen, während die Schreie der Männer an Bord die Nacht erfüllten. Die Stadt war inzwischen erwacht, Lichter flammten überall entlang des Hafendamms auf, und irgendwo erklang eine Alarmglocke. Die Männer an Bord zogen Persenninge zurück und legten so große Hinterladerkanonen auf den Schiffsdecks frei. Anderen Schiffen wurde signalisiert, das Gleiche zu tun, und die Karavellen begannen, sich dem Ufer zu nähern. Die Kanonen hatten nur eine kurze Reichweite, und Dùn Gorm sollte soviel Schaden zugefügt werden wie möglich.

Der Admiral der Kriegsflotte Tìrsoilleirs wartete aufs erste Tageslicht, bevor er die Kanonen abfeuerte. Es war ohnehin schwierig genug, sie zu laden und damit zu zielen, auch wenn man es nicht unter dem Schutz der Dunkelheit tun musste. Außerdem wartete er auf das Signal vom Ufer, dass seine Soldaten das Hauptquartier der Roten Garden außer Gefecht gesetzt und den Turm des Hafenmeisters eingenommen hätten. Draußen wartete eine weitere Schiffsflotte Tìrsoilleirs mit Soldaten, und die Tore mussten geöffnet werden, damit sie in den Berhtfane einlaufen konnte.

Schließlich war es hell genug zu erkennen, dass in den Straßen gekämpft wurde. Er runzelte die Stirn. Offensichtlich war der Überraschungsangriff der Soldaten fehlgeschlagen. Es verwirrte ihn zu sehen, dass viele der den Glorreichen Soldaten trotzenden Männer nicht die roten Uniformen der Garde der Banrìgh trugen, und er fragte sich, wer sie waren, dass sie so entschlossen kämpften. Er hob die Hand und senkte sie dann jäh wieder.

Auf allen Schiffen dröhnten die Kanonen und bombardierten die Stadt mit wuchtigen Bronzekugeln. Er hustete, in Wolken übel riechenden Rauchs gehüllt, und wischte sich über die tränenden Augen. Als sich der schwarze Rauch klärte, sah er erfreut, dass die Stadt großen Schaden erlitten hatte.

Er ließ die Kanonen immer wieder abfeuern, nicht nur auf die Befestigungen der Stadt, sondern auch auf Rhyssmadill selbst. Es war ein schwieriges Ziel für die Schiffe, da es auf seinem großen Felsenfinger hoch über ihren Masten aufragte, aber alles, was der Admiral tun konnte, um den raschen Sturz des Palastes zu sichern, war den Versuch wert.

Das Feuer war zu Asche geworden und die Dunkelheit und Stille im Raum vollkommen, als Dughall den Kopf hob. Der Drang, Jaspars abgezehrte Gestalt auf die Arme zu nehmen und davonzutragen, war fast überwältigend. Plötzlich überfiel ihn die Angst, dass Jaspar im Schlaf gestorben sein könnte, und er tastete auf dem Kissen umher, bis er das gebrechliche Handgelenk seines Cousins fand. Noch pochte da schwach ein Puls. Er beschleunigte sich bei der Berührung seiner Finger und eine schwache Stimme fragte: »Wer ist da?«

»Ich bin's, Dughall.« Er spürte, wie das Handgelenk erleichtert wieder entspannt wurde.

»Bist du gekommen, um mich schlafen zu sehen, Dugh?« Die Stimme des Rìgh klang verschlafen, aber herzlich. »Hast du Angst, dass ich nachts sterben könnte?«

»Ich hab Angst«, sagte Dughall zögernd. »Ich hab Angst um deine Sicherheit, Jaspar, aber frag mich nicht, warum.«

»Mein Tod ist nahe«, flüsterte Jaspar. »Ich kann es fühlen.«

»Ach was! Die gesprungene Tasse hält am längsten, das weißt du doch!«

»Es heißt, als ich noch ein Kind war, hätte ich *Talent* gehabt«, sann Jaspar in der Dunkelheit. »Das musst du mir lassen, Dughall – wenn mir noch *Talent* innewohnt, dann ist es das des Wissens um meinen bevorstehenden Tod.«

Dughall war erschüttert. »Ich hoffe nicht, Jaspar, denn in diesen Zeiten brauchen wir einen starken Rìgh.«

»Ich möchte nach Lucescere zurückkehren. Ich vermisse die im Licht glänzenden Juwelen Rionnagans, ich vermisse die Schimmernden Wasser, ich vermisse die Gärten und den Gang durchs Labyrinth. Weißt du noch, wie wir immer im Labyrinth Verstecken spielten? Es heißt, es wäre seit dem Tag verschwunden, als der Turm brannte.« Jaspar seufzte. »Manchmal glaub ich den Leitstern noch immer rufen zu hören … Mein Kind muss damit verbunden werden. Es kann nicht der erste MacCuinn seit vierhundert Jahren sein, der den Leitstern nicht berührt …« Seine Stimme klang abgehackt, als seine Kraft ihn verließ.

Das Gefühl der Gefahr war jetzt so nahe, dass Dughall es an seiner Schulter spürte, einen eiskalten Wind sein Rückgrat hinabwehen spürte. »Jaspar«, drängte er. »Etwas stimmt nicht! Ich kann es spüren.«

»Es dämmert schon fast. Ich würde die Dämmerung gerne noch einmal sehen, bevor ich sterbe.«

»Ich könnte dir zum Fenster helfen«, sagte Dughall eifrig.

»Ich kann nicht gehen. Meine Beine zittern und mein Herz schlägt wie eine Trommel.«

Dughall beugte sich herab und barg Jaspars Gestalt an seiner Brust, wobei sich sein Gesicht verfinsterte, als er merkte, wie leicht sein Cousin war. Er war niemals groß gewesen, wie die meisten MacCuinns, aber er wog jetzt nur noch so viel wie ein Kind.

»Bring mich zum Westfenster«, bat Jaspar. »Ich möchte die Dämmerung auf den Weißlockenbergen sehen. Ich möchte nicht das Meer sehen.« Er erschauderte abergläubisch und legte seinen Arm fester um Dughalls Hals.

Dughall trug ihn durch den Raum und setzte ihn dann ab, damit er den Vorhang zurückziehen und die hohen Fenster öffnen konnte. Jaspar lehnte sich gegen ihn und zitterte in der Kälte. Dughall zog seinen Morgenmantel aus und schlang ihn um die ausgemergelte Gestalt des Rìgh. Dann half er seinem Cousin über die Türschwelle und auf den kleinen Balkon hinaus.

Baron Neville von St Clair lehnte in seiner verschwenderischen Zimmerflucht im königlichen Flügel des Palastes auf dem Fenstersims und beobachtete mit ernster Freude das erste helle Aufflackern der Flammen. »Deus Vult!«, rief er und rieb mit der Hand liebevoll über sein Schwertheft.

Der Gildemeister der Alten Gilde der Feuerwerksmagier war wirklich nützlich gewesen. Mit ein wenig Überredungskunst hatte er das Geheimnis der Herstellung von Schießpulver verraten, und nun waren sich die Glorreichen Soldaten des Sieges gewiss.

Das Rezept für Schießpulver war von der Alten Gilde über tausend Jahre lang sorgfältig bewacht worden. Die Gilde verkaufte die magische Substanz zu einem sehr hohen Preis für Sprengungen, Ausgrabungen und Metallschmelzen an die Prionnsachan. Das Geheimnis der Herstellung des explosiven Pulvers war aus der Anderwelt mitgebracht worden, aber die weiße kristalline Substanz, die dazu benutzt wurde, es herzustellen, war hier rar – sie wurde nur in den nördlichen Ländern Siantan, Carraig und Tìrsoilleir gefunden.

Viele Jahre lang hatte Salpeter zu den ertragreichsten Ausfuhrwaren dieser Länder gehört, denn ganz Eileanan liebte Feuerwerke, und alle Prionnsachan brauchten Sprengstoffe für die herstellenden Gewerbe. Die Alte Gilde der Feuerwerksmagier war eine der reichsten aller Gilden gewesen und diejenige, die ihre Aktivitäten am besten geheim hielt.

Das Feuerwerkspulver war auch stets für Waffen benutzt worden, aber sowohl Musketen als auch Kanonen konnten nur langsam geladen und abgefeuert werden, zündeten häufig im falschen Moment und waren bei feuchtem Wetter vollkommen nutzlos. Da Salpeter so rar war, blieb die Benutzung in erster Linie industriellen Zwecken vorbehalten, besonders während der vergangenen vierhundert Jahre. Seit sich Aedan MacCuinn selbst zum Rìgh ernannt hatte, hatte es keinen Bürgerkrieg mehr gegeben, der Eileanan so lange Zeit geteilt hätte, und daher waren bald keine hochwirksamen Waffen mehr benutzt worden.

Tìrsoilleir war da keine Ausnahme. Obwohl seine vielen Kalksteinhöhlen reich an Salpeter waren, hatte es im Glorreichen Land seit dem letzten Versuch des Clans der MacHilde, den Thron zurückzuerlangen, keinen Bürgerkrieg mehr gegeben. Die harte Soldatengemeinschaft mochte keine Feuerwerke, weshalb die Alte Gilde der Feuerwerksmagier in Bride nur eine kleine Fabrik hatte. Nachdem die Fealde, Gott segne ihre Seele, beschlossen hatte, die Welt von den ketzerischen, die Hexen liebenden Eileanern zu befreien, hatte man versucht, der Gilde das Geheimnis abzukaufen, aber alle Mitglieder hatten es eher vorgezogen zu sterben, als das Rezept preiszugeben.

Was ihre Pläne glücklicherweise nur vorübergehend behindert hatte. In der Fabrik in Bride lagerten genügend Vorräte des sandigen, grauen Pulvers, um die Ausbildung der Legionen im Gebrauch der Hakenbüchse sowie die Entwicklung wirksamerer Kanonen zu ermöglichen, die auf die Schiffsdecks geschraubt werden konnten. Als ihnen das Schießpulver ausging, unterzeichneten sie einen Vertrag mit der Banprionnsa von Arran. Sie besaß zwar selbst kein Schießpulver, noch hielt sie es durch ihre üblen Zaubereien für nötig, aber sie befehligte die Mesmerdean, die in jede Festung eindringen konnten. Also hatten die Moordämonen eine Kompanie Glorreiche Soldaten ins Herz Dùn Eideans selbst geführt und geholfen, Säcke Schießpulver davonzuschleppen, wie auch den leblosen Körper des Gildemeisters. Die Mesmerdean hatten ihn mit ihrem hypnotischen *Talent* mühelos dazu verleiten können, das Rezept preiszugeben, und hatten ihn anschließend getötet, zusammen mit allen anderen, die das Geheimnis in Blèssem kannten.

Der Überraschungsangriff auf den Rìgh war ein kluger Plan gewesen, und sorgfältig abgestimmt. Die Verträge mit Margrit von Arran und den Piraten der Lieblichen Inseln hatten es ihnen ermöglicht, Dùn Eidean und Dùn Gorm gleichzeitig anzugreifen. Die Diplomatengruppe hatte dem Eigendünkel des Rìgh geschmeichelt und den Weg für die Flotte von Handelsschiffen zu einem Zeitpunkt geebnet, als das ganze südliche Eileanan nach Handel hungerte. Die Galeonen, die im Berhtfane mit offenen Armen empfangen wurden, hatten Soldaten und Belagerungsvorrichtungen an Bord versteckt. Der Diebstahl des Rezepts für Schießpulver gab den Glorreichen Soldaten die Waffen in die Hand, mit denen sie die überlegene Macht des Rìgh bekämpfen konnten.

Es war ein genialer Streich gewesen, im Nachhall der Lammasfeierlichkeiten anzugreifen. In den Kasernen wurden Kater gepflegt, und Rhyssmadill war voll der Reichtümer des Landes, welche die Prionnsachan als Zehnten bezahlt hatten. Die Fealde plante bereits einen Goldbrokatteppich für den Altar der Kathedrale von Bride sowie ein edelsteinbesetztes Kreuz, das darüber hängen sollte.

Die reichen Länder des südlichen Eileanan würden ihnen gehören! Die Hafer- und Gerstefelder, die Salzpfannen, die üppigen Wälder, die an Erz und Edelsteinen reichen Berge, der lebensspendende Fluss, der große Hafen und die sanften Strände würden ihnen gehören. Baron Nevilles harte Lippen verzogen sich zu etwas, das einem Lächeln ähnelte. »Deus Vult!«, murmelte er erneut.

Sein Kommandeur, Benedict der Fromme, stand neben ihm, und das einzige Zeichen der Zufriedenheit auf seinem unbewegten Gesicht war ein schwaches Schimmern in seinen Augen. »Es ist an der Zeit, nicht wahr, mein Laird?«

»Ja, es ist in der Tat an der Zeit«, erwiderte Baron Neville, nahm seinen Helm und setzte ihn mit pedantischer Sorgfalt auf das kurz geschnittene, graue Haar, bevor er den Raum verließ.

Die oberen Stockwerke des Palasts waren sehr ruhig. Nur wenige Laternen brannten in den Gängen, aber ansonsten war alles dunkel. Baron Neville lockerte seinen Dolch in der Scheide. Wenn er wegen der vor ihm liegenden Aufgabe irgendwelche Gewissensbisse empfand, so zeigte sich auf seinen asketischen Zügen nichts davon. Sein grimmig wirkender Mund war fest geschlossen und seine Finger ruhig. Die zwölf anderen Tìrsoilleiraner, die in Rhyssmadill selbst einquartiert worden waren, würden in diesem Moment zur Zugbrücke schleichen, bereit, ihr Möglichstes zu geben, um den Sturz des Palasts zu beschleunigen. Selbst wenn sie den Mechanismus zum Öffnen und Schließen der Brücke nicht zerstören könnten, konnten sie doch viele der Dienst habenden Wächter töten oder verwunden und vielleicht die Fallgatter zum Innenhof aufstemmen.

Mit wehenden weißen Umhängen erstiegen Baron Neville und Benedict der Fromme die große Treppe zum obersten Stockwerk, wo sich die Privaträume des Rìgh und der Banrìgh befanden. Die Wächter oben an der Treppe nahmen ruckartig Haltung an und kreuzten flink die Lanzen. Wenn sie es seltsam fanden, den Anführer der Diplomatengruppe aus Tìrsoilleir in den frühen Morgenstunden durch den Palast schleichen zu sehen, so hatten sie keine Gelegenheit mehr, ihrem Erstaunen Ausdruck zu verleihen. Beide starben rasch und lautlos, und ihre Leichen wurden hinter den Wandteppichen verborgen, die über den Treppenabsatz hingen.

Die Wächter vor der Tür des Rìgh starben ebenso rasch, aber ihre Leichen wurden liegen gelassen, wo sie niedersanken. Als der Baron die Tür zur Zimmerflucht des Rìgh aufschob, zitterten seine Finger nun doch. Darinnen war es dunkel. Das Feuer war erloschen, das einzige Licht schien durch einen Spalt in einem der Vorhänge. Er ging auf Zehenspitzen über den Teppich. Der Dolch in seiner Hand war vom Schweiß glitschig; Benedict blieb hinter ihm. Der Baron war noch niemals zuvor in den Privaträumen des Rìgh gewesen und konnte daher nur vermuten, wo das Bett stand. Seine Finger ertasteten die weiche Plüschigkeit der samtenen Tagesdecke und tasteten sich hinauf, bis er die Wölbung eines Kissens unter seinen Fingern spürte. Mit hämmerndem Herzen hoben der Baron und sein Kommandeur die Dolche an. Mit lauten »Deus Vult!«-Rufen stießen sie sie tief in die Weichheit des Bettes. Sie stachen immer wieder zu und riefen: »Siehst du, wie Hexenliebhaber sterben, MacCuinn?«

Im Westen begannen sich die Umrisse der Berge gerade von der Dunkelheit abzuheben. Die Monde gingen unter, rund wie Käseräder und fast ebenso orangefarben. Sogar Gladrielle war hellfarbig, während Schatten schwer auf Magnysson lasteten, wie die Abdrücke nach einem Schlag mit der Hand.

Dughall fühlte sich innerlich und äußerlich wie erfroren. Er roch Brand und sah aus dem Augenwinkel den hässlichen Rauchfleck vor dem heller werdenden Himmel. Zusammen beobachteten er und Jaspar, wie die Berge vor ihnen erwachten, und atmeten die rauchgeschwängerte Luft ein. Die drohende Gefahr lag wie kalter Stahl in seinem Nacken. Aus dem Schlafzimmer des Rìgh hörten sie triumphierende Stimmen rufen: »Deus Vult! Stirb, Hexenliebhaber!«

Sofort nahmen all seine bösen Ahnungen Gestalt an, und er wusste genau, was er befürchtet hatte. Jaspar wandte den Kopf, sein Körper war wie erstarrt. »Glorreiche Soldaten.«

»Ja«, flüsterte Dughall. Er zog Jaspar in den Schutz der Mauer, während sich Furcht wie eine zusammengerollte Schlange in seinem Magen breit machte. Sie waren unbewaffnet und trugen nur dünne Nachtgewänder und Hausschuhe. Wenn die

Glorreichen Soldaten in die Privaträume des Rìgh eingedrungen waren, bedeutete das, dass die Wächter tot waren. Die Tìrsoilleiraner würden jeden Moment erkennen, dass das Bett des Rìgh leer war, und würden dann die Zimmerflucht absuchen.

»Sie werden Maya töten!«

»Ruhig, mein Rìgh, sonst werden sie uns finden und ermorden«, erwiderte Dughall und streckte seinen Geist nach jemandem aus, der ihnen helfen könnte. Er sandte eine dringende Geistbotschaft an Latifa, in der Hoffnung, dass sie wach wäre und dem Ruf Beachtung schenken würde. Er wusste, dass die alte Köchin dem Boden huldigte, auf dem der Rìgh wandelte, und die Charakterstärke besaß, alle Einwände zu bezwingen, welche die Wächter vielleicht dagegen setzten, ihren Befehlen zu gehorchen.

Vom Hafen erklang das Geräusch von Explosionen. Der Wind wurde beißend, und Rauch wölbte sich an der Turmspitze vorbei. Er wirkte vor dem hellen Himmel braun. Im Raum waren Rufe zu hören. Die Glorreichen Soldaten hatten offensichtlich erkannt, dass der Rìgh nicht in seinem Bett lag. Dughall presste den Rücken an die Wand, eine Hand fest um den dünnen Arm des Rìgh. Die Vorhänge wurden beiseite gezogen, und ein Mann trat mit bereit gehaltenem Dolch hervor.

Dughall trat mit einer tadellosen, raschen Bewegung vor und trat den Soldaten fest in den unteren Rücken. Der Mann stolperte vorwärts und fiel halbwegs über die Steinbalustrade. Er schwankte einen Moment, schrie erschreckt auf, und das Messer entfiel seinem Griff. Dughall wartete nicht ab, sondern ergriff die Beine des Mannes und kippte ihn über die Balustrade. Er stürzte schreiend hinab, wobei sich sein weiß gekleideter Körper immer wieder drehte. Der Sturz Hunderte von Fuß auf das darunter liegende Steildach dauerte nur wenige Sekunden. Er landete mit Übelkeit erregendem Aufschlag.

Von seinen Hexensinnen alarmiert, wandte sich Dughall gerade rechtzeitig um, dass er einen weiteren Mann durch die sich bauschenden Vorhänge auf sich zueilen sehen konnte. Auch er trug einen Kettenpanzer unter dem weißen Wappenrock, wobei das scharlachrote Spitzkreuz auf seinem Oberkörper wie ein Blutfleck wirkte. Dughall konnte gerade noch beiseite springen, als der Dolch in der Hand des Soldaten an ihm vorüberpfiff. Er traf die Steinmauer, verfehlte seinen Bauch nur um wenige Zentimeter, aber bevor Dughall auch nur sein Gleichgewicht wiedererlangt hatte, stieß der Soldat erneut zu. Der Dolch drang ihm tief in die Seite und bewirkte eine solch intensive Kälte, dass Dughall nur noch laut aufschreien und auf die Knie sinken konnte. Der Soldat stach noch einmal zu, aber Dughall bot alle noch vorhandene Macht auf, um die Klinge abzulenken. Der Soldat fluchte durch zusammengebissene Zähne, als der Dolch in seiner Hand das Ziel verfehlte, trat Dughall brutal in die Wunde und schrie: »Zauberei!«

Einen Moment konnte Dughall weder den Willen noch den Wunsch aufbringen, sich zu wehren. Er zwang seine Augenlider auf und sah die stämmige Gestalt über seinen Kopf segeln. Die Augen des Mannes waren vor Entsetzen geweitet, und sein Mund war zu einem Schrei geformt. Dughall presste beide Hände auf die blutende Wunde und sah zu Jaspar hoch. Der Rìgh hatte die Hand ausgestreckt, die Finger gespreizt. Entsetzen und Triumph spiegelten sich auf seinem Gesicht. Er sagte zitterig: »Anscheinend habe ich noch mehr *Talent* als ich dachte.«

Eine lange Reihe Tìrsoilleiraner marschierte die Hauptstraße entlang, wobei die aufgehende Sonne auf ihren silbernen Kettenhemden und der gewundenen Linie ihrer Langspieße schimmerte. Während des Marsches betrachteten die Glorreichen Soldaten die üppige Landschaft mit begehrlichen Augen. Sie bemerkten nicht, dass trotz der Erntezeit und der bereits aufgegangenen Sonne keine Arbeiter auf den Feldern waren. Sie bemerkten auch nicht das Fehlen der prächtigen Herden, für die Blèssem berühmt war. Nicht ein einziges weißes, flauschiges Schaf oder eine Ziege mit prallem Euter waren auf den Wiesen zu sehen, obwohl der Ziegenhirte seine Herde schon vor Stunden hätte auf die Weide rufen müssen. Sie marschierten sorglos weiter, vom Feuer der Rechtschaffenheit erfüllt. Sie waren Soldaten, keine Farmer. Die meisten hatten ihr ganzes Leben in den Kasernen in Bride verbracht, und sie verachteten die Farmer zutiefst, die ihnen Nahrung und Ausrüstung lieferten.

Die Berhtilde hob eine Hand, und die lange Reihe Soldaten kam augenblicklich zum Stillstand. Sie richtete sich in den Steigbügeln auf und blickte das Tal hinab. Auf einem niedrigen Hang im Westen erhoben sich über den stillen Wassern eines kleinen Sees die Mauern und Türme Dùn Eideans. Die Soldaten griffen nach ihren Schwertern und Hakenbüchsen und bereiteten sich auf die bevorstehende Schlacht vor. Sie hatten bereits Boten vorausgesandt, um die Stadt abzulenken, und erwarteten zuversichtlich, sie geöffnet und für sie bereit vorzufinden. Sie wussten, dass sich der Prionnsa und seine Familie noch auf der Rückreise von der Lammasversammlung befanden, sodass niemand in der Stadt das Kommando übernehmen konnte.

Die Berhtilde runzelte die Stirn. Obwohl die Stadt zu weit entfernt war, um mehr als deren Umrisse zu erkennen, teilte sie die Zuversicht der Soldaten nicht. Es schien ihr, als hätten mehr Menschen zu sehen sein sollen. Blèssem war dicht bevölkert, und die Dörfer lagen höchstens einen Tagesmarsch auseinander, und doch hatten sie niemanden mehr gesehen, seit sie ihr Lager abgebrochen hatten und auf Dùn Eidean zumarschiert waren. Sie zuckte die Achseln und gab den Befehl zum Weiterziehen.

Als sie das Ufer des Sees erreichten, blickten die Soldaten ebenso grimmig drein wie sie. Nicht nur waren die Stadttore fest verschlossen, sondern davor stand zudem eine große Streitmacht Männer in Formation. Viele trugen die Uniform der Stadtsoldaten, aber es waren auch fünfhundert Männer und Frauen mit Mistgabeln, Äxten und rostigen Schwertern darunter. Ihre Gesichter zeigten unerbittliche Entschlossenheit. Die Berhtilde erkannte fluchend, dass alle ihre Vorteile des Überraschungsmoments, der Anzahl und der Position verloren waren. Das Volk von Blèssem hatte die Mauern im Rücken und den Vorteil des erhöhten Standorts, und sie waren annähernd ebenso viele wie die Glorreichen Soldaten. Dennoch hatten sie weder den Vorteil der Kriegsausbildung der Glorreichen Soldaten noch Schießpulver. Sie erteilte ihren Soldaten den Befehl, die Positionen einzunehmen. Die Fealde von Bride hatte gesagt, Dùn Eidean müsse eingenommen werden, und so würde es eingenommen werden.

Donovan Drehfuß war wie immer weit vor der Dämmerung erwacht. Er hatte seinen Porridge mit einem Schuss Whisky gegessen, wie er es stets tat, und war dann nach draußen gegangen, um den Wind zu prüfen. Er war noch immer sehr besorgt, aber die erste Pfeife des Tages half, ihn zu beruhigen, während er sich auf das Geländer lehnte und den Anblick der Sterne auf der gekräuselten Wasseroberfläche genoss.

Das erste Aufflackern der Flammen hatte ihn alarmiert, sodass er die Pfeife mit seiner großen Faust umklammerte. Als ein Schiff nach dem anderen zu brennen begann, eilte er in seinen Schleusenturm zurück und schlug Alarm. Er läutete die Glocke, bis seine Arme schmerzten, und eilte dann wieder hinaus, um zu sehen, was er noch tun konnte.

Rotes Licht von der brennenden Stadt schien auf die Segel einer Flotte von zwölf Schiffen, die aus der Dämmerung auf ihn zusegelten, während eine Horde Glorreiche Soldaten mit grimmig entschlossenen Mienen und Schwertern in den Händen auf den Wachturm zueilte.

Er erkannte ihre Absicht sofort. Wenn die Glorreichen Soldaten Kontrolle über die Schleusentore erlangten, könnten alle weiteren Soldaten sicher innerhalb des Hafendamms gebracht werden, und ganz Eileanan würde für ihre Streitkräfte offen daliegen. Wenn es ihm jedoch irgendwie gelänge, die Tore zu blockieren, dann wären jene zwölf Galeonen gezwungen umzukehren und gegen die Flut zu lavieren, um nicht am Ufer zu zerschellen. Sie würden bestenfalls direkt in die Tore hineinlaufen und dann ohnehin zerstört. Donovan Drehfuß war schon seit dreißig Jahren Hafenmeister des Berhtfane. Er hatte an den Kanälen gearbeitet, seit er als Junge zum ersten Mal einen Fuß in die Maschinerie der Schleusen gesetzt hatte. Er kannte sie besser als die schroffen Linien seines eigenen Gesichts. Er wusste genau, was er tun musste, um die Glorreichen Soldaten zu sabotieren.

Er handelte rasch, legte sich auf den Rücken und schob sich mit einem Eisenspanner in der Hand unter die wuchtigen Ketten. Er praktizierte den Spanner vorsichtig in eine Lücke, sodass sich die Ketten zumindest eine Weile lang nicht mehr bewegen lassen würden.

Das Pochen an der massiven Tür im Erdgeschoss des Turms hörte auf, und einen Moment herrschte Stille. *Habt ihr schon aufgegeben?* dachte Donovan Drehfuß mit verzerrtem Lächeln. Dann erklang ein gewaltiger Schlag, der ihn sich die Ohren zuhalten ließ, und der Turm füllte sich mit übel riechendem Rauch. Der Hafenmeister war überrascht. *Welche Zauberei ist das? Die Glorreichen Soldaten fürchten die Hexerei doch gewiss ebenso sehr wie der Rest Tìrsoilleirs …*

Der Klang die Treppe heraufstapfender Füße ließ sein Herz hämmern. Donovan Drehfuß hinkte so schnell wie möglich auf den Laufgang hinaus und verschloss die Tür hinter sich. Während er über die Tore hinweg eilte, hörte er Soldaten die großen Zugpferde mit der Peitsche antreiben. Das Rad drehte sich langsam und die Tore öffneten sich. Donovan hatte bis zu dem Spalt, wo die beiden Torflügel aufeinander trafen, noch immer ein Stück Weg vor sich. Er beschleunigte seinen Schritt zunehmend besorgt und versuchte, den Spalt zu erreichen, bevor die Tore zu weit auseinander schwangen.

Genau in diesem Moment stoppte das Tor ruckartig, und er fiel auf die Knie. Der Spalt zwischen den Toren war nur einen Fuß breit, aber es war ein weiter Sprung für einen alten Mann mit einem verkrüppelten Fuß. Donovan Drehfuß klemmte sich seinen Stock unter den Arm, betete zu Eà und sprang. Dank seines schnellen, reflexartigen Ergreifens des Geländers schaffte er es.

Hinter ihm signalisierten die Glorreichen Soldaten den die Stadt mit Feuer bombardierenden Schiffen. Während er den Laufgang entlang eilte, sah er eine Karavelle drehen und auf ihn zu halten, während sie das Besansegel setzte, um den Wind der Dämmerung zu nutzen. Dann bemerkte er die dunklen Mündungen der Kanonen, und es dämmerte ihm, was sie vorhatten. *Diese Narren!* dachte er, während er in dem verzweifelten Versuch vorwärts sprang, das gegenüberliegende Ufer zu erreichen. *Begreifen sie nicht, dass der Berhtfane überflutet werden wird?*

Ein gewaltiges Dröhnen erklang. Rauch stieg aus den Kanonen auf. Zehn Bronzekugeln drangen knirschend in das erste der Tore ein. Als es unter der Wucht der Kugeln erbebte, drang Wasser durch spinnwebartige Risse, das sich bald in tosende Ströme verwandelte. In dem Moment, als das Tor unter der Wucht zersprang, warf sich Donovan Drehfuß aufs Ostufer. Wasser überschwemmte ihn und zog ihn seitwärts, aber er klammerte sich mit seinen kräftigen Händen ans Geländer und hielt sich fest.

Als die Flut schließlich nachließ, stand Donovan auf dem Hafendamm und betrachtete das Ergebnis der Aktion der Glorreichen Soldaten. Es war weitaus besser ausgegangen, als er auch nur hätte erhoffen können. Nicht nur war die Galeonenflotte, die durch die Tore hatte gelangen wollen, von der Macht des hervordringenden Wassers hinweggeschwemmt worden, sondern es herrschte auch Chaos unter den im Hafen verbliebenen Schiffen. Der Rhyllster war seit über vierhundert Jahren nicht mehr frei ins Meer geflossen, und der Pegel des Berhtfane war beängstigend gesunken. Viele der brennenden Schiffe waren untergegangen und blockierten den Hafen nun als Hindernisse, welche die Schiffe aus Tìrsoilleir im unaufhörlichen Auswärtsströmen des Flusses nur schwer meiden konnten. Einige waren auf den Wracks zerschellt, andere waren am felsigen Ufer auf Grund gelaufen. Viele der Karavellen und Karracken waren heil geblieben, da sie manövrierfähiger waren als die topplastigen Galeonen, aber auf ihren Decks herrschte Aufruhr. Es würde einige Zeit dauern, bis sich die Schiffe aus Tìrsoilleir neu gruppiert hatten, und da die Schleusentore zerstört waren, war der Hafen nicht länger die sichere Zuflucht, die er einmal gewesen war. Die Schiffskapitäne müssten nun mit den Gezeiten, dem Fluss und den Fairgean ringen.

Leider befanden sich die meisten der Glorreichen Soldaten sicher an Land, und in der Stadt wurde heftig gekämpft, während Rauch aus den brennenden Gebäuden drang. Donovan Drehfuß ergriff seinen Stock und hinkte langsam auf die Stadt zu. Ihm waren immer noch einige Jahre des Kampfes gewährt, Eà sei gepriesen!

Isabeau war von der ersten Explosion erwacht. Sie setzte sich im Bett auf, rieb sich den Schlaf aus den Augen und versuchte, die letzten Überreste eines Albtraums zu erhaschen. Die Schiffskanonen dröhnten erneut, und sie stand auf, nun sicher, dass die Angriffsgeräusche kein Traum waren. Ihr schmales Fenster führte auf die Ställe hinaus und gewährte keinen Blick auf den Meeresarm, sodass sich Isabeau ihr Plaid über das Nachtgewand schlang und auf den Gang hinauslief. In den Gängen irrten bereits weitere Dienstboten in Nachtgewändern und Nachthauben kopflos umher. Isabeau lief ins obere Stockwerk, wo es ein Fenster zum Hafen gab. Dort fand sie bereits eine Menschenmenge vor, die das gespenstische Schauspiel der Stadt in Flammen beobachtete.

Isabeau starrte auf den Hafen hinaus, der von brennenden Schiffen beleuchtet wurde. Ihre scharfen Augen sahen die vagen Umrisse der Karavellen aus Tìrsoilleir im Hafen umhertreiben und Spuren von Flammen und Zerstörung hinterlassen. Sie sah grausame Kämpfe in alle Straßen und auf alle Plätze der Stadt vordringen und die Galeonen am Kai große Holzplattformen ausladen, die, wie sie wusste, in Belagerungsvorrichtungen für die Einnahme Rhyssmadills verwandelt würden. Anscheinend waren ihre Träume prophetischer Natur gewesen.

Isabeau lief in ihren Raum zurück und zog sich hastig an. Sie packte rasch einige Habe in ihren Rucksack, nahm ihr Plaid wieder auf und eilte dann durch die bevölkerten Gänge zurück, wobei sie ihre Sinne auf der Suche nach Latifa ausstreckte.

Zu ihrer Überraschung erspürte sie sie hoch oben im Palast. Sie zögerte einen Moment, aber der Instinkt sagte ihr, dass sie in der Nähe ihrer Mentorin bleiben sollte. Latifa besaß den Schlüssel, und Isabeau wusste, dass sie ihn nicht durch eine lange Belagerung blockieren lassen durfte, da Meghan ihn in Lucescere brauchte. Schlimmstenfalls würde sie ihn Latifa gewaltsam oder durch eine List abnehmen müssen, aber Isabeau war sich sicher, dass die Köchin den Ernst der Lage ebenso klar erkennen würde wie sie selbst.

Verwirrung herrschte in den hohen Gängen. Dienstboten liefen überall umher, noch immer in ihren Nachtgewändern. Auf dem Boden in der vorderen Halle lagen die Leichen von drei Glorreichen Soldaten. Obwohl Isabeau dem Tod schon früher begegnet war, verursachte ihr irgendetwas an den dunklen Blutlachen, die auf dem Marmor schimmerten, Übelkeit.

Eine Schar Wächter lief mit gezogenen Schwertern die Treppe hinab. Aus dem Innenhof erklangen Kampfgeräusche. Isabeau eilte die Treppe hinauf. Jemand packte sie und schrie ihr ins Gesicht, befahl ihr, Wasser zu holen, um eine schreiende, weinende Frau beruhigen zu helfen. Isabeau befreite sich aus dem Griff und eilte weiter, alle ihre Sinne auf die nahe Gefahr eingestimmt.

Sie erreichte die oberen Bereiche des Palastes. Auf dem Treppenabsatz standen keine Wächter, und auf dem hellblauen Marmor erkannte sie Blut. Das Herz pochte in ihrer Brust. Sie schlich nahe an der Wand entlang den Gang hinab. Zwei Körper lagen zusammengesunken vor der Tür zu den Räumen des Rìgh, die Kehlen entsetzlich durchschnitten. Blut war an die Wände gespritzt und bildete auf dem Boden Lachen. Isabeau hörte Latifas Stimme und eilte mit ungutem Gefühl im Magen vorwärts.

Der Rìgh saß aufrecht im Bett, ein pelzgefüttertes Gewand um die knochendürren Schultern. An ihn gelehnt saß Dughall MacBrann, dessen weißes Nachtgewand blutdurchtränkt war. Sein Gesicht war bleich, und er atmete rasch und flach.

Latifa kniete am Bett und riss das Gewand gerade auf. Auch sie trug noch ihr Nachthemd und hätte zu jeder anderen Zeit lächerlich gewirkt, da ihr massiger Körper durch keine Korsetts eingeengt wurde und ihr graues Haar auf Papierstreifen aufgerollt war. Sie wandte den Kopf, als Isabeau hereinkam.

»Gutes Mädchen! Hast du deine Kräuter mitgebracht?« Isabeau schüttelte den Kopf und versuchte, ihren abgehackten Atem unter Kontrolle zu bringen.

»Macht nichts. Wir können für den Moment die Medizin des Rìgh benutzen. Komm, hilf mir, der Laird wurde niedergestochen. Es wurde ein Angriff auf das Leben des Rìgh geführt, aber er ist jetzt sicher, Eà sei Dank!« Latifa schien in ihrer Bestürzung nicht zu bemerken, dass sie einen Hexenschwur benutzt hatte, und Isabeau warf einen besorgten Blick auf das Gesicht des Rìgh. Er war blass, aber gefasst, und reagierte nicht auf die Worte der Köchin. Er hielt Dughall fest an seine Schulter gepresst.

Es war eine üble Wunde. Nachdem sie sie sorgfältig gesäubert hatten, nähte Isabeau die ausgefransten Wundränder vorsichtig zusammen und tupfte die Wunde mit einem Kräutertrank ab, um die Heilung zu beschleunigen.

Isabeau verknotete gerade den Behelfsverband, als Füße die steinerne Treppe heraufpolterten. Alle spannten sich an und schauten zur Tür. Latifa erhob sich und stellte sich mit geballten Fäusten vors Bett, als sei sie bereit, den Rìgh mit ihrem Körper zu beschützen. Eine Brigade von Palastwachen drang mit gezogenen Schwertern herein.

»Wir werden belagert, Eure Hoheit!«, rief der Anführer. »Die Tìrsoilleiraner haben die Stadt angegriffen! Dùn Gorm ist verloren, und die Soldaten stehen bereits an den Palasttoren!«

Der Rìgh gab eilig Befehle aus, seine Augen glänzten fiebrig.

»Wir müssen dich in Sicherheit bringen, bevor sie die Tore durchbrechen!«, rief Dughall. Der Rìgh wollte Einwände erheben, aber sein Cousin rief außer sich: »Denk an dein ungeborenes Kind, Jaspar, denk an Maya! Du kannst nicht bleiben, wenn die Glorreichen Soldaten unmittelbar vor deinen Toren stehen.«

»Rhyssmadill wird nicht fallen«, sagte Jaspar überrascht. »Rhyssmadill ist noch niemals gefallen.«

»Die Schleusentore wurden zerstört, Eure Hoheit«, sagte der

Soldat verzweifelt. »Ganz Clachan und Blèssem liegen offen vor dem tìrsoilleiranischen Heer, und Dùn Eideans Leuchtfeuer wurde angezündet – wir können seinen Schein vom höchsten Turm aus sehen. Wir sollten uns zurückziehen und uns neu gruppieren und auf die Verteidigung der Highlands vorbereiten.«

»Lucescere!«, rief Dughall. »Wir müssen dich und die Banrìgh nach Lucescere bringen! Dort wirst du sicher sein.«

»Lucescere«, wiederholte Jaspar verträumt. »Gut, wir werden nach Lucescere gehen. Latifa! Wir müssen uns bereit machen. Fangt an zu packen – nehmt nur mit, was für die Reise nach Lucescere von Nutzen ist. Wächter! Ruft den Schatzkanzler! Rhyssmadill darf nicht fallen!«

Die grünen Wiesen rund um Dùn Eidean waren zu Schlamm geworden, blutgetränkt und mit Leichen übersät. Viele trugen die Kettenpanzer der Glorreichen Soldaten, die meisten jedoch das einfache Braun der Kleinpächter.

Auf der Wallanlage der Stadt stand eine alte Frau, gegen den Wind dick in Samt und Pelze gehüllt. Tränen liefen ihr runzliges Gesicht hinab. Sie schüttelte eine Faust in Richtung der Schlacht, die am Fuß der alten Mauern tobte.

Plötzlich erklang eine heftige Explosion, welche die Stadtmauern erschütterte. Schwarzer Rauch stieg pilzförmig über den Mauern auf, und die Banprionnsawitwe hustete und hielt die Hände vor den Mund. Als der Rauch abzog, erkannte sie entsetzt, dass ein Loch in die Außenmauer geschossen worden war. Die Glorreichen Soldaten jubelten und die Verteidiger wandten sich um und rannten davon, während die Eindringlinge als silbern glänzende Woge hereindrangen.

»Verdammt sollt ihr sein!«, rief sie, aber ihre Worte wurden vom Wind fortgerissen. Sie sah hilflos zu, wie sich der Feind auf eine erneute Beschießung vorbereitete, und hatte dann eine Idee. Sie war in Siantan geboren, in der Heimat der mächtigen Wetterhexen. Als Kind hatte sie acht Jahre im Turm des Sturms verbracht, wie alle Kinder der großen Lairds. Obwohl Zauberei und Hexenkönnen erst gelehrt wurden, wenn ein Kind als Lehrling in den Hexensabbat aufgenommen wurde, hatte sie von den älteren Schülern so manchen Trick gelernt, einschließlich dessen, wie man Picknicktage regenfrei hielt.

Die Banprionnsawitwe wusste nicht, welche üblen Hexereien die Glorreichen Soldaten benutzten, um die alten Mauern Dùn Eideans so zu zerstören, aber es war eindeutig das Element Feuer einbegriffen. Daher schloss sie die Augen, ballte die Fäuste und intonierte leise:

»Kommt hierher, Geister des Westens, bringt Regen,
Kommt hierher, Geister des Ostens, bringt Wind,
Kommt hierher, Geister des Westens, bringt Regen,
Kommt hierher, Geister des Ostens, bringt Wind«,

bis sie einen feinen Regenschleier ihr Gesicht benetzen spürte. Sie öffnete die Augen und sah eine graue Flutwelle über den Meeresarm auf sich zu rasen. Weit unten versuchten die Glorreichen Soldaten, welche die Kanonen bemannten, verzweifelt, ihre Zünder zu bedecken, aber der Regen sickerte in alles ein. Dann sah sie sie wütend fluchend ihre Feuersteine hinwerfen und lächelte erschöpft. Zum ersten Mal seit Jahrzehnten dankte sie Eà, während sie auf der Stadtmauer stand und der Regen auf ihren grauen Kopf prasselte. Die Kanonen schwiegen.

Der Palast geriet in Aufruhr, als der Rückzug befohlen wurde. Latifa die Köchin schickte Dienstboten in alle Lagerräume und Speisekammern, während sie Proviant für die Reise zusammenpackte. Draußen im Hof wieherten Pferde und bäumten sich beim Geruch von Rauch und Angst erschreckt auf. Die Dienstboten der Prionnsachan, die sich noch im Palast befanden, packten eilig deren feine Samtkleidung ein, während aus jeder großen Zimmerflucht hysterische Schreie erklangen. Der Seanalair des Palastes rief Befehle, während Soldaten mit grimmigen Mienen losliefen, um die Mauern zu befestigen.

Die Kutschen der Aristokraten fuhren schwer bewacht als erste ab. Als sie gerade über die Brücke rumpelten, schrien die Wächter auf den Außenmauern vor Entsetzen auf. Die Tore zur Stadt waren gefallen, und die Kampfhandlungen setzten sich bis in den Park fort. Die Kutscher trieben ihre Pferde mit der Peitsche an, und die goldverzierten Kutschen schwankten heftig, als sie den Weg zum Hintertor hinabrasten.

Isabeau half den anderen Dienstboten hektisch dabei, die Wagen mit Fässern, Körben und Päckchen zu beladen. Sie konnte ganz in der Nähe Kampfgeräusche hören, und die Schmerz- und Wutschreie pumpten Adrenalin durch ihre Adern. »Schnell, Isabeau!«, rief Latifa. »Die Feinde greifen an – wir müssen fliehen! Sie werden jetzt jeden Moment die Tore schließen und die Zugbrücke hochziehen!«

Ein weiterer voll gepackter Wagen preschte aus dem Hof, hoch mit Beuteln Gold, kostbarem Silber und Edelsteinen sowie der kleinen Gestalt des Schatzkanzlers beladen, der wie ein Vogel zwischen den Truhen und Säcken kauerte. Es war nur noch ein Wagen übrig, auf dessen Sitz neben dem Kutscher bereits Latifas massige Gestalt thronte. Isabeau warf ihren Rucksack hinauf und erinnerte sich plötzlich der kleinen, noch immer an den Bratspieß in der Küche gebundenen Hunde. Sie rannte in die Küche, band sie eilig los und lief mit ihnen zurück. Es gelang ihr, auf den Wagen zu steigen, als dieser bereits herumwirbelte, wobei der Kutscher die Pferde hektisch mit der Peitsche antrieb. Sie hätte es niemals geschafft, wenn Sukey nicht gewesen wäre, die die Hand ausstreckte und die Hunde ergriff, sodass sich Isabeau auf die beladene Ladefläche schwingen konnte. Und Sukeys fester Griff rettete sie auch vor dem Herunterfallen, als der Wagen aus den Palasttoren und über die schmale Brücke jagte. Hinter ihnen schlugen die Tore zu, und die Zugbrücke wurde ruckartig hochgezogen.

»Du Närrin!«, schalt Sukey, wobei ihre runden Wangen dieses eine Mal vollkommen bleich wurden. »Musst du immer für ein stummes Geschöpf dein Leben riskieren?!«

Isabeau konnte die Hunde nur atemlos an sich drücken. Als der Wagen auf die Straße einbog, wurde er von Kämpfenden bedrängt. Einer Division Glorreicher Soldaten war es gelungen, die Reihe der verteidigenden Soldaten zu durchbrechen, und sie versuchten verzweifelt, den Rückzug des Rìgh zu verhindern. Isabeau sah Soldaten sich an die Seite des Wagens drängen, deren Mienen vor Kampfgier verzerrt waren, und schrak mit einem Aufschrei zurück. Die silbernen Kettenhemden blitzten im Sonnenschein, und die Langschwerter und Streitkolben waren blutverschmiert. Vor ihnen hoben weiß gekleidete Soldaten Hakenbüchsen an, die sie auf in den Boden getriebene Holzpfähle stützten. Dann explodierten die Gewehre mit lautem Knall und einer Wolke übel riechenden Rauchs, und viele der Rotgardisten fielen. Die Hakenbüchsen feuerten erneut, und der Kutscher von Isabeaus Wagen fiel vom Sitz, während ein rotes Ornament zwischen seinen Augen aufblühte. Die Pferde schlugen wie wahnsinnig aus, und Latifa ergriff die Zügel und trieb die verängstigten Tiere zum Galopp an. Sie wogten über die Soldaten mit den Hakenbüchsen hinweg, bevor diese Zeit hatten, erneut zu laden, und stießen sie unter die Eisenräder des Wagens. Als die Glorreichen Soldaten schrien, bedeckte Isabeau ihr Gesicht mit den Händen.

Der Wagen polterte weiter, und die Rotgardisten zwangen die Glorreichen Soldaten zurück. Isabeau schaute auf Rhyssmadill zurück. Seine zierlichen Turmspitzen waren von dichten schwarzen Rauchwolken halb verdeckt, während die jenseitige Stadt brannte. Sie fragte sich verzweifelt, ob Lasair erkannte, dass er fliehen müsste, oder ob er am Rande des Parks auf sie wartete. Sie sandte eine verzweifelte Geistbotschaft, aber es kam keine Antwort.

Sie erreichten das hintere Tor, das die Soldaten hinter ihnen sicherten, um jegliche Verfolgung durch die Glorreichen Soldaten zu verhindern. Der Wald drang auf sie ein, während Äste an den Seiten des Wagens entlangschabten und die Räder über zerbrochene Zweige ratterten. Einer der Vorreiter kam nahe heran und grüßte Isabeau mit erhobener Hand. Sie erkannte mit einem Freudenschrei Riordan Säbelbein und rief ihn an. »Gut dich zu sehen, Rote«, rief er zurück. »Hab keine Angst, ja? Riordan Säbelbein passt auf dich auf!«

Isabeau setzte sich zurück und fühlte sich schon wesentlich wohler. Sie verspürte leichte Aufregung, die ihren Blutfluss beschleunigte. Wochenlang hatte sie sich um den Schlüssel gesorgt, und darum, wie er nach Lucescere gelangen sollte. Und nun reisten sie und Latifa in der Gesellschaft des Rìgh zum alten Palast. Die Schicksalsgöttinnen hatten tatsächlich in das Gewebe eingegriffen.

Unterwegs

Die Wölfin lief schnell und hielt die Nase am Boden, während ihr langer schmaler Körper über Felsen und Büsche hinwegsprang. Weit unten toste der Muileach durch seine Schlucht, und die Gesichter der dicht hinter ihr reitenden Männer wurden von der hoch aufsprühenden Gischt benetzt.

Anghus war blass und angespannt, das Gesicht von seinem Sturz den Hügel hinab war noch immer wund und voller blauer Flecke. Er war nach der Abreise des geflügelten Prionnsa häufiger mit dem Gefühl erwacht, zu viel getrunken zu haben. Er hatte mit Kopfschmerzen und ausgedörrter Kehle verschlafen die Augen geöffnet, als die Wölfin ihn mit der Schnauze angestupst hatte. Orientierungslos hatte er zu dem Segeltuch über sich hinaufgeschaut. »Wo bin ich?«

»Wir sind im Rebellenlager«, hatte Donald beruhigend gesagt und ihm einen Becher Wasser an die Lippen gehalten. »Liegt still, mein Laird, Ihr habt einen bösen Schlag erlitten.«

Anghus hatte gehorsam das Wasser getrunken und versucht, seinen Verstand einzusetzen. Das Zeltdach schwankte, kam auf ihn zu, wich wieder zurück. Er schloss die Augen, legte seine Hände flach auf den Boden und versuchte, das Gleichgewicht zurückzuerlangen.

Als er die Augen wieder öffnete, stand ein Fremder im Zelteingang, ein großer, geschmeidiger Mann mit am Waffengurt und in den Stiefeln schimmernden Dolchen. »Also seid Ihr erwacht, mein Laird«, sagte er sehr höflich. »Und wie fühlt Ihr Euch?«

»So als wär ich in eine Stampede von *Geal'teas* geraten«, hatte Anghus erwidert. »Was ist passiert? Was mache ich hier?«

»Eine sehr gute Frage, mein Laird«, antwortete der Mann freundlich. »Eine Frage, auf die ich selbst gern eine Antwort hätte.«

»Wer seid Ihr? Und wo bin ich?«

»Ich, mein Laird, bin Cathmor der Gewandte, Sohn von Desmond Schuster. Ihr seid im Zentrum des Rebellenlagers, und ich möchte Euch vor übereiltem Handeln warnen, mein Laird, denn es befinden sich annähernd fünfhundert Mann rund um dieses Zelt …«

»Beim Zentaur, glaubt Ihr wirklich, mir wäre nach übereiltem Handeln zumute?«, fauchte Anghus. »Wo ist meine Tochter?«

»Ich würd gern erfahren, wie Ihr uns finden konntet, mein Laird.« Die Stimme des Rebellen hatte einen vage drohenden Unterton angenommen.

»Ich bin dem MacCuinn-Jungen gefolgt«, hatte Anghus erwidert, während er seine Augen mit der Hand beschattete. »Wo ist er? Ich sah ihn hinausreiten … Wo ist meine Tochter?« Die Qualität des folgenden Schweigens veranlasste Anghus, die Hand von den Augen zu nehmen, und er sah, dass Cathmor mit finsterer Miene einen seiner Dolche freigezogen hatte. »Um Eàs willen, Mann, ich bin nicht Euer oder des MacCuinn Feind.«

»Steht Ihr nicht in Diensten Mayas der Verhexerin? Habt Ihr nicht Meghan NicCuinn gefangen genommen und sie der Liga gegen Hexen überstellt?«

»Nun, ja, aber sie hat verstanden … Steckt den Dolch ein,

Junge, Ihr macht mich nervös. Ich sehe, dass ich Euch die ganze Geschichte erzählen muss. Dann werdet Ihr verstehen.« Anghus hatte kurz und in Eile die Ereignisse beschrieben, die ihn zum Rebellenlager geführt hatten. »Ihr seht also, dass ich nur meine Tochter finden will. Meghan glaubte, sie sei hier.«

Cathmor sah ihn nachdenklich an. »Sie ist nicht hier, mein Laird. Da war ein kleines Mädchen namens Finn, aber sie ist mit dem Prionnsa ausgeritten.«

»Wohin wollten sie?«

»Das werd ich Euch nicht sagen, mein Laird. Der Prionnsa hat Euch erkannt, Euch meiner Obhut unterstellt und mir gesagt, ich solle Euch festhalten.« Die letzten Worte wurden leicht betont.

»Habt ein Herz, Junge. Ich schwör Euch, es kümmert mich nicht, was Ihr plant.«

»Das sagt Ihr, mein Laird. Aber es ist auch unwichtig, weil wir bald fort sein werden. Wir werden Euch hier behalten, bis Ihr uns nicht mehr schaden könnt, und dann steht es Euch frei zu gehen. Seine Hoheit wollte aus einem unbestimmten Grund nicht, dass ich Euch für immer zum Schweigen bringe.« Cathmor hatte seinen Dolch liebkost und hinzugefügt: »Aber glaubt nicht, dass ich Euch nicht töten werde, wenn Ihr etwas versucht, mein Laird. Wir haben alle schon zu lange gekämpft, um unsere Pläne jetzt aufs Spiel zu setzen.«

Nichts, was Anghus gesagt hatte, konnte die Ansicht des Rebellen ändern. Zu seiner Enttäuschung waren der Prionnsa und sein Diener auf das eine kleine Zelt beschränkt und Casey Falkenauge und der junge Pfeifer auf ein weiteres. Tabithas wanderte ruhelos umher und winselte, aber jedes Mal, wenn sie auch nur hinausblickten, wurden sie mit Langschwertern bedroht.

Am nächsten Tag hatten sie unmissverständlich gehört, wie

eine große Gruppe Männer packte und losritt. Ihre Wächter hielten sie einen weiteren Tag und eine Nacht fest und versetzten ihre Nahrung dann mit einem Mittel, das die vier Männer und die Wölfin in tiefen Schlaf fallen ließ. Als sie erwachten, war der Talkessel leer gewesen.

Auf Anghus' Befehl hatte Tabithas die Spur aufgenommen und sie hinter Fionnghals Gruppe hergeführt. Die Wölfin folgte ihr durch Täler und Schluchten, die Männer dicht hinter ihr, bis sie zum tosenden Strom des Muileach kamen. Sie waren dem gewundenen Verlauf des Flussbettes nun schon mehrere Tage gefolgt, hatten den geflügelten Prionnsa aber nicht einholen können. Obwohl Anghus schwindelte und er sich noch immer elend fühlte, trieb er sein Pferd unaufhörlich an, nun sicher, dass das Bettlermädchen, das Finn genannt wurde, seine vermisste Tochter war.

Nun umrundeten sie einen Felsblock, blieben instinktiv jäh stehen und blickten fasziniert voraus. Vor ihnen ragte ein gewaltiger Felsen auf, dessen schroffe Oberfläche glatt und schwarz war von der Gischt, die der mehrere Hundert Fuß über ihnen aus der Vorderseite des Felsens hervorbrechende Fluss aufwarf. Unter der Gewalt des Ausbruchs brausend und schäumend ergoss sich der Wasserfall als weißer, reißender Strom den Felsen hinab und tauchte in die darunter liegende Schlucht.

Tabithas lief am Rande der Klippe hin und her, winselte und schaute besorgt zu Anghus hoch.

»Wie kann sich Fionnghal einfach in Luft aufgelöst haben? Finde sie, Tabithas!« Die Wölfin winselte erneut und lief weiterhin hin und her, die Nase am Boden. Dann schaute sie zum Prionnsa auf, wedelte kurz mit dem Schwanz, lief los und sprang vom Rand des Felsens. Sie stürzte hinab, ihr dunkler Körper drehte sich und traf platschend auf dem Wasser auf. »Nein!«, schrie Anghus, als sie im schäumenden, reißenden

Strom verschwand. »Tabithas, nein!« Aber es war zu spät. Die Wölfin war verschwunden.

Isabeau saß am Feuer und rührte in einem großen Kessel Suppe. Die Zweige über ihr zerteilten den grauen Himmel in winzige Abschnitte. Auf beiden Seiten hielten moosbedeckte Felsblöcke schlanke Bäume mit goldenen Blättern zurück. Den ganzen Weg entlang stellten Soldaten gerade Zelte auf, pflockten Pferde an, sammelten Feuerholz und erkundeten die in den Wald führenden Wege.

Die mit Schnitzereien verzierte Reisekutsche des Rìgh thronte in seltsamem Winkel vor ihr auf der Straße. Sie hatte an diesem Nachmittag ein Rad verloren, und die Soldaten versuchten noch immer, die gebrochene Achse zu reparieren. Alle übrigen Kutschen zogen sich hinter der des MacCuinn die Straße hinab und konnten erst weiterfahren, wenn der Stellmacher fertig wäre. Die Soldaten waren schroff und verschlossen – den Rìgh und die Banrìgh unter solchen Umständen bewachen zu müssen, gefiel ihnen nicht.

Die drei Wochen seit ihrer Flucht aus dem Palast waren langsam und enttäuschend vergangen. Schlaglöcher hatten die Reise zu einem aufreibenden Albtraum gemacht, während Geplänkel mit Banditen sie alle in Alarmbereitschaft hielten.

Isabeau war wirklich sehr schlechter Stimmung. Wenn ein Lager errichtet wurde, bedeutete das Ruhe für die Insassen der luxuriösen Kutschen der Lairds, aber viel Arbeit für die Dienstboten. Jeder Knochen in Isabeaus Körper schmerzte, ihre Glieder waren vollkommen durchgefroren, und sie war es leid, herumkommandiert zu werden. Auch ihre verkrüppelte Hand bewahrte sie nicht davor, schwere Wassereimer tragen, Unmengen von Anmachholz schleppen oder Botengänge für Laird, Lakai, Soldat und Stallbursche machen zu müssen. Da Isabeau niemandem erlaubt hatte, sich um ihre Narben zu kümmern, schmerzte ihre Hand von der ungewohnten Anstrengung, und einige der hässlichen Narben waren aufgerissen, sodass ihre Verbände ebenso blut- wie schmutzbefleckt waren.

Es war der Abend der Herbsttagundnachtgleiche. Wäre Isabeau zu Hause gewesen, hätte sie mit Meghan die Rituale zelebriert, aber hier schien es niemanden zu kümmern, dass Tag und Nacht erneut gleich waren, die männlichen und weiblichen Kräfte, Licht und Dunkelheit, gut und böse, für kurze Zeit in vollkommener Ausgewogenheit.

Es blieben noch ein paar Stunden bis zum Sonnenuntergang. Isabeau warf impulsiv den Holzlöffel hin, nahm ihr Plaid auf und floh in den Wald. Was hieß das schon, wenn keine der anderen Hexen, die sich im Umkreis der Gruppe des Rìgh verbargen, die Tagundnachtgleiche zu feiern wagte? Sie war von Meghan von den Tieren aufgezogen worden und wusste es besser, als dass sie Eàs Jahreszeitenwechsel ohne Feier hätte verstreichen lassen.

Es war das erste Mal, dass sie dem Lager entkommen konnte, seit sie den Palast verlassen hatten. Wäre Latifa in der Nähe gewesen, hätte sie keine Chance dazu gehabt, aber die alte Köchin war zu den Dienstboten gegangen, die ein Zelt als Schlafplatz für den Rìgh und die Banrìgh errichteten, um sich Luft zu machen.

Die Gesundheit des MacCuinn hatte sich seit Beginn ihrer Reise verschlechtert, und Latifa war verärgert und besorgt. Keiner von Isabeaus Tränken schien zu helfen, und das rothaarige Mädchen hoffte kaum noch, dass sich der Rìgh wieder erholen würde. Die einzige Belohnung für ihre Bemühungen waren eine Ohrfeige, die in ihrem Kopf widergehallt war, sowie eine Warnung von Latifa gewesen, dass sie Isabeau verantwortlich machen würde, wenn der Rìgh unterwegs stürbe. Isabeau hatte gemurrt, das sei gewiss eine Angelegenheit für Gearradh, die Fadenschneiderin, was ihr nur noch eine Ohrfeige auf der anderen Seite eingebracht hatte.

Isabeaus Ohren waren noch immer rot und wund und ihre Gefühle gegenüber Latifa voller Groll. Sie erklomm den Hügel mit unmäßiger Energie, von ihrem Unmut getrieben, und hielt erst inne, als sie Seitenstiche verspürte.

Sie befanden sich jetzt hoch oben in den Bergen, wo die Straße den Stromschnellen des Ban-Bharrach folgte, der auf Lucescere zustürzte. Darüber ragten die nadelspitzen Gipfel der Weißlockenberge auf, die höheren Hänge waren mit glitzerndem Eis bedeckt. Das bunte Herbstlaub von Ahorn und Buche brachte Farbtupfer unter die düsteren, immergrünen Bäume. Kleine Wasserfälle stürzten Felshänge hinab und nährten den Ban-Bharrach. Isabeau musste einen überqueren, indem sie von Felsblock zu Felsblock sprang.

Dann legte sie sich zwischen Stechginsterbüschen auf den Bauch, schaute aufs Lager hinab und genoss es, Latifas füllige Gestalt am Feuer stehen zu sehen, einen Löffel in der Hand und den Mund geöffnet, um nach Isabeau zu brüllen. Isabeau kicherte, wand sich fort und stieg weiter aufwärts. Sie war entschlossen, zumindest die Riten für die Tagundnachtgleiche zu intonieren, und wollte weit genug vom Lager entfernt sein, bevor sie es tat. Sie erreichte den Kamm des nächsten Hügels und stieg in das Tal auf der anderen Seite hinab. Sie konnte das Geräusch eines Wasserfalls hören und wandte sich in diese Richtung.

Sie war fast am Fuß des Hügels angelangt, als sie Stimmen hörte. Wäre die Unterhaltung in einer Sprache geführt worden, die sie gekannt hätte, wäre sie einfach in eine andere Richtung gegangen, aber die Seltsamkeit der Stimmen ließ sie innehalten und lauschen. Diese Stimmen stiegen und fielen in melodischem Rhythmus, mit einer pfeifenden Tonveränderung, die anders klang als alles, was Isabeau jemals zuvor gehört hatte. Sie kannte die Sprache der meisten Tiere und Zauberwesen des Landes, weshalb sie dieser schrille, widerhallende Klang verwirrte. Sie zog vorsichtig einen Zweig zurück und schaute ins Tal hinab.

Zwei Gestalten saßen unmittelbar unter ihr auf einem Baumstamm. Zwischen sich hielten sie etwas Schimmerndes und Blitzendes. Es war ein Handspiegel. Die beiden Personen blickten in seine silbrige Oberfläche und summten und trillerten in dieser seltsamen Sprache, und zu Isabeaus Erstaunen antwortete der Spiegel mit tiefer Bassstimme. So mächtig und volltönend wie das Meer, sprach die Stimme sehr lange Zeit. Nachdem sie geendet hatte, beugte sich die kleinere der beiden Gestalten zum Antworten vor, und Isabeau erkannte mit jäh sinkendem Mut, dass es Sani war.

Isabeau ließ den Zweig ganz langsam wieder an seinen Platz gleiten und zog sich zurück. Sie hegte keinerlei Wunsch, Sani merken zu lassen, dass sie beobachtet wurde. Glücklicherweise war die alte Frau zu sehr von dem Spiegel vereinnahmt, um das Rascheln der Blätter unter Isabeaus Stiefeln zu hören. Sie gelangte wieder in die Sicherheit des Waldes, ohne gehört zu werden, und eilte mit pochendem Herzen davon. Sie zweifelte nicht daran, dass Sani durch den Spiegel einen Kontakt aufgenommen hatte, wie Meghan es mit ihrer Kristallkugel tat. Aber in welcher Sprache hatte sie gesprochen und mit wem? Und wer war die andere verhüllte Gestalt gewesen? Isabeau hegte keinerlei Zweifel, dass es die Banrìgh persönlich war, und sie war sich recht sicher, dass sie in der Sprache der Fairgean gesprochen haben mussten. Das war der einzige Zauberwesendialekt, den Isabeau nicht kannte.

Zuerst wollte sie zum Lager zurückkehren und Latifa berichten, was sie gesehen hatte. Aber Isabeaus Ohren taten immer noch weh, und sie wollte sich dem Zorn der Köchin noch nicht wieder aussetzen. Sie beschloss, sich einen einsamen Hügelkamm zu suchen und den Sonnenuntergang und den Aufgang der Monde zu beobachten, wie sie es geplant hatte. Es war noch viel Zeit, Latifa Bericht zu erstatten – besonders wenn sie wie hier in der Wildnis kaum etwas tun konnte.

Isabeau erreichte den Kamm des Hügels und hatte klare Sicht über den Wald hinweg. Die Sonne war hinter die Berge gesunken, und die Schatten der Bäume erstreckten sich lang über den Hügel. Die spitzen Gipfel waren schwarz, der Himmel golden, und der Wald sang im nach Schnee riechenden Wind, während die Monde durchscheinend und narbig schienen. Frieden durchströmte Isabeau und heilte sie. Sie hob die Arme zum wolkenverhangenen Himmel und intonierte die Beschwörungsformel für Eà, wie sie es bisher jede Sonnenwende und Tagundnachtgleiche ihres Lebens getan hatte.

Danach stieg sie den Hügel wieder hinab und fühlte sich nach der Erneuerung ihrer Verbindung mit den natürlichen Lebenskräften weitaus ruhiger. Unter den Bäumen war es dunkel, aber Isabeau besaß ausgenommen gute Sehkraft, sah bei Nacht fast ebenso klar wie bei Tage. Sie ging durch die Birken, wobei ihr kleine Zweige ins Gesicht schlugen, und eilte zur Straße zurück.

Der Lärm eines großen, durch das Unterholz brechenden Körpers ließ sie jäh stehen bleiben. Sie presste den Rücken gegen den dicken Stamm einer moosbewachsenen Hemlocktanne und lauschte angespannt. Im durch die Zweige herabscheinenden Licht der beiden Monde sah sie ein großes Pferd in leichtem Galopp auf sich zukommen. Sie erkannte seinen hübsch gezeichneten Kopf und die stolze Haltung augenblicklich.

»Lasair!«, rief sie und lief ihm entgegen. Er scharrte mit dem

Huf und warf den Kopf auf, und sie schlang beide Arme um seinen Hals und presste ihr Gesicht an das seidige Fell. »Ich hab mir wirklich Sorgen um dich gemacht«, schalt sie. Er brummte verächtlich und stieß sie mit der Nase an. Sie streichelte ihn liebevoll, und er schnaubte und tänzelte leicht.

Der Anblick des Hengstes munterte sie ungeheuer auf. Sie hatte sich seit ihrer Flucht aus dem Palast die ganze Zeit Sorgen um ihn gemacht und befürchtet, dass die Glorreichen Soldaten ihn finden oder die Fairgean vom Meer heranschwimmen würden.

Sie sagte dem Hengst gerade, dass er darauf achten sollte, außer Sicht zu bleiben, als sie Hufe die Straße hinter sich entlangtrotten hörte. Sie tätschelte Lasairs Nase, ignorierte sein nervöses Tänzeln, sein Augenrollen. Sie hörte im Geiste ganz schwach ein Wort. *Gefahr ...*

Lauf, Lasair! Sei vorsichtig ...

Er schüttelte heftig den Kopf und scharrte mit dem Huf, aber sie schob ihn fort und glitt durch den Wald auf die Straße zu. Im Schatten eines großen umgestürzten Baumes kauernd, konnte Isabeau die Straße deutlich sehen, obwohl das Mondlicht durch kreuz und quer verlaufende Zweige fiel. Eine schwarze Stute, die nervös Kopf und Ohren drehte, kam über die Steine heran.

Isabeau erstarrte vor Überraschung. Sie kannte diese Stute. Aber was tat ihre Freundin vom Meer hier, in den einsamen Wäldern der Weißlockenberge, einen dreiwöchigen Ritt vom Meer entfernt? Sie trat impulsiv auf die Straße hinaus. Die Stute scheute, und weiße Hände nahmen die Zügel rasch wieder auf. Bevor die Reiterin das Pferd wieder antreiben konnte, rief Isabeau: »Morag? Ich bin's, die Rote. Wartet!«

Einen Moment dachte sie, Morag würde die Stute vorantreiben, sodass sie dem Tier leise und beruhigend zuwieherte und fröhlich rief: »Ihr seid es doch, Morag, oder? Ich würde Eure hübsche Stute überall erkennen. Was tut Ihr hier?«

Morag schob die Kapuze ihres Umhangs zurück. »Rote? Was tust *du* hier?«

»Ich hab zuerst gefragt!«, sagte Isabeau.

Morag zögerte und erwiderte dann: »Ich reise nach Rionnagan. Ich war den ganzen Tag in eine stickige Kutsche eingepfercht und war steif und ruhelos. Ich dachte, ich sollte die arme Leichtfuß bewegen, denn sie ist schon seit Tagen an einem Leitseil gelaufen.«

»Lagert Ihr in der Nähe? Welch ein Zufall.«

»Ja, wir hatten einen kleinen Unfall, eine gebrochene Achse ...« Morag hielt inne und Isabeaus Augen weiteten sich erstaunt. Es waren doch gewiss zu viel der Zufälle, zwei unabhängig voneinander gebrochene Achsen so nahe beieinander zu erwarten? Aber wie konnte es sein, dass Morag in derselben Gesellschaft ritt wie sie? Isabeau kannte die meisten Dienstboten dem Namen nach und vom Sehen alle. Es stimmte, dass sie die Aristokraten seltener sah, die ein gutes Stück vor Isabeaus Kutsche reisten und ihre eigenen Dienstboten und Kochfeuer hatten. Dennoch gab es insgesamt nur ein Dutzend, und die meisten hatte sie doch gesehen, wenn sie an sonnigen Nachmittagen die Straße entlangschlenderten, um sich die Beine zu vertreten. Morag hatte sie nie darunter bemerkt.

Ein Falke schrie direkt über ihnen. Isabeau trat instinktiv zurück, und die Stute scheute erneut. Plötzlich erklang ein schrilles Wiehern. Lasair stürmte mit verdrehten Augen aus dem Wald heran. Er bäumte sich mit blitzenden Hufen über Morags Stute auf. Tief in ihrem Geist hörte Isabeau seinen Warnruf: *Vorsicht! Böse! Verletzt dich ...*

Morag riss den Kopf ihres Pferdes zurück und versuchte, Lasairs dreschenden Hufen auszuweichen. Der Hengst bäumte sich erneut auf und schrie vor Zorn. Isabeau versuchte, seine Mähne zu ergreifen, aber er widersetzte sich ihr, tänzelte beiseite.

Nein, Lasair! Freundin!

Keine Freundin! Feindin! Feindin! Böse …

Einer der Hufe des Hengstes traf die Stute an der Schulter. Sie bäumte sich auf, und Morag wurde aus dem Sattel geschleudert und landete hart auf dem Boden. Sie schrie vor Schmerz auf und beugte sich mit verzerrtem Gesicht vornüber. Lasair bäumte sich über ihrem Kopf auf und wieherte wild.

Isabeau lief zum Kopf des Hengstes. »Was hast du getan, du dummes Pferd?«, schrie sie und versuchte erneut, seine Mähne zu ergreifen.

Böse. Feindin. Der Hengst tänzelte rückwärts, ließ sie nicht in seine Nähe.

»Das ist meine Freundin! Was hast du ihr angetan?« Isabeau weinte fast. Sie beugte sich über die stöhnende Morag. Der Falke schrie erneut und stürzte auf Lasairs Kopf zu. Dieser bäumte sich auf und schlug mit den Hufen nach dem Vogel, der ihm aber auswich, ihm schreiend an den Kopf flog und mit den ausgestreckten Klauen rote Streifen hinterließ. Lasair warf wiehernd den Kopf auf und galoppierte in den Wald davon. *Meine Feindin … Vorsicht …*

»Mein … Baby«, keuchte Morag. »Mein … Baby!«

Isabeau sah zu ihrem Entsetzen, wie sich ein Fleck auf Morags Reitgewand ausbreitete. »Mein … Baby«, keuchte sie.

Isabeau war von lähmender Unentschlossenheit ergriffen. Sie umklammerte Morags Hand. »Könnt Ihr gehen?«, fragte sie, aber der bleiche, schmerzerfüllte Ausdruck auf Morags Gesicht genügte als Antwort. Sie wiegte sich vor und zurück, und der Fleck auf ihrem Gewand breitete sich immer weiter aus.

»Latifa …« Isabeau erhob sich mühsam. Sie wusste, dass die

alte Köchin eine erfahrene Hebamme war. »Ich kann Euch nicht hier zurücklassen. Es ist schon dunkel, und der Wind ist kalt. Ich werd Euch zum Lager zurückbringen. Ich kenne jemanden, der Euch helfen kann.« Morag stöhnte nur.

Von Panik ergriffen, fing Isabeau Morags Pferd ein. Obwohl Lasairs Aufregung auch die Stute beunruhigt hatte, konnte Isabeau sie weit genug beruhigen, um sie zu der Stelle zu führen, wo Morag kauerte und sich fest auf die Lippen biss.

Morag auf den Rücken des Pferdes zu hieven, erschöpfte Isabeau, die bereits durch ihre Klettertour todmüde war. Schließlich konnte sie die schwangere Frau mit Hilfe eines umgestürzten Baumstamms auf den Sattel heben und führte das Pferd dann durch den Wald zurück.

Die Monde waren in eine Bank von Sturmwolken aufgestiegen, und es war unter den Bäumen dunkler denn je. Jedes Stolpern der Stute ließ Morag stöhnen. Mehrere Male wurde die Frau fast aus dem Sattel geschleudert, wenn das Pferd bei einem Schatten scheute. Jedes Mal konnte sie sich festklammern. Isabeau spähte durch die Dunkelheit und sah die Wachen mehrere Schritte, bevor sie sie sahen. Dennoch hämmerte ihr Herz, als sie ihre Schwerter erhoben und »Halt!« riefen.

»Ich muss Latifa finden«, schrie Isabeau. »Frau … verletzt. Schwanger!«

Eine flackernde Fackel wurde ihr vors Gesicht gehalten und der Wächter rief erkennend: »Rote, du bist es!«

Das lodernde Licht spielte über die nervösen Fesselgelenke der Stute, er rief ungläubig: »Leichtfuß!« und hob hastig die Fackel an. Dann rief er besorgt: »Wächter, schnell, es ist die Banrìgh!«

Sofort entstand Aufruhr. Isabeau ergriff bestürzt und so müde die Zügel, dass sie kaum verstand, was er meinte. Wächter liefen laut rufend in alle Richtungen davon. Lichter flammten auf. Zwei der Wächter hoben Morag sachte vom Sattel. Sie fiel bei der Bewegung in ihren Armen in Ohnmacht.

»Holt Latifa!«, schrie Isabeau und versuchte, in die Nähe ihrer Freundin zu gelangen. Man hielt sie freundlich, aber bestimmt zurück. »Ihr versteht nicht. Sie ist vom Pferd gefallen! Sie bekommt ein Baby! Es wird sterben!«, schrie Isabeau.

Der Wächter gab barsch Befehle, die rasch befolgt wurden. Isabeau war sich nicht sicher, warum ihrer Bitte um Hilfe so enthusiastisch entsprochen wurde, aber sie war dankbar dafür. Sie setzte sich mitten auf der Straße auf die Fersen, ohne den Blick von diesem schrecklichen dunklen Fleck abwenden zu können, der sich über Morags Schoß ausbreitete.

Plötzlich war Latifa da, ihr rundes braunes Gesicht war vor Besorgnis gefurcht. Fackeln flackerten rund um sie herum. »Oh, meine Eà!«, rief Latifa, ohne darauf zu achten, wer zuhörte. »Es ist *tatsächlich* die Banrìgh!« Sie scheuchte die Soldaten mit Gesten und mit den Worten: »Aus meinem Weg, ihr Narren!« gebieterisch beiseite. Sie warf einen langen Blick auf Morags Gesicht und Haltung und riss dem Soldaten dann den karmesinroten Umhang vom Rücken.

»Gebt mir Euren Umhang, Ihr großer Vollidiot!«, schrie sie und benutzte das Kleidungsstück, um die stöhnende Frau vor den Blicken der Soldaten abzuschirmen. »Eure Hoheit«, sagte sie sanft, »Ihr müsst Euch aufsetzen. Kommt, so ist es recht.«

Morag konnte nicht antworten, ihr Atem war nur ein raues Keuchen.

»Wir können sie das Baby nicht hier auf der Straße bekommen lassen, vor aller Augen. Lauft, holt mir ein Zelt und zündet mir so schnell wie möglich ein Feuer an. Isabeau, hol deine Kräuter und überleg, was das Beste wäre, um das Baby während der Geburt zu beruhigen.«

Isabeau saß stocksteif und mit offenem Munde da. Sie konnte nicht glauben, dass Morag die Banrìgh war, die Frau, die als Feindin anzusehen sie erzogen worden war. Sie konnte es einfach nicht glauben. Sie dachte immer noch, es müsse ein Irrtum sein, aber Latifa würde sich doch gewiss nicht derart irren?

Latifa half Maya sich aufzusetzen und presste ihre Finger auf deren stark gedehnten Bauch. Maya schrie und schlug auf Latifas Hände ein. »Ruhig, meine Liebe, ruhig«, schalt Latifa. Zu Isabeau sagte sie: »Das königliche Baby sollte erst in einem Monat kommen. Das ist wirklich furchtbar. Was ist geschehen?«

Isabeau, die vor Angst und Sorge zitterte, versuchte es ihr zu berichten. Bereits durch die Plötzlichkeit von Lasairs Angriff unter Schock, war sie von der Erkenntnis, dass ihre Freundin Morag die Banrìgh war, die mächtigste Frau im Land, noch zusätzlich erschrocken und bestürzt. Alles war so schnell geschehen. Sie warf verstohlene Blicke auf das bleiche, schweißglänzende Gesicht der Banrìgh, während sie das Feuer anzündete – inzwischen so an den Feuerstein gewöhnt, dass sie niemals mehr auch nur daran dachte, es mit Geisteskraft zu versuchen. Dies war ihre ärgste Feindin, die Frau, die sie zu stürzen geschworen hatte. Diese veränderte Wahrnehmung war zu viel für sie.

Latifa hatte das Gewand der Banrìgh aufgeknöpft und betrachtete die anschwellende Quetschung an deren Seite. »Bring die Kerze näher heran, Isabeau«, murmelte sie. »Sie blutet noch. Es wird schwer werden, das Baby zu retten.«

Maya hörte sie und schrie: »Nein, nein, Ihr müsst mein Baby retten! Ihr müsst mein Baby retten!« Irgendwo über ihnen schrie ein Falke.

»Beruhigt Euch, meine Liebe«, sagte Latifa leise. »Ich werd tun, was ich kann. Ihr müsst ruhig bleiben, denn das Baby ist schon beunruhigt genug. Sagt mir, habt Ihr Wehen?«

Maya nickte, ihre Augen schimmerten dunkel vor Angst und Schmerz. Latifa legte zunächst die Hände und dann ihr Ohr an den Bauch der Banrìgh. »Nun, Eure Hoheit, müsst Ihr genau tun, was ich Euch sage.«

»Nein, ich kann nicht, noch nicht«, stöhnte Maya. »Es ist zu früh, es ist noch nicht an der Zeit.«

»Für Euch ist es vielleicht zu früh, Eure Hoheit, aber dieses Baby ist bereit, geboren zu werden.«

Während Latifa sie in Geburtsposition brachte, schüttelte die Banrìgh den Kopf, sträubte sich und sagte: »Nein, nein, das ist falsch – ich brauche … Wasser.« Isabeau versuchte, ihr etwas zu trinken zu geben, aber sie schluchzte nur, stieß den Becher fort und fragte nach Sani. Die alte Frau war jedoch nicht aufzufinden, aber Maya rief weiterhin nach Wasser, nur um schwach den Kopf zu schütteln, wenn Isabeau ihr den Becher an den Mund hielt.

Es war eine langwierige und schwierige Geburt. Isabeau hatte noch niemals zuvor eine Geburt erlebt, und Mayas Schmerzen entsetzten sie. Sie wusste jedoch viel darüber, welche Kräuter man bei Geburten einsetzte, denn das war eines der hauptsächlichen Fachgebiete jeder weisen Frau.

Einige Zeit lang fürchteten sie, dass Mutter und Kind beide verloren wären. Sie konnten die Blutung trotz der Kräuteraufgüsse nicht stoppen, und Mayas Atem ging flach und unregelmäßig, ihr Puls pochte unter Isabeaus Fingern sprunghaft. Latifa musste das Baby im Leib drehen und zog es schließlich fast ohne Hilfe der Mutter hervor.

Sie war ein kleines, rotes, runzliges Wesen, mit gelbem Schleim bedeckt. Die alte Köchin durchschnitt die Nabelschnur und band sie geschickt ab. Draußen schrie der Falke noch immer.

Isabeau tauchte das Baby in ein Becken mit warmem Wasser und wusch die Geburtsflüssigkeiten ab. Die Finger und Zehen des kleinen Mädchens wiesen eindeutige Schwimmhäute auf, und ihre Haut schimmerte seltsam und irisierend. An ihrem Hals, unmittelbar unter den Ohren, befanden sich drei flache, durchscheinende Schlitze, die auf der hellen Haut fast nicht erkennbar waren. Isabeau zeigte sie Latifa, welche die Stirn runzelte und leise sagte: »Seltsam. Es heißt, dass Babys in Carraig manchmal mit froschähnlichen Schwimmhäuten an den Fingern geboren werden, aber ich hab noch niemals zuvor solche Male gesehen.«

Maya wollte ihr Baby unbedingt sehen, fand aber nicht die Kraft sich aufzusetzen. Latifa wickelte das Mädchen rasch in Tücher und gab es ihrer Mutter. »Ihr habt eine hübsche Tochter«, sagte Latifa forsch, ohne dass ihre Miene ihre Beunruhigung gezeigt hätte.

Bittere Enttäuschung verzerrte Mayas Gesicht. »Eine Tochter! Nein! Das kann nicht sein.«

»Aber ja, sie ist nur noch ein wenig still und schwach, aber sie wird wachsen.«

Maya stieß das Baby von sich. Tränen strömten ihr Gesicht herab. »Nein!«, schrie sie. »Ich muss einen Sohn haben. Ich brauche einen Sohn. Eine Tochter nützt nichts!«

»Wie könnt Ihr so etwas über Euer kleines Mädchen sagen?«, schalt Latifa voller Unbehagen. »Töchter sind mindestens ebenso nützlich wie Söhne …«

Maya schüttelte den Kopf und schluchzte. »Eine Tochter nützt nichts«, wiederholte sie. »Ich muss einen Sohn haben!« Sie stieß den eingewickelten Säugling so heftig von sich, dass das jammernde kleine Mädchen fast zu Boden fiel. Latifa schwieg, reichte nur Isabeau das Baby und setzte sich hin, um Maya zu trösten.

Isabeau ließ sich müde auf den Boden nieder und wiegte den Säugling in ihren Armen. Das Baby schlug mit seinen winzigen Fäusten um sich, das Gesicht war rot und runzelig. Eine Woge der Zärtlichkeit wallte in Isabeau auf, und sie berührte die weiche Handfläche mit einem Finger. Sofort schloss sich die kleine Faust darum. Isabeau schaute auf und sah Mayas Blick auf sie und das Baby fixiert. Ihre Augen waren dunkel vor Angst und Entsetzen und noch einer weiteren Empfindung, die Isabeau nur schwer benennen konnte. Sie hielt es für Hass.

Der Faden wird durchschnitten

Winter

Der Palast in Lucescere

Isabeau saß beim Feuer und wiegte das weinende Baby in ihren Armen. »Ruhig, Bronwen, ruhig, mein Kind«, flüsterte sie.

Latifa kniete am Herd und schürte das Feuer. Ihre kleinen, schwarzen Augen waren rot gerändert und ihr rundes, braunes Gesicht vom Weinen zerfurcht. Der Rìgh wäre in den frühen Nachtstunden beinahe gestorben, und nur Isabeaus Kräuterwissen hatte ihn am Leben erhalten. Sie kannte das Rezept für Meghans *Mithuan*, ein Trank, der Fingerhut, Rotdornbeeren und Maiglöckchen enthielt und jedes Herz anregen konnte, gleichgültig wie schwach es war.

Isabeau hatte die königliche Zimmerflucht seit ihrer Ankunft im Palast in Lucescere nur selten verlassen. Die Betreuung der kleinen Bronwen lastete fast ausschließlich auf ihren Schultern, da Maya schwach und uninteressiert war. Die Banrìgh hatte sich nach ihren schweren Blutungen noch nicht wieder erholt und lag nur still und mit blauen Schatten unter den Augen im Bett. Sie lag schon so, seit sie von der Kutsche heraufgetragen worden war, das Gesicht abgewandt.

Die königliche Zimmerflucht bestand aus sieben länglichen Räumen mit hohen Decken, die durch mit Schnitzereien und Goldverzierungen versehene Türen miteinander verbunden waren. Die Schlafzimmer des Rìgh und der Banrìgh führten beide zu einem Ankleideraum und einem Wohnzimmer, während der mittlere Raum derzeit in das königliche Kinderzimmer umgewandelt worden war. Dort schlief nun Isabeau in einer leichten Bettstelle, die nicht wesentlich größer und weitaus weniger reich verziert als Bronwens war.

Von diesem wolkenblauen Raum aus bewegte sich Isabeau zwischen den Räumen der Banrìgh und des Rìgh hin und her, redete ihnen gut zu, etwas zu essen, ihren Tee zu trinken und sich ihre wunderschöne Tochter anzusehen. Als Latifa erkannte, dass Isabeau mehr über das Heilen wusste als sie, übergab sie dem Mädchen den größten Teil der Pflege des königlichen Paares, während sie versuchte, die Palastküche wieder auf Vordermann zu bringen. Eigentlich war die Köchin noch immer für die Pflege der beiden zuständig, aber sie war über den raschen Verfall des Rìgh so bestürzt und wegen der Zukunftsaussichten so beunruhigt, dass sie nicht so tatkräftig wie üblich war. Häufig weinte die Köchin leise und rang die Hände, wenn sie und Isabeau sich in der Stille der Nacht in den Räumen zu schaffen machten. Sie hatte Jaspar auf die Welt geholfen, wie sie Isabeau eingestand, und niemals geglaubt, dass er vor ihr sterben würde.

Die Verantwortung lastete schwer auf Isabeau, die sich häufig wünschte, sie hätte Meghans Wissen und Weisheit zur Hilfe. Die Fürsorge für das Baby war Isabeau von allen ihren Aufgaben die liebste, denn Bronwen wuchs rasch und schien ihren Schritt und ihre Stimme bereits zu erkennen. Die Banrìgh war vom Blutverlust erschöpft und schwach, aber eine gute Ernährung und viel Bettruhe sollten sie bald wieder gesunden lassen. Wirkliche Sorgen machte sich Isabeau um den Rìgh. Sein Herz schlug unregelmäßig, und sein Atem ging flach. Das *Mithuan* durfte nicht zu häufig angewandt werden, denn Fingerhut war giftig und konnte eher schaden als nützen, wenn er zu oft gegeben wurde. Daher hatte sie ihm einen aus wildem Mohn gemachten Sirup gereicht, der ihm stattdessen zum Schlaf verhelfen sollte, lauschte aber dennoch sorgfältig auf jede Veränderung seines Atems.

»Vielleicht will das Baby zu seiner Mama«, sagte Latifa, während sie sich mühsam erhob. »Sie weint schon mindestens eine halbe Stunde – solltest du sie da nicht zur Banrìgh bringen?«

»Die Banrìgh schläft«, erwiderte Isabeau, »und ich möcht sie nicht aufwecken – sie hat während der letzten Wochen ohnehin schlecht geschlafen. Ich weiß nicht, was sie bedrückt. Sie will ihre Tochter anscheinend nicht einmal ansehen, ganz zu schweigen davon, sie in den Arm zu nehmen oder zu stillen.«

»Frisch gebackene Mütter leiden häufig unter Depressionen«, sagte Latifa wissend. »Wenn sie wieder zu Kräften kommt, wird sie die Kleine lieben, sei unbesorgt.«

»Sie hat das Baby kaum angesehen«, sagte Isabeau, während sie Bronwen in ihrer Wiege sacht schaukelte. Tatsächlich schien es so, obwohl sie es nur ungern erwähnte, als empfände Maya ihrem kleinen Mädchen gegenüber nur Abscheu und Groll. Jaspar hatte sich vollkommen über seine Tochter gefreut, und er war weitaus schwächer als Maya.

Latifa lief geschäftig hinaus und ließ Isabeau und das Baby alleine. Es war eine windige, stürmische Nacht, und der Regen heulte um die Dachvorsprünge des alten Palastes und rüttelte irgendwo an einem losen Fensterladen. Isabeau erschauderte abergläubisch und schlang sich ihr Tuch fester um den Hals. Vor zwei Nächten hatte sich ein Falke gegen das Fenster des Raums der Banrìgh geworfen und das Glas zerbrochen. Er war durch den Aufprall wie betäubt, lag inmitten der Glasscherben auf dem Boden. Die Banrìgh hatte geschrien und Isabeau befohlen, ihn hinauszubefördern. Isabeau hatte das Federbündel aufgehoben, und der Falke hatte ihr, trotz ihrer beruhigenden Worte, mit seinem grausam gebogenen Schnabel in den Arm gehackt.

Isabeau beherrschte die Sprache der Falken und war entsetzt, so schlecht behandelt zu werden. Sie hatte den Vogel aus dem Fenster geworfen, die Läden fest verschlossen und den Wachen aufgetragen, einen Glasmacher zu suchen. Aus ihrer Armverletzung war Blut auf den Boden getropft, Rot auf dem zerbrochenen Glas. Es hatte wie ein Omen gewirkt.

Viele Dinge beunruhigten Isabeau. Die seltsame Sprache, die sie Sani und die Banrìgh in der Nacht der Geburt des Babys im Wald hatte sprechen hören, wie auch Sanis Verschwinden in eben jener Nacht. Die Beutel Meersalz, die Maya vor dem Baden in das Sitzbad gab, und ihre Angewohnheit, trotz der Angst der anderen um ihre Sicherheit, die Türen abzuschließen. Und wenn sie sie schließlich wieder hereinließ, war der Boden überschwemmt.

Latifa konnte über Isabeaus Verdacht nicht mehr spotten. Es schien gewiss, dass die Banrìgh Fairgeblut in sich haben musste, und ihre kleine Tochter ebenfalls. »Aber wie?«, flüsterte Latifa, das runde Gesicht bedrückt. »Wie konnte sie ihre wahre Natur so lange vor mir verbergen? Mein armer Jaspar, es wird ihm das Herz brechen, wenn er es erfährt. Du darfst es ihm nicht sagen, Rote, er liebt sein Baby so. Versprich mir, dass du es ihm nicht erzählen wirst.«

»Wir müssen es Meghan sagen«, rief Isabeau. »Sie sollte es bestimmt wissen.«

»Glaubst du, ich hätt nicht schon versucht, sie zu erreichen? Sie antwortet mir nicht. Ich glaub, sie muss tot sein!« Latifa wiegte sich vor und zurück, das alte Gesicht war verzogen wie das eines Kindes. »Was soll ich nur tun, was soll ich nur tun?«, flüsterte sie.

Es war über zwei Monate her, dass Meghan den Roten Garden entkommen war, aber in der ganzen Zeit war keine Nachricht über ihren Aufenthalt eingetroffen. Isabeau fühlte sich, als wäre sie verlassen oder vergessen worden, und wünschte, Latifa wüsste genauer, was Meghan vorgehabt hatte. In einer Woche war Winteranfang, und Isabeau verspürte zunehmende Beunruhigung. Was wurde von ihr erwartet? Meghan hatte gesagt, sie würde Kontakt halten, aber es gab keine Nachricht von der Zauberin.

Während Isabeau das Kind in seiner Wiege schaukelte, verfiel sie in erschöpfte Träumereien. Es war sehr still. Isabeau hatte das Feuer kräftig geschürt, denn es war kalt. Nun blickte sie in die Flammen und dachte an ihre sorglose Kindheit, an das Reiten auf wilden Pferden, das Schwimmen mit Ottern und das Erklettern von Bäumen mit Donbeags und Eichhörnchen. In so mancher stürmischen Nacht wie dieser saßen sie und Meghan behaglich in ihrem Baumhaus und tranken Tee, während die alte Hexe ihre Geschichten von den Drei Schicksalsgöttinnen oder den Celestine erzählte. Beim Gedanken an die alte Waldhexe stiegen ihr Tränen in die Kehle. *Meghan, wo bist du?* dachte sie.

Isabeau …

Isabeau erschrak, und ihre Füße glitten von der Wiege ab, sodass Bronwen im Schlaf protestierte, die winzigen Fäuste auf die fest geschlossenen Augen gedrückt. *Meghan …*

Ich bin hier.

Wo? Wo bist du?

Ich bin nicht weit entfernt. Wie geht es dir?

Ich hab dich so vermisst. So vieles ist geschehen …

Latifa hat mir von deiner Hand erzählt. Es tut mir Leid, Isabeau, so Leid.

Isabeau spürte Tränen in ihren Augen brennen. Sie blickte auf ihre nutzlose, verbundene, unter der Schürze verborgene Hand hinab.

Isabeau, es gibt ein altes Sprichwort … Ich weiß nicht, ob es für dich Bedeutung hat, aber ich erinner mich, dass Jorge es mir gegenüber erwähnte, nachdem er erblindet war. Es heißt, nur der Lahme könne lieben und nur der Krüppel könne trauern …

Isabeau schwieg. Sie wischte sich mit dem Ärmel über die Wangen und dachte verbittert: *Verkrüppelt, das bin ich wirklich.*

Meghan hörte ihren Gedanken natürlich und antwortete rasch und streng. *Wir alle sind in gewisser Weise verkrüppelt, Isabeau. Das Leben lässt uns nicht unbeschadet. Du hast zwei Finger verloren. Was ist mit all den Hexen, die ihr Leben verloren haben? Es tut mir wirklich Leid, dass du verletzt wurdest, aber ich bin froh, dass es nicht schlimmer gekommen ist.*

Wo warst du, Meghan? Ich brauchte dich so sehr … Isabeau konnte es wider Willen nicht verhindern, dass ihr Gefühl, betrogen worden zu sein, ihre Geiststimme beeinträchtigte.

Ich war in Gedanken bei dir, Isabeau. Ich hab nicht gewagt, durchs Kristallsehen Kontakt zu dir aufzunehmen. Es ist zu gefährlich. Sag mir, welche Neuigkeiten gibt es?

Die Banrìgh hat ihr Baby bekommen.

Das habe ich gehört. Was ist geschehen? Es war mindestens sechs Wochen zu früh.

Lasair hat ihr Pferd getreten, und sie wurde abgeworfen …

Wer?

Lasair, mein Pferd. Ich meine, mein Freund das Pferd. Der rote Hengst …

Das Pferd, das auf dem Alten Pfad lief. Wolkenschatten hat es mir erzählt. Er hat Maya getreten?

Während sich ihre Gedanken überschlugen, versuchte Isabeau Meghan zu erzählen, was geschehen war.

Gut gemacht, Isabeau, sehr gut gemacht. Eine meiner ärgsten Befürchtungen war es, dass diese Geburt an Samhain erfol-

gen könnte. Dann hätte sie vielleicht Mächte zur Verfügung gehabt, die wir ihr lieber nicht gönnen sollten. Auf eine Weise ist es schade, dass das Baby nicht gestorben ist … Ich spür deine Reaktion – hast du dazu beigetragen, das Kind zu retten? Nun, sie ist eine NicCuinn, gleichgültig wer ihre Mutter ist, sodass ich in diesem Sinne froh darüber bin. Was ist mit Jaspar?

Er schwindet rasch dahin, Meghan, es wird nur noch wenige Tage dauern, wenn überhaupt.

Du musst ihn noch ein wenig länger am Leben erhalten! Meghans Geiststimme klang vor Kummer und Dringlichkeit rau.

Das kann ich nicht, Meghan. Er wär schon vor Wochen gestorben, wenn ich ihm nicht Tränke zubereitet hätte.

Ich wusste, dass du die Fähigkeit besitzen würdest, ihm zu helfen. Das war einer der Gründe, warum ich dich nach Rhyssmadill geschickt habe, als ich nicht selbst hingehen konnte. Bist du sicher, dass du ihm nicht doch noch über einige weitere Tage hinweghelfen kannst?

Ich hab sein Herz am Leben erhalten, lange nachdem es hätte aufhören sollen zu schlagen, und er hat keinen Lebenswillen mehr. Hast du von dem Angriff der Glorreichen Soldaten gehört?

Ja, das hab ich. Ich hab es vorher geträumt.

Ich auch …

Tatsächlich? Das ist interessant. Ich frage mich, ob du die Gabe der Vorhersehung besitzt … Isabeau empfand jäh Stolz. Meghan fuhr fort: *Es ist jedoch unwahrscheinlich. Ich hab diese Gabe auch nicht und hab es vorher geträumt. Das muss wohl bedeuten, dass jemand Traumbotschaften gesandt hat.*

Hast du mir eine Traumbotschaft gesandt?

Natürlich, du törichtes Kind, mehr als einmal. Und es freut mich, dass du sie beachtet hast.

Ihre angeborene Ehrlichkeit zwang Isabeau zu dem Geständnis: *Latifa wollte mir nicht glauben. Ich weiß nicht, was ich getan hätte, wenn wir nicht vor den Glorreichen Soldaten hätten fliehen müssen.*

Du musst den Rìgh bis nach Samhain am Leben erhalten, Isabeau. Erst dann können wir das Erbe retten.

Du meinst den Leitstern?

Still, törichtes Kind, selbst wenn du deinen Kreis geschützt hast, gibt es vielleicht doch Lauscher, die solch schwache Schutzvorrichtungen, wie deine es sein müssen, durchdringen können. Die Banrìgh besitzt anscheinend irgendeine Art Becken zum Kristallsehen, sodass sie lauschen kann …

Geschützt?

Ein langes Schweigen entstand, und dann fragte Meghan drängend: *Hast du mich zufällig gefunden, Isabeau? Hat Latifa dich nicht das Kristallsehen gelehrt? Du hast den Kreis mit Wasser und Asche besprengt …*

Nein …

Es erfolgte keine Antwort. Isabeau sank vor dem Feuer auf die Knie und rief: *Meghan, Meghan …*

Die Antwort war kaum hörbar. *Ich werde dir jemanden schicken. Still jetzt, Kind, es ist zu gefährlich!*

Isabeau erwachte am nächsten Morgen kaum erfrischt. Sie hatte sich die halbe Nacht herumgeworfen, von unruhigen Träumen geplagt. Es hatte aufgehört zu regnen, und die Sonne kämpfte sich gerade hinter den Wolken hervor. Isabeau wusch, fütterte und kleidete Bronwen ohne die übliche Freude und brachte das Baby dann zu seiner Mutter.

Maya wollte ihre Tochter nicht sehen und bedeutete Isabeau mit einer Geste, sie fortzunehmen. Sie neigte den Kopf und wandte sich um, um Bronwen wieder hinauszubringen, als die Banrìgh sagte: »Wie geht es dir denn, Rote? Du siehst ein wenig blass aus.«

»Gut, danke, Eure Hoheit«, antwortete Isabeau, in Gegenwart der Frau, die ihre heimliche Freundin gewesen und nun als ihre heimliche Feindin offenbart war, noch immer verlegen.

»Du scheinst Tag und Nacht hier zu sein. Warum nimmst du dir nicht ein wenig Zeit für dich selbst? Lass das Baby bei der Amme.« Die Stimme der Banrìgh klang so freundlich, dass Isabeau errötete und spontan dankbar lächelte. Sie musste sich, während sie ihre Schuhe wechselte und das Plaid aufnahm, erst wieder daran erinnern, wer Maya war.

Im vernachlässigten Garten verstopfte Laub die Springbrunnen und lag zu Verwehungen aufgehäuft um die Wurzeln der Bäume. Hecken wucherten wild, und die Beete waren ein Gewirr aus Rosen, Akelei und Nesseln.

Sie hatte vor, sich das im Herzen des Gartens verborgene Labyrinth anzusehen. Latifa hatte ihr erzählt, wie Meghan den Leitstern am Teich der Zwei Monde verborgen und das Labyrinth mit dem Schlüssel verschlossen hatte. Obwohl Isabeau keine Ahnung von Meghans Plänen hatte, wusste sie doch, dass sie mit dem Leitstern und dem Labyrinth zu tun haben mussten.

Nach einer Dreiviertelstunde hielt sie jedoch müde und enttäuscht inne. Sie setzte sich unter eine breite Eiche und blickte durch die grauen Zweige in den Himmel hinauf. Es schien ihr, als ginge sie dies auf die falsche Weise an. Meghan hatte häufig zu ihr gesagt: »Ein Problem ist wie ein Fadengewirr, aber was kompliziert scheint, kann stets vereinfacht werden. Finde das Ende des Fadens und entwirre ihn.«

Also saß Isabeau da und überlegte. Kurz darauf lächelte sie und erhob sich mit neuer Energie. Sie schürzte ihre Röcke und verfluchte die Tatsache, dass Frauenkleidung einfach unpraktisch war. Bald war sie hoch oben in die Zweige eines Baumes gelangt und konnte den Garten in seiner ganzen Länge und

Breite übersehen. Am hinteren Ende sah sie die geschwärzten Balken und Steine der zerstörten Hexentürme, von denen nur eine in den Himmel ragende Spitze geblieben war. Am anderen Ende waren die goldenen Kuppeln des Palastes zu sehen. Rundherum erhob sich das Gewirr kahler Zweige über immergrüne Hecken und Strauchwerk.

Isabeau lächelte triumphierend, denn durch die Zweige der Bäume konnte sie im tiefsten Teil des Gartens eine kleine goldene Kuppel erkennen, viel kleiner als die Kuppeln des Palastes, aber ebenso glänzend. Sie schwang sich wieder auf den Boden hinab, stellte fest, dass ihr Körper nach den Monaten in Rhyssmadill steif geworden war, und eilte auf die Kuppel zu.

Sie kam zu einer hohen Hecke mit tief im roten Laub verborgenen, schwarzen Beerentrauben. Sie war zu hoch und dicht, um hindurchblicken zu können, sodass Isabeau bis zu einer Ecke ging, von wo aus sich die Hecke wiederum so weit erstreckte, wie das Auge reichte. Wenn sie den Hals reckte, konnte sie die dahinter liegende, goldene Kuppel gerade eben ausmachen. Also folgte sie der Hecke, wobei das Laub unter ihren Füßen raschelte, und genoss den frischen Geruch der Luft.

Bald kam sie zu Blumenbeeten mit jeweils einer mit Schneckenverzierungen versehenen Steinbank auf beiden Seiten. Lavendelsträucher wuchsen geballt um Rosensträucher herum, die wiederum völlig mit Hagebutten verwachsen waren. Von der Hecke umschlossen, war an einem Ende der Beete ein Bogengang zu sehen, der wieder in den Garten zurückführte. Am anderen Ende war die Hecke zu einem weiteren Bogengang gestaltet worden, aber dort gab es kein Durchkommen.

Isabeau stellte sich auf die Bank und versuchte, über die Hecke hinwegzublicken. Dieses Mal befand sich die goldene Kuppel an einer völlig anderen Stelle – sie hatte sich davon entfernt, anstatt darauf zuzugehen. Verwirrt folgte sie der Hecke bis zum

Ende, wandte sich nun nach Osten und ging entlang einer hohen Steinmauer weiter. Sie kam zu einem von hohen Zypressen gesäumten Spazierweg, der sie im Bogen von der Kuppel fortführte, aber als sie dann in die andere Richtung weiterging, versank die Kuppel hinter den Bäumen. Und als sie das nächste Mal einen Blick darauf erhaschte, befand sie sich wieder hinter ihr. Isabeau lächelte zaghaft. Sie wandte der Kuppel den Rücken zu und entfernte sich davon, und bald befand sich die Kuppel nur allzu gewiss westlich von ihr, und sie war erneut in dem verwachsenen Garten gelandet.

Inzwischen schmutzig und erhitzt, beschloss Isabeau, das Labyrinth zu verlassen und zu dem zerstörten Turm zu gehen. Sie hatte von Meghan so viel über den Turm der Zwei Monde gehört, dass es für sie fast wie eine Pilgerreise war. Nach zehn Minuten zügigen Gehens gelangte sie auf die große Wiese vor der Ruine. Sie blieb stehen und betrachtete die verkohlten Sparren, die rauchgeschwärzten Mauern, die zerstörten Säulengänge. Es war genug des Gebäudes übrig geblieben, um seine ursprüngliche Schönheit zu erahnen, und sie merkte jäh, dass sie weinte.

Sie wischte sich mit den Händen über die Wangen und sah sich rasch um. Die wuchtige Wallanlage, die zu beiden Seiten aufragte, war gut bewacht, und sie musste warten, bis die Wächter außer Sicht gerieten, bevor sie weiterging.

Sie wollte nicht mehr von den versengten und zerstörten Gebäuden sehen, sodass sie direkt zu dem einen verbliebenen Turm ging. Sie schlenderte gemächlich von einem Gang zum anderen und bewunderte die Steinmetzarbeiten und Mosaike. Der Turm erinnerte sie an den Turm der Träumer, obwohl dieser vor seiner Zerstörung weitaus größer und prachtvoller gewesen war als der kleine Hexenturm in den Wäldern Aslinns.

Sie stieg die große Treppe hinauf, bis sie sich im obersten Stockwerk befand, und trat auf den kunstvoll verzierten Balkon hinaus, dessen schlanke Säulen Spitzbögen stützten. Sie blieb im Schutz der Säulen stehen und blickte auf den Garten hinab. Wie erwartet, konnte sie das Labyrinth deutlich sehen. Aus Eibenbäumen und -hecken erwachsen, umgaben die komplizierten Windungen des Labyrinths eine Fläche grünen Wassers. Rund um den Teich waren hohe Steinbögen und eine gepflasterte Fläche mit flachen, gewölbten Stufen zu erkennen. Am westlichen Ende des Teichs stand ein wunderschöner Rundbau, der von Strebebögen gehalten wurde und messinggrün gedeckt war.

Sie merkte sich jede Biegung des Labyrinths, bis sie es mit geschlossenen Augen heraufbeschwören konnte, und eilte die Treppe dann wieder hinab. Sie war länger fortgewesen, als sie erwartet hatte, und wollte nicht, dass sich jemand fragte, was sie wohl gemacht hatte.

Es war ruhig im Palast. Latifa, mit einem schweren Tablett beladen, nickte den Wächtern vor der Tür des Rìgh zu, die ihr die goldverzierte Tür öffneten. Sie betrat den halbdunklen, nur von einem Feuer beleuchteten Raum für ihre Fülle bemerkenswert leise und stellte das Tablett auf einem der Tische ab. Der Rìgh schlief, von Isabeau bewacht, die der alten Köchin aus ihrem Sessel beim Feuer müde zunickte. Sie hielt das schlafende Baby auf dem Schoß und streichelte den weichen, dunklen Flaum, der seinen Kopf bedeckte.

»Er schläft endlich«, flüsterte Isabeau. »Ich hab ihm noch etwas Mohnsirup gegeben, aber ich mache mir Sorgen um ihn, Latifa. Sein Herz schlägt unregelmäßig, und sein Atem geht flach.«

Die Köchin nickte, die braune Stirn vor Sorge gefurcht. »Bleib bei ihm, Rote. Es ist spät, ich weiß, aber ich glaub nicht, dass er allein bleiben sollte.«

Isabeau nickte, und Latifa ging durchs Kinderzimmer zu den

Räumen der Banrìgh. Auch hier war alles ruhig, und die Köchin fragte sich erneut, was mit ihrer alten Feindin Sani geschehen war, die in der Nacht verschwand, als Bronwen geboren wurde. Trotz mehrerer Tage Suche war nirgendwo in den Hügeln rund um das Lager ein Zeichen von ihr zu entdecken gewesen, und als sie es Maya berichteten, hatte die Banrìgh die Augen halb geschlossen und nur gesagt: »Sani muss beschlossen haben, dass sie woanders gebraucht wurde.«

Die Köchin deckte das Tablett ab, füllte den Wasserkrug der Banrìgh nach und schürte das Feuer, wobei sie leicht keuchte, als sie sich über die Kohlen beugte. *Ich werde für all dies zu dick,* dachte sie und schaute jäh über die Schulter.

Sie konnte erkennen, dass die Banrìgh sie aus den Schatten des großen Bettes beobachtete. Ihre silbrigblauen Augen schimmerten im flackernden Licht leicht. Sie lächelte, sobald Latifa sich umwandte, und sagte rau: »Du bist so gut zu uns, Latifa. Wo wären wir ohne deine Hilfe und Fürsorge?«

Latifa errötete. »Danke, Eure Hoheit.«

»Du bist stets so loyal«, fuhr die Banrìgh fort, ihre Stimme rauer denn je. »Du liebst den Rìgh ebenso wie ich. Ich mache mir solche Sorgen um ihn, Latifa. Ich fürchte, diese letzten Verrate haben seinen Geist gebrochen.« Sie bewegte ruhelos den Kopf, sodass sich ihr seidiges Haar auf dem Kissen ausbreitete. »Wenn ich ihn nur nicht so sehr enttäuscht hätte …« Ihre Stimme brach.

»Was meint Ihr?«

Maya hob unruhig eine Hand. »Ich hab darin versagt, ihm einen Erben zu schenken.«

»Aber Ihr habt ein wunderschönes kleines Mädchen – sie ist noch sehr klein, ich weiß, aber sie ist stark und gesund …«

»Aber sie kann nicht regieren«, erwiderte Maya.

»Natürlich kann sie das«, rief Latifa. »Sie ist noch jung, gewiss, aber auch unser Rìgh hat den Thron schon als Kind geerbt.«

»Aber sie ist ein Mädchen!«, rief Maya aufgebracht.

»Das ist unwichtig, Mylady. Warum glaubtet Ihr, es wäre wichtig?«

Mayas Miene spiegelte widerstreitende Empfindungen wider. Selbst in dem flackernden Lichtschein konnte Latifa Verwirrung, Hoffnung, Schuld und noch etwas erkennen – etwas fast einem Triumph Ähnliches. »Ihr meint, Mädchen können den Thron auch erben?«

»Natürlich. Wir sind schon von so mancher Banrìgh regiert worden – wie könnt Ihr das nicht wissen? Nun, Aedans Tochter Mairead die Schöne war die erste Banrìgh, die ihm nachfolgte. Und da waren Martha die Heißblütige und Eleanore die Erhabene, deren Tochter Mathilde wiederum den Thron erbte, obwohl Eleanore vier Söhne hatte. Seit sechs oder mehr Generationen hat nun schon keine Frau mehr regiert, aber das kommt daher, dass die MacCuinns stets überreich mit Söhnen gesegnet sind – und das muss wohl auch der Grund dafür sein, dass Ihr es nicht erkannt habt.«

»Vermutlich hat niemand jemals mit mir über die Erbfolge gesprochen, weil ich so lange unfruchtbar war«, sagte Maya, und Latifa drückte mitfühlend ihre Hand. Die Banrìgh sagte nachdenklich: »Es hat also Fälle gegeben, in denen eine Tochter den Thron erbte, obwohl Söhne geboren wurden oder es andere männliche Thronerben gab?« Sie sprach, als erschiene ihr der Gedanke vollkommen bizarr und fremdartig.

Latifa lächelte. »Natürlich.«

Die Banrìgh setzte sich auf. »Aber sie ist so jung – wie kann sie da regieren?«

In dem Bemühen, die Banrìgh zu trösten, sagte Latifa: »Der Rìgh wird Euch zur Regentin ernennen, bis Bronwen alt genug ist, im eigenen Namen zu regieren. Das ist üblicher Brauch.« Die helle Wange wölbte sich. Maya setzte sich noch aufrechter hin und strich ihr glänzendes Haar zurück.

»Natürlich musste der Erbe stets vom Leitstern begünstigt sein«, fuhr Latifa fort. »Der Leitstern reagiert auf die inneren Werte desjenigen, der ihn hält. Es gab einmal einen Bürgerkrieg, als ein jüngster Sohn vom Leitstern zum Erben ernannt wurde und der älteste Sohn den Thron von ihm forderte. Er war ein kalter, ehrgeiziger Mann, den das Wohlergehen des Volkes nicht so kümmerte, wie es beim Rìgh oder der Banrìgh sein sollte ...«

Maya unterbrach sie. »Wenn Bronwen also den Leitstern hätte, stünde ihr Recht zu regieren nicht in Frage? Wenn aber jemand anderer ihn nähme, könnte er den Thron von ihr fordern?«

Latifas Miene wurde wachsam. »Der Leitstern ist verloren.«

»Aber wenn er nicht verloren wäre ...«

»Der Leitstern ist verloren«, sagte Latifa. »Außerdem gibt es niemanden, der den Thron von Bronwen fordern könnte ...«

Als ihre Worte verklangen, sagte Maya sanft: »Was ist mit der Oberzauberin Meghan? Ist sie nicht eine NicCuinn? Wenn Bronwen regieren kann – gilt das dann nicht auch für sie? Und was ist mit Jaspars Cousin Dughall? Er ist der Sohn eines NicCuinn. Kann er den Leitstern nicht führen?«

»MacCuinns haben sich stets schon bei der Geburt mit dem Leitstern verbunden«, erwiderte Latifa nervös. »Dughall MacBrann hätte der Leitstern übergeben werden können, aber das ist nicht geschehen, da er im Clan der MacBranns aufgezogen wurde.«

»Aber er hätte ihn bekommen können?«

»Nun, ja, er hätte ihn in der Tat bekommen können, da er MacCuinn-Blut in sich trägt. Ich weiß nicht, ob er sich jetzt noch mit dem Erbe verbinden könnte oder nicht – es ist bisher niemals nach dem Säuglingsalter geschehen.«

Maya schwieg eine Weile, ihre Finger waren unter den Decken ruhelos. »In welchem Alter werden Babys gebunden?«, fragte sie, gerade als Latifa den Raum verlassen wollte.

Die alte Köchin schaute über die Schulter zurück. »Mit ungefähr einem Monat.«

Maya sagte leise: »Mein Baby, Latifa. Schläft sie? Kann ich sie halten?«

Es war das erste Mal, dass sie nach ihrem Baby fragte, und Latifas Herz sprang vor Freude. »Natürlich, Mylady«, antwortete sie und lief frohen Schrittes zu den Räumen des Rìgh.

»Die Banrìgh will ihr Kind sehen«, sagte sie glückstrahlend zu Isabeau, die augenblicklich finster dreinschaute und den Säugling fester an sich drückte.

»Sie schläft.«

»Es wird ihr nicht schaden, eine Weile von ihrer Mutter gehalten zu werden, Rote. Ich werd sie hinbringen.«

Isabeau erhob sich und rückte das Baby zurecht, sodass es in ihrer Armbeuge ruhte. »Nein, sie wird aufwachen, wenn wir sie zu viel herumreichen. Ich werd sie hinbringen.«

Latifa folgte ihr in die Räume der Banrìgh und sagte dann: »Seht Ihr, wie dicht ihre Wimpern sind? Jaspars waren genauso, als er ein Baby war. Sie ist auch ebenso dunkel wie alle MacCuinns, obwohl sie natürlich nicht die weiße Locke hat …«

Maya saß aufrecht und wirkte lebenssprühender, als Isabeau sie je gesehen hatte. Sie streckte die Arme nach dem Kind aus, und Isabeau reichte sie ihr seltsam widerwillig. Bronwen erwachte und begann zu weinen, während sie sich mit beiden winzigen, runzligen Fäusten die Augen rieb. Isabeau trat vor, um sie wieder an sich zu nehmen und zu trösten, aber Maya runzelte die Stirn und winkte sie fort. Die Kleine leicht schaukelnd, sang sie ein Wiegenlied.

Ihre Stimme war leise und rau und voller Zärtlichkeit. Das

Baby beruhigte sich fast augenblicklich und sah seine Mutter mit verschwommenen, blauen Augen an. Dann lächelte sie, ein verträumtes Babylächeln, das Isabeau die Kehle verengte. Leise glucksend griff Bronwen nach dem nachtschwarzen Haar ihrer Mutter. Maya schüttelte den Kopf, sodass ihr Haar das Gesicht des Babys kitzelte, und Bronwen lachte.

Isabeau sah Latifa an und erkannte, dass die Köchin von dem lieblichen Gesang verzückt war. Tränen schimmerten in ihren schwarzen Augen und liefen ihre dicken Wangen hinab. Sie legte die Hände auf die Brust und seufzte leise, als das fröhliche Wiegenlied verklang. »Komm«, flüsterte sie, als Maya eine weitere Melodie anstimmte. »Lassen wir die Banrìgh mit ihrem Kind allein. Ich glaub, nun wird alles gut.«

Der Turm der Zwei Monde

Die Monde zogen zwischen den Wolken dahin, und ihr Licht fiel wahllos auf den Wald. Vor ihnen ragte eine hohe, mit Zinnen versehene Wallanlage auf, die sich schwarz vom Himmel abhob. Finn war vor Aufregung angespannt. Ihr Magen flatterte, und sie verdrehte den Saum ihrer Tunika zu Knoten. Die Elfenkatze tollte hinter ihr her, so dunkel und klein, dass sie in der Nacht völlig unsichtbar war. In dem Rucksack auf Finns Rücken befanden sich ihre Kletterhandschuhe und -stiefel, und sie war von Kopf bis Fuß schwarz gekleidet. Ihr helles Haar war von einer dunklen Wollmütze und ihr Hals mit einem dicken schwarzen Tuch bedeckt, das sie hochziehen konnte, um auch ihr Gesicht zu verbergen.

Es hatte über einen Monat gedauert, vom Hauer zum Westwall Lucesceres zu gelangen, durch schwieriges Gelände und stürmisches Wetter behindert. Es war auch eine mühsame und schwierige Angelegenheit gewesen, den Muileach zu überqueren, denn der Fluss donnerte unmittelbar aus dem Berg heraus und grub eine tiefe, steile Schlucht durch das Felsgestein. Finn musste über die Vorderseite des Felsens klettern, indem sie Haken eintrieb und Seile daran befestigte, um eine unsichere Brücke zu bilden, die den Soldaten Halt bot.

Jay wäre beinahe gefallen und wurde nur durch das Sicherheitsseil gerettet, das die Soldaten um seine Taille gebunden hatten. Tragischerweise ließ er dabei jedoch seine kostbare Fiedel fallen. Entsetzt schweigend beobachteten alle, wie sie auf den Felsen zerschmettert und von der Gischt davongewirbelt wurde. Jay weinte, als er in Sicherheit gezogen wurde, aber niemand verspottete ihn, da sie alle den Tränen nahe waren. Jays Fiedelspiel hatte sie stets verzaubert.

Der Weg durch den Weißhirschwald war von Gefahr befrachtet gewesen. Seit sechzehn Jahren hatte kein Mensch seine dunklen Wege mehr beschritten, und der Wald war dicht von Wildschweinen, Waldwölfen, Wollbären und verschiedenen unfreundlichen Zauberwesen bevölkert. Besonders die Wölfe machten sich bemerkbar, heulten nachts ums Lagerfeuer und schlichen am Tage durchs Unterholz.

Eines Tages störten sie ein Nest Grablinge auf, was der schlimmste Moment war. Grablinge waren stets hungrig und bekannt dafür, Babys und kleine Kinder zu rauben, wenn sie keine Lämmer, Hühner oder Kaninchen zu rauben fanden. Gewiss hätten sie den sechsjährigen Connor in ihre Klauen nehmen und davonschleppen können, wenn sie sie an ihn herangelassen hätten. Die Blauen Garden wehrten sie jedoch bald ab, und sie liefen schimpfend davon, wobei sie ihr schmutziges Fell hinter sich herschleiften.

Soldaten begegneten sie im Weißhirschwald nicht, denn in den Wäldern zwischen Lucescere und den Bergen wurde niemals patrouilliert. Einst hatte die Wallanlage ein großes Tor aufgewiesen, aber dieses Tor konnte nur von Angehörigen des Clans der MacCuinn aufgeschlossen werden und war daher seit sechzehn Jahren nicht mehr geöffnet worden. Lachlan glaubte, dass die Roten Garden vielleicht nicht einmal etwas von dessen Existenz wüssten.

Es war Finns Aufgabe, den Wall zu erklettern und das Tor für die Rebellenstreitkräfte zu öffnen, die draußen im Wald lagerten. Lachlan hatte ihr das Wappen der MacCuinn gegeben, denn nur damit konnte man das Tor öffnen. Obwohl die Wallanlagen rund um die zerstörten Hexentürme nur leicht bewacht waren, war es für eine Elfjährige dennoch eine schwierige und gefährliche Aufgabe. Iseult musste sich daran erinnern, dass sie nur fünf Jahre älter war, auf die Sorgen der Übrigen aber ebenso ungeduldig reagiert hätte, als sie in Finns Alter gewesen war. »Bist du bereit, Kind?«

Finn nickte und verschränkte in nervöser Erwartung die Hände. Sie war zuversichtlich, die Wallanlage erklimmen zu können, da sie den Umgang mit ihren Krallenhandschuhen und Stiefelrahmen seit Verlassen des Talkessels jeden Tag geübt hatte. Die Möglichkeit, von den Roten Garden gefangen genommen und zur Vernehmung vor die Liga gegen Hexen gebracht zu werden, ängstigte sie jedoch noch immer sehr. Finn hatte inzwischen ein Jahr lang nichts mehr mit der Liga gegen Hexen zu tun gehabt und wollte ihnen auch nicht wieder in die Hände fallen.

Sie nahm das warme, pelzige Kätzchen hoch und schmiegte es an ihr Kinn, ließ sich von dem leisen Schnurren trösten, das den kleinen Körper vibrieren ließ. *Es ist ein langer Weg, Goblin, bist du sicher, dass du es schaffen wirst?*

Das Kätzchen schnurrte als Antwort stärker, und die weichen Pfoten kneteten Finns Hals. Das kleine Mädchen befestigte vorsichtig ein Band um den Hals der Elfenkatze und überprüfte, ob es sicher mit dem langen Strick verbunden war, der wiederum an ein dünnes, aber stabiles Seil geknüpft war. Sie rieb noch einmal den Kopf des Kätzchens und setzte es dann ab. Mit kaum hörbarem Miauen sprang Goblin auf den Wall zu und begann zu klettern, die Krallen in die uralten Steinblöcke grabend. Innerhalb von Momenten war es nicht mehr zu sehen, selbst als einer der Monde hinter den Wolken hervorkam und den Boden kreuz und quer mit silberfarbenen Quadraten überzog.

Das Seil ruckte seitwärts, und sie alle folgten ihm, wohl wissend, dass das Kätzchen nach etwas suchte, wodurch es den Strick ziehen konnte. Es würden Eisenständer für Waffen zu finden sein, durch welche die kleine Katze leicht hindurchschlüpfen konnte. Sie mussten darauf vertrauen, dass sie eine Stelle erwählen würde, die von den Patrouillen nicht unmittelbar einsehbar wäre.

Schließlich kam das ruckende Seil zur Ruhe, und sie warteten nervös und suchten die Wallanlage nach Anzeichen von Wächtern ab. Plötzlich schnellte das Seil mit leisem Schwirren nach oben. Im Wald hinter sich hörten sie Wölfe heulen und regten sich unruhig, die Hände an den Waffen.

»Was ist los?«, flüsterte Dillon, aber Finn wusste es auch nicht und war zu angespannt, um antworten zu können. Nach langem, angstvollem Warten spürte sie einen pelzigen Körper um ihre Knöchel streichen und hob die Elfenkatze, die ihren Kopf an Finns Kinn rieb, mit erleichtertem Schluchzen hoch. »Sie hat es geschafft!«, flüsterte Finn. »Rasch, zieht den Strick an und bindet das Seil fest!«

»Hoffen wir, dass alles gut verborgen ist«, sagte Iseult grimmig, während die Soldaten das Seil eilig an einem unten in den Wall geschlagenen Haken befestigten und es dann durch einen Spezialhaken an Finns Gürtel zogen, wodurch sie beim Klettern festen Halt hätte. Sie hatte darauf beharrt, dass solche Vorsichtsmaßnahmen unnötig seien, aber Iseult wollte nicht riskieren, dass das kleine Mädchen abstürzte.

Finn begann den Aufstieg. Es war schwieriger, als sie es sich vorgestellt hatte. Die Wallanlage war leicht auswärts geneigt, sodass sie in steilem Winkel klettern musste, und die massiven Steinblöcke waren so geschickt eingepasst, dass keine Spalten dazwischen blieben. An manchen Stellen hatte Moos den Mörtel gelockert, sodass Finn einen Haken als Fuß- oder Handstütze eintreiben konnte. Sie musste sich jedoch überwiegend auf ihre Krallenhandschuhe und die sich tief in die glatte Felsoberfläche eingrabenden Stiefel verlassen. Die Elfenkatze sprang neben ihr einher und miaute ihr gelegentlich ermutigend zu.

Finn glitt nur einmal aus, als ihre Krallenhandschuhe nicht genug Halt am Gestein fanden. Wäre das an ihrem Gürtel befestigte Seil nicht gewesen, wäre sie einhundertfünfzig Fuß tief auf den Boden gestürzt. Stattdessen schwang sie heftig hin und her und versuchte zunächst erfolglos, wieder Halt zu finden.

Schließlich konnte sie jedoch einen Krallenhandschuh in den Stein schlagen und dann auch mit einem Fuß wieder Halt finden. Finn beendete ihren Aufstieg mit so laut hämmerndem Herzen, dass es ihr in den Ohren klang. Sie stieg über die Befestigungen und setzte sich mit gesenktem Kopf auf den Boden. Während sie die Krallenhandschuhe und Stiefelrahmen wieder in den Rucksack steckte, wartete die Elfenkatze mit um die Pfoten gerolltem Schwanz auf den Steinfliesen.

Die Wallanlage verlief über die gesamte Länge und Breite der Stadt, und darauf befand sich ein breiter Laufgang für die patrouillierenden Wachen. Alle zwei Dutzend Fuß stand ein Wachturm, der jeweils eine abwärts führende Treppe verbarg. Finn glitt leise zum nächstgelegenen Turm und lauschte sorgfältig, bevor sie die Tür öffnete.

Dann stieg sie die dunkle Treppe hinab, die Elfenkatze vor ihr, und kam an einem Säulengang heraus, dessen schmale Steinsäulen eine gewölbte Decke stützten. Dahinter befand sich eine Wiese, und sie konnte hohe Hecken und Bäume erkennen.

Lachlan hatte ihr die Anordnung des Gartens und des Turms deutlich beschrieben, sodass Finn genau wusste, wohin sie gehen musste. Das Tor war einst als Fluchtweg gedacht gewesen und geschickt in den den Westwall verzierenden Steinmetzarbeiten verborgen. Als Lachlan noch ein Kind war, hatte man das Tor häufig für Picknicks und Ausritte in den Wald benutzt. Dennoch war das Wissen über den Standort des Tores auf die Familie und wenige vertraute Freunde beschränkt worden, sodass Meghan sicher gewesen war, dass die Roten Garden nichts von dessen Existenz wussten.

Ebenso leise wie die ihr folgende Elfenkatze huschte Finn durch die kunstvoll gewölbten Säulengänge, bis sie an deren Ende anlangte. Vor sich sah sie flache Steinstufen mit einer breiten, gebogenen Balustrade, die mit dicht von Disteln und Unkraut überwucherten Blumenkästen geschmückt war. Jenseits befand sich ein großer Garten, der auf drei Seiten von der hoch aufragenden Wallanlage umgeben war.

Der Westwall wies sieben Wachtürme auf, die alle durch den Laufgang verbunden waren. Finn wusste, dass dies der gefährlichste Teil ihrer Aufgabe war, weil niemand sie warnen könnte, wenn Patrouillen vorbeikämen. Sie wartete, bis beide Monde von Wolken verdeckt waren, und lief dann die Stufen hinab, über den weiten Hof und in den Garten. Sie duckte und schlängelte sich von Baum zu Busch zu Statue zu Hecke und versuchte, ihre Bewegungen dem schnellen Tempo der Wolken anzupassen.

In die gesamte Länge des Westwalls waren hohe Bögen eingemeißelt, die mit komplizierten Steinknoten und -bändern verziert waren. Am Scheitelpunkt jedes Bogens war der Kopf eines Rothirschs mit einer Krone zwischen den ausladenden Geweihen eingemeißelt. In jeden dritten Zierbogen war ein einfacher Moostopf eingelassen, aus dem einst Blumen herabgewachsen sein mussten. Die übrigen Zierbögen enthielten kleine Steinmetzarbeiten in der Größe einer Faust. Finn wusste, dass dies die Wappen der dreizehn Hexen des Hexensabbats waren, die abwechselnd mit dem Symbol dieses Turmes – zwei Halbmonde und ein Stern – dargestellt waren. Dasjenige, das sie suchte, war von der Ecke ab gezählt das siebte. Sie befahl Goblin, in den Schatten verborgen zu bleiben, nahm Lachlans Spange aus der Tasche und lief dann rasch den Wall entlang.

Sie sah den deutlichen Umriss des Rothirschs sofort, streckte sich so hoch wie möglich und konnte das Wappen gerade so in die Verzierung einfügen. Sofort schwang die Mauer des Zierbogens unter ihrer Hand auf, und ein dunkler Spalt öffnete sich.

Das Tor ließ sich leise und leicht öffnen, dem dunklen Wald zu. Sie glitt hindurch und gab das Geheimsignal der Liga, der dreitonige Pfiff der Blaumeise. Dann wartete Finn mit ungutem Gefühl ab, während sie über die Schulter nervöse Blicke in den Garten warf.

Sie pfiff erneut und erhielt nun zu ihrer Erleichterung Antwort. Ihre Gefährten traten aus der Dunkelheit, der Welpe mit einem Maulkorb voran, damit er ruhig war. »Schnell«, flüsterte sie. »Die Patrouillen kommen alle zwanzig Minuten, und die nächste ist jede Sekunde fällig!«

Lachlan schob sich nach vorn, er wirkte in seinem ihn dicht umhüllenden, schwarzen Umhang unheimlich. Sie konnte sogar in der Dunkelheit die Freude auf seinem Gesicht erkennen. »Endlich«, flüsterte er. »Ich komme endlich nach Hause.«

Während die Soldaten leise folgten, gab Finn ihm das Wappen zurück, das er wieder an seine Brust heftete, unter die Falten des Umhangs. »Zieht das Tor zu, aber lasst es nicht einschnappen«, flüsterte er. »Wir müssen uns vielleicht rasch wieder zurückziehen.«

»Denkt daran, dass wir kein Zeichen unseres Hierseins hinterlassen dürfen«, flüsterte Iseult. »Wenn ihr töten müsst, dann tut es lautlos und entledigt euch der Leiche irgendwo, wo sie nicht gefunden werden kann.«

»Ja, Mylady«, flüsterten die Soldaten und verteilten sich dann mit gezogenen Langschwertern entlang des Walls. Einer nach dem anderen liefen sie durch die Gärten, dankbar für den aufkommenden Wind, der das Geräusch ihrer Schritte im Rascheln des Laubes verbarg und Wolken den Himmel verdecken ließ. Sie mussten mehrere Male stocksteif stehen bleiben, als Patrouillen den Laufgang über der oder um die Innenseite der Wallanlage entlanggingen.

Schließlich kamen sie zu einem eingestürzten Bogengang, der rauchgeschwärzt war. Als Finn hindurchspähte, sah sie einen weiten, grünen Hof, der von Zypressen umstanden war. In der Mitte befand sich ein ausgetrockneter Springbrunnen, in dessen Mitte wiederum seltsam verrenkte, zerbrochene Statuen zu sehen waren. Dahinter stand ein massives Gebäude, das größtenteils in Ruinen lag. Während Finn hinsah, brachen die Monde aus der Sturmwolkenbank und ergossen sich auf das geschwärzte Skelett eines hohen, gewölbten Daches. Am entgegengesetzten Ende ragte noch ein intakter Turm auf, der hohe Spitzfenster aufwies. Säulengänge verliefen rundherum, und hohe Strebebögen ragten bis in den überwucherten Hof.

Finn erschauderte abergläubisch und umklammerte das Medaillon, das sie um den Hals trug. Ihr ganzes Leben lang hatte sie die Geschichten über die zerstörten Hexentürme gehört und konnte, als sie diesen im Mondlicht schwarz und verheert sah, leicht glauben, dass er von Geistern und Todesfeen heimgesucht war. Hunderte von Hexen waren hier am Tag der Abrechnung gestorben, auf die Lanzen der Roten Garden aufgespießt oder auf Scheiterhaufen verbrannt. Sie drückte das Kätzchen fester an sich und eilte in der Hoffnung hinter Iseult und den anderen her, dass sie sich nicht lange in dem Turm verbergen müssten. Obwohl Finn nur wenig Lebendes fürchtete, jagten Geister ihr doch Angst ein.

Sie erreichten den Fuß des Turms und öffneten vorsichtig die große Eichentür. Innen herrschte Dunkelheit, und sie gingen einer nach dem anderen hinein und ertasteten sich ihren Weg. Beim Geräusch der sich hinter ihnen schließenden Tür schrie Johanna leise auf, und Finn drückte ihr Kätzchen noch fester an sich.

»*Zünde eine Kerze an, Leannan*«, flüsterte Lachlan, und nach einigem Scharren und Rucken unbekannten Ursprungs flackerte Kerzenschein auf. »Hoffentlich denken die Wächter, wenn sie das Licht sehen, dass es Todesfeen wären, und sind zu ängstlich, um herzukommen und nachzusehen«, sagte er, während er seinen Umhang zurückschlug, sodass er wieder der geflügelte Prionnsa war.

Iseult hielt die Kerze hoch und schirmte die Flamme mit der Hand ab. Sie gingen langsam voran und sahen sich interessiert um. Sie befanden sich in einer großen Halle mit einer prachtvollen Treppe an einem Ende und vielen Türen und Gängen, die in weitere Räume führten. Die Halle war mit kunstvoll geschnitztem Eichenholz getäfelt, der Boden mit abgenutzten Steinfliesen ausgelegt. Wasserspeier grinsten sie von wuchtigen Steinsäulen aus an, die sich in Bögen über ihnen wölbten.

Sie fanden einen Raum mit einem Kamin und hängten dort sorgfältig schwarzes Tuch vor die Fenster, damit sie ohne Angst vor Entdeckung ein Feuer und weitere Kerzen anzünden konnten. Sie wussten, dass sich die Wächter dem Turm erst nähern würden, wenn ihr Misstrauen überhand nahm, und solange sie sich ruhig verhielten und kein Licht nach außen dringen ließen, sollten sie sicher sein. Der Geruch von Rauch war eine mögliche Gefahr, aber alle froren und waren müde und hungrig, sodass Lachlan dachte, es sei das Risiko wert.

Die Soldaten errichteten rasch und sicher ein Behelfslager und bereiteten eine Mahlzeit zu. Zunächst bauten sie Iseult ein

Bett, die der Weg durch die Berge ermüdet hatte. Sie war nun im sechsten Monat, und es fiel ihr schwer, ihre Kraft und Vitalität aufrechtzuerhalten. Sie sank dankbar auf die Decken und versuchte, ihre Rückenschmerzen zu lindern. Eine der Rebellinnen reichte ihr einen Becher heiße Brühe und eine Scheibe ungesäuertes Brot, die sie dankbar entgegennahm.

»Wir sollten jetzt schlafen«, sagte Lachlan schließlich. »Es ist sehr spät, und wir werden während der nächsten Tage all unsere Kraft brauchen. Byrne, Shane, übernehmt die erste Wache. Weckt mich, sobald euch etwas auffällt, gleichgültig was es ist.«

Die beiden genannten Soldaten nickten, obwohl sie sich unbehaglich umsahen. Überall tanzten Schatten über die geschnitzten Wände, und es gefiel ihnen eindeutig nicht, in diesem uralten, von Geistern heimgesuchten Gemäuer Wache halten zu müssen.

Lachlan lächelte ihnen zu. »Fürchtet nichts. Wenn es hier Geister gibt, werden sie uns nichts tun. Ich bin ein MacCuinn, und dies ist meine Heimat. Ihr seid sicher.«

Das Palastgelände war in Dunkelheit gehüllt, und die Wächter hauchten in ihre Hände, um sie warm zu halten, als sich das geheime Tor in der Wallanlage langsam knarrend öffnete. Einer nach dem anderen strömten die schlanken Gestalten von Wölfen durch die Öffnung und liefen rasch in den Schutz der Bäume. Sie liefen so dicht am Boden und so lautlos, dass keiner der auf der Wallanlage patrouillierenden Wächter etwas bemerkte. Hinter den Wölfen schwang das Tor wieder zu.

Am Morgen schien der Turm nicht mehr ganz so gespenstisch. Alle außer Lachlan hatten gut geschlafen, da es seit Monaten ihre erste Nacht im Inneren eines Gebäudes war. Lachlan hatte sich nicht gleichzeitig mit den Übrigen zurückgezogen. Der

Leitstern war sehr nahe, und er hatte sein klagendes Raunen stets im Ohr. Er klang so schwach, dass er vor Angst, dass er ersterben könnte, bevor er die Chance hätte, ihn zu retten, vollkommen angespannt war. Und so saß er brütend am Fenster, bis Iseult kam und ihn wieder in ihr Bett holte. Aber selbst dann schlief er nicht, sondern warf sich herum und murmelte den Namen des Leitsterns.

Nicht einmal diese Rastlosigkeit konnte Iseult stören, die nach der anstrengenden Reise übermüdet war und das Gewicht der wachsenden Zwillinge als zunehmend erschöpfend empfand. Das Geräusch des gegen die geteilten Fenster prasselnden Regens ließ sie sich seltsam heimisch fühlen, und sie hatte tief und traumlos geschlafen.

Nach dem Frühstück gingen sie auf Erkundungstour, wobei Lachlan vorauslief und Iseult Geschichten über den Turm erzählte – von Berichten über die uralte Vergangenheit, als der Turm von Owein Langbogen erbaut wurde, bis zu Anekdoten über seine sorglose Kindheit, als er und seine Brüder sich frei in Garten und Palast bewegen konnten, die Hexen ärgerten und in den vielen Gebäuden des Turms Verstecken spielten. Die Gedanken an seine Brüder machten ihn wie stets schwermütig, und Iseult rückte in der Hoffnung näher an ihn heran, dass ihre Wärme ihm über seine düstere Stimmung hinweghelfen würde.

Irgendwo über ihnen befand sich Oweins Bogen. Finn konnte spüren, wie er sie vorwärts zwang. Sie hatte während der vergangenen Monate viel Zeit damit verbracht, sich mit dem zerbrochenen Pfeil vertraut zu machen, und konnte den stärker werdenden Zug des Wiedererkennens spüren, der zeigte, dass der Bogen in der Nähe war. Lachlan wollte den Bogen seines Vorfahrs endlich in Händen halten, und so erklommen sie eilig die große Treppe.

Meghan hatte Iseult die Anordnung des Turms sorgfältig beschrieben und ihr erklärt, wie sie die Schätze hinter einem Wandteppich in den oberen Stockwerken verborgen hatte. Finn stürmte voraus, brauchte keine Vorgaben, da der Zug in ihrem Bewusstsein sie immer höher lockte.

»Kannst du ihn spüren, Finn?«, fragte Iseult eifrig. »Weißt du, wo er ist? Meghan sagte, der Relikteraum sei im obersten Stockwerk und sie habe die Tür hinter einem Wandteppich verborgen, aber alle verdammten Wände sind von Wandteppichen bedeckt! Ich will nicht jeden einzelnen anheben müssen!«

Finn nickte, wobei ihre braungrünen Augen tanzten. »Immer mit der Ruhe«, sagte sie und lief den Gang hinab und um eine Ecke voraus. Ein großer Wandteppich, der die Jagd auf eine weiße Hirschkuh durch einen Wald darstellte, hing von der achtzehn Fuß über ihnen befindlichen Decke herab.

»Bist du sicher, dass das der richtige ist?«, fragte Iseult.

»Ja, könnt Ihr es nicht spüren? Dahinter ist der Bogen.«

Iseult stellte sich davor und ging im Geiste das Vorgehen durch, das Meghan sie gelehrt hatte. Sie wusste, dass dies der gefährlichste Teil ihrer Aufgabe war, denn die Zauberin hatte die Tür geschickt und vollkommen geschützt. Sie atmete tief ein, schob den Teppich beiseite und löste die Schutzzauber einen nach dem anderen mit sorgfältigen Gesten und intonierten Worten. Glücklicherweise war ihr Erinnerungsvermögen gut ausgebildet, sodass sie selbst einen solch komplizierten Ablauf wie diesen hatte behalten können.

Mit hämmerndem Herzen nahm sie einen langen Schlüssel aus ihrer Tasche, steckte ihn in das spinnwebverhangene Schloss und drehte ihn mit rostigem Quietschen. Kein Hexenfeuer versengte ihre Haut, sodass sie die Tür mit einem tiefen Seufzer der Erleichterung aufstieß.

Dahinter befand sich ein kleiner, dunkler Raum, in dem sich

merkwürdige Gegenstände stapelten. Die kleine Katze Goblin stolzierte mit hoch erhobenem Schwanz und zuckenden Schnurrhaaren hinein. *Rieche Maus,* sagte sie.

Keine Mäusejagd! erwiderte Finn streng. *Wir suchen einen Langbogen …*

Goblin hatte keine Ahnung, was ein Langbogen war, stieß ihre kleine schwarze Nase aber gefällig in alle Ecken. Kerzenlicht tanzte wild über die Wände, während Iseult die Kerzen mit dem Finger anzündete. Alle Kinder drängten hinein.

Vorsichtig begannen sie, Gegenstände hervorzuziehen. Finns Augen leuchteten beim Anblick einer mit Samt und Gold verzierten Schmuckschatulle voller Halsketten, Armbänder und Ringe auf. Jay fand einen Silberkelch mit einem eigenartigen Kristall im schmalen Stiel und Dillon eine Spange und einen Armreif aus Gold und Saphiren, sowie einen Beutel mit uralten Münzen, die so matt waren, dass man unmöglich erkennen konnte, aus welchem Land sie stammten.

Finn hob ein gebogenes, mit dunklem Metall geprägtes Jagdhorn auf und sah, dass die Gestalt eines Wolfs eingearbeitet war, genau wie bei ihrem Medaillon. Sie steckte es gerade in ihren Gürtel, als Lachlan und Iseult an der Rückseite des Raums den Bogen fanden, halb hinter einer großen goldverzierten Harfe verborgen.

Er war fast so groß wie der geflügelte Prionnsa selbst, wunderschön geformt und geschnitzt, mit einem Köcher voller weißbefiederter Pfeile daneben. Lachlan löste den Bogen vorsichtig von der Harfe und hob ihn heraus, während die topasgelben Augen in seinem dunklen Gesicht strahlten. Er prüfte ihn und die Bogensehne riss mit schwirrendem Geräusch.

»Das war zu erwarten, nachdem er so lange in einem feuchten Raum gestanden hat«, sagte Iseult. »Wir werden ihn neu bespannen müssen.« Lachlans schwarzer und ihr roter Kopf beugten sich über den Langbogen, Ehemann und Ehefrau waren davon eingenommen, die Schnitzereien entlang des Bogens genau zu betrachten.

Finn sah im flackernden Licht der Kerze auf einem Tisch einen Geigenkasten liegen. Sie löste vorsichtig die verzierten Silberschließen und öffnete den Kasten. Darin lag die hübscheste Fiedel, die sie je gesehen hatte, in blauen Samt gebettet und goldbraun schimmernd. Sie hatte weitaus mehr Saiten als Jays Fiedel, und sie waren über einen kunstvoll geschnitzten Holzsteg gespannt. Ihr zierlicher Hals war lang und schmal und am oberen Ende zur Gestalt einer wunderschönen Frau gearbeitet, deren Augen verbunden waren. Finn hatte noch niemals eine solche Fiedel gesehen. Sie strich mit einem Finger über die schöne Holzvorderseite und rief leise: »Jay!«

Der große, dünne Junge stellte den Kelch ab, den er gerade betrachtet hatte, und trat neben sie. »Sieh nur, was ich für dich gefunden habe, Jay«, flüsterte sie und wurde mit dem Leuchten belohnt, das in seine Augen trat.

»Eine Viola«, rief er. Zu Finns Überraschung und Freude drückte er sie kurz mit einem dünnen, starren Arm, bevor er die Viola ehrfurchtsvoll aus dem Kasten nahm und in seinen Armen barg. »Sie ist wunderschön«, flüsterte er und hob sie ans Kinn. Mit leicht zitternden Fingern ließ er den Bogen über die Saiten gleiten, und ein reiner, lieblicher Ton erklang.

Lachlan und Iseult wirbelten herum, die Finger auf den Lippen, aber Jay hatte den Bogen bereits wieder gesenkt und untersuchte vorsichtig die Saiten. »Tut mir Leid«, flüsterte er. »Aber hier kann es ohnehin niemand hören, da wir so hoch oben sind.«

»Wir dürfen kein Risiko eingehen«, rügte Iseult ihn. »Es ist jetzt helllichter Tag, und die Wächter werden keine so große Angst vor dem Turm haben, dass sie dem Klang von Musik nicht nachgehen würden.«

»Ach, sie werden denken, es wär ein Geist«, sagte Finn fröhlich. Die Freude auf Jays Gesicht, als er die glänzende Viola spielte, hatte in ihr ebenso große Freude aufkommen lassen. Ihr Freund war seit dem Verlust seiner Geige traurig und still gewesen, und sie hatte sein seltenes Lächeln vermisst.

Lachlan, den Bogen in Händen, den Köcher voller Pfeile über der Schulter, sagte verärgert: »Finn, es genügt ein Soldat, der nicht an Geister glaubt, damit eine Truppe durch die Ruinen marschiert und nach dem geheimnisvollen Geigenspieler sucht.«

»Viola«, berichtigte Jay ihn, was ihm wiederum einen ärgerlichen Blick einbrachte. Lachlan ließ sich nicht gerne berichtigen.

»Leg sie zurück, Jay, und alles andere auch. Dillon, leg diesen Münzbeutel hin! Du wirst die Münzen ohnehin nicht gebrauchen können. Sie sind viel zu alt.«

»Das ist nicht fair!«, rief Finn, enttäuscht darüber, wie rasch das Leuchten aus Jays Augen schwand, als er die Viola widerwillig wieder in den Kasten legte. »Du willst den Bogen haben. Warum können wir nicht haben, was wir wollen?«

»Der Bogen gehörte meinem Vorfahr«, fauchte Lachlan.

»So? Das heißt aber nicht notwendigerweise, dass er dir gehört. Wir sind für dich den ganzen Weg hierher gekommen und ins Palastgelände eingedrungen, und du gönnst Jay nicht einmal eine alte Fiedel als Ersatz für seine verlorene.« Finn hatte die Stimme angehoben. Iseult legte eine Hand auf Lachlans angespannten Arm, und er dachte daran, wie sehr er die Liga der Heilenden Hand während der nächsten Tage noch brauchte.

»Also gut, ihr könnt alle ein Teil mitnehmen und nur eins. Als Vergütung für all eure Hilfe.« Lachlans Stimme klang, trotz seiner Worte, widerwillig, sodass die Kinder eilig im Raum umherschwärmten und seinen Inhalt durchsahen. Lachlan stieß einen ärgerlichen Laut aus, schwieg aber dann wieder und fuhr stattdessen mit den Fingern über den geschnitzten Bogen.

Finn hatte das Jagdhorn bereits in ihren Gürtel gesteckt, sodass sie den Übrigen aus dem Weg blieb, sich mit Jay auf einen staubigen Tisch setzte und darüber lachte, dass die anderen Kinder mit jedem Moment schmutziger wurden. Johanna konnte sich nicht zwischen einem ausgesprochen hässlichen Diadem, einem edelsteinbesetzten Armband und einem Ring entscheiden, blieb aber letztendlich bei dem Armband, wohl wissend, wie gefährlich es war, Ringe zu tragen, und wie schwierig es für ein Bettlermädchen war, eine Gelegenheit zu finden, wo sie ein Diadem tragen konnte.

Ihr Bruder Connor nahm eine Spieluhr an sich, die eine betörende Melodie spielte, wenn man den bemalten Deckel anhob. Dillon wählte ein mattes Schwert. Es war zwar lang, aber leicht und sauste mit zischendem Geräusch durch die Luft, als er ein Scheingefecht mit seinem Schatten ausführte. Anntoin war von Dillons Wahl so begeistert, dass er den Raum durchwühlte, bis auch er ein Schwert fand, das schwerer und weniger schön, aber dennoch ein Schwert war. Artair war von einem edelsteinbesetzten Dolch angetan, da es keine weiteren Schwerter in dem Raum gab, und Parlan überraschte alle, indem er den Silberpokal mit dem im Stiel eingearbeiteten Kristall erwählte. »Hübsch«, sagte er nur.

Dann liefen sie die Treppe wieder hinab, um Jorge ihre Schätze zu beschreiben. Nur Finn folgte ihnen nicht. Goblin war in dem staubigen Wirrwarr verschwunden, und Finn suchte sie auf Händen und Knien. Sie hörte ein leises Miauen, kroch unter den Tisch und rief: *Goblin, wo bist du?*

Anntoin hatte auf der Suche nach seinem Schwert eine große Truhe an der Wand geöffnet, aus der nun schwarzer Stoff quoll. Die Elfenkatze lag zusammengerollt in dessen warmen

Falten, vor der Schwärze unsichtbar. Nur das Blinzeln ihres schimmernden Auges offenbarte sie Finn. Als das kleine Mädchen sie hochhob, streiften ihre Finger den Stoff, und sie empfand ein seltsames Kribbeln. Es war ein Gefühl, das sie schon früher empfunden hatte. Ihr Medaillon vermittelte es ihr, wie auch das Jagdhorn und die Viola, die sie zuvor gefunden hatte. Als sich die Elfenkatze auf ihrem Schoß zusammengerollt hatte, zog sie den Stoff aus der Kiste und betrachtete ihn so genau, wie es in dem trüben Licht möglich war.

Es war ein Umhang, sehr fein gewoben, mit entlang der Säume verwebten, erhabenen Mustern. Sie erhob sich und schlang ihn um sich. Er passte ihr perfekt, und der Stoff ließ ihr die Haare auf den Armen zu Berge stehen, als er sie streifte. Einen Moment kribbelte ihr ganzer Körper, dann gewöhnte sie sich an das Gefühl und wirbelte herum, sodass sich der Stoff um sie drehte. Er war sehr warm und fühlte sich auf ihrer Haut zart wie Seide an.

Obwohl es viel Stoff war, konnte Finn ihn zu einem kleinen Bündel zusammenfalten, das in ihre Tasche passte. Sie empfand kurzzeitig Schuldgefühle, da Lachlan gesagt hatte, sie dürften jeder nur ein Teil mitnehmen, sie jetzt aber zwei hatte. *Aber ich war diejenige, die die Wallanlage erklommen hat,* dachte sie und lief die Treppe hinab hinter ihren Freunden her. Sie hielt den Umhang trotz ihrer raschen Rechtfertigung verborgen und erzählte niemandem, was sie getan hatte.

Den restlichen Tag verbrachten sie mit der Erforschung des übrigen Gebäudes, spielten mit ihren neuen Sachen und erlernten von Lachlan Tricktrack, der in einem der Räume ein verwaistes Spielbrett und Würfel gefunden hatte, die den Eindruck vermittelten, als wären einige Hexen mitten im Spiel gewesen, als die Roten Garden angriffen.

Finn, Jay, Dillon, Artair und Antoinn verspürten zunehmende Anspannung, während der Nachmittag voranschritt. In dieser Nacht mussten sie erneut die Entdeckung durch die Roten Garden riskieren und aus dem Palastgelände in die Stadt gelangen. Niemand von ihnen hatte Neuigkeiten von ihren Kameraden gehört oder war mit ihnen in Kontakt getreten, seit sie den Talkessel verlassen hatten. Lachlan, Iseult und Jorge konnten es nicht riskieren, die Stadt zu betreten. Der blinde Seher hatte bei seinem letzten Aufenthalt in Lucescere zu viel Ärger verursacht. Tòmas konnte aus demselben Grund nicht hingehen, selbst wenn jemand bereit gewesen wäre, ihn der Gefahr auszusetzen, obwohl er sehnsüchtig den Wunsch äußerte, seine Freundin Ceit Anna zu besuchen, die Nyx, die in einer Höhle hinter dem Wasserfall lebte.

Also hatte Dillon sich und seine Kommandeure mit dem Argument freiwillig für diese Aufgabe gemeldet, dass niemand die Stadt so gut kannte wie sie, die ihr ganzes Leben lang auf deren Straßen gelebt hatten. Sie wussten, wohin sie gehen und wen sie fragen mussten, was die Blauen Garden nicht wussten, und sie konnten Kontakt mit den in der Stadt versteckten Rebellen aufnehmen, ohne Verdacht zu erregen.

Lachlan kannte einen Geheimweg aus dem Palastgelände in die Stadt, denn er und sein Bruder Donncan waren oft nach Lucescere hineingeschlichen, wenn sie eigentlich im Unterricht hätten sein sollen. Es waren jedoch über dreizehn Jahre vergangen, seit Lachlan und seine Brüder in Amseln verwandelt worden waren, sodass der Prionnsa keine Ahnung hatte, ob das Abflussrohr noch existierte. Es war eine beunruhigend dürftige Möglichkeit, und wenn sie sich als nicht durchführbar erweisen sollte, müssten die Kinder einen anderen Weg suchen. Der Palast war schwer bewacht, und man würde jedes zerlumpte Kind, das auf dem Gelände erwischt würde, sofort in die Kerker werfen. Obwohl Tòmas vertrauensvoll sagte, dass er dann wieder

Ceit Anna zu ihrer Rettung rufen würde, zog Dillon es vor, außer Reichweite der Roten Garden zu bleiben.

Solange Lachlan nicht wusste, was im übrigen Land geschah, konnte er sich nicht entspannen. Das Gleichgewicht zwischen Erfolg und Versagen war so diffizil, dass nur ein Missgeschick nötig wäre, um ihre Pläne zunichte zu machen. Er wollte wissen, welche Neuigkeiten es von Meghan gab und ob sie der Liga gegen Hexen entkommen war. Er wollte wissen, wo sein Bruder Jaspar war und wie es ihm ging. Er wollte bestätigt wissen, dass die Rebellen, wenn nötig, angriffsbereit wären und dass sie die Stadt erfolgreich durchsetzt hatten.

Und insbesondere sollte die Liga der Heilenden Hand versuchen, Neues über Isabeau zu erfahren, denn ohne sie konnten sie den geteilten Schlüssel nicht vereinen, und ohne den Schlüssel konnte Lachlan den im Labyrinth verborgenen Leitstern nicht erlangen. Meghan hatte ihm versichert, dass Isabeau die beiden Teile des Schlüssels irgendwie nach Lucescere bringen würde, aber wenn die Zauberin noch in den Händen der Liga gegen Hexen war, konnte ihre Zuversicht ihn nicht beruhigen.

Der Abend von Samhain

Blitze zuckten und beleuchteten unheimlich die Gebäuderuinen. Einer nach dem anderen liefen die Jungen vom Eingang los, stets die Dunkelheit nach dem Blitz wählend, sodass die verwirrten Augen der Wächter sie weniger wahrscheinlich sehen würden. Der Welpe Jed lief wie immer mit flatternden Ohren hinter Dillon her.

Finn wartete bis zuletzt. Trotz aller Beteuerungen, dass Glynelda tot war, befürchtete sie noch immer, in die Hände der Liga gegen Hexen zu fallen. Sie versuchte, ihre Nervosität in den Griff zu bekommen, und kauerte sich in den Schatten des großen Eingangs. Goblin streckte eine Pfote nach draußen, miaute kläglich und zog sie rasch wieder zurück. Finn runzelte die Stirn. Sie hasste es ebenso sehr wie die Elfenkatze, nass zu werden.

Kurz darauf nahm sie den Umhang hervor, den sie am Nachmittag gefunden hatte, schlang ihn um sich und zog die Kapuze über den Kopf. Sie steckte die Elfenkatze in eine Tasche, trat in den Regen hinaus und huschte leise über den Hof.

Sie schlich zu den Jungen, die sich im Schutz einer großen Eibe versammelt hatten. »Wo ist diese verflixte Finn?« Dillon spähte zum Turm zurück. »Sie macht immer, was sie will. Sie sollte bei uns bleiben und sich nich' in Schwierigkeiten bringen.«

»Warum?«, fragte Finn frech, und die anderen erschraken und sahen sie verblüfft an. Als sie merkte, dass der Umhang mit der Dunkelheit verschmolz und sie daher nicht zu sehen war, zog sie die Kapuze zurück und streckte Dillon die Zunge heraus.

»Hör auf, Finn«, sagte er giftig. »Jetzt is' keine Zeit herumzualbern. Sehen wir zu, dass wir so schnell wie möglich hier herauskommen.«

Der Palast am Ende des Gartens war hell erleuchtet. Zwei Wächter marschierten die Steinfliesen entlang, hielten die Gesichter aber gegen den Regen gesenkt und schauten nicht einmal in die Richtung der Kinder.

Mit leuchtenden Augen neugierig zum Palast hinaufschauend, liefen die Kinder rasch und leise an dessen Seite entlang und erstarrten, wann immer Blitze den Himmel erhellten. Glücklicherweise umgaben die Gärten den Palast auf allen vier Seiten, sodass reichlich Schutz vor feindlichen Augen vorhanden war.

Eine lange Prachtstraße erstreckte sich von der Vorderseite des Palastes zu den in die Stadt führenden Toren, sie war von kahlen Bäumen gesäumt. Auf der anderen Seite befand sich eine ausgedehnte Wiese, die wenig Schutz bot. Laternen brannten in dem großen Hof vor den Palasttoren, die ihren Schein weit über die Wiese warfen, während auch die Stadt hell erleuchtet war.

»Es muss etwas im Gange sein«, murrte Dillon. »Überall sind Soldaten!«

Sie sahen einander an und zuckten die Achseln. Sie brauchten lange, um den Garten zu durchqueren, und als sie die Ecke erreichten, hämmerten ihre Herzen. Schließlich fanden sie das Abflussrohr, halb unter Laub und hinter den herabhängenden Zweigen eines immergrünen Strauchs verborgen. Jay glitt zuerst hindurch, und Finn folgte, sobald er das Zeichen gab, wobei sie zunächst ihren Umhang ablegte und zusammenfaltete. Sie wollte nicht, dass er schmutzig würde. Anntoin wäre beinahe stecken geblieben, aber als Dillon schob und die anderen zogen, gelangte er schließlich hindurch. Dann kroch Artair hindurch, und Dillon folgte ihm auf den Fersen. Sie grinsten einander freudig an. Sie waren sicher in die Stadt gelangt.

Trotz des Regens waren die Straßen voller Menschen. Es war der Abend des Samhain, und die Stadt feierte. Laternen hingen überall, und die Menschenmengen waren bunt gekleidet und trotzten der Nacht des Todes.

In scharfem Kontrast zu der Fröhlichkeit der Stadtbewohner stand das pure Elend der in den Ecken kauernden Bettler. Einige bettelten um Nahrung oder Geld oder einen Platz, wo sie bleiben konnten, aber die meisten saßen still auf ihren Bündeln, die Hände hilflos im Schoß liegend.

Dillon und Anntoin spähten aus einer dunklen Seitengasse hervor und wechselten dann Blicke. Lucescere war schon immer für seine Bettler bekannt gewesen, aber sie hatten noch niemals so viele gesehen, besonders in den vornehmen Straßen in der Nähe des Palastes nicht. Viele trugen die ordentliche, einfache Kleidung der Handwerker oder Kleinpächter. Sie hatten Kinder, Hirtenstäbe, Bündel mit Handwerkszeug und, widersinnigerweise, silberne Teekannen und Schöpfkellen bei sich.

Die Kinder schlüpften eines nach dem anderen auf die geschäftige Hauptstraße. Sie hatten sich in drei Gruppen aufgeteilt – Anntoin und Artair wie immer zusammen, Dillon erklärte, er könnte am besten allein kundschaften, und Jay und Finn zuckten die Achseln und blieben dann wie angewiesen zusammen. Sie hatten nur wenige Stunden Zeit, um so viele Informationen wie möglich zu sammeln, denn sie mussten vor Mitternacht zurück sein. Vor Mitternacht und dem Tag der Toten.

Iseult schaute vom *Buch der Schatten* auf, das sie beim launischen Feuerschein zu lesen versuchte. »Was ist los, Gitâ?«

Der Donbeag lief vor der Tür hin und her und keckerte beunruhigt. Dann schaute er zu Iseult auf und stieß einen hohen, schrillen, wie gequälten Laut aus. Sie erhob sich. »Bist du verletzt? Was ist los?«

Er stellte sich auf die Hinterbeine, die Vorderpfoten auf der Tür. »Willst du raus? Droht Gefahr?«

Sie öffnete die Tür vorsichtig, ihren *Reil* wurfbereit in der Hand. Der gegenüber sitzende Wächter zuckte hoch und erhob sich mühsam, als er Iseult sah. »Es tut mir Leid, Mylady, ich habe nur …«

»Ihr braucht Euch nicht zu entschuldigen«, sagte Iseult und folgte Gitâ den Gang entlang. Der Donbeag führte sie zu einer schmalen Seitentür, legte seine Pfoten an das Holz und schaute, erneut einen schrillen Laut ausstoßend, zu ihr hoch. Sie öffnete die Tür ganz vorsichtig und in der Erwartung, Wächter herannahen zu sehen. Zu ihrem Entsetzen schoss Gitâ augenblicklich in die stürmische Nacht hinaus. Innerhalb von Sekunden war die kleine Gestalt ihrem Blick entschwunden. Obwohl sie ihn rief, im Geiste und auch laut, kam er nicht zurück.

Dillon bewegte sich mühelos durch das Gewirr von Gassen, während der Welpe mit dem schwarzen Gesicht hinter ihm hersprang. Beide schnupperten schwelgerisch in die Luft und genossen den vertrauten Stadtgeruch. Dillon hätte niemals gedacht, dass er Lucescere so vermissen könnte. Nach mehreren Monaten in den Bergen war es eine Erleichterung, sich mit den Ellbogen seinen Weg durch dichte Menschenmengen zu bahnen und einige Geldbörsen zu stehlen, nur um in Übung zu bleiben. Dillon war in Lucescere geboren. Bis er es verließ, um mit Jorge und Tòmas davonzuziehen, hatte er die ganzen zwölf Jahre seines Lebens auf diesen beengten, schmutzigen Straßen verbracht. Es war gut, wieder zu Hause zu sein.

Bald vermischte sich die Gischt der Wasserfälle mit dem Regen, sodass alle Mauern nass glänzten. Er wurde sich der Kälte bewusst, die durch seine bloßen Füße aufwärts drang. *Du bist verweichlicht,* schalt er sich und beschleunigte seinen Schritt, während er sich die Arme rieb.

Er schlich eine schmale Gasse hinab, wobei er sorgfältig darauf achtete, den Blicken der entlang der Mauern hockenden Menschen nicht zu begegnen. Sie waren schmutzig, vernarbt, pockennarbig und scheel, strotzten vor Dolchen und waren fast so zerlumpt wie Dillon. Dies war das ärmste Viertel der Stadt, die Heimat der Diebe, Halsabschneider und Fluchverbreiter. Hier konnte man für eine Hand voll Pennys eine Entführung oder einen Mord vereinbaren. Dillon empfand diesen Teil seiner Mission selbst nach all den Jahren seines Lebens auf den Straßen noch als Mutprobe.

Gelegentlich sah er Fackeln aufflammen, wenn Nachtschwärmer eine der breiteren Straßen hinabliefen und gegen die Dämonen der Nacht ansangen. In dem übel riechenden Durchgang, in dem er sich nun befand, gab es jedoch kein Licht und keinen Gesang. Er wich dem Griff eines dünnen Mannes mit einer karmesinroten Augenklappe aus, der ihn »mein Hübscher« nannte, und musste ein Stück weiter beiseite springen, um einem Dolchkampf zu entgehen. Er nahm Jed auf die Arme, damit der Welpe nicht getreten würde. Während er die Gasse hinabeilte, hörte er von der Zuschauermenge einen Schrei aufsteigen und sah dann, wie sich das Wasserrinnsal zwischen seinen Füßen rot färbte.

Er tauchte mit pochendem Herzen in einen Bogengang ein und bahnte sich seinen Weg durch ein Gewirr schmutziger Höfe und gewundener Treppen, bis er unter dem Rand des Wasserfalls anlangte. Das Wasser stürzte auf einer Seite weiß und schäumend über scharfe, schwarze Felsen herab. Gebrechliche

Baracken waren in die Seitenwände der Felsen gebaut, die schlammbedeckt waren. Dillon erklomm die Stufen zu einer der Baracken und klopfte an die Tür.

Ein junger Mann öffnete, nur mit einem alten Kilt bekleidet, das schwarze Haar zerzaust. Er gähnte. »Was willst du«, fauchte er, bevor seine trüben Augen den auf der Treppe stehenden Bettlerjungen mit dem struppigen weißen Welpen in den Armen erkannten. »Scruffy!«, rief er und zog ihn über die Schwelle, während er wachsam die Gasse hinauf und hinab blickte. »Was machst du hier? Bestimmt nichts Gutes, wie ich dich kenne! Es ist nicht der richtige Zeitpunkt, allein in der Mördergasse herumzulaufen, überhaupt nicht!«

»Warum?«, fragte Dillon.

Der Mann betrachtete ihn genau, während er sich mit beiden Händen heftig den Kopf rieb, und sagte dann: »Das geht dich nichts an, soweit ich es beurteilen kann.«

»Wie geht es dir?«, fragte Dillon und hockte sich auf einen wackeligen Tisch, während sein alter Freund Culley ein Wollhemd anzog und sich ein Whiskyglas voll goss, das er zuerst mit dem Hemdschoß ausgewischt hatte.

»Geht so«, antwortete Culley. »Ich hab dank dir noch mehr Zeit in den verdammten Kerkern des schrecklichen Barons verbracht, wegen Verrat und Anstiftung zur Rebellion. Ich hatte Glück, dass ich meinen Kopf behalten hab, und viele meiner Gefährten hatten nicht so viel Glück. Du hast ein hübsches Durcheinander zurückgelassen, Scruffy, als du mit diesem Burschen mit den heilenden Händen davongegangen bist.«

»Wirklich? Wir haben von Kämpfen gehört …«

»Ach, ja! Es war großartig. Die Straßen waren rot von ihrem Blut, aber schließlich schlugen sie uns zurück, und wir hatten Mühe, dem Witwenmacher zu entgehen, das kann ich dir versichern.«

»Wie habt ihr das geschafft?«

Culley lachte und tippte sich an die Nase. »Also, was willst du von mir, Junge? Ich weiß, dass du nich' auf meiner Schwelle aufgetaucht bist, nachdem du ein halbes Jahr fort warst, nur um zu hören, wie es mir geht. Was willst du?«

»Muss ich etwas wollen, Culley?«, erwiderte Dillon verletzt.

»Ich bin kein Narr, Scruffy.«

Er lachte. »Ich muss Seine Hoheit, den König der Diebe, sprechen.«

Culley zog eine Augenbraue hoch. »Ich muss schon sagen, du bist ein mutiger Bursche.«

»Es ist sehr wichtig, Culley.«

»Das is' es bei dir immer, Scruffy. Um was geht es?«

Dillon betrachtete ihn nachdenklich und sagte dann jäh: »In Ordnung, ich erzähl es dir, aber du musst mir versprechen, mit niemandem darüber zu reden, bis ich es dir sage, sonst wirst du dich vor mir verantworten müssen.«

»Oh, oh, du drohst mir also? In Ordnung, in Ordnung, sei beruhigt! Ich werd niemandem etwas erzählen, bis du es sagst.«

Dillon erzählte ihm fast alles – nur nicht, wo sich Lachlan MacCuinn und die Blauen Garden verbargen. Das war ein Geheimnis, das besser gewahrt werden sollte, dachte er. Culley stieß ein oder zwei Mal einen überraschten Pfiff aus, wartete ansonsten aber ab, bis Dillon wieder schwieg. Dann sagte er gemächlich: »Das erklärt alles. Seine Hoheit hat während des letzten Monats einige flüchtige Gerüchte zugetragen bekommen, die alle das Gleiche besagten, über Samhain und den geflügelten Burschen, der uns alle retten wird. Uns wurde gesagt, wir sollten die Geschichte verbreiten, weil es hier viele gibt, die noch nichts davon gehört haben, da sie Flüchtlinge vom Land sind.«

»Wieso? Wieso kommen so viele Leute in die Stadt?«, fragte

Dillon. »Wir haben seit über einem Monat keine Nachrichten mehr erhalten.«

Culley lachte schallend. »Nun, mach es dir bequem, mein Junge. Wie viel Zeit hast du?«

Als er endete, war Dillon sehr blass. Glorreiche Soldaten, die in Dùn Gorm herrschten, Fairgean in den Flüssen und Seen, der Rìgh gezwungen, nach Lucescere zu fliehen – kein Wunder, dass der Palast so gut bewacht und hell erleuchtet war! Was würde Lachlan sagen, wenn er erfuhr, dass sich sein Bruder am anderen Ende des Gartens befand?

Culley trank den letzten Schluck Whisky und sagte: »Nun, Seine Hoheit wird an deinen Nachrichten höchst interessiert sein. Er musste in letzter Zeit häufig weichen, weil die Liga gegen Hexen die Häuser durchsucht und alle verschleppt hat, von denen sie glaubte, dass sie Mitglieder der Gilde wären. Wir hatten hier wirklich sechs harte Monate.«

Er führte Dillon durch die Stadt zurück ins blühende Händlerviertel. Hier waren die Straßen breit und sauber, und Laternen brannten alle paar Schritte, deren Licht vom beständig fallenden Regen getrübt wurde. Nachtschwärmer sangen und tanzten durch die Straßen.

»Ich hatte nicht erwartet, die Samhain-Feierlichkeiten zu sehen«, keuchte Dillon.

»Die Liga gegen Hexen ließ sie verbieten, aber der Rìgh sagte, die Menschen brauchten etwas, das ihnen Mut macht, und dass er dieses Leben lieber von Feuern und Gesang umgeben als in Düsterkeit und Angst verlassen würde.«

Dillons Herz hämmerte. »Der Rìgh stirbt?«

»Wie kannst du das nich' wissen? Wir haben diese Woche jeden Tag den Atem angehalten, und es heißt, nur das Können seiner Heilerin erhielte ihn am Leben.«

»Wir haben nichts davon gehört.«

»Es heißt, das Entsetzen über den Angriff und die Erschütterungen bei ihrem Rückzug durch die Berge … und dass die Banrìgh unterwegs ihr Kind geboren hat und das alles …«

Dillon stieß erneut einen überraschten Laut aus und hielt in seinem raschen Lauf inne, um Culley anzustarren. Der Rebell nahm seinen Arm und führte ihn weiter, während er sagte: »Ich kann dir auf der Straße nich' alle Neuigkeiten erzählen! Sei still, dann bring ich dich zum Unterschlupf.«

Sie kamen zu einem kunstvoll gearbeiteten Tor und schlüpften hindurch, nachdem sie den in den Schatten stehenden Wachen ein Losungswort genannt hatten. Dann gingen sie eine kurze Zufahrt hinauf, die von dichtem Strauchwerk eingefasst und von winterkahlen Bäumen gesäumt war. Vor ihnen lag ein prächtiges Haus, dessen Dach steil über dem Gewirr von Zweigen aufragte, viele Fenster waren von goldenem Licht erhellt. Dillon zog an dem zerrissenen Saum seines Hemdes und rief Jed mit zitternder Stimme zu sich. Große Häuser machten ihn nervös.

Sie wurden von einem Mann eingelassen, der sich weich und lautlos bewegte, was Dillon noch mehr Unbehagen bereitete. Ein Dienstmädchen führte sie in ein längliches Wohnzimmer hinauf, das auf den Garten hinausging. Regen schlug gegen die Fenster, und Dillon war sehr froh, schließlich dampfend und sein Hemd ausschüttelnd vor dem Feuer zu stehen. Er sah sich vorsichtig um, bemerkte die goldgerahmten Bilder, die Kissen und Messingkrüge, den dicken Teppich, die Samtchaiselongue und die dick gepolsterten Sessel.

Es waren viele Leute im Raum, die Dillon überwiegend ignorierten. Er erkannte den König der Diebe, einen alten Mann mit dünnem Bart und intelligenten schwarzen Augen, in deren Tiefen Unheil lauerte. Neben ihm war seine Tochter, eine dünne Frau mit einer wirren Masse dunklen Haars. Sie trug eine Machete im Gürtel, und Dillon wusste, dass sie irgendwo unter ihren Röcken einen Dolch verborgen hatte.

Unter diesen grob gekleideten Menschen mit lauten Stimmen befanden sich auch mehrere Männer mit kunstvoll verzierten Samtwämsern und bestickten Kniehosen. Einer von ihnen, ein Mann mit einem grauen Spitzbart, war offensichtlich der Hausherr, denn er wies das Dienstmädchen an, mehr Ale und etwas zu essen zu bringen. Neben ihm saß eine alte Frau, die adrett in Grau gekleidet war. Sie hatte sehr strahlende, schwarze Augen, die Dillon direkt zu durchdringen schienen, und graues Haar mit einer weißen Strähne. Sie schwieg, lauschte aber aufmerksam allem, was gesagt wurde, und beobachtete genau jedermanns Mienen und Körpersprache.

Der König der Diebe lachte schallend. »Wenn das nicht mein alter Freund Dillon der Kühne ist!«, sagte er. »Irgendwie dacht ich mir schon, dass wir dich nich' das letzte Mal gesehen hätten, Junge! Komm, setz dich zu mir und berichte mir deine Neuigkeiten!«

Widerwillig verließ Dillon die Wärme des Feuers und setzte sich auf einen Hocker zu Füßen des alten Mannes. Er erzählte ihm umsichtig, was er auch Culley erzählt hatte, sich wohl der Tatsache bewusst, dass die alte Frau jedem Wort lauschte. Auch ein großer Mann mit rotem Bart und kastanienbraunen Locken hörte genau zu. Obwohl er in seinem Sessel zurückgelehnt saß und die abgenutzten Stiefel auf den Tisch gelegt hatte, während er den Whisky in seinem Glas schwenkte, war sein Blick sehr wachsam.

Die alte Frau sprach nur einmal, fragte nach der Gesundheit Jorges, Lachlans und Iseults. Dillon, der sich fragte, wer sie wohl war, dass sie sie beim Namen kannte, erzählte ihr mit großen Augen, dass alles in Ordnung sei. Daraufhin entspannte sich ihr runzeliges Gesicht ein wenig.

Dillon atmete tief ein und fragte so höflich wie möglich, ob die Gilde der Diebe die Rebellen noch immer unterstütze und ob sie bereit wäre, ihnen zu helfen, falls es während der nächsten Woche nötig würde.

Der alte Mann lachte erneut, bis ihm die Tränen kamen, und musste einen Schluck Whisky trinken, bevor er wieder zu Atem kam. Er wischte sich schnaufend mit dem Bart über die Wangen und sagte dann: »Eà liebt dich, Junge. Du befindest dich hier im Hauptquartier der Rebellen. Natürlich sind wir auf eurer Seite! Wir haben uns verzweifelt gefragt, ob dieser geflügelte Bursche sein Gesicht zeigen würde, wie uns gesagt wurde. Die Stadt platzt vor Menschen aus den Nähten – der MacCuinn sagte, niemand dürfe abgewiesen werden. Daher kamen Rebell und Flüchtling gemeinsam herein, und wer weiß schon, wer wer ist?«

Dillon bat um genauere Informationen über Anzahl und Positionen, die er auch erhielt. Dann diskutierten sie darüber, wie die Rebellen informiert werden sollten, dass die Zeit zum Aufstand gekommen wäre.

Die alte Frau beugte sich vor. »Sag Lachlan, er soll die Turmglocke läuten. Sie kann in der ganzen Stadt gehört werden. Er muss nur die Glocke läuten, und die Stadt wird sich erheben.«

Dillon nickte, und er hatte Mühe, unter ihrem Blick nicht nervös zu werden. Sie besaß ein schmales, autokratisches Gesicht mit hohem Nasenrücken, der ihn an jemanden erinnerte. Während er herauszufinden versuchte, an wen, kehrte das Dienstmädchen mit einem Tablett mit Essen zurück. Er bekam eine Schale Suppe und etwas Weißbrot, das anders war als alles, was er bisher gekostet hatte. Während er es hinunterschlang, erzählte ihm die alte Frau noch weitere Neuigkeiten, die Culley nicht erwähnt hatte. Während Dillon zuhörte, wurden seine Augen immer runder. Lachlan würde dies alles überhaupt nicht gefallen!

Plötzlich erklang ein schwirrendes Geräusch, und dann läuteten Glocken. Dillon sah sich überrascht um und erkannte, dass der Klang von einem kunstvoll geschnitzten Kasten an der Wand kam. »Es ist elf Uhr, Junge«, sagte die alte Frau. »Solltest du nicht zu deinen Freunden zurückkehren? Es ist Samhain, weißt du.«

Dillon erhob sich. »Ich hab die Klapperwache nicht gehört«, sagte er mit großer Neugier in der Stimme.

»Nein, aber du hast doch die Uhr gehört?«

Dillon wusste nichts von Uhren, und die alte Frau machte ihm die Freude, den Kasten zu öffnen, sodass er die kleinen Räder betrachten konnte, die sich darin drehten und klapperten. Sie drückte seine Schulter. »Sei tapfer, mein Junge, alles wird gut werden.«

Dillon lief durch die verregnete Dunkelheit zurück, als er jäh stehen blieb. Ihm war gerade eingefallen, an wen ihn die alte Frau mit dem hohen Nasenrücken und der weißen Strähne im Haar erinnerte – an Lachlan.

»Woher hast du den Tabak?«, fragte Jay neugierig.

Finn warf ihm aus ihren strahlenden, blaugrünen Augen einen bösen Blick zu. Während sie genussvoll rauchte, sagte sie um den Pfeifenstiel herum: »Ich hab ihn natürlich geklaut. Ich hab mich so nach etwas zu rauchen gesehnt! Das is' einer der Vorteile der Rückkehr in die Zivilisation. Da is' ein Gasthaus – holen wir uns etwas Ale.«

Das Gasthaus war mit Laternen aus Rüben geschmückt, die man ausgehöhlt und mit Furcht erregenden Gesichtern versehen hatte, durch die Kerzenlicht schimmerte. Es war voller Menschen, die dem Regen entflohen waren, und stank nach nassen, ungewaschenen Haaren und Bier. Eine Truppe Spielleute spielte auf, und Jays Gesicht erhellte sich. Er begrüßte den Gitarrespieler, der die Begrüßung herzlich erwiderte.

»Wenn das nicht der Fiedler persönlich ist! Wir haben dich beim Jahrmarkt am Johannistag vermisst. Komm, schnapp dir einen Bogen.«

Finn glitt in eine Nische und ließ die sich windende Katze aus ihrer Jacke. Sie bestellte mit erhobenem Finger Bier und lehnte sich dann glücklich seufzend zurück. Es war lange her, seit sie Jay spielen gehört hatte. Er nahm die Violine hoch und ließ den Bogen schwungvoll über die Saiten gleiten.

Während Jay seine Magie wirken ließ, zog Finn an ihrer Pfeife und lauschte der Unterhaltung der beiden Männer hinter ihr, deren Zungen lockerer wurden, während sich das Ale in ihren Krügen leerte. Sie waren Aalfischer, die mit den restlichen Bewohnern ihres Dorfes geflohen waren, als die ersten Fairgean im Rhyllster gesichtet wurden. Anders als die meisten anderen Flüchtlinge, hatten sie das Glück gehabt, Arbeit zu finden. Sie reinigten den Fischteich des Palastes und besetzten ihn neu. Die Aalfischer glaubten, wirklich gesegnet zu sein, da sich ihr Los im Leben so verbessert hatte.

Als Jay eine weitere schwungvolle Melodie zu Ende brachte, erklang verstreut Applaus, und einige wenige Münzen wurden ihm zugeworfen. Jay runzelte die Stirn und sammelte sie auf. »Kein gutes Publikum heute Abend«, sagte er zu Finn, als er neben ihr auf die Bank glitt.

»Nein, die Stimmung ist nicht gut«, stimmte sie ihm zu. Die Aalfischer hinter ihnen schienen als Einzige heiter gestimmt. Alle anderen beklagten das Wetter, die Situation des Landes und ihre düstere Zukunft. Finn hatte in ihrer dunklen Ecke viele tragische Geschichten gehört.

Sie bemühte sich weiterhin, die verschwommenen Worte hinter sich zu hören, als am Eingang Aufruhr entstand. Sie schaute auf, und ihr Blut verwandelte sich augenblicklich in Eiswasser. Sechs Rotgardisten drängten zur Tür herein, mit harten und misstrauischen Mienen, die Lanzen bereit gehalten. Bei ihnen war ein Sucher, hager und hohlwangig, von dessen Kinn bis zur Taille viele kleine Knöpfe verliefen. Finn erkannte ihn. Es war der Sucher Renshaw, der Glyneldas rechte Hand gewesen war. Ein angstvolles Stöhnen löste sich ungewollt von ihren Lippen. Jay wandte sich überrascht zu ihr um, und sie deutete mit starrem Finger zur Tür.

»Der Sucher kennt mich«, flüsterte sie. »Ich muss hier raus.«

Jay war ein wenig verwirrt. Er und die anderen Jungen hatten oft gedacht, Finn übertreibe ihre vermutliche Bedeutung für die Liga gegen Hexen, um sich wichtig zu machen. Aber es war nicht zu leugnen, dass ihre Wangen nun aschfahl waren und ihre Finger zitterten.

»Sitz still«, flüsterte er. »Dein Haar ist jetzt hell, sodass er dich wahrscheinlich nicht erkennen wird.«

Finn nickte. Im Schutz des Tisches ließ sie die Elfenkatze zu Boden gleiten. *Geh, Goblin, versteck dich.* Sie spürte, wie das Kätzchen seinen Kopf an ihrem nackten Knöchel rieb und dann davonschlich und in den Schatten unsichtbar blieb.

Alle Gäste des Gasthauses wirkten entschieden nervös, und viele lehnten sich in die Schatten zurück. Der Wirt wurde aus der Küche gezerrt, das Gesicht ebenso weiß wie das seine Hände bedeckende Mehl. »Ich bin ein treuer Untertan des Rìgh«, protestierte er. »Ihr könnt doch nicht glauben, dass ich etwas mit diesen schrecklichen Rebellen zu tun hab!«

Der Sucher faltete die Hände und sah ihn mit dem Gänsehaut verursachenden Blick der Liga gegen Hexen an. Der Wirt duckte sich an die Wand. Finns Hände schwitzten, obwohl ihr Körper von Eis überzogen schien.

»Jay«, flüsterte sie, »wenn sie mich erwischen, kennst du mich nicht. Verstanden? Tu so, als wärst du betrunken oder dumm, egal was. Lass dich nur nich' auch von ihnen erwischen.«

»Sie werden dich nich' schnappen, Dummkopf«, flüsterte Jay zurück, aber sie sah ihn mit großen, kläglichen Augen an, bis er es versprach.

Mit triumphierendem Geschrei kamen zwei Rotgardisten mit Armen voller Schwerter zurück, die sie in Heringfässern versteckt gefunden hatten. Der Wirt sank auf die Knie und beteuerte seine Unschuld.

Finn schrak in ihrer Ecke zurück und versuchte vorzugeben, sie sei eine betrunkene Torin, die Augen geschlossen, der Mund offen stehend. Hätte sie nicht solche Angst gehabt, hätte sie einen dünnen Speichelfaden herabtropfen lassen, aber ihr Mund war trocken und ihr Puls raste so schnell, dass sie der Täuschung nicht die übliche Sorgfalt widmen konnte.

Die Gäste wurden durchsucht und befragt, leugneten aber alle, etwas über die Rebellion zu wissen. Der Sucher stand ruhig da und ließ den Blick prüfend über die Menge gleiten. Er beobachtete, wie Jay von seinem Platz gezerrt wurde. Der Junge umklammerte die Violine und murmelte, er sei »nur ein armer Fiedler, der für eine Mahlzeit spielt«.

»Und wer ist das?«, fragte der Soldat, ergriff Finn am Hemd und zog sie auf der Bank nach vorn. »Nur ein Bettlermädchen«, erwiderte Jay, während Finn vornübersank, sodass die hellen Locken über ihr Gesicht fielen.

»Ein bisschen jung, um betrunken zu sein, oder?«

Jay improvisierte rasch. »Ihr Bruder wurde von einem der üblen Fairgean ertränkt«, sagte er. »Sie ist ziemlich betrübt darüber.«

»Sie kann nicht älter als zwölf sein, zu jung, um ihren Kummer in einem Krug zu ertränken«, sagte er rau, während er Finns Gesicht anhob.

Jay nickte und der Soldat ließ Finn wieder los, sodass ihr Kopf geräuschvoll gegen die Holzabtrennung fiel. Er trat fort, und

Jay schlüpfte rasch wieder vor Finn auf die Bank, um sie vor den Augen des Suchers zu verbergen. Aber es war zu spät. Er war bei einem flüchtigen Blick auf das Gesicht des Mädchens aufmerksam geworden und kam nun heran. Seine karmesinroten Gewänder hinterließen eine Spur auf dem mit Stroh ausgelegten Boden des Gasthauses. Er trat direkt zu ihrer Nische, und Jay hielt trotz des Entsetzens stand, das die kalten Augen des Mannes in ihm bewirkten.

»Du kennst dieses Mädchen?«, fragte der Sucher.

Jay erinnerte sich seines Versprechens und schüttelte den Kopf. »Nicht wirklich. Sie fror und hat geweint, und ich hatte Mitleid mit ihr, sodass ich sie mitgenommen habe.« Er lachte gleichgültig und wünschte, er hätte Finns *Talent* zu täuschen. »Ich wünschte jetzt, ich hätt es nicht getan – sie hat alles vertrunken, was ich heute Abend verdient hab, und jetzt muss ich ihr auch noch irgendwo einen Schlafplatz suchen.«

Der Sucher strich den Wust heller Locken zurück und blickte in Finns Gesicht hinab. Er ließ eine Hand in ihr Oberteil gleiten und zog das Medaillon hervor, das sie stets dort trug. Ein schwaches Lächeln verzog seine dünnen Lippen, als er an dem Band zog, sodass es riss und das Medaillon in seine Hand fiel. »Ich werd dir den Ärger abnehmen, Fiedler. Ich kenne dieses Mädchen. Wir werden sie mitnehmen.«

Jay schüttelte ungewollt den Kopf und sah, wie sich der Mund des Suchers verhärtete. »Ich hab versprochen, mich um sie zu kümmern«, erklärte er lahm.

Der Sucher lächelte spöttisch. »Die Liga gegen Hexen hat dich deiner Verantwortung soeben enthoben, Junge.«

Er gab einem der Soldaten ein Zeichen, der Finns schlaffen Körper hochhob und sich über die Schulter warf. »Verhaftet den Wirt und bringt ihn zusammen mit seinen Dienstboten zur Vernehmung in die Kerker. Das Kind werd ich selbst befragen.«

Zu Jays Entsetzen marschierten die Rotgardisten hinaus und nahmen Finn mit sich. Ihr helles Haar schwang hin und her, während sie getragen wurde, ihr Kopf hing nur wenige Fuß über dem Boden. Sie wirkte sehr klein und hilflos, und Jays Kehle verengte sich vor Gemütsbewegung. Er würde sie retten müssen. Aber wie?

Anghus MacRuraich erwachte ruckartig aus unruhigem Schlaf. Er hatte den Abend damit verbracht, den edlen Whisky seines Gastgebers zu kosten und den Diskussionen der Rebellenführer zu lauschen. Es hatte ihn erstaunt, wie gut organisiert die Rebellen waren und wie viele Mitglieder der Adels- und Händlerklasse sie für ihre Sache gewonnen hatten. Der Whisky seines Gastgebers war von so guter Qualität, dass Anghus von seinem Diener zu Bett gebracht werden musste und dann im Handumdrehen eingeschlafen war.

Es war eine eilige und anstrengende Reise von den Bergen zur Stadt gewesen, auf der Spur Cathmos des Gewandten und der Rebellen. Nachdem Tabithas im Muileach verschwunden war, war ihm als einzige Hoffnung geblieben, dass die Rebellen ihn zu Lachlan und somit zu seiner Tochter führen würden. Er war sich jetzt sicher, dass Fionnghal bei dem geflügelten Prionnsa war und dass die Schwindel erregende Verwirrung, die ihn bei ihrem Anblick befallen hatte, von einem Umkehrzauber auf ihrem Medaillon bewirkt wurde, genau wie Meghan vermutet hatte.

Er hatte Cathmor mühelos gefunden und sich der Rebellion verschworen. »Ich bin schon zu weit gegangen, um jetzt noch umzukehren«, hatte er gesagt. »Wie ich höre, liegt der MacCuinn im Sterben. Ich könnte es nicht ertragen, wenn die Banrìgh regierte, wohl wissend, was sie getan hat, und daher unterstütze ich den Bruder des Rìgh, den jungen Lachlan. Im Moment kann ich nur mein Schwert und die Schwerter meiner Männer anbieten, aber ich sage für die Zukunft auch die Unterstützung durch mein Volk zu.«

Als Prionnsa von Rurach und Siantan war Anghus von Cathmor dem Gewandten bereitwillig aufgenommen und in einem Unterschlupf in Ban-Bharrach Cliffs, einem der reichsten Vororte der Stadt, untergebracht worden. Den größten Schock hatte er erlitten, als er am ersten Abend ins Wohnzimmer gegangen und Meghan von den Tieren strickend am Feuer vorgefunden hatte. Als er sie das letzte Mal gesehen hatte, war sie gefesselt und in Ketten gelegt gewesen, eine Gefangene der Liga gegen Hexen. Er hatte unterwegs nicht viel Neues gehört und so nichts von ihrer Flucht gewusst. Sie hatte ihn angelächelt und auf den Platz neben sich gewiesen. In einem Ansturm von Freude und Erleichterung war er zusammengebrochen und hatte geweint. Sein Verrat ihrer Freundschaft hatte während der vergangenen Monate schwer auf ihm gelastet. Sie wollte ihm nicht erzählen, wie sie entkommen war, verzog nur den Mund und sagte: »Lucescere hat viele Geheimnisse.«

Er hatte ihr von seiner Entscheidung berichtet, Fionnghal zu suchen, und davon, was daraus entstanden war, einschließlich des Verschwindens der Wölfin. Meghan hatte sich bekümmert gezeigt und hoffte, Tabithas könnte die rauen Wasser des Muileach überlebt haben. »Wenn dem so ist, wird der Fluss sie hierher führen, Anghus, dessen könnt Ihr sicher sein.«

Dann hatte Anghus sie um Neuigkeiten über seine Tochter gebeten, aber Meghan wusste nichts. Lucescere war ein Pfuhl von Suchern und Hexenschnüfflern, von denen viele selbst hellseherische Kräfte besaßen. Sie hatte nicht gewagt kristallzusehen, denn ihre Entdeckung würde die Rebellion zerschlagen und ihre Gastgeber verraten, die viel riskiert hatten, um sie zu verstecken.

Das Wissen, dass seine Tochter nahe war, hatte Anghus geweckt. Er konnte Fionnghal so laut wie eine Fanfare und so hell wie ein Freudenfeuer spüren. Sie war so nahe, dass seine Haut kribbelte. Er war im Handumdrehen auf den Beinen und rief nach Donald. Kurz darauf lief er in den Regen hinaus, Casey Falkenauge und der Diener hinter ihm.

»Hier entlang!«, rief Anghus, der sein Blut rasch und schwer in den Schläfen pochen spürte. »Sie ist in dieser Richtung! Schnell!«

Vor sich konnten sie die Palasttore sehen. Eine Truppe Rotgardisten versammelte sich gerade davor, von denen einer eine kleine Gestalt über der Schulter trug, deren üppiges helles Haar herabhing. Anghus zog sein Schwert, bereit, die Rotgardisten hier und jetzt zu bekämpfen, aber Casey zog ihn zurück. Wütend vor Enttäuschung beobachtete Anghus, wie die Tore aufschwangen und die Truppe hindurchmarschierte, ein großer, karmesinrot gekleideter Sucher an deren Spitze. Die Tore schlossen sich hinter ihnen wieder.

Anghus fluchte und schlug mit der Faust gegen die Mauer. Wenn sie nur schneller gewesen wären! Sie hätten die Truppe auf den Straßen überraschen und ihnen Fionnghal entreißen können.

»Ihr wärt wahrscheinlich getötet worden und das Mädchen mit Euch«, sagte Casey tröstend.

»Wir müssen den Palast stürmen, sie retten!«

»Es ist zu früh – wir werden alle Pläne der Rebellen zunichte machen«, wandte Casey ein. »Sie sind noch nicht bereit. Sie warten auf die Nacht des Samhain.«

»Warum?«, zürnte Anghus. »Hat es irgendeinen Sinn zu warten? Die Männer sind hier, sie haben Waffen – warum warten sie noch? Ich kann nicht warten! Ich will meine Tochter!«

»Wenn Ihr ihr folgen könnt, wenn Ihr herausfinden könnt,

wo sie gefangen gehalten wird, ist Heimlichkeit vielleicht ohnehin besser«, sagte Casey.

Anghus wandte sich mit dankbarem Aufschrei zu ihm um. »Ja! Wir werden uns hineinschleichen und sie herausholen. Meine arme Fionnghal, in den Händen der Liga gegen Hexen. Ich kann es nicht ertragen.«

Donald sagte: »Mein Laird, ich halt es für keine gute Idee, Euer Leben und das Eurer Tochter auf diese Art zu riskieren. Die Liga gegen Hexen hat sie fünf Jahre lang gehabt – was macht da schon eine weitere Nacht aus?«

»Keine Nacht mehr, keine Stunde mehr!«, schwor Anghus. »Donald! Casey! Seid ihr dabei? Ihr könnt auch zum Unterschlupf zurückkehren, wenn ihr wollt, ehrenhaft. Aber entweder finde ich meine Tochter jetzt oder sterbe bei dem Versuch!«

»Ich bin dabei, mein Laird, wo auch immer Ihr hingeht. Das wisst Ihr«, sagte Donald. »Aber ich denke, wir sollten uns erst Hilfe holen. Wir kennen die Anordnung des Palastes nicht und wissen nicht, wie er bewacht wird. Und es ist höchste Zeit. Bald wird für Samhain alles fest verschlossen sein. Wir dürfen es nicht riskieren, an diesem Abend ausgesperrt zu werden, mein Laird.«

Der Glanz in Anghus' Augen schwand teilweise. Er nickte. »Gut, aber wir sollten uns beeilen. Ich will Fionnghal nicht wieder verlieren.«

Dillon kauerte in der kleinen, dunklen Gasse und hielt besorgt Ausschau nach seinen Freunden. Der verabredete Zeitpunkt war bereits vorüber, und es war kein Zeichen von ihnen zu sehen. Jed winselte und drängte sich an ihn, und er zog den Welpen auf seinen Schoß und umarmte ihn fest.

In dem Moment drangen zwei kleine Gestalten aus dem Nebel und Regen, und Dillon erkannte erleichtert Anntoin und Artair. Sie kauerten sich zu ihm hinter die großen Fässer und berichteten im Flüsterton, was sie herausgefunden hatten. Sie hatten Cathmor den Gewandten getroffen, dem es gelungen war, seine fünfhundert Mann in die Stadt zu bringen, indem er sie als Flüchtlinge verkleidete. Zusammen mit den Mitgliedern des Untergrunds, die bereits in Lucescere aktiv waren, warteten jetzt mehrere Tausend Männer und Frauen auf das Zeichen, die Roten Garden anzugreifen.

Ihre Hinterteile erstarrten allmählich auf den kalten Steinen, und Dillon regte sich ruhelos. »Was ist mit Finn und Jay? Wo können sie sein? Wenn sie nicht bald kommen, werden wir ohne sie zurückgehen müssen.«

Sie hörten jemanden laufen, und dann jagte Jay in die Seitengasse, ohne auch nur im Geringsten darauf zu achten, ob er beobachtet wurde. Bevor Dillon ihn rügen konnte, platzte er mit verzerrtem und bleichem Gesicht heraus: »Finn! Die Liga gegen Hexen hat Finn! Sie hatte Recht – sie kennen sie, und sie haben sie mitgenommen.«

»Verflucht!«, rief Dillon. »Was haben sie mit ihr vor?«

Jay zuckte die Achseln und räusperte sich. Seine Stimme brach, als er sagte: »Der Sucher wusste von ihrem Medaillon – er betrachtete es, lächelte dünn und sagte, er kenne dieses Mädchen und würde es mitnehmen.«

»Wohin haben sie sie gebracht?«

»In den Palast. Ich bin ihnen gefolgt, bis ich dessen sicher war, und lief dann so schnell wie möglich hierher. Wir müssen sie retten.«

Dillon erhob sich mühsam und schob den Welpen von seinem Schoß. »Dann kommt. Lasst uns gehen. Wir haben Neuigkeiten zu berichten, und Lachlan wird erfahren müssen, dass einer von uns in den Händen der Liga gegen Hexen ist. Vielleicht müssen wir unsere Pläne ändern.«

»Finn wird uns nicht verraten«, rief Jay.

Dillon sah ihn ernst an. »Nicht einmal, wenn sie sie foltern?«

Jay schwieg, sein Gesicht bleich und elend.

Isabeau war in ihrem Sessel beim Feuer halbwegs eingeschlafen, während sie auf den gegen die Fenster prasselnden Regen lauschte und froh war, dass sie drinnen war. Nachdem sie monatelang durchs Land gezogen waren, hatte sie jeglichen Idealismus hinsichtlich derlei Abenteuer verloren, wohl wissend, dass es auf der Straße keinen Schutz vor Kälte und Nässe gab.

Isabeau war sehr müde. Sie hatte sich den ganzen langen Tag um den Rìgh gekümmert und den Abend über um sein Leben gekämpft. Mit jeder vergehenden Stunde kam er dem Tode näher. Vor ungefähr zehn Minuten hatte die Banrìgh die Ratsversammlung des Rìgh einberufen. Sogar ihr war klar, dass ihr Mann nur noch wenige Stunden zu leben hatte. Sie wollte, dass er Bronwen zu seiner Erbin und Maya zur Regentin erklärte, und die Dokumente rechtmäßig bestätigt und unterzeichnet wissen. Isabeau wurde für solch offizielle Angelegenheiten natürlich nicht benötigt, und ihr wurde freundlich, aber bestimmt befohlen, sich etwas auszuruhen.

Sie hatte diesen Befehl nur allzu gern befolgt. Maya hatte sich für die Gelegenheit in karmesinroten Samt gekleidet, und Isabeau fand den Anblick fast unerträglich. Die Banrìgh sah in dem eng anliegenden Gewand wunderschön aus, dessen üppige Farbe die elfenbeinfarbene Blässe ihrer Haut und den blauschwarzen Schimmer ihres seidigen Haars betonte. Aber ihre Schönheit bedeutete Isabeau nichts. Für sie beinhaltete diese Farbe nur Blut, Entsetzen und quälende Schmerzen. Das Gewand der Banrìgh diente als Vorlage für die Gewänder der Sucher, mit vierundzwanzig Samtknöpfen bis zum Hals geschlossen, was Isabeau mit Macht an Mayas Position als oberste Anführerin der Liga gegen Hexen erinnerte. Sie war froh gewesen, Bronwen nehmen und sich im Kinderzimmer verbergen zu können, da ihre abgetrennten Finger in erinnertem Schmerz pochten.

Etwas klopfte ans Fenster und weckte sie jäh. Sie stand auf und trat zur Fensterlaibung, hinter schweren Brokatvorhängen in Silber, Blau und Gold verborgen. Draußen war es dunkel. Sie konnte die windgeschüttelten Bäume und die über die Monde rasenden Wolken sehen. Auf dem Fenstersims hockte eine kleine dunkle Gestalt. Sie beugte sich herab, sodass ihre Nase fast ans Glas gepresst wurde, und sah zwei helle Augen und einen durchnässten Schwanz.

»Gitâ!« Sie öffnete hastig das Fenster. »Gitâ, was tust du hier?« Sie erinnerte sich sofort daran, dass Meghan gesagt hatte, sie würde jemanden zu ihr schicken, und lächelte. Sie öffnete das Fenster weit, und der Wind fegte in den Raum, sodass sich der Vorhang hinter ihr bauschte. Sie nahm den nassen, zitternden Donbeag in die Arme, und er schmiegte sich an ihren Hals. Tränen brannten in ihren Augen. Gitâ fragte: *Traurig?*

Sie schloss das Fenster wieder und ging zu ihrem Sessel zurück. *Nein, glücklich.*

Meine Hexe sagt, du bist traurig und einsam.

Das war ich, aber, oh, Gitâ, ich bin so froh, dich zu sehen. Wo warst du?

Bei deinem Spiegelgesicht.

Meinem Spiegelgesicht?

Drachenschwester.

Drachenschwester?

Der Donbeag stellte sich auf die Hinterpfoten und tätschelte mit den Pfoten ihr Gesicht. *Drachenschwester. Aus einem Leib geboren.*

Isabeau war so verblüfft, dass sie kein Wort hervorbrachte. Sie glaubte einen Moment, das kleine Wesen missverstanden zu haben, aber er legte die Pfoten zusammen und nickte, was die Donbeaggeste für »die Wahrheit sagen« war.

Du warst bei meinem Zwilling? Ich hab eine Zwillingsschwester?

Er keckerte zustimmend und sandte Isabeau das Bild eines Säbelzahnpanthers.

Sie ist ein Säbelzahnpanther? Isabeau war verwirrter denn je.

Er krallte sich in ihr Oberteil, damit er auf ihre Schulter klettern konnte, und tätschelte tröstend ihr Ohrläppchen. *Wildes Mädchen. Wild wie ein Säbelzahnpanther.*

Sie spürte Aufregung aufkommen. Eine Zwillingsschwester? *Wo? Wie?*

Drachen.

»Drachen!«, rief sie laut, und das Baby in der Wiege wimmerte.

Drachen, wiederholte der Donbeag. Er glitt wieder auf ihren Schoß und rollte sich zu einer Kugel zusammen, um sein regennasses Fell zu pflegen.

Wo ist sie?

In der Nähe.

Isabeau verschränkte ihre Finger. Eine Zwillingsschwester! Kein Wunder, dass sie sich immer so allein gefühlt hatte, als fehle ihr eine Hälfte. Träume von schwesterlicher Liebe keimten in ihrem Geist auf. *Wie ist sie?*

Wie ein Säbelzahnpanther.

Isabeau runzelte die Stirn. Säbelzahnpanther und Drachen klangen überhaupt nicht viel versprechend. *Wo ist sie? Ist sie bei Meghan?* Plötzlich kam unerwartete Eifersucht auf.

Nein, meine Hexe ist fort.

Du kommst nicht von Meghan?

Meine Vertraute sagt mir, dass du traurig und einsam bist, also komme ich und sehe nach dir, ich mit Spiegelgesicht.

Wo ist Meghan?

Meine Hexe ist nicht weit.

Kannst du es mir sagen, Gitâ? Ich habe sie so sehr vermisst, und ich weiß nicht, was sie von mir zu tun erwartet.

Vertraute wartet, dass sich Monde kreuzen.

Isabeau gab es auf. Die Tatsache, dass Gitâ hier war, bedeutete, dass Meghan nicht allzu weit entfernt sein konnte.

Bleibst du bei mir, Gitâ?

Bleibe, bis Vertraute mich ruft. Passe auf dich auf, behüte dich vor Schaden.

Isabeau lächelte nicht. Stattdessen seufzte sie dankbar und drückte den Donbeag an sich. Er leckte ihr mit seiner warmen Zunge die Hand und sagte: *Schlaf. Ich werde dich beschützen.* Und das tat sie.

Es war ein nervenaufreibender Weg zurück zum zerstörten Turm. Als sie durch den Garten schlichen, hatte der Regen aufgehört. Es musste bedenklich nahe an Mitternacht sein.

Dillon lief zuerst zur Turmtür. Als Jay dann hereinplatzte, hatten Iseult und Lachlan bereits alle Neuigkeiten erfahren. Der Prionnsa lief hin und her, seine Schwingen aufgerichtet und leicht gespreizt, die Hände zu Fäusten geballt. Seine Augen schimmerten vor Tränen. »Es kann nicht wahr sein. Jaspar kann nicht im Sterben liegen!«

»Aber Lachlan, wir haben schon seit Monaten davon gehört, wie krank er sei. Du musst doch gewusst haben, dass er sterben würde! Alle unsere Pläne beruhen auf der Tatsache, dass er sterben wird!«

»Das stimmt nicht!«, rief Lachlan. »Ich hatte immer gehofft, dass wir ihn retten könnten. Meghan hätte gewusst, was zu tun war. Ich dachte, wenn ich erst den Leitstern hätte und Jaspar beweisen könnte, wer ich bin … wenn er erst erkannt hätte, wie viel Schaden Maya angerichtet hat …« Er stützte die Arme auf den Kaminsims und weinte tief und hart schluchzend.

Iseult ging zu ihm, aber er wehrte sie ab, kämpfte um Selbstkontrolle. Duncan sprach leise mit den anderen Blaugardisten im Raum und schickte sie auf Patrouille. Als sie fort waren, lehnte er sich mit den Schultern an die Wand, die Hände auf dem Dolchheft.

Lachlan atmete tief ein und hob den Kopf. »Es ist zu früh! Ich hab noch nicht mit ihm gesprochen, ihm alles erklärt. Er kennt die Wahrheit nicht.«

»Aber Lachlan …«

Er fuhr fort, ohne auf sie oder die Kinder mit den großen Augen zu achten. »Er wird in dem Glauben sterben, Maya sei die Banrìgh seiner Träume, ohne zu wissen, wie sie getötet und gefoltert und verhext hat …« Seine Stimme brach.

Jorge sagte ruhig: »Es ist unwichtig, Lachlan. Er wird glücklich sterben.«

»Nein! Nein, versteht Ihr denn nicht?«

»Ich verstehe, dass es an der Zeit ist, dass Gearradh in dieses Gewebe eingreift. Es steht uns nicht zu, zu bestimmen, wann ein Mensch sterben muss, Lachlan. Das steht nur der Fadenschneiderin zu.«

»Jorge, könnt Ihr nicht erkennen, dass so alles falsch verläuft? Meghan sagte, wir müssten bis Samhain warten, um den Leitstern zurückzuerlangen, dass sein Gesang erstürbe und wir ihn zu seiner Geburtsstunde in Wasser eintauchen müssten, um ihn zu retten. Also hab ich damit gewartet, dieser Fluchhexe gegenüberzutreten, und ich hab damit gewartet, mit Jaspar zu sprechen und ihm alles zu erklären – ich hab gewartet, weil Meghan sagte, dass er mir niemals glauben würde, dass ihre schreckliche Verhexung zu stark sei, dass ich als *Uile-Bheist* im Feuer sterben würde …« Ein Schluchzen löste sich aus seiner Kehle, und er hielt mit geballten Fäusten inne. »Ich hab es ihm gesagt! Ich hab es ihm gleich gesagt, als er sie geheiratet hat. Ich *wusste*, dass sie nicht war, was sie zu sein schien. Als ich dann ihren Stiefel hielt, erkannte ich es. Sie ist eine *Fairge*!« Er spie das Wort hervor. »Gleichgültig, was ihr alle sagt, ich weiß, dass sie eine Fairge ist.«

»Lachlan, wir haben den Leitstern noch nicht«, sagte Iseult besorgt. »Du kannst den Palast nicht ohne ihn stürmen!«

»Ich habe den Bogen!«

»Und weißt nicht einmal, ob du ihn neu bespannen kannst, ganz zu schweigen davon, dass du dich erst noch an seine Ausgewogenheit und Stoßkraft gewöhnen müsstest, ihn benutzt haben müsstest, bis er ebenso ein Teil von dir ist wie deine eigene Hand!«

Er schwieg. Jorge sagte eindringlich: »Lachlan, es ist nur noch eine Nacht. Heute ist der letzte Herbsttag. Morgen ist Samhain, und wir können das Labyrinth durchdringen. Meghan sagte dir, dass das der Zeitpunkt wäre. Vereine den Schlüssel, erlange den Leitstern zurück, tauche ihn in den Teich, wenn sich die beiden Monde gekreuzt haben und das Wasser wieder von Macht erfüllt ist. Dann, wenn er in deiner Hand und wieder mächtig ist, dann kannst du ihn dazu benutzen, Jaspar zu beweisen, wer du bist, und dich schützen vor ihrer …«

»Aber es könnte vielleicht zu spät sein. Es heißt, sein Herz habe aufgehört zu schlagen, sein Gesicht sei blau und die Heilerin hauche ihm ihren Atem ein. Es heißt, sie bearbeite seine Brust. Dillon hat das alles gehört.«

»Seltsam war, dass die Heilerin die Rote genannt wurde. Wie wir dich alle nennen, Iseult.« Dillon fand, dass es an der Zeit wäre, die Diskussion konstruktiver zu gestalten.

Iseult und Lachlan warfen einander einen raschen Blick zu. »Isabeau!«

Jorge sagte aufgeregt: »Sie muss es sein! Und sie wird die übrigen Teile des Schlüssels haben!«

»Ohne den Schlüssel können wir nicht ins Labyrinth gelangen«, sagte Lachlan rasch. »Wenn wir den Leitstern holen wollen, müssen wir zunächst den Schlüssel vereinen, das wisst ihr! Wir werden in den Palast gehen müssen, um ihn zu bekommen …«

»Sei kein Narr, Junge!«, rief Jorge.

»Ich bin kein Junge«, erwiderte Lachlan. »Ich bin Lachlan Owein MacCuinn!« Er fuhr herum, sodass seine Klauen über den Stein schabten. »Der Leitstern wird warten müssen! Versteht Ihr nicht – wenn ich Jaspar nicht davon überzeuge, wer ich bin und was seine abscheuliche Ehefrau getan hat, wird er seine Fairgetochter zur Erbin ernennen! Das ist es, was sie will! Wir haben die ganze Zeit so sehr darauf geachtet, nicht gegen Jaspar vorzugehen, sondern nur gegen sie! Ist es mein oder Enits Fehler, dass es so viele Piraten oder Banditen gab? Sie behaupteten, wir wären mit ihnen im Bunde, aber das waren wir niemals. Ich muss ihn dazu bringen zu begreifen und mich zum Erben zu ernennen. Das war alles, was ich jemals wollte! Sie hat das Baby ins Leben gehext. Jorge, Ihr wisst das. Es war der Kometenzauber – ein Begattungszauber. Es ist nicht aus Liebe erwachsen, wie es bei unseren Babys sein wird. Wenn Jaspar sie zur Regentin und das Baby zur Erbin ernennt, dann wird wahrhaft ein Bürgerkrieg entstehen, denn ich werd nicht zulassen, dass diese Frau – dieses *Uile-Bheist* – regiert! Sie hat Jaspar ebenso sicher getötet, wie sie Donncan und Feargus getötet und mich immer wieder zu töten versucht hat!«

Jay, der nichts über den Leitstern wusste, der ihn auch nicht kümmerte, warf plötzlich mit schriller Stimme ein: »Worüber redet ihr bloß alle? Begreift ihr nicht, dass Finn in den Händen der Liga gegen Hexen ist?«

Finn öffnete vorsichtig die Augen. Es war seit über zehn Minuten kein Laut mehr zu hören gewesen. Obwohl alle ihre Sinne Gefahr anzeigten, konnte sie nicht länger warten.

Sie lag in einem schwach beleuchteten Raum auf einer Samtcouch. Auf einem Tisch nahe ihrem Fuß war ein Schachspiel aufgestellt. Sie ließ den Blick weiter durch den Raum schweifen und bemerkte inmitten eines karmesinroten Samtstoffs, der über einen gegenüber stehenden Sessel drapiert war, eine bleiche Hand. Ihr Herz hämmerte, sie hob den Blick und sah dann auch ein bleiches Gesicht mit hohen Schläfen und einem dünnen, lächelnden Mund. Zwischen all dem matten Karmesinrot waren nur die Blässe seines Gesichts und der Hand sowie eine steife Halskrause zu erkennen.

»Also hast du beschlossen aufzuwachen, Fionnghal.«

»Warum nennt Ihr mich so?« Sie hob eine Hand an die Kehle. »Gebt mir mein Medaillon zurück!«

Er lächelte und schwieg. Sie sprang mit kratzbereiten Fingernägeln von der Couch, aber er packte mit seiner dünnen, bleichen Hand ihre Kehle und zwang sie auf die Knie. Er griff so fest zu, dass sie kaum atmen konnte. Ihre kleinen Hände umklammerten seine, aber er ließ sich nicht erweichen. Sie kniete regungslos da. »Du bist wild wie eine Elfenkatze, Fionnghal.« Sie zuckte unter seiner Hand, und er sah sie erstaunt an. »Das trifft dich, wie ich sehe. Ich frage mich, warum.« Er betrachtete höhnisch ihre Lumpen und allgemeine Schmutzigkeit. »Der MacRuraich wäre nicht so stolz, wenn er dich jetzt sehen könnte, oder?«

Sie versuchte zu sprechen, aber ihre Kehle war lahmgelegt. Er drückte noch ein wenig fester zu und stieß sie dann zu Boden. Sie lag still und schluckte Luft wie Wein. Er setzte sich zurück, und die Hand auf seinem Oberschenkel lag so still, als wäre sie aus Marmor.

»Du bist Glyneldas Leine entkommen. Ihr habt es ihr schwer gemacht, du und dieses rothaarige Mädchen. Und der alte Kersey ist tot, einer der besten Kopfgeldjäger, die es jemals gab. Vollkommen skrupellos und bestechlich. Genau so, wie wir sie mögen. Hast du ihn getötet, Fionnghal? Ich bezweifle, dass er dich gut behandelt hat. Hat er dich verletzt, Fionnghal?«

»Warum nennt Ihr mich so?«, flüsterte sie.

»Es ist dein Name. Ein wunderschöner Name. Er bedeutet »Helle«, und du bist inzwischen tatsächlich hell, Fionnghal. Als ich dich das letzte Mal sah, warst du ein dunkler Racker, ein kleiner Goblin.« Sie zuckte erneut unfreiwillig zusammen, und sein Blick schärfte sich.

»Du löckst wider den Stachel, Fionnghal. Du machst mich neugierig. Ich frag mich, was du hier tust. Wir sind dir bis zu einer Bande schmutziger Bettlerkinder gefolgt, die von Abfallhaufen schimmeliges Brot stahlen und Intrigen sponnen. Wo sind sie jetzt, deine Freunde? Wo ist der Bursche mit den heilenden Händen? Du weißt, dass solche Zauberei von Übel ist, Fionnghal? Du weißt, dass solche üblen Zauber mit Feuer geläutert werden müssen? Du weißt, dass die Strafe für Verrat und Hexerei der Tod ist, Fionnghal?«

Sie lag still, beobachtete ihn, wartete ab. Er lehnte sich zurück. Seine Hand glättete die Samtjacke, wanderte zu dem kleinen Knopf an seiner Kehle, dem ersten von vierundzwanzig Knöpfen. Sie sah, dass sich die eng geschnittene Jacke über einer Hüfte leicht beulte. Er hatte etwas in der Tasche. Etwas Rundes. Sie hob den Blick zu seinem Gesicht.

»Der Feuertod, Fionnghal.«

Sie wimmerte leise und hob die Hände an ihre Kehle. »Ihr quält mich«, sagte sie kläglich.

»Wo sind deine Freunde, Fionnghal?«

»Bitte, kann ich etwas Wein haben? Meine Kehle schmerzt.«

Er goss etwas Wein ein, rot wie der Samt. Während sie trank, sprach er und erschreckte sie mit seinem Wissen. Er wusste, dass der König der Diebe ihnen zur Flucht verholfen hatte und dass der Junge, der die Bettlerkinder anführte, einen Welpen mit schwarz geflecktem Gesicht hatte.

»Bitte, ich fühl mich matt. Ich versteh nicht, was Ihr meint. Mir ist schwindelig. Ich brauch etwas zu essen«, stöhnte Finn. Schließlich läutete er eine Glocke. Seine Dienstboten brachten ihnen auf einem Tablett mit einem gebogenen Silbermesser und Stoffservietten Brot, weiß und ebenso weich wie der Käse, und reife Glockenfrüchte. Sie nahm sich Zeit damit, gab trunkene Ungeschicklichkeit vor.

Er lachte sardonisch. »Erst zwölf und ganz der Vater! Kein Wunder, dass die Familie schwach ist und Geschmack am Dämon Trinken hat.«

»Was meint Ihr?«, murmelte Finn. »All das rätselhafte … Gerede!«

Er beobachtete sie misstrauisch. »Ich hoffe, das Abendessen ist zu Eurer Zufriedenheit, Mylady Fionnghal. Gewiss besser als das, woran du gewöhnt bist.«

»Das stimmt«, nuschelte sie und stieß mit dem Ellbogen das Pfeffergefäß um, sodass sie Pfeffer ausstreute. Entschuldigungen brabbelnd, versuchte sie, ihn wieder in das Kristallgefäß zu schaben. Er betrachtete sie scharf, und sie gönnte ihm ein betrunkenes Lächeln und stieß laut auf. Finn hatte die Hälfte ihres Lebens bei Kersey Hexenschnüffler verbracht, einem Mann, der häufiger betrunken als nüchtern war – sie konnte jeden Gesichtsausdruck, jedes Rülpsen und jedes Stammeln nachahmen. Der Sucher wandte den Blick angewidert ab. Da streute sie ihm den Pfeffer mit einer raschen Bewegung des Handgelenks mitten ins Gesicht. Er nieste heftig und mit tränenden Augen. Bevor er auch nur aufschreien konnte, hatte sie das schwere Silbertablett schon auf seinen Kopf krachen lassen. Er sank zusammen und glitt zu Boden.

Sie nahm ihr Medaillon an sich und knotete es sich wieder um den Hals, nahm dann einen der Vorhänge ab und wickelte den Sucher sorgfältig darin ein. Das sollte seine Schreie und Bewegungen einige Zeit dämpfen. Als er so gut eingewickelt war wie ein Baby, lächelte sie und führte einen kurzen Gigue auf. *Und jetzt raus hier!*

Meghan und die meisten der Rebellenführer waren noch im Wohnzimmer versammelt und feilten an ihren Plänen, als Anghus hereinplatzte und nach Männern, Waffen und Weisungen brüllte. Es dauerte eine Weile, bis sie herausfanden, was los war. Anghus hielt sich sehr im Zaum, konnte aber in seiner Ungeduld nicht still stehen, und schließlich schrie er: »Das war's! Ich gehe! Bleibt nur hier, ihr Feiglinge! Das ist mir gleichgültig.«

Ein dünner, junger Mann namens Culley erhob sich, gähnte und streckte sich. »Ich weiß, wie man ungesehen in den Palast gelangt, mein Laird. Ich bring Euch gegen Bezahlung hinein.«

»Wir müssen auf das Zeichen warten«, sagte ein anderer. »Culley, du weißt, dass uns befohlen wurde, uns ruhig zu verhalten, bis das Zeichen kommt.«

»Hör auf damit, Lunn. Der Mann will seine Tochter, und ich will seinen Beutel Gold. Das scheint mir ein fairer Handel.«

Meghan erhob sich und schlang ihr Plaid um sich. »Ich werde auch mit Euch gehen, Anghus. Ich bin innerlich unruhig. Es ist zu vieles geschehen, um meine Pläne zu ändern, und ich bin auch nicht dazu da, meine jungen Hitzköpfe zur Vernunft zu bringen. Willst du durch die Kloaken hineingelangen, Culley?«

»Ja«, sagte er eingeschüchtert.

»Kennst du den Weg wirklich, oder ist es nur Aufschneiderei?«

»Ich hab viele der wichtigsten Biegungen markiert.«

»Aber nicht alle? Dann werde ich Ceit Anna rufen. Es wäre meinen Plänen wirklich nicht förderlich, wenn ich mich in den Kloaken unterhalb von Lucescere verirrte.«

»Ich kenne den Weg, Mylady. Ich hab ihn viele Male benutzt.«

»Nun gut, aber wir sollten uns beeilen.«

Innerhalb weniger Minuten befanden sie sich auf der Straße, und Culley öffnete einen Eiseneinstieg, durch den sie unter die Straßenebene gelangen konnten. Mit zwanzig Rebellen als Wachschutz stiegen sie in die übel riechende Dunkelheit hinab.

Sie eilten durch endlose Gänge, die nur vom Licht ihrer Kerzen beleuchtet wurden, während sie wegen des widerlichen Gestanks würgen mussten. Culley fand den Weg, indem er nach in die Wände eingeritzten Markierungen Ausschau hielt. Er erzählte ihnen die Geschichte von Tòmas dem Heiler und wie er dem König der Diebe und seinen Gefolgsleuten bei der Flucht aus den Kerkern des Palastes in Lucescere geholfen hatte. Sie waren von einer Nyx durch dieses Labyrinth von Kanälen und Entwässerungsgräben geführt worden. Culley hatte dem Zauberwesen mit den schwarzen Schwingen nicht getraut und daher hier und da sein Zeichen in die Wand geritzt, falls die Nyx sie irgendwo ihrem Schicksal überließe. Da er die Nützlichkeit des Untergrundsystems erkannt hatte, verbrachte er während der folgenden Monate viel Zeit damit, die Kloaken zu erforschen und wichtige Abzweigungen zu markieren. Seine Voraussicht hatte sich später bezahlt gemacht, als er erneut eingesperrt wurde und ein zweites Mal durch die Kloaken entfliehen konnte.

Sie hatten gerade begonnen, ein ansteigendes Abflussrohr zu erklimmen und durch strömendes Wasser zu waten, als Anghus plötzlich schrie: »Nein!«

»Was ist los, mein Laird?«

»Ich habe die Verbindung verloren! Etwas ist geschehen – ich kann Fionnghal nicht mehr spüren!« Sie sahen einander vorahnungsvoll an.

»Was könnte passiert sein?«, flüsterte Casey.

»Sagtet Ihr nicht, ihrem Medaillon sei ein Zauber auferlegt worden, der verhindert, dass Ihr sie spürt?«, fragte Donald ruhig. »Vielleicht hat sie es gerade wieder an sich genommen.«

Anghus nickte und bemühte sich, nicht daran zu denken, was es sonst bedeuten könnte. Er war angespannt und unentschlossen, während die Übrigen abwarteten zu erfahren, was er für den besten Handlungskurs hielt. Kurz darauf sagte er: »Wir sollten weitergehen. Es wird jetzt viel schwerer sein, sie zu finden, aber ich kann sie keine Minute länger hier lassen. Wir werden sie einfach mit unseren rein menschlichen Sinnen aufspüren müssen.«

Finn überlegte rasch. Jenseits der Tür würden Wächter stehen. Es war ein Wunder, dass sie ihr Handgemenge nicht gehört hatten. Sie wickelte den Umhang um sich und kletterte aus dem Palastfenster, das sie leise hinter sich schloss. Es war dunkel, und der Regen prasselte auf ihren Rücken. Sie lief behutsam entlang einer Ziermauer, gelangte zu einem geöffneten Fenster und kletterte wieder hinein. Es war zu gefährlich, dort draußen im Regen zu bleiben, besonders da die Mitternacht rasch näher rückte.

Sie lief auf Zehenspitzen durch den schlafenden Palast, kam schließlich zu einer großen Treppe und beugte sich über die Marmorbalustrade. Vier Stockwerke unter ihr befand sich die Eingangshalle. Sie konnte Soldaten sehen, mit starren Rücken und bereit gehaltenen Lanzen. Sie wich wieder zurück und dachte angestrengt nach. Es musste eine Dienstbotentreppe geben, die zu diesem Zeitpunkt der Nacht wahrscheinlich unbenutzt wäre. Sie musste sie nur finden, hinabschleichen und durch die Küchen in den Garten schlüpfen.

Sie hoffte verzweifelt, dass Goblin bei Jay geblieben war, dass Jay und Dillon und die Übrigen sicher zum Turm zurückgelangt waren und dass sie nicht übereilt handeln würden. Sie wussten doch gewiss, dass sie allein zurechtkam?

Als hätten ihre Gedanken an Goblin diese herbeigerufen, sah Finn die kleine Katze ihre schwarze Nase durch die Vordertür der Eingangshalle strecken. Finn schloss die Augen. *Nein, Goblin,* betete sie. *Sie werden dich sehen. Geh zurück.* Dann öffnete sie die Augen wieder, besorgt, was geschehen würde.

Die Katze war, in den Schatten fast unsichtbar, am Rande der Halle entlanggeschlichen und sprang jetzt leise die Treppe hinauf. Sie wirkte auf dem weißen Marmor tiefschwarz. Finn konnte sie deutlich sehen, aber die Soldaten blickten nur starr geradeaus und bemerkten sie nicht.

Die letzten Stufen nahm die Katze mit stolz erhobenem Schwanz, sprang in Finns Arme, knetete schmerzhaft deren Hals und forderte dann mit einem ihrer hohen, fast lautlosen Miaus, wieder abgesetzt zu werden.

Kluges Kätzchen! lobte Finn und ließ sie hinunter. *Und jetzt sollten wir hier herausgelangen.*

Zehn Minuten später hatte sie den Westflügel des Palastes erreicht, der den Gärten am nächsten lag. Sie musste sich hinter Vorhängen verstecken, als eine Gruppe Männer vorbeikam, die sich mit einander zugewandten Köpfen leise unterhielten. Sie waren prunkvoll in Wämser und bestickte Kniehosen gekleidet. Sie fragte sich, warum sie in den frühen Morgenstunden durch den Palast wanderten.

Sie folgte den Männern, denn sie wollte wissen, was sie vorhatten. Ihre Mienen waren so ernst, ihre Haltung heimlicher

Erregung so faszinierend, dass Finn dachte, sie sollte den Vorteil ihres Aufenthalts im Palast nutzen, um alles ihr Mögliche herauszufinden. Außerdem gingen sie in ihre Richtung.

Der Gang war nur schwach beleuchtet. Laternen warfen gelegentliche Lichtkreise. Finn hatte sich fest in ihren Umhang gehüllt, die Kapuze übers Gesicht gezogen. Der Umhang schützte sie vor der Kälte, und sie fühlte sich mit verborgenem Gesicht sicherer. Sich der Tatsache bewusst, dass die Zeit verrann, beeilte sie sich und umrundete eine Ecke, ohne zunächst nachzusehen, ob der dahinter liegende Gang frei war. Sie blieb jäh stehen, und Entsetzen durchströmte sie. Vier Soldaten standen nur wenige Fuß entfernt und unterhielten sich leise. Einer stand ihr zugewandt, und während sie ihn hilflos ansah, hob er den Blick zu ihr.

Das Entsetzen lähmte sie. Sie wartete auf den unausweichlichen Schrei, aber nichts geschah. Der Blick des Soldaten glitt über sie hinweg, als wäre sie nicht da, und das obwohl sie im Lichtkreis der nächstgelegenen Laterne stehen musste.

Er machte eine schroffe Bemerkung und griff sich an den Helm, und dann wandten er und sein Kamerad sich um und kamen den Gang hinab auf Finn zu. Finn stand still, konnte nicht glauben, dass sie sie nicht sahen, obwohl sie sie so deutlich sehen konnte. Sie gingen in einem Fuß Entfernung an ihr vorbei, während sie über den Rìgh sprachen, und verschwanden um die Ecke. Finn regte sich nicht. Die beiden anderen Soldaten sprachen noch eine Weile miteinander und gingen dann ebenfalls davon, aus einem unbestimmten Grund, ohne das von einem Umhang verhüllte kleine Mädchen zu bemerken, das sich in ihrem Blickfeld an die Wand presste. Zitternd wartete sie noch eine volle Minute ab, bevor sie langsam und vorsichtig weiterging.

Sie erreichte das Ende des breiten Ganges und spähte vorsichtig um die Ecke. Mit hämmerndem Herzen zog sie den Kopf wieder ein. Zwei Wächter standen vor einer großen Tür, die Lanzen bereit gehalten. Weitere zwei standen oben an der gegenüberliegenden Marmortreppe.

Ihr einziger Gedanke war nun, zum Turm zurückzugelangen, als sie hinter sich Stimmen hörte sowie das Dröhnen marschierender Füße. Sie nahm die Elfenkatze auf, steckte sie in die geräumige Tasche des Umhangs, zog die Kapuze noch tiefer über ihr Gesicht und lief auf Zehenspitzen über den Gang und zur nächstgelegenen Tür.

Dahinter lag ein dankenswerterweise leerer Schlafraum. Sie schlug die Kapuze zurück, damit sie sich umsehen konnte. Es war ein hoher Raum, dessen Decke mit Wolken und Sonnen und den zierlichen Gestalten tanzender Nissen bemalt war. In der Mitte des Raumes stand ein breites Bett mit geschnitzten und goldverzierten Bettpfosten. Die Satinbrokatvorhänge waren in Blau und Silber gehalten und mit Goldfransen versehen.

In einer Ecke stand auf einem Gestell ein goldverzierter Spiegel. Finn stellte sich nachdenklich davor. Zu ihrer Enttäuschung konnte sie sich deutlich sehen. Sie wollte sich schon abwenden, zog sich aber dann, einem Impuls folgend, die Kapuze über den Kopf. Ein Schauder lief ihr Rückgrat hinab und elektrisierte sie. Sie war unsichtbar. Sie war einfach verschwunden. Sie konnte den Raum hinter sich im Spiegel reflektiert sehen, aber nicht ihr Abbild. Sie zog die Kapuze wieder ab, und da war sie, in dem Umhang eine kleine schwarze Gestalt, ihr Gesicht eher bleich, ihre Augen vor Aufregung glänzend.

Die Erkenntnis, dass der Umhang, den sie im Relikteraum des Turms gefunden hatte, Unsichtbarkeit verlieh, ließ ihr die Flucht aus dem Palast weitaus leichter erscheinen. Mit einem Lächeln sah sie sich nun um. An der rechten Wand befand sich eine leicht geöffnete Doppeltür. Sie schlüpfte hindurch, wobei sie sorgfältig darauf achtete, die Tür nicht zu bewegen, und fand sich in einem Ankleideraum wieder. Aufgrund der Üppigkeit der Gewänder erkannte sie, dass sie sich in den Räumen einer Adligen befand, und fragte sich, wo die Lady war. Wahrscheinlich ihre Liebschaft besuchen, dachte Finn grinsend. Dahinter befand sich das Boudoir der Lady, das hübsch eingerichtet, aber recht kahl war.

Sie durchquerte den Raum leise bis zur nächsten Doppeltür und betrat einen Raum, der nur von flackernden Flammen im Kamin beleuchtet wurde. Als sie sich umschaute, sah sie, dass jemand im Sessel beim Feuer schlief, während Gitâ auf ihrem Schoß zusammengerollt war. Der Feuerschein spielte über kupferrote Locken. »Iseult!«, rief Finn. »Was tust du hier?«

Sie zog die Kapuze ihres Umhangs ab und schüttelte das schlafende Mädchen heftig. Der Rotschopf erwachte und sah Finn mit blauen Augen verwirrt an. »Was?«, fragte sie schläfrig. »Was ist los?« Dann öffnete sie die Augen weit und setzte sich hastig auf. »Der Rìgh! Geht es ihm schlechter?«

Sie stand auf und setzte den Donbeag auf den Sessel. Finn trat erschreckt fort. Sobald sie die Stimme des Mädchens gehört hatte, wusste sie, dass es nicht Iseult war. Und nun bemerkte sie auch, dass das Mädchen ein einfaches graues Gewand mit einer weißen Schürze trug, ganz anders als Iseults weißes Lederwams und ihre Kniehose. Als das Mädchen gähnte und sich streckte, sah sie außerdem, dass eine Hand fest verbunden war.

»Nun, antworte mir!«, forderte die Fremde mit Iseults Gesicht. »Hat die Katze deine Zunge gestohlen, Kind? Was ist los?«

»Nichts, es tut mir Leid, ich hab mich geirrt«, stammelte Finn, während sie die andere mit erstaunten Augen ansah. Abgesehen von der verbundenen Hand und der Kleidung war sie vollkommen mit Iseult identisch, bis hin zu den rotgoldenen Locken, die ihr in die Augen hingen und mit ungeduldiger Hand zurückgeschoben wurden.

Das Mädchen warf Finn einen scharfsinnigen Blick aus lebhaften blauen Augen zu. »Was meinst du damit, dass du dich geirrt hast? Du hast mich aus dem besten Schlaf geweckt, den ich seit Wochen hatte, um mir zu sagen, dass du dich geirrt hast? Wer bist du? Ich hab dich noch niemals zuvor gesehen. Was tust du in den königlichen Gemächern?«

Finn spürte, wie ihr Kinn herabsank und ihre Augen sich weiteten. Die königlichen Gemächer? Sie warf einen wilden Blick durch den hübschen, goldverzierten Raum und bemerkte die verschwenderische Möblierung und die gewaltigen Dimensionen. Sie beschloss, dass sie hier herausgelangen musste, und zwar schnell! Ihr Blick fiel auf den Donbeag, der jetzt aufrecht saß und mit klugen Augen zusah. *Gitâ?* dachte sie ungläubig, und der kleine Donbeag keckerte zur Begrüßung.

»Du kennst Gitâ?«, fragte das Mädchen. »Wer bist du?«

»Ich bin Finn«, sagte sie lahm. »Und wer bist du?«

»Isabeau die Rote«, antwortete sie, und plötzlich erkannte Finn, dass sie eine Närrin gewesen war. Sie hatte von Iseults Zwillingsschwester gehört. Tatsächlich hatte sie gewusst, dass Isabeau im Palast war, denn sie hatte Lachlan und Iseult sich Sorgen über irgendeinen Schlüssel machen hören, den sie haben sollte. Sie setzte sich hin und sagte: »Ich bin ein Dummkopf!«

Isabeau lachte. »Tatsächlich? Warum?«

Nun bemerkte Finn, dass es doch mehr Unterschiede zwischen den Zwillingen gab, als sie zunächst geglaubt hatte. Isabeaus Gesicht war weitaus ausdrucksvoller, und sie war rasch mit Lachen und Worten bei der Hand. Iseult hatte eine Art verkrampfte Stille an sich, wie eine fast versiegende Quelle. Sie lachte selten, und wenn sie es tat, geschah es unfreiwillig und wurde rasch wieder erstickt.

»Ich hätte wissen sollen, wer du bist, sobald ich dich sah«, antwortete sie. »Du siehst genau wie Iseult aus!«

»Wirklich?«, erwiderte Isabeau rasch. »Wer ist Iseult?«

Finn geriet erneut ins Stottern. »Deine Schwester – dachte ich.«

»Ah, das Säbelzahnpanther-Mädchen.« Sie keckerte Gitâ etwas zu, der aufgeregt antwortete. Dann lächelte sie Finn an. »Schau nicht so bestürzt drein. Ich hab erst vor zwanzig Minuten erfahren, dass ich eine Schwester habe. Ist sie auch hier? Und was tust du überhaupt hier?«

Finn erklärte Isabeau, warum sie durch den Palast geschlichen war. Isabeaus Interesse verstärkte sich, als Finn ihr erzählte, dass sie und ihre Gefährten sich draußen im zerstörten Hexenturm versteckten. Isabeau lachte leise. »Halb Rionnagan wird auf der Suche nach dem geheimnisvollen Rebellenführer auf den Kopf gestellt, und du sagst, er befindet sich mitten im Hauptquartier der Liga gegen Hexen!«

Sie bombardierte Finn mit Fragen, aber das kleine Mädchen wurde unruhig. Finn fürchtete ihre Rückkehr zum Turm, trotz ihres Umhangs der Unsichtbarkeit, und sorgte sich darüber, was ihre Gefährten wohl vorhätten. Wie furchtbar wäre es, wenn sie sie zu retten versuchten und selbst gefangen genommen würden!

Jays Worte unterbrachen die leidenschaftliche Rede messerscharf. Es war nicht nötig, der Gefahr Ausdruck zu verleihen. Abgesehen von ihrer Angst um Finns Sicherheit, waren sie sich alle sehr wohl bewusst, dass ihr Versteck durch Trick oder Folter von ihr erpresst werden könnte. Lachlan ergriff den Bogen und beugte ihn. »Iseult, ich muss ihn bespannen!«

Iseults Miene war unbewegt. »Ich hole dir eines von Wolkenschattens Haaren.« Die Celestine hatte eine Hand voll ihrer groben Mähne für sie ausgezupft, die zusammengerollt in einer der Taschen von Iseults Rucksack lagen.

Es war ein großer Bogen, der stabil gestaltet war. Nur wenige Männer hätten ihn spannen können, aber Lachlan gelang es. Alle Muskeln an Hals und Schultern wölbten sich, und ein leichter Schweißfilm erschien auf seiner Stirn, aber es war innerhalb weniger Momente vollbracht. Iseult spannte den Kiefer an. Anscheinend überflügelte ihr Schüler sie allmählich.

»Wir müssen uns beeilen. Wie gelangen wir sicher zum Palast? Es ist fast Mitternacht, und der Regen lässt nach.«

»Beschwöre den Regen zurück. Und Nebel, dichten Nebel.« Iseult sprach rasch. »Wir haben Meghan es tun sehen, und sie sagt, wir wären beide im Element Luft stark. Und du hast *Talent* mit Wasser, Lachlan, das weißt du. Du musst es nur gebrauchen!«

Er nickte mit entschlossener Miene. Iseult reichte ihm das *Buch der Schatten*. »Es wird uns helfen, das weiß ich.«

Ihre Blicke verschränkten sich, und er lächelte. »Ihr müsst hier bleiben«, sagte er zu den Übrigen. »Nein, keine Widerrede. Iseult und ich können dies besser allein schaffen.« Lachlan nahm Finns Jagdhorn auf, das neben Jays Viola auf dem Tisch lag. »Ich werd ins Horn blasen, wenn ich in Schwierigkeiten bin. Bei einem Signalstoß möchte ich, dass ihr zu mir kommt. Bei zwei Stößen müsst ihr fliehen, so schnell ihr könnt. In beiden Fällen muss jemand die Turmglocke läuten, um unsere Freunde in der Stadt zu warnen. Verstanden?«

Jorge sagte drängend: »Seid vorsichtig, meine Lieben. Es ist Samhain, die Nacht der Toten. Ich spüre, dass der Tod sehr nahe ist. Ich fürchte ...«

»Darum muss ich gehen, Jorge. Ihr spürt Jaspars Tod, und er ist der letzte meiner Brüder. Versteht Ihr?«

Der blinde Seher nickte, obwohl seine Wangen tränennass waren.

Spiegel

Iseult und Lachlan liefen die Treppe hinauf, immer zwei oder drei Stufen auf einmal. Draußen auf dem Balkon knieten sie sich zwischen die zierlichen Säulen und legten das *Buch der Schatten* vor sich auf den Boden. Beide hatten Angst.

Sie wussten nicht, wie sie das Buch um Hilfe bitten sollten und sahen es daher nur an. Der Deckel öffnete sich, und ein aufkommender Wind blätterte die Seiten um. Sie verschränkten die Hände. »Regen komme, Nebel komme, Dunkelheit komme, Verborgenheit komme.«

Schließlich blieb eine Buchseite aufgeschlagen, und ein leichter Wirbelwind erhob sich daraus. Er fegte umher, gewann an Höhe und Kraft, und sie nahmen sich bei beiden Händen, während Regen über ihre Gesichter strömte. Blätter wirbelten im Herzen des Wirbelwinds umher, Blitze zuckten, nadeldünn, aber rasch und tödlich. Donner erschütterte die Säulen, und der Wind wirbelte in die Nacht, wurde stärker. Das Haar wurde ihnen aus den Gesichtern geweht, und bei einem weitaus stärkeren Blitz als dem ersten sahen sie das entsetzte Gesicht des jeweils anderen.

»Wie haben wir das gemacht?«

»Das waren nicht wir, es war das Buch«, rief Iseult. Sie schloss es, dankte ihm inbrünstig und steckte es wieder in die

Gürteltasche. Dann erhoben sie sich und liefen wieder zur Treppe. Ein unheimlicher Klang erhob sich. Plötzlich schwebten rund um sie herum Geister, zart, bleich und spinnwebbehangen.

»Es ist Mitternacht«, rief Lachlan und kauerte sich hin. Er wusste, dass Geister nur psychische Ausstrahlungen dessen waren, was zuvor vergangen war, aber der Kummer und das Entsetzen über ihr Dahinscheiden ließ die Luft wie im Nachhall eines Blitzes erzittern. Iseult ergriff Lachlans Hand. Sie war an Geister gewöhnt, denn die Türme der Rosen und Dornen waren voller Geister, die mit ihrem Geheul nicht bis Samhain warteten. Sie zog ihn vorwärts, und die Geister streiften an ihnen vorbei wie ein Schaudern. Sie liefen die Treppe hinab, rissen die Tür auf und überquerten den Hof, ohne darauf zu achten, ob sie beobachtet wurden. Jetzt wären auf den Schutzwällen keine Patrouillen unterwegs.

Schnee wirbelte um sie herum. Ein Wolf heulte dicht hinter ihnen. Sie konnten Kälte im Nacken spüren und beschleunigten ihren Schritt. Lachlan war mit seinen Klauen noch niemals zuvor so behände und schnell gewesen, während die Bewegung seiner Schwingen sie auf den Steinfliesen vorwärts trieb. Der Wind peitschte mit Blättern und Zweigen auf sie ein, verwehte und kehrte dann plötzlich mit heftigem Graupel zurück. Die Laternen rund um den Palast wurden zu verschwommenen gelben Kugeln. Nur in einem Flügel des Palastes brannten Lichter, und Lachlan keuchte: »Da.«

»Wie gelangen wir hinauf?«

»Wir fliegen, *Leannan*. Was sonst? Wenn wir einen Sturm heraufbeschwören können, dann können wir doch gewiss auch fliegen.«

Er breitete seine Schwingen aus und sprang auf die Lichter zu, und sie folgte ihm, ohne nachzudenken, folgte einfach seiner Führung. Sie erreichten die Fenster in elegantem Bogen und hielten sich an den Fensterläden fest, die kurz gegen die Wand prallten. Dort hingen sie, zitternd, triumphierend und verblüfft.

Die Vorhänge drinnen waren zugezogen, und sie zuckten zurück und kauerten sich an die Wand. Iseult suchte am steinernen Gitterwerk Halt und zog dann ihren Dolch aus dem Gürtel. Das Fenster flog auf. »Nur der im Wind schwingende Fensterladen, Eure Hoheit«, sagte die Stimme eines Mannes. Lachlan schwang sich geschickt über Iseult hinweg, sodass er nun neben ihr am Gitterwerk hing. Der Fensterladen wurde geräuschvoll geschlossen, und sie hörten, wie auch das Fenster wieder zugeschlagen wurde.

Sie klammerten sich in der schneewirbelnden Dunkelheit fest. Es war bitterkalt. Lachlan lächelte mit steifen Lippen und flüsterte: »Suchen wir uns einen Weg hinein, *Leannan*.«

Langsam, Schritt für Schritt, gelangten sie an der Wand entlang. Sie kamen an zwei Paar Fensterläden vorbei, die aber beide fest verschlossen waren. Sie schoben sich zum nächsten Fenster vor. Dessen Läden waren nur angelehnt, und sie schauten hinein.

Sie sahen ein herunterbrennendes Feuer, dessen Schein kupfern und golden auf die Köpfe zweier Mädchen fiel, die sich leise unterhielten. Gerade als sie die Gesichter erkannten, schaute das rothaarige Mädchen auf und sah sie.

Ihre Pupillen flackerten in sofortigem Erkennen auf. Sie erhob sich und kam auf sie zu, ihr Blick aus intensiven blauen Augen war unbeugsam. Sie hob die Hand, und Iseult hob draußen im Schnee auch ihre. Ihre Finger berührten sich durch das eisige Glas.

Jorge saß eine Zeit lang still, während die Kinder ihn ansahen. Der Rabe hüpfte unruhig von einem Fuß auf den anderen und krächzte, was wie spöttisches Gelächter klang. Dann hob Jorge sein blindes Gesicht und sagte rau: »Dillon, ruf die Soldaten herein. Sie können uns vor den Todesfeen nicht beschützen. Anntoin, mein Junge. Lösche das Feuer.«

»Aber, Meister …«

»Tu es, Junge. Johanna, weine nicht. Kommt her, ihr alle.«

Sie scharten sich um ihn, und er zeigte ihnen die Samhainkuchen, die er am Nachmittag gebacken hatte, sowie den Apfelmost zu Samhain, den er mit Äpfeln, Honig, Whisky und Gewürzen zusammengebraut hatte. »Habt keine Angst, meine Kinder. Die meisten der Geister, die in Samhain umherfliegen, sind nicht böse. Wir werden ein Freudenfeuer entfachen, ein Fest feiern und die Nacht den Geistern überlassen.«

Die Blauen Garden kamen herein, gefolgt von einem ruhelosen und besorgten Duncan. Jorge riss eine Seite hinten aus einem Buch heraus, während er leicht das Gesicht verzog, und gab jedem einen Papierfetzen. »Heute Nacht ist es an der Zeit, dass wir unsere Schwächen abwerfen und versuchen, stark und vital zu werden. Schreibt alle eure Schwächen auf, dann werfen wir sie ins Freudenfeuer.«

»Aber wir können nicht schreiben«, rief Johanna. »Niemand von uns kann es. Nur Finn konnte es.« Sie brach erneut in Tränen aus.

»Ich kann einige Worte schreiben«, meldete sich Duncan freiwillig. Mit einer dem Raben ausgezupften Schwanzfeder schrieb er nacheinander alle ihre Schwächen auf, mit ihrem eigenen Blut. Dieser makabre Vorschlag kam von Dillon und wurde nur umgesetzt, weil sie keine andere Tinte besaßen. Als sie die gegenseitigen Schwächen erörtert hatten, die von Johannas Angsthasen-Dasein bis zu Dillons Dickköpfigkeit reichten, war es Mitternacht.

Jorge hatte den Kamin von der Asche gesäubert und dort ein Freudenfeuer mit geweihten Hölzern errichtet – mit Esche, Haselnuss, Eiche, Fichte, Rotdorn und Eibe. Dann zog er mit Asche, Wasser und Salz den traditionellen Kreis, groß genug, dass sie alle hineinpassten. Die Kinder saßen mit gekreuzten Beinen um den Kamin, und die Soldaten drängten hinter ihnen heran. Die meisten der Soldaten waren sehr abergläubisch und hätten den Abend des Samhain lieber an jedem anderen Ort verbracht als in dem zerstörten Hexenturm.

»Die Mitternacht am Abend des Samhain ist der Zeitpunkt, wenn der Schleier zwischen den Welten am dünnsten ist«, sagte Jorge. »Ich werde eine Vision heraufbeschwören, weshalb ihr auf mich aufpassen müsst.«

Er fügte dem Anmachholz sorgfältig Kräuter und Pulver hinzu und entzündete das Feuer mit Gedankenkraft. Als die Flammen aufzuflackern begannen, wiegte er sich vor und zurück und intonierte: »Im Namen Eàs, die du die Spinnerin und Weberin und Fadenschneiderin bist, die du die Saat säst, das Leben nährst und die Ernte einbringst, spüre in mir die Gezeiten der Meere und des Blutes …«

Er wurde in einen Strudel von Visionen gerissen. Eine regenbogenfarbene Viper wand sich aus dem Meer. Lachlan schlug mit seinem Langschwert immer wieder auf sie ein, aber jedes Mal gebar die Schlange kleinere, noch bösartigere Schlangen, die sich über das ganze Land wanden und krümmten. Dann sah er Lachlan einen Feuerbogen erheben und kometenähnliche Pfeile abschießen. Einer der Feuersterne verwandelte sich in ein Kind mit Flügeln, das von Licht umgeben war. Das Kind fiel, und Jorge sah, dass es einen Eisschatten hatte.

Träume, die er schon viele Male geträumt hatte, kamen wieder zu ihm, lebhafter und unheimlicher denn je. Er sah eine weiße Hirschkuh mit blutender Brust, die durch einen dunklen Wald gejagt wurde. Er sah einen schwarzen Wolf springen. Er sah ein kleines Mädchen, das mit einem Fuß auf dem Land und mit dem anderen Fuß auf dem Ozean stand, wobei der Leitstern in ihrer Hand weiß leuchtete. Er sah Spiegel, von denen einige klirrend in silbriges Glas zerbrachen und andere sich in Wasser auflösten. Er sah die Monde einander umarmen und verschlingen und hörte einen seltsamen Gesang anschwellen und sich zu einem Klangorchester vertiefen.

Die Träume änderten sich. Nun träumte er von umherwirbelndem Schnee und aufspringendem Feuer. Er sah eine Eule über eine verschneite, beschattete Landschaft fliegen und einen weißen Löwen darunter laufen, während über ihnen ein Stern herabfiel. Das Land wurde von Krieg zerrissen, und Blut sickerte in die Kornfelder ein. Eine Gezeitenwoge stieg auf, höher als jeder Turm und vor schimmernden Schuppen und Flossen wimmelnd. Sie brach aufs Land und fegte Stadt und Dorf hinweg, riss verzweifelte Gesichter mit sich. Die Visionen drehten sich schneller – er sah Tòmas mit leuchtenden Händen in einem Wirbelwind, er sah ihn tot auf einem Schlachtfeld. Er sah Dillon mit seinem blutigen Schwert in der Faust vor Kummer schreien. Er sah Finn in Dunkelheit gehüllt, verirrt umherwandernd; er sah sie mit Nachtschwingen fliegen, Sterne auf ihrer Stirn. Er sah Jay mit einer blinden Viola, während sich die Hand eines Sturms um ihn schloss. Dann sah Jorge seinen eigenen Tod und erkannte Zeit und Ort des Eintretens.

Isabeau und Iseult saßen da und sahen einander an. Beide hatten kein Wort gesagt, seit Isabeau Iseult durch das Fenster hereingezogen hatte, wobei sie gegenseitig ihre Handgelenke umklammert hatten. Finn hatte ihr Schweigen mit Worten erfüllt und war aufgeregt umhergetanzt, während sie Lachlan alles über ihre Abenteuer erzählte. Der geflügelte Prionnsa trocknete die Sehne seines Bogens am Feuer, und schmelzender Schnee tropfte von seinem Umhang.

Es war ein seltsames, unheimliches Gefühl gewesen, dieser erste Anblick ihres Zwillings. Als Isabeau zum nachtschwarzen Fenster trat, war ihr Spiegelbild mit Iseults verschmolzen, sodass sie ebenso in ihre eigenen Augen geblickt hatte wie in Iseults und ebenso ihre eigenen Finger berührt hatte wie Iseults. Es war so, als blicke man in einen Spiegel und sähe sein Ebenbild in eigener, lebhafter, unabhängiger Lebendigkeit agieren.

Nun saß ihr ihre Schwester gegenüber und betrachtete sie mit der gleichen besorgten Faszinierheit. Ihre beiden Wangen wiesen dünne Narben auf, aber ansonsten sah sie genauso aus wie Isabeau noch vor einem Jahr – mit einer verblassten Wollmütze auf den hellen Locken, einem zerrissenen Hemd und einer schäbigen Kniehose, sowie zwei langfingrigen, geschickt wirkenden Händen.

Es war nicht so, dass Isabeau nichts eingefallen wäre, was sie ihren Zwilling hätte fragen können. Seit Gitâ ihr Spiegelgesicht erwähnt hatte, waren viele Fragen in Isabeaus Kopf gekreist. Im Moment war sie jedoch zufrieden damit, nur ihr vertrautes und doch fremdes Gesicht zu betrachten und die Verbindung zwischen ihnen zu spüren.

Lachlan unterbrach Finns Erklärungen mit einer entschiedenen Geste. »So froh ich auch bin, dich zu sehen, Finn, dürfen wir doch keine Zeit mehr verschwenden. Ich muss Jaspar aufsuchen – jetzt!«

Isabeau riss den Blick von Iseults Gesicht und sah Lachlan an. Sie hatte ihn bisher kaum bemerkt, da ihre ganze Aufmerksamkeit von ihrem Zwilling vereinnahmt wurde. Sie erkannte ihn sofort, selbst im undeutlichen Feuerschein.

»Bacaiche?«, flüsterte sie. Sie errötete. Sie erinnerte sich, wie sie ihn vor der Liga gegen Hexen gerettet hatte und in der Folge gejagt und gefoltert worden war. Schlimmer noch – er war der Geliebte ihrer Träume, derjenige, der am häufigsten auftauchte.

Lachlan errötete ebenso. Ein mürrischer Ausdruck überzog sein Gesicht. »Es tut mir Leid, Isabeau, ich wusste nicht, wer du bist … Wir haben von deiner Hand und allem gehört …«

Isabeau blickte auf ihre leinenumwickelte Hand hinab. Bittere Tränen brannten in ihren Augen. Sie schaute zu ihm hoch. »Du hättest mir vertrauen können. Wenn ich gewusst hätte … Die Dinge wären vielleicht anders verlaufen.«

Lachlan runzelte die Stirn. »Ich dachte, ich tät dir einen Gefallen, in Ordnung? Soweit ich wusste, warst du einfach irgendein Mädchen vom Lande, das den Fehler begangen hatte, sich in die Angelegenheiten der Liga gegen Hexen einzumischen. Ich wusste nicht, dass sie dich aufspüren würden … Außerdem hatte ich dich nicht gebeten, mich zu retten.«

Dieses Mal errötete Isabeau vor Empörung. Sie öffnete den Mund zum Protest, aber Iseult sagte sarkastisch: »Lachlan, wir haben jetzt keine Zeit zu plaudern, das weißt du. Kannst du dir die Hänseleien für später aufheben?«

Isabeaus Augen hatten sich bei Iseults Akzent geweitet, da sie ihn nicht kannte. Ihr Zwilling sah sie an, ebenfalls errötend, und sagte: »Isabeau.«

»… Iseult?«

Iseult nickte. Sie atmete tief ein und sagte: »Es gibt so vieles, worüber wir reden müssen. Ich weiß, dass du monatelang fort warst und nichts über mich oder darüber weißt, wie Meghan mich gefunden hat …«

»Warum hat sie es mir nicht erzählt?« Unmut wallte in Isabeau auf.

»Ich weiß es nicht«, erwiderte Iseult.

Lachlan lachte rau auf. »Du hast die ganzen Jahre bei meiner Großtante gelebt und stellst dennoch eine solche Frage?«

Isabeau warf ihm einen finsteren Blick zu. »Sie bewahrt gerne Geheimnisse«, gab sie zu. »Aber dieses hätte sie doch gewiss nicht bewahren sollen, oder? Sie weiß, wie sehr ich mich immer nach eigenen Verwandten gesehnt hab …« Ihre Stimme brach.

»Sie vertraut niemandem«, sagte Iseult. »Nicht einmal Lachlan oder mir.«

Nun sah Isabeau ihren Zwilling eifersüchtig und verstimmt an. »Oder mir, ihrem Schützling und Lehrling?«, fragte sie rau. »Sie hat mich nur als ihr eigenes Kind aufgezogen.«

»Sie vertraut niemandem«, wiederholte Iseult erneut errötend. »Vermutlich wurde sie einst verraten, aber nicht jeder Verrat geschieht absichtlich. Ich weiß, dass sie dir ebenso vertraut hat wie jedem anderen.«

»Selbst dir und … Lachlan?« Isabeau runzelte die Stirn, sich bewusst, dass der Name Lachlan für sie Bedeutung haben müsste.

Lachlan und Iseult wechselten Blicke. »So hätten wir uns nicht begegnen sollen«, sagte Iseult. »Es gibt so vieles, was wir aneinander noch nicht verstehen. Wir haben jetzt jedoch keine Zeit zu reden und einander all die Dinge zu erzählen, die wir wissen wollen. Zunächst die Frage: Lebt der Rìgh noch?«

»Wenn er die Nacht überlebt, wäre es ein Wunder«, antwortete Isabeau. »Ich hab schon zweimal seine Atmung unterstützen müssen, als er nicht mehr allein atmen konnte. Meghan bat mich, ihn bis nach Samhain am Leben zu erhalten, und ich hab mein Bestes getan.«

»Meghan! Du hast Meghan gesehen!«

»Nicht gesehen. Mit ihr gesprochen.« Sie erzählte ihnen rasch von dem versehentlichen Kristallsehen.

»Ich bin Jaspars Bruder«, erklärte Lachlan. »Ich wurde von der Banrìgh verhext und habe ihn seit dreizehn Jahren nicht mehr gesehen. Ich muss ihn aufsuchen, bevor er stirbt! Du musst uns helfen.«

Da hörten sie ein Schaben an der Tür und schwere Schritte.

Lachlan trat in die Dunkelheit der Ecke zurück und winkte auch die anderen zu sich, während er den Umhang über sein Gesicht zog. Iseult war blitzschnell neben ihm, mit gezogenem Dolch, aber Finn hatte nur noch Zeit, ihre Kapuze über den Kopf zu ziehen.

Eine ungeheuer dicke Frau platzte in den Raum, an deren Taille Schlüssel klimperten, die Augen fast in roten, angeschwollenen Lidern verschwunden. »Isabeau, ich fürchte … der Rìgh wird schwächer. Sein Puls scheint sehr schwach, und wir können ihn kaum noch aufrütteln, um die Vereinbarungen zu unterzeichnen. Hast du noch etwas *Mithuan?*«

»Das könnte sein Herz zu schnell und unruhig schlagen lassen …«

»Isabeau, er stirbt! Nichts kann ihn jetzt mehr retten! Wir müssen sicherstellen, dass alles in Ordnung ist. Nur ein wenig *Mithuan* – nur so viel, dass er sagen kann, was er sagen muss, die Papiere unterzeichnen und sicherstellen kann, dass für das Baby alles geregelt ist. Für das Baby, Isabeau!«

»Ich muss erst welches mischen, Latifa. Ich hatte nicht vorgehabt, ihm noch mehr zu geben. Es dauert nur einen Moment.«

Die Köchin nickte und seufzte tief. »Beeil dich, Kind. Wir befürchten, dass er entgleitet, bevor wir alles geregelt haben.«

Sie wandte sich um und verließ den Raum, ohne Lachlan und Iseult zu bemerken, die sich an die Wand pressten. Für Isabeau waren sie so deutlich zu sehen, als herrsche helles Tageslicht, aber sie erinnerte sich, dass ihr Sehvermögen stets unnormal scharf gewesen war.

Lachlan schoss aus der Ecke hervor wie ein Pfeil von einem Bogen. »Er erklärt das Baby zur Erbin? Ich wusste es! Ich wusste es!«

»Wir haben nur fünf Minuten, erzähl mir, was du kannst«,

sagte Isabeau. »Ich weiß anscheinend überhaupt nichts.« Ihre Stimme klang hart. Lachlan erhob Einwände, und sie sagte ruhig: »Ein halbes Dutzend Wächter sind in Rufweite, Bacaiche. Wenn du meine Hilfe willst, schlag ich vor, dass du mir alles erzählst, was du weißt, denn sonst werde ich dir nicht helfen. Ich erinnere mich an dich nur als an den Mann, der meinen Hexendolch gestohlen hat.«

Eilig erzählte er ihr von dem Plan, den Leitstern zurückzuerlangen, sowie davon, dass sein Gesang so schwach geworden war, dass Meghan die einzige Möglichkeit ihn wiederzubeleben darin sah, ihn zur Stunde seiner Geburt ins Wasser des Teichs der Zwei Monde einzutauchen. »Aedan Weißlocke hat den Leitstern während einer vollkommenen Mondfinsternis gestaltet«, sagte er. »Und Meghan ist davon überzeugt, dass es morgen Nacht eine weitere Mondfinsternis geben wird.«

»Der Zeitpunkt, wenn sich die beiden Monde kreuzen«, murmelte Isabeau.

Er nickte und erzählte ihr, dass er gerade erst die Neuigkeiten von der Geburt des Babys und dem Verfall Jaspars gehört hatte. Meghan hatte ihm verboten, dem Rìgh und der Banrìgh entgegenzutreten, bis der Leitstern in Sicherheit und wiederhergestellt wäre, aber niemand von ihnen hatte erwartet, dass Jaspar so bald sterben würde. »Er ist nur zehn Jahre älter als ich«, sagte Lachlan mit Tränen in den Augen. »Er ist noch nicht einmal fünfunddreißig.«

»Du willst den Rìgh sehen?«, fragte Isabeau und kam zu einer Entscheidung. »Er liegt im Raum gleich nebenan, die Banrìgh und der Schatzkanzler und die Ratsmitglieder an seiner Seite, wie wohl auch der Großsucher. Du kannst nur mit ihm sprechen, wenn sie nicht wissen, dass du da bist – es sei denn natürlich, du willst, dass die Roten Garden überall umherschwärmen! Du wirst dich in Finns Umhang der Unsichtbarkeit hüllen müssen. Verstehst du? Das Bett steht an einer Wand – ich werde dich hinbringen …«

»Was ist mit mir? Wie wirst du mich verbergen?«, fragte Iseult.

»Du wirst mit Finn hier draußen warten müssen …«

»Nein!«, rief Iseult und fügte dann vernünftiger hinzu: »Ich kann Lachlan nicht solcher Gefahr aussetzen. Ich muss da sein, um ihn zu beschützen und für seine Sicherheit zu sorgen.«

Isabeau sah sie einigermaßen erstaunt an. »Ich bin eine Narbige Kriegerin«, erklärte Iseult. »Und Lachlan ist mein Ehemann …« Ihre Hand sank unbewusst auf ihren Bauch.

Isabeau schaute mit schwankenden Empfindungen von ihr zu Lachlan. Dann biss sie sich auf die Lippen und sagte, während sie ihre Schürze abnahm, zu Lachlan: »Könntest du dich umdrehen? Ich werde mich nicht ausziehen, während du zusiehst, auch wenn du mein Schwager bist.« Sie war sich eines kalten Knotens in ihrem Magen bewusst, was aber auch Angst sein konnte. »Rasch, Iseult, du musst mir deine Kleidung geben, sonst erfriere ich.«

»Aber … warum?«

»Iseult, du wirst vorgeben müssen, ich zu sein. Niemand hier weiß, dass es zwei von uns gibt, sodass auch niemand Verdacht schöpfen sollte.« Sie tauschten ihre Kleidung und zogen sich rasch wieder an, denn es war sogar am Feuer kalt. »Sag ihnen allen, sie sollen dich mit dem Rìgh allein lassen, während du dich um ihn kümmerst. Versuche, mit weniger starkem Akzent zu sprechen, sonst verrätst du dich. Gib ihm etwas von dem *Mithuan,* einen oder zwei Mund voll, nicht mehr, sonst wirst du ihn töten. Zieh die Vorhänge um das Bett zu, um ihn vor ihren Blicken abzuschirmen, und halte dann Wache, während Lachlan mit ihm spricht. Das *Mithuan* wird ihn wachrütteln, und er sollte ausreichend klar denken können.« Sie zögerte und wickelte dann langsam den Verband von ihrer linken Hand. »Hier. Verbinde deine Hand.«

Isabeaus Hand war schrecklich vernarbt und verstümmelt. Die zwei kleinsten Finger fehlten, zwei große rote Vertiefungen an deren Stelle. Die übrigen Finger waren steif und in seltsamem Winkel gebeugt, während der Daumen nutzlos herabhing. Alle atmeten bei diesem Anblick hörbar ein, und Isabeau schloss die andere Hand schützend darüber. »Nun geht. Seid vorsichtig«, sagte sie und wandte sich dann von ihnen ab, den Schatten zu.

Iseult kniete neben dem großen Bett und half dem Rìgh, sich aufzusetzen. Er trank einen Mund voll *Mithuan* und hustete ein wenig, als die bittere Flüssigkeit in seiner Kehle brannte. Sein Puls unter ihren Fingern schlug unregelmäßig.

Iseult versicherte sich, dass der Rìgh von der um das Feuer versammelten Gruppe abgeschirmt war, und nickte dann leicht. Lachlans Gestalt tauchte aus den Schatten auf, als er den Umhang löste und fallen ließ. Er schüttelte seine Schwingen und beugte sich über die verheerte Gestalt seines Bruders. »Jaspar«, flüsterte er.

Der Rìgh wandte den Kopf und lächelte schwach. »Lachlan.«

Einen Moment herrschte Schweigen, dann kniete sich Lachlan neben das Bett, das Gesicht an den Arm seines Bruders gedrückt. Seine Stimme klang wirr, aber schließlich brachte er hervor: »Du weißt, dass ich es bin?«

»Lachlan«, sagte der Rìgh erneut. Seine Stimme war so schwach, dass sie ihn kaum hören konnten, nicht einmal so nahe übers Bett gebeugt. »Natürlich weiß ich, dass du es bist. Du suchst meine Träume seit Jahren heim, du und Donncan und Feargus. Meine Nächte sind nun von den Gesichtern derer erfüllt, die ich geliebt und verloren habe. Ich werde bald bei dir sein.«

»Nein, Jaspar, ich lebe. Ich bin bei dir. Spür meine Hand.« Er ergriff die dünne, kalte Hand des Rìgh mit seiner großen, warmen Hand. Die gebrechlichen Finger regten sich. »Deine Hand ist warm«, sagte der Rìgh mit einem überraschten Unterton in der Stimme. »Bin ich der Welt der Toten schon so nahe, dass du dich so lebendig anfühlst?«

»Nein, Jaspar, auch du lebst, wir leben beide. Sieh mich an, Jaspar. Kannst du nicht erkennen, dass ich lebe? Spüre meinen Atem auf deinem Gesicht, den Puls an meinem Handgelenk.«

»Lachlan«, sagte der Rìgh verschwommen. »Wo warst du? Du warst so viele Jahre fort.«

Lachlans ganzer Körper erstarrte. »Ich wurde verhext, Jaspar. Sieh mich an. Betrachte meine Schwingen, betrachte meine Klauen. All das war das Resultat eines bösen Zaubers.«

»Ein böser Zauber? Es gibt keine Zauber mehr, Lachlan.« Jaspar seufzte. »Keine Magie. Keine Zauberei. Alles fort.«

»So heißt es«, sagte Lachlan verbittert. »Aber es gibt noch immer Hexen, Jaspar. Deine Frau ist eine!« Er stieß die Worte, trotz bemühter Selbstbeherrschung, heftig hervor.

»Meine Frau ist eine«, wiederholte Jaspar. »Meine Frau …« Er schien traumverloren. Dann sagte er mit so klarer Stimme, dass Iseult einen Blick über die Schulter warf: »Nein, Lachlan, du bist verrückt. Maya ist keine Hexe. Maya ist die Einzige, die …«

»Jaspar, Maya hat mich verhext. Maya hat mich in diese abscheuliche, halb menschliche, halb vogelartige Gestalt verwandelt. Sie hat mich zu töten versucht, Jaspar, und sie hat unsere Brüder getötet. Ich hab gesehen, wie sie es getan hat! Du musst mir glauben!« Er erhob die Stimme, und Iseult vollführte beschwichtigende Gesten. Da senkte er die Stimme wieder. »Jaspar, du weißt, dass ich es bin, nicht wahr? Halte meine Hand. Du weißt, dass ich es bin, Lachlan, dein Bruder?«

»Ja. Lachlan. Es tut so gut, dich zu sehen, mein Bruder. Ich dachte, du wärst tot.«

»Ich wäre fast gestorben, Jaspar. Wäre es nach ihr gegangen, wäre ich tot. Maya ist nicht die, für die du sie hältst. Sie ist keine Menschenfrau. Das schwöre ich dir. Sie liebt dich nicht …«

»Meine Maya«, sagte Jaspar lächelnd. »Sie ist die Einzige, die mich liebt, die Einzige, die mir beisteht.«

»Nein, Jaspar, sie hat dich verhext! Du liegst hier im Sterben, weil sie dich verhext hat. Kannst du nicht erkennen, dass sie eine Mörderin ist?«

»Eine Mörderin? Wer?«

»Maya natürlich«, sagte Lachlan mit kaum gezügelter Ungeduld. »Deine Frau. Sie hat nur Übles getan, seit sie in unser Land kam, Jaspar. Verstehst du nicht?«

»Nein, Lachlan. Du bist es, der nicht versteht. Maya ist die Einzige, die mich liebt und mich nicht betrügt. Ihr habt mich alle verlassen …«

»Sie ist schuld, dass wir dich verlassen mussten! Sie ist diejenige, die uns getrennt hat. Sie hat mich in einen Vogel verwandelt, Jaspar, in einen Vogel! Und hat ihren Falken auf uns gehetzt. Sie hat Donncan und Feargus ermordet.«

Iseult schaute erneut über die Schulter und sah, dass der Blick der wunderschönen Frau in Rot auf das Bett gerichtet war. Sie runzelte leicht die Stirn.

»Bitte glaubt ihm«, flüsterte sie dem Rìgh hastig zu. »Er ist wirklich Euer Bruder, und er sagt die Wahrheit.«

Die dunklen, unkonzentrierten Augen des Rìgh schwenkten zu ihr. »Bist du das, Rote? Was tust du in meinen Träumen? Oder bist du real?«

»Ich bin real, Eure Hoheit, und Lachlan ebenso. Wir sind beide hier, und wir leben beide. Vertraut uns.«

»Lachlan …«

»Ja, Jaspar?«

»Lass mich deine Hand erneut spüren.«

Die beiden Brüder verschränkten die Hände. Lachlans Wangen waren nass. »Stirb nicht, Jaspar«, flüsterte er. »Lebe! Wir können zusammen die Fairgean bekämpfen. Wir werden den Leitstern retten und ihn erneuern, wir werden …«

»Der Leitstern ist fort«, sagte Jaspar so laut, dass mehrere der Leute um den Kamin aufschauten und die Banrìgh sich erhob.

»Schnell!«, zischte Iseult.

»Nein, Jaspar, es sind alles Lügen. Sie hat dir nur Lügen erzählt. Bitte hör mir zu …«

»Rote, was tust du?«, rief die Banrìgh. »Du brauchst so lange. Ist alles in Ordnung?«

»Ja, Eure Hoheit«, sagte Iseult, indem sie Isabeaus Stimme so gut nachahmte wie möglich. »Nur noch ein paar Minuten.«

»Es ist spät …«

»Es wird nicht mehr lange dauern, Eure Hoheit.« Sie sah Latifa verwirrt aufschauen und beugte den Kopf über den Rìgh, damit sich die alte Köchin nicht fragen würde, was nicht stimmte.

Lachlan flüsterte: »Kannst du meine Schwingen nicht erkennen? Siehst du, wie mein Körper verheert wurde? Sie hat mich in eine Amsel verwandelt und ihren Falken auf mich gehetzt. Sie sind Fairgean, Jaspar, und es ist alles nur ein Trick, ein Plan, um unsere Macht zu vernichten und die Küsten wiederzugewinnen.«

Jaspar sagte benommen: »Dein Gesicht verschwimmt. Ich fühle mich seltsam.«

In ihrer Verzweiflung gab Iseult ihm noch einen Mund voll *Mithuan*. Es war zwei Stunden nach Mitternacht, und sie hatten nicht mehr viel Zeit.

»Sie ist eine böse Zauberin, Jaspar, die dich auf die Weise verhexte, dass du dich gegen deine Freunde und Familie gewandt hast! Du musst erkennen, dass sie böse ist!«

Jaspar war beunruhigt. »Nein, Lachlan, wie kannst du so etwas sagen? Nein, bei dir hat sich eine Idee festgesetzt, die zu einer absonderlichen Frucht wurde. Maya ist gut und freundlich. Sie kümmert sich um mich und tut ihr Bestes, für das Volk zu sorgen.«

»Und warum hat sich das Land dann erhoben? Warum verschwinden Menschen nachts aus ihren Betten und werden niemals wiedergesehen? Warum gibt es so viel Mord und Folter?«

Jaspar schüttelte den Kopf, seine Lippen so weiß, dass sie kaum mehr zu sehen waren. »Böse Menschen …«

»Maya ist böse!« Lachlan erhob erneut die Stimme. Iseult hörte die wartenden Höflinge murmeln und sich regen und ließ eine Hand in die Schürzentasche gleiten, wo sie ihren *Reil* versteckt hatte. »Sie und ihr Baby. Sie hat das Baby durch üble Zauberei bekommen, Jaspar. Sie hat den Kometen benutzt, um einen solch mächtigen Zauber heraufzubeschwören … Wie konntest du das nicht erkennen? Wie kannst du noch immer glauben, sie sei gut und freundlich, wenn sie doch eine üble, intrigierende, mordende …«

»Maya ist meine Frau«, sagte Jaspar mit zittriger Würde. »Ich glaube, du vergisst dich, Lachlan.«

Iseult hörte hinter sich Schritte und warf Lachlan einen warnenden Blick zu, der daraufhin hastig den Umhang um sich schlang und die Kapuze über den Kopf zog. Als er unsichtbar wurde, seufzte Jaspar und bewegte unruhig den Kopf. Dann senkte sich eine kühle Hand auf Iseults Schulter und die Banrìgh trat an ihr vorbei, um sich über den Rìgh zu beugen und ihn auf die Stirn zu küssen. »Was ist los, mein Liebling? Ich habe dich aufschreien hören.«

Jaspar ergriff ihre Hand, und Tränen liefen ihm übers Gesicht. »Maya, Lachlan war hier, *er war hier!* Ich habe ihn gesehen. Nicht wahr, Rote? Du hast ihn auch gesehen.«

Iseult beugte den Kopf und schwieg, sich der Tatsache bewusst, dass die silbrigblauen Augen mit den dunklen Wimpern sie beobachteten. Maya sagte: »Es war nur ein Traum, mein Liebling, nur ein Traum. Komm, wir haben alle Papiere fertiggestellt, so wie du uns angewiesen hast.« Sie lachte leicht. »Wir haben sogar deinen Cousin Dughall als Nächsten in der Blutlinie aufgeführt, wie du es wolltest, obwohl er sagt, er wird dem Namen seines Vaters nicht entsagen ...«

»Maya, er war hier. Ich habe ihn gesehen. Er hatte Schwingen und Klauen ...«

Die Banrìgh erstarrte vollkommen, und ihre Pupillen weiteten sich. »Ich fürchte, der Rìgh verliert sich in Albträumen«, sagte sie laut. »Rote, kannst du ihm helfen?«

»Ich wage ihm kein weiteres *Mithuan* zu geben«, sagte Iseult, während sie zur anderen Seite des Bettes trat, die Hand auf dem *Reil*.

»Du musst. Er muss die Papiere unterzeichnen. Gib es ihm jetzt.« Die seidenweiche Stimme klang unterschwellig stahlhart. Dann bedeutete die Banrìgh den Ratsmitgliedern gebieterisch, die Schriftrollen und das königliche Siegel heranzubringen.

»Ja, Eure Hoheit«, sagte Iseult und hob den Kopf des Rìgh an, um ihm einige weitere Tropfen des Tranks einzuflößen. Seine Lider flackerten, und er schluckte.

Sie versammelten sich um das Bett. Einige weinten – so der Mann in schwarzem Samt und Juwelen, ein kleiner, alter Mann mit Tränensäcken. Er breitete die Papiere vor dem Rìgh aus und schob die Feder in seine zittrige Hand. »Euer Testament und die Anordnungen, Eure Hoheit. Nach Euren Wünschen niedergeschrieben. Die Banprionnsa Bronwen Mathilde MacCuinn wird erben, aber ihre Mutter wird als Regentin agieren, bis die Banprionnsa vierundzwanzig ist. Unterzeichnet hier, mein Laird, und hier.«

Als sich die schwachen Finger um die Feder schlossen und der Rìgh sich im Bett aufrichtete, ergriff Lachlan die Papiere und warf sie quer durch den Raum. Zumindest nahm Iseult an, dass es Lachlan war, denn sie sah nur die Papiere davonsegeln. Alle schnappten nach Luft und sahen sich nervös um, sich vollkommen der Tatsache bewusst, dass Samhain war, die Nacht der Toten, in der Geister umherirrten und Todesfeen heulten.

Nur die Banrìgh zeigte keine Angst. Sie sammelte die Papiere wieder ein und legte sie vor den Rìgh, während sie sie mit einem Arm festhielt. Sanft drückte sie ihm die Feder in die Hand und sagte weich: »Unterzeichne, mein Liebling.«

»Nein!«, rief Lachlan und nahm den Umhang ab, sodass alle ihn sehen konnten. Keuchen und Schreie erklangen, und die meisten der Ratsmitglieder schraken vor Angst zurück. Der Mann in schwarzem Samt trat vor und fragte zögernd: »Lachlan?«

Der geflügelte Prionnsa kniete sich neben seinen Bruder und ergriff dessen Arm. »Bitte glaube mir, Jaspar! Benenne mich zu deinem Erben! Ich bin ein wahrer MacCuinn. Ich würde dich nicht belügen. Bitte glaub mir, was ich dir erzählt habe …«

Die Banrìgh stand still, ebenso bleich wie ihr Mann, und wartete ab, was er sagen würde. Latifa keuchte und drückte das Baby an ihre Schulter.

Jaspar hob eine Hand und berührte Lachlans stämmige Schultern, die weichen Federn seiner Schwingen, seine Gesichtshaut. »Du bist zurückgekehrt«, flüsterte er. »Du bist real, aber du trittst in die Schatten und wieder heraus wie ein Geist. Träume ich? Bin ich tot?«

»Nein, Bruder«, weinte Lachlan. »Ich lebe, ich schwöre es.

Benenne mich zum Erben! Warum sollte Maya die Unbekannte regieren? Wer ist sie, dass sie den Thron stehlen darf? Ich bin Lachlan Owein MacCuinn, der jüngste Sohn Partetas des Tapferen. Du solltest mich benennen!«

»Ich benenne meine Tochter zur Erbin«, sagte Jaspar zögernd, seine Stimme kräftiger. Sie konnten seinen Puls an der Schläfe rasch schlagen sehen. »Meine Tochter.«

»Sie ist ein Mischling!«, schrie Lachlan. »Durch üble Zauberei entstanden! Du kannst keinen Fairgemischling regieren lassen! Sie ist die Saat des Bösen!«

»Nein«, stöhnte Jaspar. »Weiche, Dämon!«

»Jaspar, es ist die Wahrheit!«

»Maya ist meine Frau, meine geliebte Frau.«

»Sie ist eine Hexe«, schrie Lachlan verzweifelt. »Sie hat mich zu diesem … diesem *Uile-Bheist* gemacht!« Er deutete mit einer fahrigen Handbewegung auf seine Schwingen und Klauen.

»Maya könnte so etwas niemals tun. Niemals.«

»Ich habe sie gesehen!«

»Du bist nur ein Albtraum, ein böser Geist, der gekommen ist, um mich zu verwirren und mir Angst einzujagen. Schande über dich. Schande!« Mit letzter Kraft ergriff Jaspar die Papiere und kritzelte seine Unterschrift zunächst unter das eine und dann unter das andere Schriftstück. Lachlan versuchte verzweifelt, die Papiere zu ergreifen, langte über das breite Bett, aber Jaspar hielt sie außer Reichweite und übergab sie dann dem Schatzkanzler. »Versiegelt sie für mich, Cameron.« In seiner Ecke gefangen, konnte Lachlan nur hilflos zusehen, wie der Schatzkanzler zitterig Jaspars Siegel in das warme Wachs drückte und die Papiere abstempelte.

»Es ist vollbracht«, sagte der Rìgh und sank in die Kissen zurück. »Bronwen wird regieren, wenn sie erwachsen ist. Das Land ist sicher.«

»Danke, Jaspar!«, rief Maya und sank neben dem Bett auf die Knie. Sie weinte. Sie küsste seine Hand, die schlaff in ihrer Hand ruhte. Er lag still. Sie wandte sich um und winkte eines der Ratsmitglieder zu sich, der mit einem Kandelaber nähertrat. Als sich das Licht über das Kissen ergoss, sahen sie das Gesicht des Rìgh, schlaff und grau, die Augen zwischen den halb geschlossenen Lidern glasig.

Sie schrie, ein seltsamer, hoher, widerhallender Laut, der von den Wänden widerhallte und den Spiegel im Raum zerspringen ließ. Alle duckten sich, die Hände auf den Ohren. Maya schrie erneut und sank über das Bett. Latifa schluchzte, wobei ihr ganzer Körper erbebte. Auch das Baby begann zu weinen. Lachlan schrie: »Nein, Jaspar!« und ergriff sein Handgelenk, schüttelte seinen Arm. Er versetzte Maya einen heftigen Stoß, sodass sie zu Boden fiel, warf sich aufs Bett, umklammerte Jaspars Schultern und versuchte, ihn wieder aufzuwecken.

»Ergreift ihn!«, schrie Maya. »Wachen! Wachen! Verrat!«

»Lachlan, schnell! Wir müssen gehen!«, rief Iseult.

Als die Tür aufschwang, sagte der Schatzkanzler mit belegter Stimme: »Der MacCuinn ist tot! Lang lebe die NicCuinn!«

»Lang lebe die Banrìgh, Bronwen NicCuinn!«, echoten alle Ratsmitglieder.

»Nein!«, rief Lachlan und wäre über das Bett gesprungen, wenn Iseult ihm nicht ein Bein gestellt hätte. Er fiel auf den Körper seines Bruders und weinte, und Iseult ergriff seinen Arm und zog ihn fort. Mit ihrer freien Hand warf sie den *Reil*, der sauber durch die Kehle eines durch die Tür heraneilenden Soldaten schnitt. Blut spritzte auf die wolkenblauen Wände, und Latifa schrie.

Iseult gelangte mit Lachlan durch die Tür und konnte ihn ausreichend beruhigen, dass sie einen cremefarbengoldenen Schrank vor die Türen schieben konnte. Es war ein leichtes Möbelstück, und sie glaubte nicht, dass es lange halten würde, sodass sie Lachlan so rasch wie möglich zum Kinderzimmer zog, wo Finn und Isabeau besorgt warteten.

»Der Rìgh ist tot«, sagte Iseult, sobald sie die Tür hinter sich gesichert hatten. Sie konnten an der anderen Tür Hämmern und Rufen hören.

»Das haben wir vermutet. Meghan ist unterwegs. Gitâ ist zu ihr gegangen, sodass sie nahe genug sein muss, um ihn gerufen zu haben.«

»Lachlan!«, rief Iseult. » Blase das Horn! Wir brauchen Hilfe, denn wir können den Palastwachen nicht allein standhalten!«

Lachlan war zu einem Sessel getaumelt und stützte den Kopf in die Hände. Finn ergriff das Horn, lief zum Fenster, lehnte sich in die Winternacht hinaus und blies mit aller Kraft hinein. Der Ton hallte lange und wunderschön in die Dunkelheit und verweilte endlos.

Beim ersten Ton des Hornstoßes sprang Duncan auf und rief den Wachen zu, ihre Waffen zu ergreifen. Auch Dillon sprang aufgeregt auf, und die anderen Kinder wirbelten um ihn herum und warteten auf seine Befehle. Jorge setzte sich mit zitternden Händen auf.

»Jemand muss die Glocke läuten!«, rief Dillon. »Um die Rebellen zu warnen. Johanna, das solltest du tun.«

Sie schrak zurück. »Ich … kann nicht.«

»Du musst, verstehst du das nicht? Jorge kann nicht gehen. Er ist zu krank. Und wir müssen auf Tòmas aufpassen.«

»Ich werde gebraucht werden«, sagte der kleine Junge ernst. »Ich kann den Tod spüren.«

»Jaspar MacCuinn ist tot.« Jorges Gesicht wirkte sorgenvoll. »Aber es wird weitere Tode geben. Viele weitere Tode.«

»Tòmas wird *nach* dem Kampf gebraucht werden, nicht währenddessen. Während des Kampfes wäre er keine Hilfe. Und du auch nicht, Johanna! Du musst dableiben und dich um Jorge und Tòmas und die anderen Kinder kümmern.«

»Ich will nicht gehen«, sagte das Mädchen zitternd und unter Tränen.

»Aber jemand muss die Glocke läuten. Wenn du schon nicht kämpfen kannst – dann könntest du zumindest das tun –, so werden zumindest wir anderen dort sein, wo wir am dringendsten gebraucht werden.«

Obwohl er mit grausamer Offenheit sprach, war eine solche Ernsthaftigkeit und Gedankenklarheit an dem Jungen, dass sowohl Duncan als auch Jorge murmelten: »Er hat Recht.«

Außerhalb des Turms heulte ein Wolf. Alle zuckten zurück, sogar Jorge, und der Rabe krächzte laut. Johanna zitterte. Aber sie erinnerte sich der feinen grauen Asche ihres Samhainwunsches, die mit den Worten, mit den magischen Schriftzeichen, den Kamin hinaufgeschwebt war: »Ich will keine Angst mehr haben.« Zu ihrer aller Überraschung straffte sie die Schultern und sagte: »In Ordnung, ich werd es tun.«

Der Wolf heulte erneut.

Anghus hob erstaunt den Kopf. Er hatte das Kriegshorn des MacRuraich noch niemals zuvor gehört, aber er erkannte seinen Klang sofort. Er hielt mitten im Schritt inne, und Casey, der ihm dichtauf folgte, stieß im sie umgebenden Nebel gegen ihn.

»Das Horn des MacRuraich!«, rief Meghan und ergriff seinen Arm. Gitâ klammerte sich an ihre Schulter und keckerte aufgeregt. »Sie müssen es aus dem Relikteraum genommen haben. Aber warum? Ich habe das Horn niemals erwähnt!«

Irgendwo im Nebel erhob sich Wolfsgeheul, nahm den Ton des ersterbenden Horns auf. »Tabithas!«, riefen Anghus und

Meghan gleichzeitig. Weiteres Heulen erklang, niederdrückend und lang gezogen. Die Männer, die ihnen folgten, erschauderten und rückten näher, aber auf Anghus' und Meghans Gesichtern war nur Freude erkennbar.

Aus der Dunkelheit schwebte ein Bataillon Geisterkrieger heran, die Eisschwerter führten. Sie trugen Kleidung aus vielen verschiedenen Jahrhunderten, aber alle wiesen die geisterhaften Überreste des schwarzen MacRuraich-Kilts auf, und in jedes Schwert und jeden Schild war der wilde Wolf eingraviert. Die Rebellen schrien vor Angst und taumelten rückwärts, aber Meghan und Anghus betrachteten die Szene furchtlos und fasziniert. Lautlos durch Sturm und Nebel schwebend, näherten sich die Geisterkrieger dem Palast. Warnrufe erklangen, und rot gekleidete Soldaten taten eilig ihre Pflicht. Bald wurde auf dem großen Platz und auf der Wallanlage gekämpft, und im Palast wurde es hell.

»Nur Fionnghal kann die MacRuraich-Geister herbeigerufen haben«, sagte Anghus jubelnd. »Wie konnte sie wissen, dass das Blasen des Horns an Samhain die Krieger vergangener Jahrhunderte herbeiruft? Wie konnte sie wissen, was das Horn war?«

»Glück? Instinkt? Wer weiß? Die Geisterkrieger sind gekommen, und die Roten Garden können ihnen nicht standhalten. Beeilen wir uns!« Und Meghan wartete nicht, dass sie ihr folgen würden, sondern raffte ihre Röcke und lief auf den Palast zu, während sich der Donbeag verzweifelt an ihren Zopf klammerte.

Anghus folgte ihr und stieß den MacRuraich-Kriegsschrei aus. Die Männer hinter ihm nahmen den Schrei auf und riefen ebenfalls: »Der Wolf! Der Wolf!« Annähernd hundert Mann folgten ihnen nun, nachdem Meghan die Türen zu allen Zellen in den Kerkern unter dem Palast geöffnet hatte.

Ein Rotgardist griff Anghus aus den Schatten an, und er übte mit raschen, harten Streichen Vergeltung. Irgendwo dort drinnen war seine Tochter – nichts würde ihm jetzt mehr im Wege stehen! Eine große schwarze Gestalt sprang aus den Schatten und riss einem Wächter die Kehle heraus, der den Prionnsa sonst auf seine Lanze aufgespießt hätte. »Tabithas!«, rief Anghus, und die Wölfin wandte sich um und grinste ihn an, ihre Fänge bluttriefend.

Meghan eilte voraus. Aus einem unbestimmten Grund konnte niemand, der sich ihr in den Weg stellte, sie treffen. Anghus lief hinter ihr her, die Wölfin auf den Fersen, und tauchte ins Kampfgetümmel. Rotgardisten kämpften gegen Soldaten in blauen Kilts, Geisterkrieger schwärmten in den Schatten, Wölfe sprangen und schnappten zu.

Anghus genoss die Handhabung seines Schwertes sehr. Er hatte seinen Kopf schon viel zu lange demütig gebeugt! Endlich konnte er die Beleidigungen seines Stolzes und die Verletzungen seiner Familie rächen. Donald war hinter ihm und wehrte diejenigen ab, die sie von hinten erwischen wollten. Casey kämpfte mit zuckendem Schwert neben ihm. Die schwarze Wölfin lief voraus. »Tabithas!«, rief Anghus. »Finde Fionnghal! Finde meine Tochter!«

Iseult drückte Lachlan Bogen und Köcher in die widerstrebenden Hände. »Lachlan, die Roten Garden kommen! Wir müssen gehen!«

»Nein!«, stieß er wütend hervor. »Wo ist diese Fluchhexe? Sie hat mein Geburtsrecht gestohlen! Wo ist sie?«

»Sie ist bei den Soldaten, Lachlan. Sie werden dich töten! Hier wimmelt es von ihnen, *Leannan.* Wir können sie nicht alle bekämpfen. Wir sollten gehen!«

Er schüttelte sie ab, erhob sich, durchschritt auf seinen Klauen den Raum und ergriff den Bogen, seine goldtopasfarbenen

Augen leuchteten dabei so wild, dass die anderen schwiegen. »Ich werde sie und dieses Fairgebaby töten. Ich werde sie erwürgen! Vielleicht bricht ihr Tod den Zauber und stellt mich wieder her, da nichts anderes es konnte. Sie die NicCuinn zu nennen! Dieses schreiende Balg, diese Mischlings*uilebheist …*«

»Wenn Wolkenschatten Recht hatte, dann sind Iseult und ich auch halbe Zauberwesen und somit Uile-Bheistean«, sagte Isabeau an ihn gewandt, ihr ganzer Körper angespannt. Alle waren überrascht, und Iseult sah ihren Zwilling mit widerwilliger Bewunderung für ihren Mut an. Sie hätte Lachlan in dieser Stimmung nicht einfach getrotzt.

»Und du hast versprochen, für die Zauberwesen einzutreten«, sagte Iseult. »Du solltest das Baby nicht nach seiner Abstammung beurteilen. Sie ist deine Nichte.«

Bei diesen Worten erwiderte Isabeau den Blick ihrer Schwester gleichermaßen, und die Zwillinge spürten ihre seltsame Verbindung wachsen.

Draußen hörten sie Wölfe heulen und dann das Klirren von Waffen. »Die Blauen Garden kommen!«, rief Lachlan und spannte den Langbogen, prüfte ihn.

Ein lautes Krachen erklang, und sie erkannten, dass der Schrank nachgegeben hatte. Sie sahen einander an, liefen dann in Mayas Boudoir und sicherten die Tür hinter sich. Plötzlich begannen Glocken laut und beharrlich zu läuten. Iseult und Lachlan wechselten einen raschen, triumphierenden Blick.

»Die Liga hat es erneut geschafft!«, sagte Lachlan grinsend. »Nun werden wir sehen, wie lange die Hexe regiert.«

»Lachlan, wir müssen hier raus!«, drängte Iseult. »Ich kann sie nicht alle bekämpfen – wir können es nicht! Wir müssen den Schlüssel vereinen und den Leitstern retten, wenn wir uns behaupten wollen. Das weißt du! Du hast die Rebellion beschleunigt, bevor wir den Leitstern hatten, und du weißt, dass Meghan sagt …«

»Ich gebe keinen Deut auf das, was Meghan sagt«, fauchte Lachlan. »Wär ich früher zu Jaspar gegangen, hätte ich ihn vielleicht überzeugt!«

»Und du wärst vielleicht auf dem Scheiterhaufen verbrannt worden«, erwiderte Iseult.

An beiden Innentüren sowie an der großen Eingangstür zur Zimmerflucht der Banrìgh erklang Hämmern. »Wir müssen uns zurückziehen und unsere Freunde suchen«, sagte Iseult. »Bitte, Lachlan, lass uns gehen!«

»Wohin?«, fragte Isabeau. »Beide Türen sind belagert. Ich hab sie zwar verriegelt, während ihr beim Rìgh wart, aber sie werden nicht lange halten.«

»Durchs Fenster!«, rief Lachlan und riss es auf.

»Was ist mit Isabeau und Finn?«, rief Iseult. »Sie können nicht fliegen!«

Isabeau hatte ein komisches Gefühl, als schlösse sich eine Hand um ihr Herz. Sie hatte bisher keine Zeit gehabt, sich zu fragen, wie Lachlan und Iseult die Fenster der königlichen Zimmerflucht fünf Stockwerke über dem Boden erreicht hatten.

»Wir werden sie tragen müssen«, sagte Lachlan. »Hast du genug Kraft, Finn zu halten? Sie ist nur ein mageres, kleines Ding.«

Das Geräusch einer der Innentüren, die nachgab, dämpfte Finns Protest. Sie kletterte, wie Lachlan sie anwies, aufs Fensterbrett, Isabeau folgte ihr mit hämmerndem Herz.

»Leg deine Arme um meinen Hals«, befahl er, ohne sie anzusehen. Isabeau gehorchte steif, wobei sie Abstand zwischen ihnen hielt. Verärgert schnaubend packte er sie, packte sie so fest, dass ihr aller Atem entwich und sie nicht wieder einatmen konnte. Er schwang sich in die Luft, und Iseult folgte nur Sekunden später. Die Soldaten erreichten das Fenster gerade in dem Moment, als sich Iseults Fuß vom Fensterbrett löste. Ein Soldat griff noch nach ihrem Rock, aber sie trat ihm ins Gesicht, und er sank mit zerschmetterter Nase zu Boden.

Hinter dem Palast hob sich die Dunkelheit, und die Sterne begannen zu verblassen. Sie gerieten rasch in Nebel, wobei Lachlan zu kämpfen hatte, ihren Fall zu verlangsamen. Allmählich beruhigte sich der kräftige Schlag seiner Schwingen, und sie sanken langsamer herab, von Düsterkeit umgeben. Isabeau konnte nur schwach sein Gesicht sehen.

»Wie kann Iseult ohne Schwingen fliegen? fragte sie.

»Ihre Mutter ist Ishbel die Geflügelte«, erwiderte er und spürte, wie sie heftig zusammenzuckte.

Das dumpfe Klirren von Schwertern klang durch den Nebel sowie die Schreie und Rufe Sterbender. Über die ganze Westseite verteilt befanden sich Rotgardisten in verzweifeltem Nahkampf mit Kriegern, die im umherwirbelnden Nebel eigenartig unkörperlich schienen. Hier und da sprangen die dunklen, schmalen Gestalten von Wölfen empor und rissen rot gekleidete Soldaten nieder.

Dann sahen sie im Nebel schwebende, sich verändernde Geistergestalten. Als die Geister durch sie hindurchschwebten, spürten sie beide einen Schauder ihr Rückgrat hinabgleiten, einen plötzlichen Kälteschock. Isabeau klammerte sich an Lachlan und konnte einen Schrei nicht unterdrücken. Er landete hart, stolperte und fiel, sodass ihr aller Atem genommen wurde. Sie lag still, das Gesicht an seinen Hals gepresst, und dann wuchtete er seinen schweren Körper von ihr fort, wobei er mit seinen Klauen ihre Beine zerkratzte. Rotgardisten materialisierten sich aus dem Nebel, aber die Geisterkrieger schwärmten zu ihnen aus, sodass Lachlan noch genug Zeit hatte, sein Langschwert zu ziehen. Isabeau kniete hinter ihm und versuchte, zu Atem zu kommen, während er sich in den Kampf mit den nächststehenden Rotgardisten einließ.

Iseult kämpfte sich zu ihnen durch, Finn dicht hinter ihr. »Wo kommen alle diese Geister her?«, fragte Iseult, die keine Angst zeigte und deren Dolch dunkel vor Blut war.

»Wer weiß? Ich weiß nur, dass sie für uns und nicht gegen uns kämpfen«, erwiderte Lachlan. Sie und Lachlan fochten Seite an Seite, ahnten jede Bewegung des anderen voraus und kämpften wie ein Mensch. Sie bewegten sich langsam über das Gelände, versuchten, den Garten zu erreichen, aber als es heller wurde, vergingen die Geisterkrieger, und sie hatten Schwierigkeiten, sich nicht von den Rotgardisten überwältigen zu lassen. Aus dem Garten erklang der zögerliche Gesang des ersten Vogels.

Sie hörten Gebrüll, und ein großer Mann in einem verblassten, blauen Kilt drang mit schwingendem Langschwert durch den Nebel. Bei ihm befanden sich dreißig oder mehr Soldaten, und bald waren es die Roten Garden, die sich zu den Palastmauern zurückziehen mussten.

»Duncan!«, rief Lachlan. »Eà sei Dank, dass du da bist. Komm mit, ich hab im Palast noch etwas zu erledigen!«

Duncan nickte und wies seine Männer an, den Soldaten nachzusetzen. Lachlan stützte sich schwer atmend auf sein Langschwert. Er warf Isabeau einen raschen Blick zu und fragte barsch: »Hast du die zwei anderen Teile des Schlüssels?«

Isabeau betrachtete ihn wachsam. »Latifa hat sie.«

Er fluchte und warf ihr einen Blick tiefster Abneigung zu. »Die alte Dicke. Ich erinner mich an sie. Du solltest die Teile haben! Warum hast du sie nicht?«

»Latifa hat sie bewacht.«

»Du Närrin! Es dämmert bereits. Solltest du sie nicht zusammenfügen, wenn sich die Machtverhältnisse ändern? Hat Meghan das nicht gesagt?«

»Wir haben sie bereits am Abend der Mittsommernacht bei Sonnenuntergang und Mondaufgang zusammengefügt, aber ich denke, jeder Gezeitenwechsel wäre geeignet.«

»Iseult, *Leannan*«, sagte er, und alle Härte wich aus seiner Stimme, »du musst den Schlüssel holen. Es war deine Aufgabe, deine und Isabeaus, den Schlüssel zu vereinen, wenn Meghan nicht bei uns wäre.«

»Meghan ist in der Nähe«, rief Isabeau. »Sie wird hier sein!«

»Ich muss gehen und dieser Hexe mit dem schwarzen Herzen mein Schwert an die Kehle legen«, sagte Lachlan. »Dann werden wir sehen, ob sie mich zurückverwandelt! Dann werden wir sehen, ob ihr Blut rot oder schwarz wie Fischblut fließt.«

»Nein, Lachlan! Du musst mit uns kommen. Ich fürchte um deine Sicherheit. Wir müssen zusammenbleiben, bitte, Lachlan!«

»Geh! Vereine den Schlüssel. Ich treffe euch am Teich der Zwei Monde. Wenn ihr mich braucht, blast das Horn, und ich werde kommen. Fürchte nicht um mich – die Rebellen werden die Glocken gehört haben. Sie werden bereits an den Palasttoren stehen. Du weißt, dass das unser Plan ist. Wir haben ihn nur umgekehrt ausgeführt. Bitte, *Leannan,* lass mich gehen. Hat Isabeau nicht gesagt, Meghan sei in der Nähe? Und ich hab den Bogen!« Er schwenkte ihn.

»Lachlan, es ist zu gefährlich! Warte ...«

»Nein, *Leannan.* Ich muss die Fluchhexe stellen. Sie wird ihre üble Zauberei gegen uns wenden. Du begreifst ihre Macht nicht!«

»Nein, Lachlan ...«

»Sie hat meine Brüder getötet!«, knurrte er und lief los, um sich an den Kämpfen zu beteiligen.

Sie konnten von allen Seiten Waffen klirren und Wölfe heulen hören, näher denn je. Während sie beobachteten, wie Lachlan sich seinen Weg schlagend und stechend durch die Kämpfenden bahnte, hielt Isabeau tröstend den Arm ihres Zwillings. Zum ersten Mal standen Iseult Gefühle deutlich ins Gesicht geschrieben – Sehnsucht und schreckliche Furcht vermischten sich.

Latifa eilte durch die Gänge, das Baby ans Herz gedrückt. *Das arme kleine Baby, die hübsche Bronwen,* dachte sie und spürte, wie sich das Baby als Reaktion regte. Es weinte jetzt nicht, die silbrigblassen Augen weit geöffnet, die Hand zu einer kleinen Faust geballt.

Die alte Köchin erreichte ihren Raum und verschloss die Tür hinter sich. Ihr Herz hämmerte, ihr Atem pfiff. *Zu alt und zu dick dafür.* Sie legte das Baby sanft auf ihr Bett, wandte sich um und durchstöberte ihre Schubladen. Ihre Finger schlossen sich um einen dicken Zopf roten Haars, so lang, wie sie groß war. Sie nahm ihn hervor und hielt ihn fest. Tatsächlich hatte sie schon oft gedacht, er könnte sich als nützlich erweisen, dieser Haarzopf, den sie Isabeau vom Kopf geschnitten hatte. Sie hatte ihn bereits mehrere Male benutzt – um Isabeau in jener ersten Dämmerung in die Küche zu rufen, um sie dazu zu bringen, das Kreuzkraut zu sammeln, das die Übelkeit der Wachen Gwilyms des Hässlichen bewirkt hatte, um sie zu rufen, wenn sie sie brauchte.

Sie empfand leichte Schuldgefühle, aber das Mädchen hatte gefiebert, war verwirrt gewesen und wäre gestorben, wenn Latifa ihre Temperatur nicht gesenkt hätte. Latifa besaß einiges Wissen über Kräuter, aber ihre Kunst war das Kochen, nicht das Heilen. Die einzige Möglichkeit, die sie kannte, um Fieber zu senken, hatte darin bestanden, das üppige Haar abzuschneiden. Da sie seine feurige Lebenskraft bewunderte, hatte sie es versteckt und Isabeau erzählt, sie hätte es verbrannt.

Latifa hatte die Szene im Schlafraum des Rìgh zutiefst beunruhigt. Abgesehen von ihrem Kummer über den Tod Jaspars, der stets ihr Lieblingsprionnsa gewesen war, und abgesehen vom plötzlichen Auftauchen des geflügelten Gespenstes, des Geistes, der solch schreckliche Dinge gesagt und so beunruhigend vertraut gewirkt hatte, abgesehen von all ihren Befürchtungen und ihrer Verwirrung, war da noch etwas Eigentümliches um Isabeau gewesen. Sie hatte vollkommen falsch geklungen und – schlimmer noch – auch vollkommen falsch gerochen. Sie hatte nach jemandem gerochen, der Fleisch gegessen hatte – und Latifa wusste, dass Isabeau niemals Fleisch von irgendeinem Lebewesen aß. Und sie hatte ebenso leicht einen Wächter getötet, wie man eine Fliege totschlagen würde. Latifa konnte sich nicht vorstellen, dass Isabeau, die weinte, wenn ein Lamm zur Schlachtbank geführt wurde, einem Menschen so unbekümmert die Kehle durchschneiden würde. Es verwirrte sie zutiefst, und sie konnte sich nur vorstellen, dass sich jemand als ihr Lehrling ausgegeben hatte.

Entweder das, oder Isabeau war nicht das, was sie zu sein schien.

Iseults Gesicht war im Nu wieder völlig ausdruckslos. Sie sagte ungeduldig: »Nun, dann sollten wir besser die anderen Teile des Schlüssels erlangen. Weißt du, wo sie sind?« Mit einem gleichgültigen Tritt setzte sie einen Rotgardisten außer Gefecht, der versucht hatte, sie von hinten anzugreifen.

Isabeau schloss die Augen und bemühte sich, Latifa in der allgemeinen Verwirrung auszumachen. »Ich glaube, sie ist in ihrem Raum. Hoffentlich hat sie Bronwen sicher fortgebracht!«

»Wer ist Bronwen?«

Isabeau sah sie vorsichtig an. »Das Baby.«

»Das Baby der Verhexerin?«

»Mayas und Jaspars Baby«, sagte Isabeau etwas zitterig. Lachlan hatte gesagt, er würde sie beide töten! Isabeau hatte sich seit ihrer Geburt vor einem Monat um die kleine Banrìgh gekümmert, und sie konnte den Gedanken an ihren Tod nicht ertragen. »Wir müssen Meghan finden«, rief sie. Als Iseult Einwände erhob, sagte sie: »Meghan wird Lachlan beschützen – sie wird ihn davon abhalten, etwas Dummes zu tun.«

Ihr Zwilling nickte eifrig. »Das stimmt. Sie wird ihn beschützen.«

Nun sandte Isabeau ihre Sinne auf die Suche nach ihrer Hüterin und rief dann mit froh pochendem Herzen: »Sie ist nahe, sie ist sehr nahe. Suchen wir sie und erzählen ihr, was vor sich geht. Dann können wir rasch Latifa suchen. Komm mit!«

Sie liefen seitlich das Gelände entlang, Finn die Elfenkatze an ihre Brust drückend, und kamen um die Ecke. Dort wurde heftig gekämpft, rot gekleidete Soldaten im Nahkampf mit grob gekleideten Rebellen, auf deren Seite auch Wölfe kämpften, angeführt von einer schwarzen Wölfin mit dichtem, aufgerichtetem Nackenfell. Sie kämpfte an der Spitze der Rebellen neben einem großen rotbärtigen Mann in schwarzem Kilt. Der Nebel wich hellem Sonnenschein, der Himmel über ihnen war tiefblau.

Als Finn ihren hellen Kopf zwischen Isabeaus und Iseults Köpfe schob, um etwas sehen zu können, hob die schwarze Wölfin die Schnauze und schnüffelte in die Luft. Dann heulte sie plötzlich triumphierend auf und sprang mit einem gewaltigen Satz durchs Gelände. Die drei Mädchen zogen sich zurück. Es sah so aus, als wollte die Wölfin zu ihnen.

Die Wölfin riss einem Wächter, der sie aufzuhalten versuchte, die Kehle heraus, richtete ihre schrecklichen goldenen Augen erneut auf die Mädchen und sprang auf sie zu. Iseult schob die beiden anderen hinter sich und zog ihren Dolch.

»Nein!« Sie hörten Meghans Stimme und sahen sie auf der

anderen Seite des Geländes stehen. Bei ihr war der Mann in schwarzem Kilt, einen gequälten Ausdruck auf dem Gesicht und die Hände erhoben. »Nein, Iseult!«, rief Meghan. »Die Wölfin ist eine Freundin. Tu ihr nichts.«

Es war zu spät – der Dolch hatte Iseults Hand bereits verlassen und wirbelte durch die Luft, direkt auf die Brust der schwarzen Wölfin zu. Isabeau hob eine Hand und der Dolch drehte ab und fiel klappernd zu Boden. Die Wölfin warf sich auf Finn. Das kleine Mädchen fiel schreiend hin, nur damit ihr die Wölfin begeistert das Gesicht lecken und die Pfoten auf ihre Brust legen konnte.

Meghan und ihr Begleiter eilten auf sie zu, der Mann taumelnd, eine Hand am Kopf. Er wurde von einem alten Mann mit einem langen, durch seinen Gürtel gezogenen Bart gestützt, während eine Angriffsspitze von Rebellen durch die Ränge der Palastsoldaten stieß. Finn streichelte vorsichtig das dichte Nackenfell der Wölfin und versuchte, mit der anderen Hand ihr Gesicht trockenzuwischen.

Der rotbärtige Mann fiel vor ihr auf die Knie und ergriff ihr Medaillon, sodass das vielfach geknotete Band riss. Finn wand sich in seinen Armen und protestierte, während er sie an seine Brust drückte und weinte. »Meine Fionnghal, meine Fionnghal«, murmelte er und wiegte sie vor und zurück. »Endlich habe ich dich wieder, meine Fionnghal.«

»Was ist nur dauernd mit diesem Namen?«, seufzte Finn und schob ihn von sich. »Wer seid Ihr? Hört auf, mich zu drücken!«

»Ich bin dein Vater«, weinte er. »Erkennst du mich denn gar nicht? Ich bin dein Vater!«

Ihre braungrünen Augen weiteten sich, und sie entzog sich ihm nun ganz. Sie sah ihn an und sagte: »Ich hab keinen Vater.«

»Du wurdest entführt«, weinte er. »Die Liga gegen Hexen hat dich mir genommen, damit ich tun sollte, was sie sagten! Du wurdest fünf Jahre lang von mir fern gehalten. Erinnerst du dich an nichts?«

Sie schüttelte, plötzlich verängstigt, den Kopf.

»Ich hab dir dieses Medaillon zu deiner Geburt geschenkt. Siehst du, hier ist meines.« Und er zog das Medaillon hervor, das auch er um den Hals trug, und zeigte ihr das Wappen auf seinem Schwert und seiner Spange. Die Wölfin, die neben ihnen lag, stieß dem Mann ihre schwarze Schnauze in die Hand. »Wir sind MacRuraichs, der Clan der schwarzen Wölfin«, sagte er. »Dies ist deine Tante, Tabithas.«

Finn fragte mit zitternder Stimme: »Das ist kein Witz, oder?«

»Nein, nein! Ich hab fünf lange Jahre nach dir gesucht. Glaubst du, ich würde mit so etwas spaßen? Und sieh nur! Tabithas weiß, wer du bist. Sie hat dich von den Bergen bis hierher verfolgt. Und hast du nicht das Horn geblasen? Du musst es getan haben, denn niemand sonst hätte die Geisterkrieger heraufbeschwören können.«

»Ich verstehe nicht«, sagte sie.

Meghan trat keuchend neben sie und fragte: »Anghus, ist sie das? Habt Ihr sie wieder?«

»Ich hab sie wieder«, weinte er und hielt Finn so fest, dass sie kaum atmen konnte.

»Ich bin froh«, sagte Meghan und legte eine Hand auf seine Schulter. Dann wandte sie sich ab, sah die Zwillinge an und achtete nicht mehr auf die um sie herum wütenden Kämpfe. »So, so, Iseult in Isabeaus Kleidern und Isabeau in Iseults Kleidern. Wolltet ihr mir einen Streich spielen?«

Isabeau schüttelte den Kopf, während ihr Tränen in die Kehle stiegen. Meghan lächelte ihr zu und umarmte sie heftig, wobei ihr Kopf nur bis zu Isabeaus Schulter reichte. »Es tut wirklich gut, dich zu sehen, mein Kind. Geht es dir gut?« Isabeau nickte.

»Nichts zu sagen? Die Dinge haben sich wirklich geändert,

wenn meine Isabeau sprachlos ist.« Sie lächelte auch Iseult zu und ergriff deren Hand, ließ Isabeau aber nicht los, die zu weinen begonnen hatte. »Oh, oh, keine Zeit für Tränen, Liebes. Wo ist Lachlan? Was tut ihr hier im Palast?«

»Der Rìgh ist tot«, sagte Isabeau weiterhin schluchzend. »Er ist vor ungefähr einer halben Stunde gestorben. Und Bacaiche sagt, er wird Bronwen töten! Du musst ihn aufhalten, Meghan! Sie ist noch ein Baby, erst einen Monat alt, und ein liebes, kleines Ding!«

Meghan sah sie angespannt an. »Ich verstehe. Wo ist Latifa?«

»Sie hat noch die zwei Teile des Schlüssels, Meghan. Ich wusste nicht, dass ich sie erlangen sollte. Niemand sagte mir, dass ich den Schlüssel jetzt haben sollte.«

Eine Truppe Rotgardisten griff sie schreiend und mit erhobenen Langschwertern an. Meghan hob eine Hand, und sie stolperten und gingen als rote, wogende Masse zu Boden. »Anghus!«, rief sie scharf. »Ihr müsst Eure Tochter hier herausbringen. Das ist kein Platz für ein Kind. Nehmt sie mit zum Turm. Ist Jorge dort?«

»Ja«, erwiderte Iseult.

»Bringt sie dorthin – sie wird den Weg kennen. Wenn sich die Kämpfe ausbreiten und es aussieht, als würden wir verlieren, dann flieht aus dem geheimen Tor in den jenseitigen Wald. Sagt Jorge, er soll die Kinder zum Sommerpalast bringen. Er wird sich an den Weg erinnern.«

Anghus nickte und hob Finn hoch. Sie legte die Arme um seinen Hals und sagte scheu: »Ich glaub, ich erinnere mich an den Bart.«

Er lächelte und presste seine Wange an ihre. »Komm, meine Fionnghal, bringen wir dich in Sicherheit. Komm, Tabithas!«

»Auf Wiedersehen, Iseult, Isabeau! Werden wir euch im Turm treffen?«

»Vielleicht«, erwiderte Meghan, und die Zwillinge gaben Finn einen Kuss und sagten, sie würden sie gewiss wiedersehen.

Die Soldaten hatten sich wieder aufgerappelt und griffen erneut an. Meghan hob die Hand, die Beine der Soldaten verhedderten sich, und sie gingen wieder zu Boden. Anghus trat um sie herum, die Wölfin so drohend knurrend, dass sich die Soldaten noch dichter auf den Boden pressten. Dann lief der Prionnsa über die Steinfliesen, der alte Mann mit der Wollmütze blieb ihm auf den Fersen. Die Wölfin lief mit wedelndem Schwanz mit ihnen.

»Isabeau, Iseult, wir müssen in den Palast gelangen. Ich werde Lachlan suchen, wenn ihr Latifa finden könnt. Sagt ihr, dass ich hier bin und dass wir den Schlüssel vereinen müssen! Die Dämmerung ist schon vorüber, sodass wir nur noch bis Mittag Zeit haben, es zu vollbringen. Ich betraue euch mit der Aufgabe – was auch immer geschieht, ihr müsst den Schlüssel vereinen!«

»Latifa hat Bronwen«, sagte Isabeau.

»Bronwen?«

»Das Baby.«

»Richtet ihr aus, sie solle für die Sicherheit des Babys sorgen. Gleichgültig, was Lachlan sagt – sie ist eine NicCuinn, und es sind zu wenige des Clans übrig, um über ihre Abstammung zu streiten. Ich werde Lachlan suchen und in Sicherheit bringen, das versprech ich euch. Und nun lasst uns gehen!«

Maya lag weinend über dem Fußende des Bettes. Heftiges Schluchzen erschütterte sie. Ein Schmerz, wie sie ihn niemals zuvor erlitten hatte, durchdrang sie wie eine Lanze. Jaspar war tot.

Sie hatte niemals daran gedacht, wie sie sich fühlen würde, wenn er starb. Sein Tod hatte von Anfang an zu ihren Plänen gehört. Hätte sie zu Beginn ihrer Ehe einen Erben empfangen, wäre er schon vor Jahren gestorben. Aber sie hatte sechzehn Jahre Zeit und einen uralten, mächtigen Zauber gebraucht, um den Samen in ihren Leib zu pflanzen, zu einem Zeitpunkt, zu dem sie ihm schon alle Lebenskraft genommen hatte. Sie und Sani hatten seit der Nacht, in der sie empfangen hatte, gewusst, dass er sterben würde – sie hatte Jaspars Kräfte in jener Nacht ebenso genutzt wie ihre eigenen, und er hatte nur noch wenig zu geben gehabt.

Und doch weinte sie über seinen Tod, als hätte sie ihn wirklich geliebt, als hätte er sich in ihr Herz versenkt und beim Herausreißen große Stücke ihres Fleisches mit sich genommen. Sechzehn Jahre lang hatte sie die Rolle der liebenden Ehefrau gespielt und musste nun feststellen, dass es nicht nur eine Farce gewesen war.

Schließlich lag sie still da, beruhigte sich mit großer Willenskraft. Sie war sich vage der Tatsache bewusst, dass die Soldaten die Türen niederzureißen versucht hatten. Sie hatte vage den Zorn über den Verrat der Roten gespürt sowie die Angst beim Erscheinen des geflügelten Mannes, obwohl sie sicher gewesen war, dass sie ihn weit fortgejagt hatten. Nun bemerkte sie das um die Vorhänge hereinsickernde Licht und den Vogelgesang.

»Mylady?« Ein Wächter beugte sich mit besorgter Stimme über sie. Sie biss bei der veränderten Anrede die Zähne zusammen – ihr Mann war noch keine zwanzig Minuten tot, und sie war bereits nur noch »Mylady«.

»Was ist los?«

»Wir konnten das *Uile-Bheist* nicht fangen – er und seine Verschwörer sind durch ein Fenster entkommen.«

»Aus einem Fenster entkommen? Wir sind fünf Stockwerke über dem Boden, Mann. Was haben sie getan – sind sie geflogen?«

»Ja, Mylady.« Seine Stimme und Miene waren unbewegt.

Angst und Kummer durchzuckten sie. Es war ein Schock gewesen, den kleinen Bruder ihres Mannes zu sehen, auf halbem Wege zwischen Amsel und Mensch gefangen. Seitdem sie die ersten Gerüchte über einen geflügelten Mann gehört hatten, hatten sie und Sani befürchtet, dass einer der vermissten Prionnsachan irgendwie überlebt hätte. Das schien jedoch ebenso unmöglich wie die Tatsache, dass er ihrem Zugriff mehrere Jahre lang entgehen konnte. Er hatte offensichtlich mächtige Magie zur Verfügung.

Plötzlich dachte sie an ihre Tochter, die neu ernannte Banrìgh von Eileanan. Sie ballte die Hände zu Fäusten. Bronwen war in Gefahr. Sie setzte sich auf und wischte sich verstohlen die Wangen.

Der Rìgh war auf dem Bett aufgebahrt, und Kerzen brannten rund um ihn herum. Wächter standen an den Wänden, kerzengerade und mit blutroten Jacken. Die Tür zum Ankleideraum war zersplittert, und ein zerbrochener Schrank versperrte halbwegs den Weg. Blut war auf den Boden und an die Wände gespritzt, aber der tote Soldat war bereits fortgebracht worden.

»Wache!«, sagte sie gebieterisch. »Wo hat man Ihre Hoheit hingebracht?«

»Latifa die Köchin hat sie mitgenommen, Mylady, denn das Baby war sehr unruhig.«

»Sagt Latifa, sie soll das Baby sofort zu mir bringen.«

Sie erhob sich und trat zum Spiegel, um ihr Gewand und Haar zu richten. Aber nur der leere Rahmen war noch da. Der Spiegel lag in glitzernden Scherben am Boden. Ein Schauder durchlief sie, und sie musste still stehen bleiben, sich mit einer Hand am Tisch festhalten, bevor sie sich wieder gefasst hatte. Am Bett des Rìgh stand ein Wasserkrug. Die Soldaten ignorierend, wusch sie sich Gesicht und Hände und trank einen Mund voll Wein.

Als sie schließlich auf und ab schritt, hörte sie die Kampfgeräusche noch heftiger werden. Sie erklangen nun ebenso innerhalb des Palastes wie draußen, und ihre Unruhe nahm ungewollt zu.

Der Schatzkanzler kam herein, von Wächtern flankiert. »Mylady, ich bringe schlimme Nachrichten.«

»Schlimmere Nachrichten als diejenige, dass mein Mann tot ist?« Ihre raue Stimme klang selbst durch den Kummer und die Angst hindurch noch melodisch.

»Die Stadt hat sich erhoben, Mylady. Eine aufrührerische Menschenmenge steht vor den Palasttoren, und die Wachen haben Mühe, sie zurückzuhalten. Sie wurden überrascht, da nicht zu erwarten stand, dass die Anhänger der Hexen an Samhain handeln würden.«

»Es sind doch gewiss genügend Soldaten da, um den Stadtpöbel niederzuschlagen?«, sagte sie spöttisch.

Er zögerte. »Die Palastwachen sind bereits in die Abwehr eines Angriffs von der Rückseite eingebunden, Mylady. Irgendwie ist ein Batallion Rebellen auf das Palastgelände gelangt, die sich jetzt dem Palast nähern.«

»Das ist unglaublich!«, sagte sie. »Ihr sagt mir, die Rebellen greifen genau in der Todesstunde des Rìgh an? Welche Verschwörung ist das?«

Er schwieg und sah sie dann aus von Kummer geröteten Augen an. »Das geflügelte *Uile-Bheist* sagte, er sei Lachlan MacCuinn, Mylady. Der Bruder des Rìgh?«

»Das alles ist ein übles Komplott der Rebellen, um mich in Misskredit zu bringen. Jaspar wusste, dass es nicht stimmte.«

Er glaubte ihr nicht, wie sie erkannte. Zorn vereinnahmte sie. Sie musste hart darum kämpfen, ihre Wut ebenso zu kontrollieren, wie sie ihren Kummer kontrolliert hatte, denn sie brauchte den Schatzkanzler und konnte es sich nicht leisten, ihn zu schlagen oder anzuschreien, wie sie es gerne getan hätte. Bronwen würde erst in vierundzwanzig Jahren in eigenem Namen regieren können. Dann wäre Maya eine alte Frau und bereit zurückzustehen, aber bis dahin brauchte sie die Unterstützung ihrer Umgebung.

Sie verbarg ihre Empfindungen unter der Maske einer gramgebeugten Frau, die Hilfe und Rat brauchte. Der Schatzkanzler war ein alter und freundlicher Mann. Er konnte nicht hart bleiben. Sie umklammerte seine Hände und weinte: »Ihr müsst den Palast sichern. Ihr müsst die kleine Banrìgh in Sicherheit bringen! Wo ist sie? Ich hab vor einer halben Stunde nach ihr geschickt, und doch haben sie sie mir noch nicht gebracht. Sucht mir meine Bronwen!«

Er ging davon, um den Seanalairs Befehle zu erteilen, und die Banrìghwitwe schritt gemächlich durch die zersplitterten Türen in ihren Raum und befahl den Wachen dann, sie allein zu lassen. Sie musste ihren Clàrsach und den magischen Spiegel zur Hand haben. Anscheinend wurde sie von allen Seiten bedrängt.

Zum ersten Mal wünschte sie, sie hätte Sani nicht in der Gestalt eines Falken gefangen genommen. Die Priesterin wäre jetzt von Nutzen – Maya könnte ihre hellseherischen und klarsichtigen Fähigkeiten sowie den Nutzen ihres Rates brauchen. Sie fragte sich, ob der Falke käme, wenn sie ihn auf die Hand rief. Wahrscheinlich war es inzwischen zu spät. Sani würde ihr niemals vergeben, dass sie sie nach Bronwens Geburt auf der Straße nicht zurückverwandelt hatte. Zunächst war es Maya zu schlecht gegangen, und sie wurde niemals allein gelassen, von Dienern und Wachen umgeben, bis sie im Palast ankamen. Später hatte Maya gezögert, hatte die Freiheit von Sanis bissiger Zunge genossen, ihre ständige Erinnerung daran, dass Maya nur ein Mischling war und von einer stummen Sklavin abstammte.

Maya öffnete die Kommode und nahm den in Seide gehüllten Spiegel der Lela hervor. Sie trug ihn vorsichtig, wohl wissend, dass jedes Missgeschick sie eines Großteils ihrer Macht berauben würde. Es war der Spiegel, der dabei half, Mayas Illusion der jugendlichen, menschlichen Schönheit zu erschaffen. Es war der Spiegel, der ihre Fähigkeit, andere zu verwandeln, förderte.

Sie bürstete ihr Haar und massierte Creme in ihre Wangen. Ihr Gesicht wirkte in dem Spiegel hohlwangig und gequält. Sie betrachtete sich und stellte sich vor, sie befände sich noch in der ersten Blüte ihrer Jugend und Schönheit. Langsam schwanden die Zeichen des Kummers, und ganz allmählich mäßigte sich die Seltsamkeit ihrer Züge, bis sie menschlicher denn je wirkte.

Sie stellte sich ans Fenster, fragte sich, warum niemand ihr das Baby gebracht hatte, und sah die Kämpfe rund um den Palast wogen wie ein heftiger Sturm auf dem Meer. Ihre Kehle verengte sich vor Angst. Der Palast würde doch gewiss nicht fallen? Auch aus den Gängen erklangen nun laute Kampfgeräusche, und sie fragte sich, ob sie ihre Tochter selbst suchen sollte. Wenn Latifa nicht für ihre Sicherheit sorgte, war alles verloren.

Sie hörte, wie sich hinter ihr eine Tür öffnete, und wandte sich mit hoch gezogenen Augenbrauen um. Es war niemand zu sehen. Sie blickte sich mit kribbelnder Haut unbehaglich genauer um. Etwas schabte auf dem Boden. Sie erinnerte sich daran, wie der geflügelte Prionnsa aus den Schatten gesprungen und ein dunkler Umhang von ihm abgeglitten war. Ihr Herzschlag beschleunigte sich. Sie setzte sich an den Tisch und zog ihren Clàrsach zu sich heran. Den Spiegel auf dem Schoß verborgen, alle Sinne der Gefahr bewusst, strich sie über die Saiten, sodass liebliche, rhythmische Kadenzen den Raum erfüllten. »Sei in Frieden«, sang sie. »Sei ruhig und in Frieden.«

Solange Maya sich erinnern konnte, hatten ihr Gesang und Spiel diejenigen bezaubert, die ihr bereitwillig zuhörten. Sie hatte Liebeszauber mit ihrer Musik verwoben und Jaspar so sechzehn Jahre lang an sich gebunden. Sie hatte aufgebrachte Mengen beruhigt, widerspenstige Prionnsachan getäuscht und Feinde für ihre Sache gewonnen.

»Ihr denkt, ich wüsste nicht, was Ihr tut?«, sagte eine Stimme verächtlich. »Ihr singt den Zaubergesang.« Und zu ihrem Verdruss begann auch er zu singen, wobei sein Bariton gekonnt mit ihrer Altstimme verschmolz. Sie spürte, wie sich die seidenen Fäden um sie schlangen, sie besänftigten, ihren Willen schwächten. Sie beschleunigte mühsam das Tempo und sagte: »Welcher Feigling ist es, der sich hinter üblen Zaubern verbirgt, sich in den Raum einer Witwe schleicht und über ihren Kummer spottet?«

»Kummer! Das ist ein guter Witz! Ihr glaubt, ich durchschaute Euer Schauspiel nicht?«

»Woher wollt Ihr wissen, was ich empfinde? Glaubt Ihr, ich hätte ein Herz aus Stein? Jaspar war mein Mann und der Vater meines Kindes, und ich habe ihn sehr geliebt!«

Sie hörte seine Klauen auf dem Marmorboden klicken und wandte den Kopf, wobei sie ihre Angst zu verbergen versuchte.

»Ihn genug geliebt, um ihn in ein frühes Grab zu treiben, seinen Thron zu stehlen und seine Familie zu ermorden?« Die Stimme klang vor Gram belegt.

Sie strich über den Clàrsach, leicht, zart, und sagte: »Warum zeigt Ihr Euch nicht? Habt Ihr Angst?«

»Ich hab keine Angst!«

»Und doch versteckt Ihr Euch hinter einem Zauber, sodass ich Euch nicht sehen kann. Wer ist es, der da spricht?«

Er warf den Umhang zurück und trat stolz und mit aufgerichteten Schwingen vor. Er trug das Plaid der MacCuinns sowie einen Bogen, der ebenso groß wie er selbst war. Sie biss vor Zorn über den Anblick des Wappens an seiner Brust die Zähne zusammen – als wäre er der Anführer des Clans und nicht seine kleine Nichte. »Als würdet Ihr Euch nicht an mich erinnern«, sagte er. »Habt Ihr uns nicht aufgeweckt, damit wir Euch sahen und begriffen, was Ihr uns antatet? Lächeltet ihr nicht, während wir zusahen, wie unsere eigenen Gesichter von Federn und Schnäbeln vereinnahmt wurden?«

Ihre Finger gingen zu einem Wiegenlied über, und sie fragte nachdenklich: »Wie bist du dem Zauber entkommen? Ich hielt es für unmöglich.«

»Meghan von den Tieren brachte mich mit der Hilfe einiger Freunde zurück«, antwortete er und trat näher. »Und doch könnt Ihr sehen, dass sie mich nicht vollständig zurückverwandeln konnten.«

Sie betrachtete ihn und zuckte beim Anblick seiner blutbefleckten Klauen leicht zusammen. »Ja«, sagte sie leise. »Ja, ich kann sehen, dass es ihnen nicht gelungen ist.«

Er schrie: »Warum habt Ihr uns das angetan, Maya? Warum?«

Das Wiegenlied hüllte den Raum in sanften, rhythmischen Klang. »Ich war verflucht, Lachlan, einer Yedda und dem König der Fairgean geboren, zwischen Meer und Land gefangen, zwischen Kulturen und Rassen gefangen. Ihr nennt mich die Unbekannte, aber wenn ich hier eine Fremde bin, war ich unter dem Volk meines Vaters nicht weniger eine Fremde.«

»Ihr seid eine Fairge! Ich wusste es, ich hab es immer gewusst.« Lachlan setzte sich und umfasste seinen Kopf, den Bogen ans Knie gelehnt. Seine Schultern zuckten.

»Es tut mir Leid, dass du so gefangen wurdest, Lachlan. Ich war jung und eifersüchtig auf Jaspars Liebe zu euch. Ihr hättet mich niemals anerkannt. Ich wollte *Frieden*, in Ruhe gelassen werden. Ich wollte nur *Frieden*. Ich habe deinen Bruder wirklich geliebt, und ich betrauere seinen Tod sehr, aber nun hat er seine *Ruhe*, nun hat er seinen *Frieden*. Sei auch du in Frieden mit mir, Bruder, sei in *Frieden*.«

Sie sah ihn ein Gähnen unterdrücken. Sein Gesicht war grau vor Müdigkeit. Sie senkte eine Hand vom Clàrsach auf ihren Schoß und sprach mit sanftem Singsang weiter, während sie den Spiegel enthüllte. Lachlan hatte geglaubt, sie hätte sie aus Grausamkeit bei ihrer Verwandlung zusehen lassen, aber tatsächlich war der Gestaltwandel durch die in ihrer Vorstellung vollzogene Veränderung ihres Spiegelbildes bewirkt worden.

Lachlan schüttelte den Kopf und wischte sich verärgert die Augen. »In Frieden mit Euch sein? Das glaub ich nicht«, sagte er und schaute auf. Sie hatte den Spiegel gerade angehoben, und bei seinem Anblick weiteten sich Lachlans Augen. Er hob mit einem Aufschrei den Bogen und schoss ihr den Spiegel aus der Hand. Das Splittern von Glas erklang, und sie schrie gequält auf und schlug die Hände vors Gesicht. Sie fiel vom Stuhl und wand sich auf dem Boden, während sie sich krampfartig veränderte. Grau zeigte sich auf ihrer Stirn, kräuselte sich durch den blauschwarzen Glanz. Ihr Gesicht alterte, wurde breiter und stärker ausgeprägt, ihre Nasenflügel bebend, ihre Nase abflachend. Zwischen ihren Fingern wuchsen Schwimmhäute, und ihre Haut wurde blasser und feuchter, schimmerte leicht irisierend wie Schuppen. Blut sickerte durch ein feines Gewebe von Schnitten auf einer Wange, welches das Muster des zerbrochenen Spiegels zu ihren Füßen wiedergab.

Lachlan erschauderte vor Entsetzen. Sie keuchte: »Du Narr! Du hast gerade jegliche Chance darauf vertan, wieder in einen Menschen verwandelt zu werden. Es war ein magischer Spiegel – nun bist du für immer gefangen.«

Der Gesang des Schlüssels

Isabeau und Iseult bahnten sich ihren Weg den Gang hinab, fort von den Kämpfen. Nur der Andrang der gerade aus der Stadt eingetroffenen Soldaten verlieh ihnen den Schwung, in den Hauptflügel des Palastes zu gelangen. Dillon und der Liga der Heilenden Hand war es irgendwie gelungen, die Fallgatter anzuheben, sodass der Stadtpöbel auf das Palastgelände dringen konnte.

Die Zwillinge erreichten die Räume der Köchin, und Isabeau flüsterte Iseult zu: »Vielleicht sollte ich besser allein mit ihr sprechen. Warum hältst du nicht für mich Wache?«

Iseult nickte widerwillig, und Isabeau klopfte an die Tür. »Latifa«, rief sie. »Ich bin es, Isabeau.«

Die Tür öffnete sich, und ein misstrauisches, rundes Gesicht spähte hervor. Das Gesicht der alten Köchin war vom Weinen verquollen und gerötet und ihre Augenlider so aufgedunsen, dass ihre kleinen, rosinenschwarzen Augen kaum noch zu sehen waren.

»Isabeau?«

»Lass mich herein, Latifa. Wir müssen reden.«

Die Köchin schob die Tür auf, und Isabeau trat ein. Sie sah das Baby auf dem Bett liegen. Beim Klang von Isabeaus Schritt öffnete es die silbrigblauen Augen und lächelte verträumt. »Bronwen!« Isabeau hob das Baby hoch und legte es an ihre Schulter. »Du bist in Sicherheit! Ich hab mir solche Sorgen gemacht.«

Latifa setzte sich schwerfällig hin und blickte auf ihre plumpen, von der Arbeit rissigen Hände hinab.

»Latifa, es ist an der Zeit, den Schlüssel zu vereinen«, sagte Isabeau sanft, während sie das Baby wieder hinlegte. »Du musst ihn mir jetzt geben.«

Latifa umklammerte den Schlüsselring an ihrer Taille. »Nein«, sagte sie.

Isabeau setzte sich hin, sah sie an, nahm Latifas Hände in ihre. Sie konnte erkennen, dass die Köchin vor Kummer und Entsetzen verwirrt war. »Latifa, was ist los? Warum nicht?«

»Du hast den Rìgh gehört«, sagte Latifa eigensinnig. »Er wollte, dass sein kleines Baby erbt. Wenn du dieses *Uile-Bheist* unterstützt, wird sie enterbt werden. Armer Jaspar – er wollte nur sicherstellen, dass Bronwen geschützt wäre. Er hat mir das Versprechen abgenommen, auf sie aufzupassen, für ihre Sicherheit zu sorgen. Du kannst mir nicht erzählen, dass sie sicher ist, wenn die Rebellen heute den Sieg davontragen. Ich hab gehört, wie der geflügelte Mann über meine kleine Bronwen sprach. Er hat sie böse genannt.«

»Wir werden für Bronwens Sicherheit sorgen«, sagte Isabeau. »Ihr und ich werden uns um sie kümmern. Meghan wird sicherstellen, dass nichts passiert.«

»Meghan ist fort«, sagte Latifa rau und wurde von Schluchzen geschüttelt.

»Nein, Meghan ist hier. Ich hab sie gerade gesehen.«

»Du versuchst, mich zu überlisten«, sagte Latifa argwöhnisch und sah Isabeau an. »Du klingst wie Isabeau …«

»Ich bin Isabeau«, sagte sie verwirrt. »Ich sage die Wahrheit. Meghan ist hier. Sie braucht den Schlüssel. Sie ist die Bewahrerin des Schlüssels, und sie muss ihn zurückbekommen.«

»Meghan ist tot«, sagte Latifa. »Dies ist alles List und Täuschung. Vorhin sagten sie, du wärest es, und ich wusste, dass du es nicht warst. Jetzt behauptest du wieder, du zu sein, aber ich weiß es nicht. Ihr riecht alle falsch, nach Rauch und Blut.«

Isabeau blieb sanft beharrlich. »Latifa, Ihr wisst, dass Meghan den Schlüssel braucht. Ihr habt ihn all diese Jahre für sie beschützt. Warum wollt Ihr ihn ihr nicht geben, wenn sie ihn braucht?«

»Meghan ist nicht hier, sie ist verschwunden. Man hat dich überlistet, Isabeau.«

Sonnenlicht fiel durch das Fenster, und Isabeau erkannte entsetzt, wie viel Zeit vergangen war. Die vergangenen Stunden waren nebelhaft verschwommen. »Ich hab keine Zeit dafür, Latifa. Ihr müsst mir den Schlüssel geben!«

Plötzlich überzog ein schlauer Ausdruck das Gesicht der alten Köchin. Sie steckte die Hände unter ihre Schürze und bewegte lautlos die Lippen.

Isabeau wurde seltsam lethargisch. Ihre Knochen fühlten sich butterweich an.

»Du irrst dich, Isabeau.«

»Ich irre mich?«, fragte Isabeau mit leisem Zweifel in der Stimme.

»Du irrst dich.«

»Ich irre mich.«

»Du willst den Schlüssel nicht.«

»Ich will den Schlüssel nicht.«

»Latifa wird ihn sicher aufbewahren.«

»Latifa wird ihn sicher aufbewahren.«

»Du musst jetzt gehen. Bald wird dies alles vorbei und wir in Sicherheit sein. Geh, Isabeau.«

»Ich muss gehen«, wiederholte Isabeau und merkte, wie sie aufstand. Ihre Beine waren steif und ihre Gedanken wirr. Sie schüttelte den Kopf. Das Gesicht der Köchin verschwamm vor ihren Augen, und sie versuchte, sich zu konzentrieren. Plötzlich blitzte ein Bild vor ihr auf – das Gesicht einer alten, weisen Frau, die Worte murmelte, während sich ihre verkrümmten Hände auf dem Schoß unruhig bewegten.

Ihr Blick zuckte zu Latifas Schoß. Sie hielt dort etwas fest, unter dem Schutz der Schürze. Isabeau streckte die Hand aus und griff danach. Trotz Latifas Aufschrei konnte Isabeau es den Händen der alten Köchin entwinden. Zu ihrer Verwirrung war es eine Schlange aus rötlichem Haar.

Sie erkannte sofort, was geschehen war. Latifa hatte ihr Haar nicht verbrannt, sondern es behalten. Meghan hatte sie oft gewarnt, gut auf ihre abgeworfenen Nägel, Haare und Hautschuppen aufzupassen – tatsächlich war Isabeau schon einmal durch eine Haarsträhne in die Falle geraten. Die Großsucherin Glynelda hatte sie benutzt, um sie durch die Highlands zu verfolgen. Was konnte Latifa erst mit dem mehrere Fuß langen Zopf vollbringen?

Isabeau erinnerte sich, dass sie neulich im Wald mehrere Arme voll Kreuzkraut gesammelt hatte, ohne darüber nachzudenken, wie eine Marionette. Sie erinnerte sich vieler Gelegenheiten, bei denen sie einen Zwang verspürt hatte, in die Küche oder in einen Lagerraum zu gehen, wo Latifa auf sie wartete. Sie erinnerte sich daran, am Tag vor dem Johannistag, trotz ihres Hungers, nichts gegessen zu haben, und wie sie später gedacht hatte, wie gut es gewesen sei, dass sie vor dem Ausführen der Rituale gefastet hatte. Zornesröte stieg ihr in die Wangen.

»Ihr habt mich gezwungen!«, schrie sie. »Warum, Latifa, warum? Zwang ist verboten!«

»Eine alte Hexe muss sich um sich selbst kümmern«, murrte Latifa und wiegte sich vor und zurück, während Tränen ihre Wangen hinabliefen. »Ich hab sechzehn Jahre lang mitten im

Palast des Rìgh für Meghan spioniert – glaubst du, das war leicht? Nein, nein, eine alte Hexe muss auf sich aufpassen.«

»Gebt mir den Schlüssel!«

Latifa schrak zurück und umklammerte den Schlüsselring mit beiden Händen. »Nein!«

Isabeau versuchte, ihn ihr zu entwinden, aber die alte Köchin war stark und hielt den Schlüsselring verzweifelt fest. Isabeau konnte nur eine Hand benutzen und ihre Finger nicht lösen. Sie rangen keuchend miteinander, und dann wurde Isabeau rückwärts aufs Bett geschleudert. Sie ballte die Fäuste und konzentrierte sich. Ihr Wille war weitaus stärker als ihr Körper, in den Feuern der Folterkammer der Liga gegen Hexen geschmiedet. Der Schlüssel löste sich von Latifas Gürtel und flog in Isabeaus Hand, wobei er durch die vielen, daran hängenden Schlüssel laut klimperte.

»Latifa, ich schwöre Euch, dass ich das Richtige tue«, sagte Isabeau. »Meghan ist hier. Wenn Ihr nur Euren Geist öffnen wolltet, würdet Ihr sie spüren …«

Die Köchin wiegte sich weinend vor und zurück. »Es tut mir Leid«, sagte Isabeau. »Ich muss gehen. Kümmert Euch um Bronwen, sorgt für ihre Sicherheit.« Sie küsste das Baby und ging.

Sobald Isabeau mit gerötetem Gesicht und wirren Locken aus dem Raum der Köchin hervorkam, ergriff Iseult ihre Hand, und sie liefen los. Sie konnten Rauch riechen und erkannten, dass der Stadtpöbel einen Teil des Palastes in Brand gesetzt haben musste. Da sie nun alle drei Teile des Schlüssels hatten, durften sie es nicht riskieren, getrennt oder verletzt zu werden.

»Wohin?«, rief Iseult.

»Hier entlang!« Isabeau rutschte, als sie um eine Ecke lief. Sie streiften an den umhereilenden Dienstboten vorbei, fanden die Tür zum Küchengarten und liefen zu dem dahinter liegenden, großen, gepflasterten Platz.

Eine Gruppe Rotgardisten sah sie und erkannte sie von einer früheren Begegnung her. Sie stürmten mit einem Aufschrei auf sie zu, aber die Zwillinge flohen in den Garten.

Schnee knirschte unter ihren Füßen, und sie merkten, dass sie eine Spur von Fußabdrücken hinterließen. Die Sonne stand hoch am Himmel, und es gab keine Möglichkeit, sich zu verbergen. Sie konnten nur versuchen, den Wächtern davonzulaufen.

Fast eine Stunde lang spielten die Zwillinge mit den Soldaten atemlos Nachlaufen. Schließlich suchten sie den Schutz der Bäume auf und täuschten die Soldaten damit, dass sie sich von Baum zu Baum schwangen, sodass sie keine Fußabdrücke mehr hinterließen. Isabeau war in den Zweigen selbst mit nur einer Hand ebenso behände wie jeder Donbeag, und sie erzählte Iseult von dem Baumhaus im verborgenen Tal und wie Meghan sie dazu gebracht hatte, sich jedes Mal, wenn sie kam oder ging, auf diese Art fortzubewegen.

Die Zwillinge hatten die erste Gelegenheit, sich zu unterhalten, als sie sich in die wohlriechende Höhlung im Herzen einer immergrünen Eiche kauerten. Sie waren seit ihrer ersten Begegnung ständig laufend, kämpfend und aus Fenstern kletternd in Bewegung gewesen. Nun hatten sie die Muße, sich gegenseitig genau zu betrachten und Antworten auf die drängendsten Fragen zu bekommen.

Isabeau hatte die meisten Fragen. Da sie so lange von Meghan getrennt gewesen war, wusste sie nichts über die Entdeckungen, welche die alte Hexe im Palast der Drachen oder im Turm der Rosen und Dornen gemacht hatte. Als die Soldaten die Suche aufgaben, hatte sie fast alles erfahren. Sie wusste, dass sie eine Banprionnsa war, Abkömmling Faodhagans des Roten und eines Khan'cohban. Sie verstand, wie es kam, dass sie an den Hängen der Drachenklaue zurückgelassen wurde, wie auch die Bedeutung des Drachenaugenrings. Sie erfuhr, dass ihre Mutter wirklich Ishbel die Geflügelte war, die legendäre Hexe, die so leicht wie jeder Vogel fliegen konnte, und dass sie Iseult in die Geheimnisse des Fliegens eingeweiht hatte. Sie war begeistert, verängstigt, verwirrt und eifersüchtig gleichzeitig.

Es war ein seltsames Gefühl, ihr Gesicht an jemand anderem zu sehen und einen Bund zwischen ihnen zu spüren, der so stark wie Stahl war. Isabeau hatte auf sonderbare Weise das Gefühl, als ob die fehlenden Teile ihres puzzleartigen Selbst schließlich gefunden wären und sie endlich vollständig wäre.

Als Mayas Schrei erklang, liefen die draußen stehenden Wachen ins Boudoir. Lachlan erschoss zwei Wächter, bevor sie auch nur wenige Schritte getan hatten, musste den Bogen aber dann abwerfen und nach dem Langschwert greifen, als zwei weitere Wächter ihn angriffen. Langschwerter prallten aufeinander, und Lachlan wurde zur Wand zurückgedrängt, während die Banrìgh stöhnte.

Den Gang hinab erklang ein Schrei und dann Kampfgeräusche. Lachlan wehrte die beiden Wächter ab, aber er hatte bereits fast die ganze Nacht und den Morgen über heftig gekämpft und war erschöpft. Ein Wächter traf seinen Oberschenkel, und er strauchelte.

Dann platzte Duncan vor Zorn brüllend in den Raum. Hinter ihm lief mit aschfahlem Gesicht Meghan herbei, eine Hand an der Brust. Der große Mann tötete die übrigen Soldaten mit einem einzigen, weit ausholenden Streich. Lachlan fuhr schwankend herum und ging mit seinem blutigen Langschwert auf Maya zu. Sie hielt die Hände vors Gesicht, und Blut von dem spinnwebartigen Muster aus Schnitten, die den größten Teil einer Seite ihres Gesichts bedeckten, sickerte durch ihre Finger.

Meghan lehnte sich an den Tisch und trank einige Mund voll aus einer kleinen Flasche. Gitâ kreischte von ihrer Schulter herab, das Fell aufgerichtet, die Augen groß und schwarz. »Nein, Lachlan«, sagte sie erschöpft. »Du darfst sie jetzt nicht töten. Wir wissen noch zu vieles nicht.«

»Sie sagt, sie kann mich nun, wo der Spiegel zerbrochen ist, nicht mehr zurückverwandeln«, erklärte er mit sanfter, seidiger Stimme. »Wir werden sehen, ob ihr Tod das Mirakelspiel beeinflusst.«

»Nein, Lachlan. Du verstehst doch gewiss, dass es besser wäre, sie vor Gericht zu stellen, um dem Land zu zeigen, wie viel Böses sie getan hat. Wir haben noch immer viel zu tun, um die Menschen für unsere Sache zu gewinnen und damit sie uns helfen, die Glorreichen Soldaten zu vertreiben. Wenn sie ermordet wird, macht das einfache Volk sie zur Märtyrerin. Erkennst du das nicht?«

»Nein«, sagte er. »Ich erkenne nur, dass sie endlich zu meinen Füßen liegt. Ich werde ihr dieselbe Gnade erweisen, die sie meinen Brüdern und mir erwiesen hat.« Er zog das Langschwert zurück.

Meghan hob müde eine Hand, und Lachlan merkte, dass er sich nicht mehr bewegen konnte. Maya kroch von ihm fort, wobei sich die silbrigblauen Augen in ihrem verheerten Gesicht ihre alte Schönheit bewahrten. Sie umklammerte mit einer Hand die Überreste des Spiegels.

»Meghan, was tust du?«, rief er. »Wendest du dich jetzt gegen mich?«

»Sei kein Narr«, sagte sie und ließ sich schwerfällig nieder. Sie wirkte im Morgenlicht aschfahl, ihr Gesicht war stark gefurcht. Sie seufzte. »Lachlan, die Rebellen haben den Palast eingenommen. In der Stadt und im Gelände wird noch immer gekämpft, und das Land gehört den Glorreichen Soldaten, aber wir haben die erste Schlacht gewonnen. Wir können den Schlüssel vereinen, das Labyrinth betreten und den Leitstern retten. Heute Abend kreuzen sich die beiden Monde. Wir werden den Leitstern ins Wasser eintauchen, und er wird wieder für uns singen. Dann können wir ihn benutzen, um das Land zu befreien und die Fairgean wieder ins Meer zu treiben. Das Land wird uns gehören, und du wirst Rìgh sein, wie du es wolltest. Es ist an der Zeit, wie ein Rìgh zu denken. Wenn du Maya tötest – wer wird dann jemals die Wahrheit über die Geschehnisse erfahren? Du wirst behaupten, sie sei eine Hexe gewesen und habe deine Brüder ermordet. Ihre Anhänger werden behaupten, sie sei die rechtmäßige Regentin gewesen und du hättest sie getötet, um den Thron zu erlangen. Denk nach, Lachlan, denk nach!«

Sie ließ ihn los, und er stolperte und sank auf ein Knie. »Jaspar ist tot!«, weinte er. Sie erhob sich und trat zu ihm, beruhigte ihn mit einer Hand auf seinen schweißwirren Locken.

Maya gelang es, sich zu erheben, und sie betrachtete ungläubig ihre blutbefleckten Hände. Die unverletzte Seite ihres Gesichts zeigte an Mundwinkeln und Augen feine Linien, die zuvor nicht dort gewesen waren. Sie sagte: »Tötet mich jetzt und beendet es! Ihr seid wirklich eine grausame, unversöhnliche Frau, Meghan NicCuinn! Ihr würdet mich reuelos beschämen und demütigen, mich öffentlich anprangern, die Farce einer Verhandlung nutzen und dann zusehen, wie ich den Tod einer Verräterin sterbe. Ihr seid gnadenlos.«

Meghan sah Maya zum ersten Mal an, aber ihr Gesicht zeigte kein Mitleid. »Nein, Maya, ich werde Euch größere Gnade zuteil werden lassen, als Ihr den Hexen gegönnt habt. Ihr werdet nicht im Feuer sterben, den grausamsten Tod von allen. Ihr werdet vom Volk verhandelt und verurteilt werden, und das Volk wird Eure Strafe bestimmen.«

Dann wandte sie sich Duncan zu, der in der Nähe Wache stand. »Duncan, ich bin wirklich froh, Euch zu sehen. Wie geht es Euch?«

»Ich bin froh, hier zu sein, Mylady«, erwiderte er und verbeugte sich tief vor ihr. »Obwohl ich niemals geglaubt hätte, dass die Blauen Garden sechzehn Jahre brauchen würden, um die Verhexerin zu überwältigen.«

Maya lachte bitter auf. »Die Verhexerin! Nun, das ist zumindest besser als die Unbekannte.« Sie stand in ihrem karmesinroten Gewand kerzengerade, ihr verheertes Gesicht war stolz und ohne Reue.

»Wir müssen einen Kreis und einen Stern ziehen«, erklärte Isabeau. Mit einem Stock zeichnete sie einen so perfekten Kreis wie möglich, denn der Boden unter dem Schnee war hart. Sie ließ ihn geöffnet, betrat ihn und zeichnete vorsichtig ein Hexagramm hinein – es schien angemessen, den Stern in derselben Form zu zeichnen wie sie auch im Schlüssel zu finden war, und da sie nur zu zweit waren, dachte sie, sie sollten die Macht auszubalancieren versuchen. Dann errichtete sie inmitten des Gebildes eilig ein Feuer aus unter den Eiben gesammeltem Anmachholz und toten Zweigen von einer Eiche, einem Haselnussbaum und einem Rotdornbusch, die einzigen geweihten Holzarten, die verfügbar waren.

Die Handgriffe waren Iseult vertraut. Sie setzte sich hin und begann, die bodenlose Tasche auszupacken. Dem *Buch der Schatten* folgte ein Beutel mit den erforderlichen Mineralen, einschließlich Salz, den sie an ihren Zwilling weiterreichte. Sie fand ihr *Sheyata,* das Meghan so viele Monate lang getragen hatte, und ließ die Finger liebevoll darübergleiten. Sobald sie es hervornahm, begann es zu summen, wobei seine seltsame Melodie sich in die Luft erhob, aber Isabeau bedeutete ihr, es verborgen zu halten.

Iseult nahm das Salz und verstreute es zusammen mit einer Hand voll Schnee und Erde um den Kreis, wobei sie intonierte:

»Ich weihe und beschwöre dich, o magischer Kreis, Ring der Macht, Symbol der Perfektion und ständigen Erneuerung. Beschütze uns vor Schaden, beschütze uns vor Bösem, bewache uns vor Verrat, beschütze uns in deinem Sinne, Eà von den Monden.«

»Offensichtlich ist es Meghan doch gelungen, dir etwas beizubringen«, sagte Isabeau.

»Nicht viel«, gab Iseult zu. »Sie hat mich oft zu meinem Nachteil mit dir verglichen.«

»Dann musst du schlimm sein«, sagte Isabeau lachend, während sie Hände voll Rosmarin, Hagebutten und Thymian ins Feuer warf, die sie im Garten geschnitten hatte.

Iseult verstreute entlang den Linien des sechsseitigen Sterns Salz, Erde und schmelzenden Schnee und intonierte die Riten. Dann setzten sie sich einander gegenüber, Isabeau am südlichen und Iseult am nördlichen Punkt des Sterns, und schlossen den Kreis um sich herum. Isabeau zündete mit Gedankenkraft das Feuer an und freute sich darüber, dass ihre Kräfte allmählich zurückkehrten.

Dann nahm sie mit zitternden Fingern den Umkehrzauber von dem dreifach gekreuzten Ring, wobei ein grünes Feuerzeichen aufflammte. Sie beide spürten die Macht des Schlüssels um sich herumsummen. Iseult hielt den Atem an und ließ ihren dreieckigen Talisman über dem Ring schweben. Er verhielt dort und sang. Nur wenige Zoll voneinander entfernt schwebend, schwoll der Gesang an. Sie warteten auf die Sonne, und als sie den Zenit des Himmels erreichte, intonierten Isabeau und Iseult die weiteren Riten.

Der Kreis und das Dreieck vereinten sich mit kurzem Ruck und einem Klicken, als wären sie niemals getrennt gewesen, und der Gesang wurde zu einem triumphierenden Chor. Der Schlüssel drehte sich und schwebte, vor Macht pulsierend. Isabeau und Iseult, die gemeinsam im Schnee knieten, schlugen jubelnd die Hände gegeneinander. Es war vollbracht!

Margrit von Arran hob die zwölfschwänzige Peitsche erneut an, bereit, noch einmal auf den zerfetzten und blutigen Rücken ihres Schatzmeisters einzuschlagen. Khan'tirell hing vor ihr, die Handgelenke in Handschellen an der Wand, sein gehörnter Kopf herabhängend. Die Peitsche mit den Stahlspitzen pfiff herab, als die Banprionnsa plötzlich stolperte und der Streich fehlschlug.

Sie umklammerte mit beiden Händen ihren Kopf. »Nein! Das kann nicht sein! Sie haben den Schlüssel vereint!« Ihr Gesicht war vor Zorn verzerrt. Der Khan'cohban warf ihr einen Seitenblick zu und lächelte schmerzlich. Sie nahm seinen Gedanken auf und schlug von Zorn erfüllt erneut wie wild auf seinen kräftigen Rücken ein.

»Wenn sie den Leitstern retten, schwör ich, dass jemand dafür büßen wird«, zischte sie. »Wie du dafür büßen wirst, Khan'tirell, dass du meinen Sohn hast fliehen lassen. Wie mein Sohn büßen wird, wie auch seine heuchlerische Braut. Wie die MacCuinns büßen werden. Man stellt sich der Distel nicht ungestraft entgegen!«

Tief in den Wäldern Rionnagans hielten Iain und Douglas mitten im Schritt inne und sahen einander verwundert an. Die Luft schien zu schwingen, als wäre irgendwo ein riesenhafter Gong geschlagen worden, und sie konnten den Boden unter ihren Füßen vibrieren spüren. Rund um sie herum sang kalter Wind.

»Was ist das für eine Musik?«, rief Dide.

Enits Gesicht strahlte triumphierend. »Der Schlüssel! Eà sei Dank – sie haben den Schlüssel vereint! Wir müssen in der Nähe einer Machtgrenze sein, dass wir seinen Gesang so deutlich hören können. Ach, das ist wirklich – großartig. Bald wird der Leitstern erneuert sein, und dann wird das Land befreit. Wir alle werden frei sein!«

Dide packte Lilanthe um die Taille und wirbelte sie herum, wobei er Freudenschreie ausstieß. Ein zufriedenes und erleichtertes Lächeln breitete sich auch auf Gwilyms pockennarbigem Gesicht aus und verwandelte es. Die Kinder hüpften umher, lachten und klatschten in die Hände, obwohl sie die Begeisterung der Erwachsenen nicht verstanden.

»Was Kraft, was Stärke nicht durchdrang,
mit einer Berührung ich aufheben kann«,

intonierte der Cluricaun und tanzte einen Gigue.

»Wenn wir nur schneller weiterziehen könnten«, rief Dide. »Ich will dort sein! Der Meister stürmt den Palast, und ich bin nicht da, um an seiner Seite zu kämpfen. Sie haben den Schlüssel vereint, sodass die Rettung des Leitsterns nicht mehr lange dauern kann.«

Alle sprachen aufgeregt durcheinander, und der Cluricaun vollführte in seiner Begeisterung eine Vorwärtsrolle. Plötzlich schrie Enit auf und griff sich mit von blauen Adern durchzogenen, verkrümmten Händen an die Brust. »Nein!«, stöhnte sie. »Meghan!«

Aus dem Garten erscholl ein Klang wie von Trompeten, und eine Woge der Macht überschwemmte sie alle. Meghan wandte sich mit strahlendem Gesicht um. »Sie haben es vollbracht! Lachlan, sie haben es vollbracht! Der Schlüssel ist vereint!«

Sie drängten sich zusammen und lachten vor Freude. Plötzlich stieß Gitâ einen Warnruf aus. Meghan wandte sich um und sah Maya mit einer wie ein Dolch in der Hand gehaltenen Spiegelscherbe auf sich zustürmen. Bevor die Hexe mehr tun konnte, als rückwärts zu taumeln, führte Maya den Glasdolch abwärts und versenkte ihn in Meghans Brust. Die alte Hexe fiel in Lachlans Arme, und Blut begann um das silberne Glas herum aufzuwallen. Maya lachte in bitterem Triumph und nahm den Umhang der Unsichtbarkeit von dort auf, wo Lachlan ihn auf den Boden hatte gleiten lassen. Gerade als Duncan vorwärts sprang und sein Langschwert herabsauste, verschwand sie, und das Schwert traf nutzlos klirrend auf dem Boden auf.

Isabeau und Iseult umarmten sich voller Freude und im Glanz der erfüllten Aufgabe, als Isabeau plötzlich taumelte, eine Hand an der Brust. Iseult spürte den erschreckenden Schlag ebenfalls, wenn auch nicht so intensiv schmerzhaft wie Isabeau. »Meghan!«, flüsterte ihr Zwilling durch bleiche Lippen.

Sie sahen einander entsetzt an, und ihre Gedanken flogen zum Palast. Isabeau wäre im Laufschritt hingeeilt, wenn Iseult sie nicht festgehalten und beruhigt hätte. »Du darfst den Kreis nicht verlassen – uns umgibt ein Schutzkegel. Warte! Wir müssen den Ritus erst beenden.«

Mit bleichen Gesichtern und zitternd öffneten sie den Kreis und verstreuten ihn und die Asche des Feuers im matschigen Schnee. Isabeau steckte den Schlüssel in ihre Tasche, ignorierte Iseults gebieterische Geste. Dann brachen sie in stolperndem Lauf zum Palast auf, in der schnellsten Gangart, die sie nach zwölf Stunden ständigen Handelns aufbringen konnten. Sie sahen den blinden Seher sich den Gehweg entlangtasten, geführt von einem kleinen Jungen mit hellem Haar. Isabeau und Iseult liefen zu ihnen.

»Jorge, mit Meghan ist etwas geschehen!«, rief Isabeau.

»Ich hab es gespürt. Wir sind unterwegs, um nachzusehen, ob wir helfen können. Sie lebt noch, und solange es Leben gibt, gibt es auch Hoffnung.«

Der Zauberer lief den Zwillingen zu langsam, sodass sie vorauseilten. Sie erreichten den Palast und sprangen, von Seitenstichen geplagt, die Treppen zur königlichen Zimmerflucht hinauf.

Schwer atmend liefen sie in Mayas Raum und sahen Meghan in Lachlans Armen liegen. Sie war grau bis zu den Lippen, und Blut spritzte karmesinrot über ihr Gewand. Gitâ klagte bekümmert und klammerte sich an ihren Hals, sein Fell war nass von ihrem Blut.

Lachlan war aufgewühlt. Iseult musste die Arme um ihn schlingen, um ihn dazu zu bringen, Meghan loszulassen, damit Isabeau die Wunde untersuchen konnte. Sie kniete sich neben Meghan und schnitt ihr Gewand auf, damit sie die Umgebung des Einschnitts der keilförmigen Glasscherbe betrachten konnte. Rotes Blut pulsierte darum hervor.

»Es ist arterielles Blut«, sagte Isabeau. »Ich glaub nicht, dass ich sie retten kann.« Sie hielt den Atem an, und Tränen zogen Spuren durch den Ruß und Schmutz auf ihrem Gesicht.

»Isabeau, hör mir zu«, flüsterte Meghan. »Wenn es an der Zeit ist, dass mein Lebensfaden durchtrennt wird, dann kann nichts, was du tust, Gearradh aufhalten. Du musst den Leitstern retten. Kümmere dich für mich darum, Isabeau, und kümmere dich um Lachlan und Iseult. Sie sind Eileanans einzige Hoffnung. Du musst kurz vor Sonnenuntergang zum Labyrinth gehen. Es ist so gestaltet, dass es jene täuscht, die es ohne Wissen um das Geheimnis betreten – ich hätte dir den Weg hindurch zeigen können, aber jetzt kann ich es nicht mehr. Lies das *Buch der Schatten*, Isabeau. Du bist die Einzige, die es vollbringen kann. Ich vertraue dir, Isabeau, enttäusch mich nicht.«

Dann wurde die alte Hexe bewusstlos. Isabeau wagte die Glasscherbe nicht herauszuziehen und konnte, ohne ihre Kräuter und Tränke, kaum mehr tun, als durch Druck mit der Hand zu versuchen, den Blutaustritt zu verlangsamen. Dann trat Jorge mit Tränen auf dem Gesicht ein, der kleine Junge vor ihm hertrottend. Sobald Tòmas die Zauberin sah, deren Augen fest geschlossen waren und deren Atem nur schwer durch ihre Lippen drang, streifte er seine schwarzen Handschuhe ab. Isabeau spürte augenblicklich die Macht, die sich in seinen Händen konzentrierte, und schrie auf. Sie hatte Gerüchte über den Burschen mit den heilenden Händen gehört, hatte aber gewiss nicht erwartet, ihn in diesem unschuldigen Jungen zu finden, der erst acht Jahre alt war.

Tòmas kniete sich hin und legte seine Hände auf die Wunde. Er runzelte die Stirn. »Sie entgleitet«, flüsterte er. »Das Glas hat ihre Herzwand durchbohrt. Ich werde versuchen ...«

Sie sahen, wie sich die Glasscherbe langsam aus der Wunde hob, während sich Fleisch und Muskeln darunter zu schließen begannen. Das pulsierende Blut floss langsamer und gerann dann, schwarz und zäh. Meghan stöhnte. Tòmas war nun aschfahl und keuchte vor Anstrengung. Er zog die Scherbe heraus, und frisches Blut sickerte hindurch, trocknete aber bei der Berührung seiner Finger sofort. Er sank zurück. »Mehr kann ich nicht tun«, sagte er mit dünner Stimme. »Sie war dem Tode bereits sehr nahe. Ich hab ihre eigene Kraft ebenso wie meine benutzt, um sie zu retten. Sie könnte vielleicht immer noch entgleiten, aber ich kann nicht mehr tun.«

Duncan hob ihn hoch, setzte ihn an den Tisch und gab ihm Wein zu trinken. Tòmas zitterte vor Erschöpfung und sagte kläglich: »So viele sind verletzt. Ich kann spüren, wie sie mich rufen.«

»Sie werden warten müssen«, sagte Duncan fest. »Es wird niemandem nützen, wenn du dich umbringst, um sie zu retten.«

Isabeau kniete weinend neben Meghan. Die Zauberin lag

still, mit grauem Gesicht, ihr Atem nur unwesentlich kräftiger. Auf ihrer Brust war eine Narbe, so groß wie Duncans Faust und schwarz von geronnenem Blut. »Helft mir, sie aufs Bett zu heben«, sagte Isabeau. »Holt mir etwas von dem *Mithuan* und dem Mohnsirup vom Bett des Rìgh – sie wird große Schmerzen haben, wenn sie erwacht.«

Sie legten Meghan in das breite Bett, Gitâ an ihrer Seite zusammengerollt, und schlossen die Vorhänge vor der Nachmittagssonne. Isabeau hätte sich zu ihr gesetzt, aber sie war so blass und zitterig, dass Jorge sie persönlich in ihr Bett im Kinderzimmer steckte. Er schickte einen der Rebellen, die vor der Tür Wache standen, nach Essen und Tee für sie drei und beharrte darauf, dass auch Lachlan und Iseult schlafen sollten.

»Meghan sagte, ihr müsstet das Labyrinth kurz vor Sonnenuntergang betreten. Ihr habt die ganze Nacht nicht geschlafen, und es war eine lange und harte Nacht. Schlaft, meine Kinder, und ich werde auf euch aufpassen.«

Die beiden Monde kreuzen sich

Jorge weckte sie am späten Nachmittag und hieß sie essen und etwas Wein trinken. Sie waren noch immer blass und müde, aber die überladene Anspannung war aus ihren Gesichtern und Körpern gewichen, sodass Jorge keinen Zusammenbruch mehr befürchten musste.

Duncan Eisenfaust hatte den Palast und das Palastgelände nach der Banrìghwitwe abgesucht, hatte aber kein Zeichen von ihr entdecken können. Die alte Köchin war ebenfalls aus ihrem Raum verschwunden, und es war auch kein Zeichen des Babys zu sehen, das erst an diesem Morgen zur Banrìgh erklärt und bereits wieder entthront worden war. Sie alle hofften, dass Latifas Verschwinden nichts mit dem Verschwinden Mayas zu tun hatte, denn wenn die Banrìghwitwe mit ihrer Tochter entkam, könnten sie ein Sammelpunkt für jeglichen zukünftigen Aufruhr sein.

Isabeau führte sie langsam durch den Garten. Selbst wenn sie die Dringlichkeit des Morgens gespürt hätten, waren sie einfach zu müde, um sich schneller zu bewegen. »Also wo, im Namen der Weißen Götter, ist dieses verdammte Labyrinth?«, fragte Iseult erschöpft.

»Gute Frage. Ich hatte gehofft, Meghan hätte es dir gesagt.«

»Nein, sie hat immer nur gesagt, das *Buch der Schatten* kenne die Antworten.«

»Ist das Buch in Sicherheit?«

Iseult nickte. Isabeau lächelte schwach. »Dann sollten wir keine Probleme haben.«

Ihr Zwilling stöhnte. »Meinst du? Wir haben es erst einmal geschafft, das *Buch der Schatten* für uns handeln zu lassen, und wir haben keine Ahnung, wie wir das geschafft haben.«

»Das weiß man beim *Buch der Schatten niemals*«, sagte Isabeau. Sie erreichten eine lange, hohe Brombeerhecke.

»Hast du überhaupt eine Ahnung, wohin wir gehen?«, fragte Lachlan verdrießlich. Er machte sich Vorwürfe wegen Meghans Verletzung und hatte bisher kaum ein Wort zu den Zwillingen gesagt.

»Nicht wirklich«, gab Isabeau zu. »Ich hab neulich versucht, das Labyrinth zu erkunden, hab mich aber leider einfach verirrt. Aber jetzt haben wir den Schlüssel und das Buch, sodass wir es schaffen sollten.«

Sie kamen zu den Blumenbeeten und setzten sich auf eine der Steinbänke. Die Eiben und Hecken waren schwarz, der Himmel ein reines Blaugrün, und nur die Kuppel des Observatoriums war noch in Licht gebadet. Wind ließ das Laub rascheln und scheuchte sie auf.

»Als ich hier war«, sagte Isabeau, »hatte ich unwillkürlich den Eindruck, dass dieser Garten um etwas herum angelegt worden sein muss. Seht ihr, was ich meine? Der recht breite Weg zur Mitte hin, die gestutzten Lavendelsträucher und Zypressen, der Bogengang – und dann einfach eine Hecke. Warum sollte man einen Garten so gestalten?«

Iseult zuckte die Achseln. Sie wusste nichts übers Gärtnern und wollte auch nichts darüber wissen. Isabeau hatte Pflanzen und Blumen jedoch stets geliebt und in den Palastgärten in Rhyssmadill viel Zeit mit Riordan Säbelbein verbracht.

»Ich glaube, dieser Garten ist auch verzaubert. Ich hatte neulich zweimal das Gefühl, an verschiedenen Stellen. Ich hab noch nie von einem Garten gehört, der sich selbstständig verlegen kann, sodass er verzaubert sein muss. Darum hab ich euch hierher geführt. Hast du das Buch?«

Iseult holte es aus der Tasche an ihrem Gürtel, und Isabeau nahm es mit erfreutem Aufschrei entgegen. Es war in geprägtes rotes Leder und Eisen gebunden und füllte ihre Arme vollkommen aus. Sie legte es zwischen sie auf die Bank und ließ die Hände auf dem Einband ruhen. Sie war einen Moment still, atmete tief ein, entspannte ihre Muskeln. Dann nahm sie das Buch hoch und ließ es sich öffnen.

Auf den aufgeschlagenen Seiten waren ein sorgfältig skizziertes Muster und viele Reihen Schrift zu sehen. Isabeau brütete über den winzigen, krakeligen Worten. »Es ist eine Beschreibung der Anlage des Gartens und des Labyrinths von Martha der Weisen. Sie hat beides gestaltet, während der Turm der Zwei Monde im Bau war. Es heißt hier, ihr Vater, Lachlan der Sternträumer, habe beim geweihten Teich der Celestine ein Observatorium gebaut. Der Teich war einst von Wald geschützt, aber der Hexensabbat hat den Wald abgeholzt, um die Stadt und den Palast zu errichten. Martha die Weise beschloss, den Teich und das Observatorium durch ein Labyrinth zu schützen, denn sie hatte entdeckt, dass der Teich starke magische Kräfte hat, die von Ehrlosen zu eigenen Zwecken benutzt werden könnten …« Sie brach ab.

»Nun, das ist ungefähr ebenso nützlich wie alles andere, was ich dem *Buch der Schatten* entnommen habe«, schnaubte Iseult verärgert.

Isabeau betrachtete die Buchseite und sagte dann leise: »Nein, verstehst du nicht? Sieh dir die Zeichnung an. Es ist eine Skizze von Martha MacCuinns Plänen für das Labyrinth – erkennst du es?«

Iseult schaute sorgfältig hin, aber sie konnte nur in harmonischen Mustern angeordnete Kreise, Dreiecke und Quadrate erkennen. Isabeau zog mit dem Finger ein Quadrat an einem Ende des Gartens nach. »Siehst du, dies sind die Blumenbeete. Wir sitzen auf dieser Bank, und dieses lange Rechteck ist die Hecke. Aber sieh nur! Von da aus, wo wir jetzt sind, ist die Hecke geschlossen, aber auf der Zeichnung verläuft der Pfad strikt geradeaus, auf beiden Seiten von Hecken gesäumt. Kommt mit!«

Sie sprang auf, schloss das Buch, bevor Iseult sie warnen konnte, es nicht zu tun, und lief über die Steinfliesen. Ihr Zwilling folgte dichtauf, mit gezogenem Dolch, Lachlan neben sich. Sie gelangten gemeinsam zur Hecke. Iseult und Lachlan hielten inne, bevor ihre Gesichter zerkratzt wurden, aber Isabeau ging weiter, und die Hecke verschwand, als hätte sie niemals existiert. Stattdessen wölbte sie sich nun über ihnen zu einem Bogen.

Sie befanden sich nun an einem Ende eines langen Weges, der auf beiden Seiten von uralten Zypressen gesäumt und von hohen Hecken umschlossen war. Am entgegengesetzten Ende des Weges sahen sie ein hohes, schmales, schmiedeeisernes Tor. Jenseits des Tores konnten sie weitere Hecken erkennen, über denen gerade eben die Kuppel zu sehen war.

»Sind wir schon im Labyrinth?«, fragte Iseult. »Das war ja leicht.«

»Zu leicht«, stimmte Isabeau ihr zu. »Aber gehen wir weiter.«

Sie schritten im kühlen Schatten der Zypressen den Weg entlang und kamen zu dem Tor. Es war mit einer Kette verschlossen. Isabeau untersuchte es sorgfältig und lächelte. »Seht nur, wir müssen den Schlüssel ins Schloss stecken, um es zu öffnen.« Sie zeigte Iseult die Formen des Kreises und des Hexagramms, die in ein Vorhängeschloss ungefähr von der Größe ihrer Hände eingearbeitet waren. Der Schlüssel passte leicht in die Vertiefung, und die Kette öffnete sich nach einer Umdrehung.

»Das war auch leicht«, sagte Iseult.

»Auf die Gefahr hin, mich zu wiederholen, muss ich erneut sagen, dass es zu leicht war«, erwiderte Isabeau und ließ Iseult durch das Tor vorangehen. Sie schlossen es hinter sich wieder, konnten es aber nicht abschließen. Das bereitete ihnen allen Sorgen, da das Labyrinth jetzt zum Garten hin geöffnet und die Verhexerin noch immer auf freiem Fuß war.

Unmittelbar vor ihnen befand sich eine Hecke, und der Weg verlief nun von Süd nach Nord, sodass sie wählen mussten, ob sie sich nach links oder nach rechts wenden sollten. Isabeau erinnerte sich der Form des Labyrinths und sagte eher zögernd: »Nach links.«

»Du hättest das Buch nicht schließen sollen«, sagte Iseult. »Es zeigte den Plan des Labyrinths, aber nun werden wir die Seite niemals wiederfinden.«

»Wir mussten das Buch schließen«, erwiderte Isabeau. »Es gibt dir nur jeweils einmal eine Antwort. Ich hab mir die Anordnung des Labyrinths vom Turm aus gemerkt und sie dann anhand der Skizze überprüft, als das Buch geöffnet war. Sie stimmten überein.«

Iseult sah sie widerwillig bewundernd an. »Das kannst du?«

»Hat Meghan dich nicht die Fähigkeiten der Visualisierung und der Erinnerung gelehrt?«

Iseult lachte. »Sie hat es versucht.«

Nachdem sie fast eine Stunde im Labyrinth umhergewandert waren, wurden sie allmählich alle müde, erhitzt und schlechter Laune. Die Kuppel verhöhnte sie, indem sie einmal so nahe war, dass sie fast angekommen zu sein glaubten, und sich dann wieder entfernte. Inzwischen war sie nur noch eine schwarze Wölbung vor dem Abendhimmel, und zwischen den Hecken war es bereits so dunkel, dass Isabeau Licht heraufbeschwören musste.

Lachlan wollte nicht glauben, dass Isabeau den Weg kannte,

und beharrte darauf, verschiedene Wege auszuprobieren. Sie waren alle nervös, aber schließlich setzten sie sich in den Schatten der Hecke, und Iseult bereitete Tee für sie alle, den sie mit dem Finger erhitzte. Das ließ Isabeau müde lächeln, denn es war stets ihr Trick gewesen.

»Ich versteh das nicht«, sagte Isabeau. »Ich schwöre, dass ich mir den Weg gemerkt habe. Wir hätten inzwischen angekommen sein sollen.

»Frag das *Buch der Schatten*«, schlug Iseult vor.

Isabeau stimmte widerwillig zu, und sie nahmen den dicken Wälzer erneut hervor. Der Wind ließ die nahe gelegene Hecke rascheln, sodass sie sich wachsam umsahen, aber sie konnten nur Mäuse und Igel in der Nähe spüren. Draußen in der Nacht schrie ein Falke, und sie hörten den Todesschrei einer Haselmaus. Isabeau schaute erschreckt und besorgt auf und wartete lange Momente, bevor sie sich wieder dem Buch zuwandte.

Das Geheimnis des Gebrauchs des *Buchs der Schatten* bestand nicht darin, es nach seinem Geheimwissen zu befragen oder es zu fordern oder auch nur darum zu bitten. Stattdessen musste man auf seine Weisheit vertrauen und es in dem Wissen öffnen, dass die Antwort offenbar würde. Isabeau hatte schon im *Buch der Schatten* gelesen, seit sie ein Kind war, aber sie musste ihre Gedanken noch immer konzentrieren und ihre Zweifel ablegen, damit es funktionierte. Das tat sie nun, aber als sich das Buch beim Umkehrzauber öffnete – eine Seite, die sie wohl hundertmal gelesen hatte –, fluchte sie, schlug mit der Hand darauf und sagte: »Ich versteh nicht, was damit los ist!«

Iseult wirkte befriedigt, und Lachlan sagte ungeduldig: »Beim Zentaur, Isabeau, Meghan sagte, du wüsstest, wie man dieses Ding benutzen muss.«

Sie warf ihm einen wütenden Blick zu und beugte den Kopf erneut über die Seite, wobei das Licht von ihrem Finger seltsame Schatten auf die Worte warf. Plötzlich lächelte sie. »Natürlich!« Sie erhob sich, schlug das Buch zu und begann den Weg zurückzugehen, den sie gekommen waren.

»Wohin gehst du?«, fragte Lachlan.

»Ich war eine Närrin!«, rief sie. »Ich hätte es schon begreifen müssen, als ich zum ersten Mal merkte, dass wir irgendwie vom Weg abgekommen waren. Das Labyrinth funktioniert rückwärts. Anstatt zu versuchen, die Kuppel zu erreichen, müssen wir versuchen, uns von ihr zu entfernen!«

Als sie das Ende des Labyrinths erreichten, war es dunkel. Sie traten erleichtert aus der bedrückenden Enge der Hecken heraus und sahen einen großen Steintempel, der von breiten, zu gewölbten Säulengängen führenden Stufen umgeben war. Sie erklommen die Stufen und gelangten zu einem großen, steingesäumten Teich, der vom Himmel überwölbt wurde. Rund um den Teich standen ebenfalls dicke Säulen aus einem so alten Stein, dass die vielen eingemeißelten Symbole fast bis zur Unkenntlichkeit verwittert waren.

Iseult und Lachlan erkannten sofort die Ähnlichkeiten mit dem See auf dem Tulachna Celeste, nur dass die großen Menhire hier von verzierten Bögen gekrönt waren und sich an einem Ende eine erhöhte Plattform mit großen Bronzetüren befand, die in das mit einer Kuppel versehene Observatorium führten. Die Steine waren wunderschön durchbrochen und behauen, und Steingesichter schauten von der Wölbung jeden Bogens auf sie herab.

Das Wasser im Teich stand sehr niedrig und war trüb grünbraun. An einem Ende des Teichs befand sich eine Felsrinne, in der einst Wasser floss. Am anderen Ende war das Wappen der Hexentürme eingemeißelt – zwei Halbmonde und ein Stern.

Sie wanderten um den Teich herum, bewunderten wortreich

seine Schönheit und fragten sich, wo Meghan den Leitstern wohl verborgen hätte. Sie hatte ihnen keinen Hinweis gegeben, aber sie waren sich inzwischen sicher, dass die Antwort irgendwo im *Buch der Schatten* zu finden wäre. Dann schrie Isabeau überrascht auf.

Sie blickte zu einem der Bögen hinauf. Auf dessen Scheitelpunkt saß ein weißer Bhanaisvogel mit einem prachtvoll funkelnden weißen Schwanz. Er wirkte wie mit Diamanten besetzt, aber als der Vogel den Schwanz zu ihrer Bewunderung spreizte, konnten sie sehen, dass silberfarben irisierende Federn ihn so funkeln ließen.

Wer stört die Ruhe des Wächters?

Sie alle zuckten zusammen. *Ich bin Lachlan Owein MacCuinn,* antwortete Lachlan höflich und verneigte sich vor dem Vogel.

Und diese beiden, die sich so ähnlich sind, als wäre eine von beiden eine Spiegelung im Teich?

Meine Frau, Iseult NicFaghan, und ihre Schwester, Isabeau NicFaghan.

Es ist lange her, seit ein MacCuinn den Sternträumer besucht hat. Tatsächlich ist jeglicher Besuch lange her.

Der Teich der Zwei Monde war verschlossen, und wir haben ihn erst jetzt wieder aufschließen können.

Das freut mich. Es war hier für meine Frau und mich sehr einsam. Wir hatten nichts zu essen außer Würmern und Käfern, seit der letzte MacCuinn hier war – vorbei sind die Zeiten, in denen wir uns an Kuchen und Wein labten.

Er breitete seine Flügel aus und schwebte langsam herab, wobei sein prachtvoller Schwanz erneut schimmerte. *Ihr wollt vermutlich das Observatorium sehen?*

Lachlan sah die beiden anderen an, und Isabeau zuckte die Achseln und nickte. Der Wächter stolzierte vor ihnen her, den

Schwanz gespreizt, sodass sie seine gekräuselten, schmucken Federn bewundern konnten. Die Türen des Observatoriums öffneten sich, als er sich ihnen näherte, und er führte sie ins Innere. Sie betrachteten mit großem Interesse die Geräte und Karten, und Lachlan war so davon eingenommen, dass Isabeau ihn daran erinnern musste, weshalb sie hier waren. Sie konnte nicht verhindern, dass ihre Stimme eine gewisse Schroffheit annahm, denn Lachlan war ihr gegenüber ständig grob und aufbrausend, seit sie sich gestern Abend begegnet waren.

Er legte die Karte, die er gerade studiert hatte, widerwillig wieder hin und folgte ihnen nach draußen. Gladrielle war aufgegangen, blau und zart, und Magnysson stand dicht hinter ihr, angeschwollen und rot am Horizont.

»Frag das *Buch der Schatten,* wo der Leitstern verborgen ist«, befahl er.

Isabeau wurde bei seinem Tonfall ärgerlich, ließ sich aber nichtsdestotrotz auf dem Boden nieder und legte das alte Buch vor sich. Sie konzentrierte ihren Willen, leerte ihren Geist und dachte an das, was sie wissen wollte. Dann öffnete sie das Buch.

Obwohl im Schutz der Hecken kein Wind wehte, kam eine Brise auf und blätterte die Buchseiten um. Isabeau versuchte, ihre Stelle mit dem Finger zu sichern, aber die Seiten wurden weiterhin umgeblättert, sodass sie nicht mehr erkennen konnte, wo sich das Buch ursprünglich geöffnet hatte.

»Das ist mir auch immer passiert!«, sagte Iseult mit einer gewissen Befriedigung.

»Das geschieht, wenn man das Buch ohne klare Frage angeht oder wenn das Thema auf vielen Buchseiten erwähnt wird«, sagte Isabeau mit verzweifelter Miene. »Man muss seine Frage immer so genau wie möglich stellen.«

»Was hast du also falsch gemacht?« Lachlans Stimme klang verärgert.

»Ich hab nichts falsch gemacht!« Isabeau schaute auf das Buch hinab und sah, dass letztendlich eine Seite aufgeschlagen blieb. Sie las, was dort stand, und lächelte leicht.

»Was steht da?«, fragte Lachlan und entriss ihr das Buch, um es selbst zu lesen. Sie ließ ihn gewähren und richtete sich auf die Fersen auf. Sie beobachtete, wie seine Gesichtszüge herabsanken, und er sagte: »Eà verdamme es, aber dies ist nutzlos! Es ist nur ein Märchen!«

»Eideann und die Nachtigall«, sagte Isabeau. »Das war stets eine meiner Lieblingsgeschichten.«

Lachlan schlug das Buch zu und stand zornig auf. »Das ist nutzlos! Warum hat Meghan uns nicht einfach gesagt, wo sie ihn verborgen hat?«

»Das hat sie«, erwiderte Isabeau und erhob sich ebenfalls, das Buch in den Armen. Sie weigerte sich, mehr zu sagen, sondern ging nur die Stufen zu der Stelle hinauf, wo der weiße Bhanaisvogel saß.

Wächter, darf ich Euch eine Frage stellen? sagte sie.

Er lachte rau. *Du darfst drei Fragen stellen, meine Liebe. Diese nicht mitgerechnet.*

Wart Ihr hier, als der letzte MacCuinn durch das Labyrinth kam?

Nein, aber damals war der Vater meines Vaters Wächter des Teichs der Zwei Monde. Aber ich wurde alles gelehrt, was ich wissen musste, bevor mein Vater starb.

Wisst Ihr, ob der letzte MacCuinn eine kleine, alte Frau mit schwarzen Augen und einer weißen Haarsträhne war?

Das war sie in der Tat, meine Liebe.

Sie trug etwas bei sich, was sie verborgen hat. Könnt Ihr uns sagen, wo es verborgen wurde?

Das darf ich nur demjenigen sagen, der das Wappen der MacCuinn trägt.

Lachlan trat vor, um dem Wächter die Spange zu zeigen, mit der sein Plaid zusammengehalten wurde.

Die Kugel, die sie bei sich trug, wurde am Teich verborgen, sagte der Vogel sofort. *Hinter dem Wappen der beiden Monde.*

Fast schon bevor seine rauen Schreie verklungen waren, liefen Isabeau, Iseult und Lachlan die Stufen hinauf. Sie beugten sich über den Teich, machten sich heftig an dem Wappen zu schaffen und versuchten, es zu öffnen. Isabeau drückte mit den Fingern auf den Stern, und sofort schwang die Steinmetzarbeit auf, und sie sahen dahinter eine dunkle Höhlung. Mit einem Aufschrei streckte Lachlan die Hand hinein und zog den Leitstern hervor.

Es war ein matter, weißer Stein, ungefähr von der Größe eines Apfels, nur vollkommen rund. Dunst wallte innerhalb seiner Glaswände. Lachlan wölbte die Hände darum, und ein schwaches, silbriges Licht flammte im Herzen der Kugel auf. Einen Moment konnten sie leise Musik hören, wie Schlittenglocken. Dann erlosch das Licht.

»Er ist tot!«, rief Lachlan entsetzt. »Seht ihn euch an! Wir kommen zu spät – er ist tot.«

»Wir müssen ihn in den Teich eintauchen«, erinnerte Iseult ihn. »Meghan sagte, er würde vergehen, wenn sich sein Geburtstag näherte. Er sollte zu dem Zeitpunkt in den Teich getaucht werden, wenn sich die beiden Monde kreuzen. Dann wird er erneuert werden.«

Sie schauten alle zum Himmel, wo sich die beiden Monde so nahe waren, dass Gladrielle eine seltsam trübe Färbung aufwies. Sie setzten sich geduldig hin, während Lachlan den Leitstern in den Händen barg und ihm leise etwas vorsummte. Der schwache Lichtstreifen darin drehte sich, aber ansonsten erfolgte keine Reaktion.

Lachlan erhob sich, um das Fernglas aus dem Observatorium

zu holen, und dann betrachteten sie damit abwechselnd den Himmel, erstaunt über das, was sich ihnen darbot. Planeten mit Feuerreifen, violette und grüne Wolkenfetzen, helle und halbdunkle Sterne, große Flächen undurchdringlicher Dunkelheit. Die Monde kamen sich beim Aufstieg immer näher, wobei Magnysson anzuschwellen und Gladrielle schwächer zu werden schien. Dann beugte er sich zu ihr, und sie sahen einen halbmondförmigen Biss an ihrer Seite.

»Das ist der Schatten des größeren Mondes«, erklärte Lachlan. »Es sieht so aus, als würden sie verschmelzen, aber tatsächlich sind sie weit voneinander entfernt. Es liegt nur an unserem Blickwinkel.«

»Zwei Monde, die sich nacheinander ausstrecken, manchmal um sich zu küssen, manchmal um sich zu beißen«, murmelte Isabeau. Sie spürte Tränen in ihren Augen brennen, denn die Worte erinnerten sie eindringlich an ihre erste Begegnung mit Jorge, als sie noch ein eifriger Akoluth war, der von Magie und Abenteuer träumte.

Magnysson fraß sich langsam in Gladrielle, und dann sahen sie einen noch größeren Schatten über seine rote Flanke gleiten. »Das ist der Schatten der Erde«, sagte Lachlan. »Bald wird die Erde zwischen der Sonne und den Monden stehen, und es wird völlige Finsternis herrschen.«

»Woher weißt du das alles?«, fragte Iseult verärgert.

Er grinste sie an und fragte: »Hast du keines der Bücher gelesen, die Meghan uns gegeben hat?«

Gladrielle wurde vereinnahmt, und auch von Magnysson blieb nur eine Rundung. Ruhe hatte sich über den Garten gesenkt, und alle Eiben raschelten geheimnisvoll. Dann wurde die letzte schmale Rundung Rot ausgelöscht, und augenblicklich flammten alle Sterne auf, vor der samtartigen Dunkelheit leuchtend. Wo die beiden Monde gewesen wären, befand sich jetzt ein rundes, dunkles Loch im Himmel, ein großer Strudel der Dunkelheit.

Dann trat der größere der Monde allmählich beiseite, und Licht begann von einer Seite auszuströmen. Das Wasser im Teich stieg langsam an, sprudelte aus der Mitte herauf. Lachlan stand da und sang den Winterborn, und eine sprühende Fontäne schoss empor. Silberfarbenes Licht schien durch die Bogengänge in den Teich, und das Wasser wurde geheimnisvoll erleuchtet.

Lachlan stieg die Stufen hinab, während das schimmernde Licht die weiße Haarsträhne an seiner Stirn aufleuchten ließ und die Flächen seines Gesichts hervorhob. Seine Miene zeigte Triumph. Die Stufen führten direkt ins Wasser, und er watete hinein, beugte sich herab und tauchte den Leitstern in das sprudelnde, lichterfüllte Wasser ein. Helles Licht flammte auf, und Musik erklang. Er hielt den Leitstern triumphierend hoch, der vom herabströmenden Wasser ebenso funkelte wie der Schwanz des Bhanaisvogels. »Es ist vollbracht!«, rief er. »Der Leitstern ist erneuert!«

In dem Moment stieß ein Falke vom Himmel herab und riss ihm den Leitstern aus den Händen. Er schrie entsetzt auf, aber der Falke stieg mit mächtigen Flügelschlägen in die Luft. Mit zwei raschen Schritten ergriff Lachlan Oweins Bogen und schoss einen Pfeil in den Himmel. Er flog eine perfekte Bahn und durchbohrte die Brust des Falken. Der Vogel stieß einen schrecklichen Schrei aus und fiel herab, und der Leitstern entfiel seinen Klauen. Lachlan hob rasch eine Hand, aber es war zu spät. Auf der anderen Seite des Gartens sprang eine große Gestalt aus den Schatten hervor. Durch ihre Nachtsicht konnten Isabeau und Iseult deutlich Maya erkennen, mit dem Baby Bronwen in den Armen. Das Baby lachte, streckte die Hände nach dem Leitstern aus, und er flog zu ihr.

Sobald die winzigen Finger des Babys die Kugel berührten, erklang laut Musik. Isabeau und Iseult konnten in der Melodie Worte hören, Worte des Willkommens und der Bindung. »Nein!«, schrie Lachlan. »Nein!«

Maya kam durch den Garten auf sie zu, während das Baby die große Kugel auf seinen Fingerspitzen balancierte und drehte, als wäre es ein Jongleur und die Kugel ein Jonglierball. »Es heißt, der Leitstern reagiere auf die Hand jedes MacCuinn«, sagte Maya hämisch. »Nun haben wir ihn, und es heißt: *Wer den Leitstern hat, wird das Land haben.*«

»So heißt es«, stimmte Lachlan ihr grimmig zu. Maya erklomm die Stufen und stand dann da, ihr verheertes Gesicht zu einem Lächeln verzogen. Da sah Isabeau zu ihrem Kummer Latifas rundliche Gestalt in den Schatten des Gartens kauern und erkannte, dass die alte Köchin Maya den Weg durchs Labyrinth gezeigt hatte.

»Also hast du letztendlich verloren, Lachlan MacCuinn, und ich habe gesiegt. Meine Tochter ist sehr mächtig, weißt du. Sie wurde beim höchsten Stand des Kometen mit einem Begattungszauber empfangen, und es wurde sichergestellt, dass sie in der mächtigsten Stunde geboren würde …«

»Nur dass Lasair Euch zu einer verfrühten Geburt gebracht hat«, erklärte Isabeau, »sodass Bronwen zur Herbsttagundnachtgleiche geboren wurde und nicht zu Samhain.«

Lachlan und Maya achteten nicht auf sie, sondern sahen einander über den Teich hinweg an. Er sagte zornig: »Gleichgültig wie mächtig sie ist, Maya – sie ist nur ein Baby.« Er streckte die Hand aus und rief den Leitstern mit seinem ganzen Willen und Sehnen zu sich. Die Kugel hob sich aus der Hand des Babys und schwebte über den Teich auf ihn zu. Das Baby wimmerte enttäuscht und hielt seine kleine Hand wieder hoch. Der Leitstern zögerte, als sei er unsicher, auf wen er reagieren sollte. Isabeau wurde unwillkürlich an ihre Verhandlung in Caeryla erinnert, als der junge Laird Lasair zwischen ihr und seiner rechtmäßigen Besitzerin, der Großsucherin Glynelda, hatte wählen lassen.

Die Kugel zögerte nur einen Moment und flog dann in Lachlans Hand. Er schloss triumphierend die Faust darum. »Seht Ihr, ich bin mächtiger, und der Leitstern erwählt mich. Bereitet Euch auf Euren Tod vor, Verhexerin!«

Da er den Bogen nicht benutzen konnte, solange er den Leitstern festhielt, zog er sein Langschwert und ging auf Maya zu.

Maya sah sich ängstlich um und schaute dann auf den Teich vor sich. Das Wasser sprudelte noch im Licht, aber es hatte bereits begonnen, sich in der Mitte abwärts zu drehen, wie Wasser, das in einen Abfluss läuft. Sie warf Bronwen in den Teich und tauchte dann direkt in dessen wirbelnde Mitte.

»Nein!«, rief Isabeau und tauchte hinter ihnen her.

Das Wasser brodelte vor silberfarbenem Licht. Sie sah Mayas Füße in einem Wirbel von Luftblasen verschwinden. Bronwen schwamm flink wie eine Kaulquappe hinter ihr her und streckte eine Hand aus, um Mayas Haar zu ergreifen.

Isabeau tauchte immer tiefer ins funkelnde, sprudelnde Wasser. Ihre Augen waren weit geöffnet, aber sie konnte nur Helligkeit sehen, als leuchte ein großes Licht aus den Tiefen des Teichs. Sie trat kräftig aus und sah dann Mayas Füße vor sich, die Schwimmflossen aufwiesen, während sie unmittelbar ins Herz der Quelle tauchte. *Bronwen,* rief Isabeau, und das Kind blickte zu ihr zurück, die Augen seltsam schimmernd, der Körper schuppenglänzend. Hautlappen schwebten um ihre Hände und Füße, und eine lange, gezackte Flosse verlief im Bogen ihr kleines Rückgrat entlang. Dann schlängelte sie sich vorwärts und folgte ihrer Mutter.

Isabeau ergriff verzweifelt einen winzigen Fuß, und dann

wand sich das Baby in ihren Armen. Sie kehrte um und schwamm mit brennenden Lungen zur Oberfläche. Es schien lange, lange zu dauern, während alles Licht zu erlöschen begann. Schließlich durchbrach sie keuchend und hustend die Wasseroberfläche, das Baby in ihren Armen.

Lachlan watete in den Teich, das Wasser bis zu seinen Knien hinaufwirbelnd. Er packte Isabeau und half ihr heraus. »Warum hast du das getan?«, murrte er.

»Wollte … Bronwen … vor dem Ertrinken retten«, keuchte Isabeau und wandte sich um, sodass das Baby aus seiner Reichweite geriet.

Er lachte rau auf. »Den Schuppen und Flossen nach zu urteilen, hättest du dir keine Sorgen über einen Tod durch Ertrinken machen müssen.«

Isabeau, die tropfnass war und vor Kälte zitterte, erkannte schlagartig, dass er vollkommen Recht hatte. Bronwen war so leicht wie ein Fisch geschwommen und hatte im Wasser recht glücklich gewirkt. Maya war fort, irgendwo in den Wasserwegen unter dem Garten verloren. Da auf beiden Seiten zwei große Flüsse verliefen, bezweifelte Isabeau nicht, dass sie einen Weg hinausfinden würde. Bronwen hätte mit ihr entkommen können und wäre bei ihr wahrscheinlich sicherer gewesen als bei einem rachsüchtigen Onkel, der sie als potenzielle Bedrohung seines Thrones und seiner Erben ansehen würde. Während ihr Tränen in die Augen stiegen, erkannte sie, dass ihr Ungestüm sie erneut dazu geführt hatte zu handeln, bevor sie nachgedacht hatte.

Plötzlich stieß Lachlan einen gewaltigen Schrei aus. »Seht mich an!«, rief er. »Seht auf meine Füße!«

Sie sahen verblüfft hin, denn wo vorher Lachlans schwarze, schuppige Klauen gewesen waren, befanden sich nun zwei weiße, wohlgeformte Füße. Er hob zunächst den einen, dann den anderen an, ein erfreutes Grinsen überzog sein dunkles Gesicht, und dann warf er den Kopf zurück und sang, eine Fanfare der Freude und des Triumphes, die durch den Garten hallte. Der Leitstern schien in seiner Hand hell wie ein kleiner Mond, und Vögel erhoben sich mit lautem Flügelschlag von ihren Schlafplätzen in Hecke und Baum und jubilierten in überraschter Freude.

»Wenn Magnysson Gladrielle letztendlich in seinen Armen hält, wird alles geheilt oder vernichtet, gerettet oder aufgegeben werden …«, rief Isabeau und betrachtete verzweifelt ihre Hand. Heftige, verbitterte Enttäuschung durchdrang sie, denn sie konnte im hellen Mondlicht deutlich sehen, dass ihrer Hand noch immer die beiden letzten Finger fehlten. Sie brauchte einen Moment, um zu erkennen, dass ihre verbliebenen Finger jedoch so gerade und geschmeidig wurden wie je. Aber selbst dann noch, als sie die Finger und den Daumen verkrampft öffnete und schloss, brannten bittere Tränen in ihrer Kehle und befeuchteten ihre Wangen, und sie beugte den Kopf über Bronwen, damit die anderen ihre Tränen nicht sähen. Im dunklen Haar des Babys sah sie eine Silberlocke im Mondschein schimmern.

»Es ist vollbracht!«, sagte Lachlan unendlich zufrieden. »Ich habe das Erbe gerettet. Nun, wo ich den Leitstern innehabe, werde ich auch das Land innehaben!«

Ein neuer Faden wird gespannt

Ein Kind aufziehen

Isabeau saß bei der verglühenden Asche des Feuers und wiegte mit einem Fuß das Kind in seiner Wiege. Es war kalt in ihrem kleinen Raum, aber sie regte sich nicht, um die verglühende Asche durch Pusten wiederzubeleben. Sie war müde, entmutigt und niedergeschlagen. Es war neun Monate her, seit sie ihre Abenteuer mit solch großen Hoffnungen begonnen hatte. So vieles war geschehen. So vieles hatte sich geändert. Hätte sie Meghan an den Hängen der Drachenklaue nicht verlassen, wie anders wäre ihr Schicksal dann verlaufen? Vielleicht wären ihr Körper und ihre Seele noch intakt, ihre Treuezugehörigkeiten ungeteilt, ihre Zukunft klar. Vielleicht hätte sie die Liebe des MacCuinn für sich gewonnen und wäre jetzt selbst Banrìgh von Eileanan. Vielleicht wäre sie diejenige gewesen, die Ishbel die Geflügelte ihre Geheimnisse gelehrt hätte.

Stattdessen hatte sie keinen eigenen Platz und keine eigene Zukunft. Meghan hatte Lachlan und ihren Zwilling als die einzige Hoffnung des Landes bezeichnet – aber was war sie, abgesehen davon, dass sie Iseults Zofe und das Kindermädchen des Babys war? Tränen rannen ihre Wangen hinab, und sie hob das schlafende Baby an ihre Schulter.

Die Tür öffnete sich quietschend, und Meghan kam langsam herein. Sie war seit ihrer Verletzung schrecklich gealtert – ihr

Gesicht war von tiefen Furchen durchzogen, und ihre schneeweiße Haarsträhne war zwischen vielen anderen weißen Strähnen fast verloren. Gitâ saß auf ihrer Schulter. Er wurde nur noch selten mehr als wenige Schritte von seiner Hexe entfernt gesehen und wachte streng über sie, bis sie böse wurde. An Meghans Taille hing der auf Glanz polierte Schlüssel.

Meghan sah die Tränen auf Isabeaus Gesicht, setzte sich neben sie und nahm ihre Hand. »Ich glaube, dies ist das erste Mal, dass ich dich allein sehe, seit sich unsere Wege trennten.«

Isabeau nickte und wiegte das Baby sanft. Meghan sagte: »Ich hab nicht viel Zeit, weil alle so schreckliches Aufhebens um meine Gesundheit machen und darauf bestehen, dass ich die meiste Zeit im Bett bleibe. Ich dachte jedoch, du würdest gerne reden.« Isabeau nickte erneut, und die alte Hexe fuhr fort: »Ich wünschte, du wärst jetzt nicht so schweigsam, Isabeau. Ich vermisse mein Plappermaul.«

»Mir ist nicht danach zumute zu plappern«, erwiderte Isabeau, und ihre Stimme klang ihr sogar selbst kindisch. Sie bemühte sich und sagte: »Es tut mir Leid, Meghan. Es ist nur so, dass ihr alle hier einen Platz zu haben scheint und ich nicht. Ich war die Dienstbotin dieser Höflinge, und sie behandeln mich noch immer so, obwohl mein Spiegelbild auf dem Thron sitzt.«

Die alte Zauberin seufzte und sagte: »Wenn ich nur gewusst hätte, was aus meinem Aufstieg auf die Drachenklaue erwachsen würde, hätte ich dich mitgenommen, Beau, aber ich sah nur Gefahr und Tod vor mir. Ich dachte, du wärest sicher, aber du musstest innehalten und Lachlan retten! Es ist seltsam, denn wenn du es nicht getan hättest, wäre er in die Hände der Liga gegen Hexen gefallen.«

»Das hätte Baron Yutta gefallen«, antwortete Isabeau verbittert.

Meghan zögerte und sagte dann: »Es gibt nur wenige Hexen,

die ihrem Zugriff hätten entkommen können, Isabeau. Du hast wirklich mächtige Kräfte, denn sie gehen mit Phantasie und raschem Denken einher. Ich möchte, dass du weißt, wie stolz ich auf dich bin.«

Daraufhin weinte Isabeau erneut, obwohl dieses Mal ein wenig Freude mitschwang. Gitâ flog von Meghans Schulter auf ihre, um sie zu trösten, indem er mit seiner kleinen Pfote ihr Ohrläppchen tätschelte. Sie weinte noch ein wenig stärker.

»Hast du viele Veränderungen an dir selbst bemerkt, seit du in den Teich eingetaucht bist?«, fragte Meghan und betrachtete Isabeaus Gesicht mit ihren durchdringenden, schwarzen Augen.

»Abgesehen davon, dass ich meine Hand etwas besser benutzen kann? Nein, überhaupt nicht.«

»Wie ist es bei Bronwen?«

»Ich hab gesehen, wie sie ein Spielzeug hat in ihre Hand zurückschweben lassen, als es zu Boden gefallen war«, sagte Isabeau, »aber wer weiß, ob das durchs Wasser kommt. Sie hatte vor dem Eintauchen den Leitstern in ihre Hand gerufen.«

Meghan schwieg eine Weile. »Lass mich das Baby halten«, sagte sie unerwartet, und Isabeau reichte sie ihr gerne. Die alte Zauberin hielt das Baby sanft im Arm und betrachtete es genau. Bronwen erwiderte ihren prüfenden Blick mit ihren ungewöhnlich silbrigen Augen. Sie war ein ernstes Baby, aber nun lachte sie und griff nach Meghans Gesicht. Sie legte eine pummelige Seesternhand an die weiße Strähne und lachte erneut. Dann bewegte sie ihre Hand, um Meghan einmal, leicht, zwischen den Augen zu berühren.

»Ein ungewöhnliches Baby«, sagte Meghan erschüttert.

»Ja«, stimmte Isabeau ihr zu.

»Ich werde dir jetzt etwas sagen, was ich noch niemals jemandem gesagt habe. Frag mich nicht, warum. Ich hab meine Geheimnisse stets sehr sorgfältig bewahrt, denn ich bin nun sehr alt, Isabeau, und es fällt mir schwer, andere, die ich noch immer als Kinder ansehe, zu belasten. Selbst die arme Latifa nicht. Ich kannte sie schon als das dickste und liebenswerteste Baby, das du dir vorstellen kannst.« Sie seufzte.

»Du musst vieles über mich gehört haben, Isabeau, wovon du nicht wissen kannst, ob es stimmt oder nicht. Ich kann dir jetzt nicht helfen, Gerüchte von Wahrheit zu trennen, denn ich werde müde und brauche mein Bett. Aber soviel will ich dir sagen: Ich bin vierhundertachtundzwanzig Jahre alt. Samhain war mein Geburtstag, und zwar einer der seltsamsten, die ich je in meinem langen Leben erlebt habe. Ich war erst acht, als die letzte Finsternis stattfand. An jenem Tag hatte ich meine Erste Prüfung und sah, wie die Monde gefressen wurden und der Leitstern erschaffen wurde, und fand meinen ersten Vertrauten. Wirklich ein großer Tag.«

Sie hielt mit grauem Gesicht inne, und Isabeau erhob sich, um ihr etwas Goldschlehdornwein einzugießen. »Nun, ich hab mich oft gefragt, ob ich so viele Jahre gelebt habe, weil ich als Kind vom schimmernden Wasser trank. Mein Vater hatte den Leitstern im Teich geschmiedet, und ich war neugierig und trank einen Mund voll – es brannte durch mich hindurch wie Feuer. Ich hab mich sehr oft gefragt, ob dieses lange und schwere Leben eine Konsequenz des Kostens des Wassers ist. Du musst darauf vorbereitet sein, tief greifende Veränderungen der einen oder anderen Art anzunehmen.«

»Geheilt oder vernichtet, gerettet oder aufgegeben …«, antwortete Isabeau, und Meghan nickte.

Die alte Zauberin erhob sich steif und reichte das Baby zurück, das den Schlüssel an ihrer Taille zu ergreifen versuchte. Sie zögerte und sagte dann erschöpft: »Isabeau, ich weiß, dass dein Weg dornig war, aber die Dinge hätten wirklich weitaus anders ausgehen können, wenn du ihn nicht auf dich genommen hättest. Ich hoffe, dass der Preis, den du bezahlt hast, nicht zu hoch war, denn die Dinge sind glücklicher ausgegangen, als ich erhofft hatte. Der Leitstern ist sicher und in unseren Händen, Maya ist vertrieben und Lachlan sitzt, obwohl das Land vom Krieg zerrissen ist, auf dem Thron, und es sind bereits zwei Erben unterwegs.«

Isabeau nickte, wohl wissend, dass die Hexe die Worte als Trost gedacht hatte. Meghan hielt inne und sagte dann zögernd: »Beau, kümmere dich um das Baby. Ich mache mir wirklich Sorgen, weil Lachlan sie stets so finster ansieht, und befürchte, dass er ihr etwas antun könnte. Jorge erzählt mir, dass er von ihr träumt und dass sie noch eine Rolle in diesem Gewebe zu spielen hat. Ich weiß nicht, was die Zukunft für uns bereithält, aber ich möchte, dass du dich um sie kümmerst …«

Isabeau nickte, küsste die alte Hexe und wünschte ihr eine gute Nacht. Plötzlich erinnerte sie sich an das, was Jorge der Seher ihr einmal gesagt hatte: »Ich sehe dich mit vielen Gesichtern und vielen Verkleidungen. Du wirst zu jenen gehören, die sich in einer Menge verbergen können. Obwohl du kein Heim und keinen Ruheplatz haben wirst, werden alle Täler und Gipfel dein Zuhause sein. Obwohl du niemals gebären wirst, wirst du ein Kind aufziehen, das eines Tages das Land regieren wird.«

Sie hielt den Atem an und blickte auf das verträumte Gesicht von Mayas Kind hinab. Bronwen lächelte und griff nach Isabeaus hellen Locken, und jähe Sanftheit durchdrang ihr Herz, so scharf wie jeder Kummer. Sie wiegte das Baby an ihrem Herzen und fragte sich, ob Meghan damit Recht gehabt hatte, dass nur der Lahme lieben und nur der Krüppel trauern konnte.

Glossar

Aedan MacCuinn: der erste Rìgh, Hochlord von Eileanan. Er wurde Aedan Weißlocke genannt und stammte direkt von Cuinn Löwenherz ab (siehe Erster Hexensabbat). Im Jahre 710 vereinte er die sich bekriegenden Gebiete Eileanans bis auf Tìrsoilleir und Arran, die unabhängig blieben, zu einem Land.

Aedans Pakt: Aedan MacCuinn, erster Rìgh von Eileanan, begründete einen Pakt zwischen allen Einwohnern der Insel, die übereinkamen, in Eintracht miteinander zu leben und sich nicht in die Kultur des jeweils anderen einzumischen, sondern für Frieden und Gedeihen zusammenzuarbeiten. Die Fairgean weigerten sich, den Pakt zu unterzeichnen, und wurden deshalb ausgeschlossen, was die Zweiten Fairgeankriege zur Folge hatte.

Ahdayeh: Kampfkunst

Aislinna die Träumerin: eines der Mitglieder des Ersten Hexensabbats

Alba: die »mythische« Heimat, das Land, aus dem der Erste Hexensabbat entkam

Alte Mutter: ein Begriff der Khan'cohbans für eine weise Frau der Gemeinschaft

Anghus MacRuraich: Prionnsa von Rurach und Siantan. Verwendet hellseherische Fähigkeiten, um Dinge und Menschen zu suchen und zu finden.

Arran: südöstliches Land Eileanans im Besitz des Clans der NicFóghnan.
Aslinn: stark bewaldetes Land, einst im Besitz der MacAislins, nun unter der Kontrolle des MacThanach-Clans

Bacaiche der Bucklige: Meghans Großneffe
Ban-Bharrach: der südlichste Fluss Lucesceres, der zusammen mit dem Muileach die Schimmernden Wasser bildet.
Banprionnsa: Prinzessin oder Herzogin
Banrìgh: Königin
Baumwandler: Zauberwesen des Waldes. Kann die Gestalt eines Baumes gegen die eines menschenähnlichen Wesens eintauschen. Ein Mischling wird als *Baumtauscher* bezeichnet und kann manchmal beinahe wie ein Mensch aussehen.
Beltane: der 1. Mai, erster Tag des Sommers
Berhtfane: See in Clachan
Berhtilden: die weiblichen Krieger Tìrsoilleirs, benannt nach der Gründerin des Landes (siehe Erster Hexensabbat). Amputierte linke Brust, um das Handhaben des Bogens zu erleichtern.
Bhanaisvogel: einheimischer Vogel, der für seinen sehr langen, farbenprächtigen Schwanz bekannt ist.
Blèssem: Die Gesegneten Felder. Fruchtbares Ackerland südlich von Rionnagan im Besitz des Clans der MacThanach, den Abkömmlingen von Tuathanach dem Farmer (siehe *Erster Hexensabbat*).
Brun: ein Cluricaun.
Buch der Schatten: ein uraltes, magisches Buch, das am Tag der Abrechnung vernichtet werden sollte.

Caeryla: die Hauptstadt der Highlands von Rionnagan. An den Ufern des Tuathansees erbaut, für seine Seeschlange berühmt. Regiert vom Clan der MacHamell.

Carraig: Land der Meerhexen. Nördlichstes Land Eileanans im Besitz des Clans der MacSeinn, die von den Fairgean vertrieben wurden und in Rionnagan Zuflucht nahmen.
Celestine: Rasse von Zauberwesen, berühmt für ihre empathischen Fähigkeiten und für die Kenntnis der Sterne und Prophezeiungen.
Clachan: südlichstes Land Eileanans, eine Provinz Rionnagans, regiert vom Clan der MacCuinn.
Clàrsach: Saiteninstrument, ähnlich einer kleinen Harfe
Cluricaun: kleines Waldzauberwesen
Corrigan: Bergzauberwesen, das die Macht besitzt, das Aussehen eines Felsblocks anzunehmen. Die Mächtigsten können andere Formen vortäuschen.
Cuinn Löwenherz: Führer des Ersten Hexensabbats. Nachfahren gehören zum Clan der MacCuinn.

Deus Vult: Schlachtruf der Berhtilden. Bedeutet »Gottes Wille geschehe«.
Dide: ein Jongleur und Mitglied des Untergrunds
Donbeag: kleines, braunes, spitzmausartiges Wesen, das durch die Hautsegel zwischen seinen Beinen über kurze Entfernungen fliegen kann.
Donncan MacCuinn: dritter Sohn Partetas des Tapferen.
Dougal MacBrann: Sohn des Prionnsa von Ravenshaw und Cousin des Rìgh.
Drachen: große, feuerspeiende Flugwesen mit glatter Schuppenhaut und Klauen. Vom Ersten Hexensabbat als mythisches Wesen aus der Anderswelt bezeichnet. Da sie unfähig sind, ihre Körpertemperatur anzupassen, leben sie in Vulkanen, nahe Geysiren oder anderen Hitzequellen. Sie besitzen eine hoch entwickelte Sprache und Kultur und können in beiden Richtungen am Faden der Zeit entlangsehen.

Drachenfluch: ein seltenes und tödliches Gift, das einen Drachen töten kann.
Drachenklaue: ein hoher, spitzer Berg im nordwestlichen Teil der Sithicheberge. Von den Khan'cohbans die *Verfluchten Gipfel* genannt.
Drachenstern: Komet, der alle acht Jahre vorüberzieht. Auch Roter Wanderer genannt.
Dùn: Bergfestung, Stadt
Dunceleste: Stadt am Ufer des Tuathansees in Rionnagan.
Dùn Eidean: Hauptstadt von Blèssem.
Dùn Gorm: die Rhyssmadill umgebende Stadt
Düsterwaid: ein seltenes Kraut, das nur im Murkmyre vorkommt. Wächst auf Bäumen und heilt alles.

Eà: die Große Erd-Gottheit, Mutter und Vater aller Wesen
Eileanan: größte Insel im die Fernen Inseln genannten Archipel
Eine Macht: die Lebensenergie, die allem innewohnt. Hexen beschwören die Eine Macht herauf, um ihre magischen Handlungen zu vollziehen. Die Eine Macht enthält alle elementaren Mächte der Luft, der Erde, des Wassers, des Feuers und des Geistes. Hexen haben meist ein besonderes Talent für ein bestimmtes Element.
Eisriese: großes, im Schnee wohnendes Zauberwesen, das auf dem Rückgrat der Welt lebt.
Elementare Mächte: die Kräfte der Luft, der Erde, des Feuers, des Wassers und des Geistes; bilden zusammen die Eine Macht.
Elementenprüfung: Sobald eine Hexe im Alter von vierundzwanzig Jahren im Hexensabbat vollkommen anerkannt ist, erlernt sie Fertigkeiten in dem Element, in dem sie am stärksten ist. Bei der Ersten Prüfung in jeglichem Element erlangen die Hexen einen Ring, der an der rechten Hand getragen wird. Wenn sie die Dritte Prüfung in einem der Elemente bestehen,

werden die Hexen zu Zauberern oder Zauberinnen und tragen einen Ring an der linken Hand. Sehr selten erlangt eine Hexe einen Zauberinnenring in mehr als einem Element.
Elfenkatze: kleine Wildkatze, die in Höhlen und hohlen Baumstämmen lebt.
Enit: eine Jongleurin, Großmutter von Dide und Nina
Erlass gegen Zauberwesen: königlicher Erlass, der kurz nach der Hochzeit Jaspars und Mayas der Unbekannten bekannt gegeben wurde. Die darin aufgeführten Zauberwesen galten als Scheusale und mussten vernichtet werden.
Erster Hexensabbat: dreizehn Hexen, die vor Verfolgung und Hexenjagden in ihrem Land flohen und einen großen Zauber heraufbeschworen, der die Struktur des Universums faltete und sie und ihre Angehörigen nach Eileanan brachte. Die elf großen Familien Eileanans stammen alle vom Ersten Hexensabbat ab, wobei der Clan der MacCuinns der größte der elf ist. Die dreizehn Hexen waren Cuinn Löwenherz, sein Sohn Owein vom Langbogen, Aislinna die Träumerin, Ahearn der Pferde-Laird, Berhtilde die glorreiche Kriegerin, Fóghnan die Distel, Rùraich der Sucher, Seinneadair die Sängerin, Sian die Sturmreiterin, Tuathanach der Farmer, Brann der Rabe, Faodhagan der Rote und seine Zwillingsschwester Sorcha die Rote (nun »die Mörderin« genannt).

Fairge, Fairgean (Pl.): Zauberwesen, die sowohl das Meer als auch das Land zum Leben brauchen und deren Magie seltsam und grausam ist. Die Fairgean wurden schließlich 710 von Aedan Weißlocke aus Eileanan vertrieben, als sie sich weigerten, seine Autorität anzuerkennen. Während der nächsten vierhundertzwanzig Jahre lebten sie auf Flößen, auf Felsen, die aus dem eisigen Meer aufragten, und auf den kleinen Inseln, die noch unbewohnt waren. Der König der Fairgean schwor Rache und dass er die Küsten Eileanans zurückerobern würde.

Fang: der höchste Berg Eileanans, ein erloschener Vulkan, der von den Khan'cohbans »Schädel der Welt« genannt wird.
Faodhagan der Rote: einer der Zwillingszauberer vom Ersten Hexensabbat. Besonders bekannt als Steinmetz. Entwarf und baute viele der Hexentürme wie auch den Palast der Drachen und die Große Treppe.
Feargus MacCuinn: zweiter Sohn Partetas des Tapferen.
Feld: studiert Drachenkunde, im Turm der Zwei Monde. Mentor Khan'gharads, lebt jetzt in den Türmen der Dornen und Rosen.
Feuermacherin: Ehrenname für einen Abkömmling Faodhagans (siehe *Erster Hexensabbat*) und eine Khan'cohban
Fiadhaich: wütend, ärgerlich
Finn: Bettlermädchen in Lucescere
Fluchhexen: böse Zauberwesenrasse, die zu Flüchen und üblen Zaubern neigt. Für ihre scheußlichen persönlichen Gewohnheiten bekannt.
Fóghnan die Distel: ein Mitglied des Ersten Hexensabbats. Für ihre prophetischen und hellseherischen Fähigkeiten bekannt. Fóghnan die Distel wurde von Balfour MacCuinn, dem ältesten Sohn Oweins des Langbogens, getötet.
Frühjahrs-Tagundnachtgleiche: wenn Tag und Nacht gleich lang sind.

Geal'teas: langhörnige, im Schnee lebende Wesen, welche die Khan'cohbans mit Nahrung, Milch und Kleidung versorgen. Ihr sehr dichtes, weißes Fell ist hoch geschätzt.
Geas: eine Verpflichtung aufgrund einer Ehrenschuld.
Gehörnte: eine Rasse wilder, gehörnter Zauberwesen, auch Satyricorns genannt
Gemeinschaften: die soziale Einheit der Khan'cohbans, die in nomadischen Familienverbänden leben. Es gibt insgesamt sieben Gemeinschaften: die Gemeinschaft der Feuerdrachen, die

Gemeinschaft des Schneelöwen, die Gemeinschaft des Säbelzahnpanthers, die Gemeinschaft des Eisriesen, die Gemeinschaft des Grauen Wolfs, die Gemeinschaft der Kämpfenden Katze und die Gemeinschaft des Wollbären.

Geweihte Hölzer: Esche, Haselnuss, Eiche, Schlehdorn, Fichte, Hagedorn und Eibe.

Gitâ: ein Donbeag; Meghans Vertrauter

Gladrielle die Blaue: der kleinere der beiden Monde, von lavendelblauer Farbe

Glorreiche Soldaten: Bezeichnung für Angehörige des Heers von Tìrsoilleir.

Glynelda: Großsucherin der Liga gegen Hexen und Regentin Caerylas

Goldschlehdorn: ein dichter Busch, der im Sommer saure, gelbe Pflaumen trägt.

Grablinge: raubgierige Wesen, die gemeinsam nisten und schwärmen, Farmern Lämmer und Hühner stehlen und bekannt dafür waren, Babys und kleine Kinder zu stehlen. Fressen alles, was sie in ihren Klauen forttragen können.

Große Durchquerung: als Cuinn den Ersten Hexensabbat nach Eileanan führte.

Große Treppe: der Weg, der die Drachenklaue hinauf zum Palast der Drachen und dann auf der anderen Seite des Gebirges nach Tìrlethan hinabführt.

Hakenbüchse: ein Gewehr mit Luntenschloss mit einem langen Kolben, das üblicherweise von einem großen Stock abgeschossen wird.

Haven: große Höhle, in der die Gemeinschaft des Roten Drachen den Sommer verbringt.

Isabeau das Findelkind: Lehrling von Meghan von den Tieren

Iseult vom Schnee: Zwillingsschwester Isabeaus, auch Khan'derin genannt
Ishbel die Geflügelte: Windhexe, die fliegen kann. Mutter von Iseult und Isabeau.

Jaspar MacCuinn: ältester Sohn von Parteta dem Tapferen. Rìgh von Eileanan, verheiratet mit Maya der Unbekannten
Jay der Fiedler: ein Bettlerjunge aus Lucescere
Jesyah: Jorges Vertrauter, ein Rabe
Johannisnacht: Sommersonnenwende, Mittsommernacht; Zeit starker Magie.
Jongleur: ein fahrender Spielmann, Zauberkünstler, Spaßmacher
Jor: Meeresgott
Jorge der Seher: ein blinder Zauberer, der die Zukunft sehen kann.

Karavelle: ein kleines Kriegsschiff, schnell und beweglich, mit breitem Bug und hohem, schmalem Poopdeck. Sie wurde mit drei oder vier Masten ausgerüstet, von denen nur der Fockmast ein Rahsegel trug. Die übrigen Masten trugen dreieckige Lateinersegel, die das Segeln bei unbeständigen Winden erleichterten.
Karracke: stabil gebautes Schiff mit drei Masten, das zwei Hauptsegel am Fock- und am Großmast trug, sowie ein Lateinersegel am kurzen Besanmast. Solche Schiffe waren nur begrenzt bestückt und hauptsächlich als Frachtschiffe konzipiert.
Khan'cohbans: Kinder der Götter des Weiß; Zauberwesenrasse. Auf dem Schnee gleitende Nomaden, die auf dem Rückgrat der Welt leben. Eng verwandt mit den Celestine, aber sehr kriegerisch. Khan'cohbans leben in Familiengruppen, den so genannten Gemeinschaften. Sie umfassen meist 15 bis 50 Personen.

Khan'derin: Zwillingsschwester Isabeaus. Auch Iseult genannt.
Khan'fella: Schwester von Khan'lysa, der Feuermacherin.
Khan'gharad der Drachen-Laird: Narbiger Krieger der Gemeinschaft der Feuerdrachen, Geliebter Ishbels der Geflügelten, Vater von Isabeau und Iseult
Kreis der Sieben: regierendes Konzil der Drachen, aus den ältesten und weisesten weiblichen Drachen gebildet.
Kristallsehen: Wahrnehmung durch einen Kristall oder ein anderes Medium. Die meisten Hexen können kristallsehen, wenn ihnen das wahrzunehmende Objekt wohl bekannt ist.
Krüppel: Anführer der Rebellion gegen den Rìgh und die Banrìgh.

Lachlan der Geflügelte: jüngster Sohn von Parteta dem Tapferen
Laird: Gutsherr (Titel)
Lammas: erster Herbsttag, Erntedankfest
Langschwert: schweres, zweischneidiges Schwert, oft in Mannesgröße
Latifa die Köchin: Feuerhexe, Köchin und Haushälterin in Rhyssmadill
Lavinya: Partetas Ehefrau, Jaspars Mutter
Leannan: Liebste(r).
Leitstern: das Erbe aller MacCuinns, Erbschaft Aedans. Wenn sie geboren werden, legt man ihre Hände auf ihn, und es wird eine Verbindung hergestellt. Wen auch immer der magische Stein anerkennt, ist Rìgh oder Banrìgh von Eileanan.
Lichtmess : Winterende und Frühlingsanfang
Liga der Heilenden Hand: von einer Bande Bettlerkindern gebildet, die mit Jorge dem Seher und Tòmas dem Heiler aus Lucescere flohen.
Liga gegen Hexen: von der Banrìgh Maya eingeführt
Lilanthe vom Walde: eine Baumtauscherin

Lucescere: alte Stadt, über den Schimmernden Wassern erbaut. Heimat der MacCuinns und des Turms der Zwei Monde.

Mac: Sohn von
MacAhearn: eine der elf großen Familien. Abkömmlinge von Ahearn dem Pferde-Laird
MacAislin: eine der elf großen Familien. Abkömmlinge von Aislinna der Träumerin
MacBrann: eine der elf großen Familien; Abkömmlinge von Brann dem Raben
MacCuinn: eine der elf großen Familien; Abkömmlinge von Cuinn Löwenherz
MacFóghnan: eine der elf großen Familien; Abkömmlinge von Fóghnan der Distel
MacHilde: eine der elf großen Familien; Abkömmlinge von Berhtilde der Glorreichen
MacRuraich: eine der elf großen Familien; Abkömmlinge von Rùraich dem Sucher
MacSeinn: eine der elf großen Familien; Abkömmlinge von Seinneadair dem Sänger
MacSian: eine der elf großen Familien; Abkömmlinge von Sian der Sturmreiterin
MacThanach: eine der elf großen Familien; Abkömmlinge von Tuathanach dem Farmer
Magnysson der Rote: der größere der beiden Monde, karmesinrot, allgemein als Symbol des Krieges und des Konflikts angesehen. In alten Erzählungen ist er der verschmähte Liebhaber, der seine einstige Geliebte Gladrielle über den Himmel jagt.
Mairead die Schöne: jüngere Tochter von Aedan MacCuinn, erste Banrìgh von Eileanan und die zweite Person, die den Leitstern führte. Meghans jüngere Schwester.
Manissia: eine weise Frau

Margrit NicFóghnan: Banprionnsa von Arran
Maya die Verhexerin: Banrìgh von Eileanan, Ehefrau von Jaspar, auch »die Unbekannte« genannt.
Meghan von den Tieren: Waldhexe, Zauberin der sieben Ringe; kann mit Tieren sprechen. Bewahrerin des Schlüssels des Hexensabbats vor und nach der Verbannung Tabithas'.
Mesmerd; Mesmerdean (Pl.): ein geflügelter Geist oder Grauer; Zauberwesen aus dem Murkmyre, das seine Beute mit dem Blick hypnotisiert und ihr dann den Todeskuss verabreicht.
Mithuan: ein Heiltrank, der den Puls beschleunigen und Schmerz lindern soll.
Mondfluch: eine halluzinogene Droge, aus der Mondblume destilliert. Wächst nur auf den Montroseinseln.
Muileach: der nördlichste Fluss Lucesceres, der zusammen mit dem Ban-Bharrach die Schimmernden Wasser bildet.
Murkfane: See im Zentrum Arrans.
Murkmyre: die Sümpfe und Moore Arrans; größter See Arrans rund um den Turm der Nebel.

Narbige Krieger: Khan'cohban-Krieger, die als Symbol ihrer Leistungen Narben tragen. Ein Krieger mit sieben Narben hat die höchste Stufe erreicht.
Netzspinne, dunkle: eine tödliche Giftspinne, die in ganz Eileanan zu finden ist. Baut ihre Netze an dunklen, verborgenen Plätzen.
Nic: Tochter von
Nisse: kleines Waldzauberwesen
Nyx: Nachtgeist. Düster und mysteriös, besitzt Kräfte der Täuschung und der Verbergung.

Owein vom Langbogen: erstgeborener Sohn von Cuinn Löwenherz. Er gestaltete den Schlüssel des Hexensabbats und war der erste Bewahrer des Schlüssels.

Parlen: ein Bettlerjunge in Lucescere
Parteta der Tapfere: früherer Rìgh von Eileanan, starb bei der Strandschlacht, bei der im Zweiten Fairgeankrieg die Invasion der Fairgean abgewehrt wurde.
Prionnsa; Prionnsachan (Pl.): Prinz, Herzog
Prüfung der Macht: eine Hexe wird zunächst an seinem oder ihrem achten Geburtstag geprüft. Wenn irgendwelche magischen Kräfte entdeckt werden, wird er oder sie ein Akoluth. Am sechzehnten Geburtstag werden die Hexen erneut geprüft, und wenn sie die Prüfung bestehen, dürfen sie Lehrlinge werden. Die Dritte Prüfung der Macht findet an ihrem vierundzwanzigsten Geburtstag statt. Wenn sie erfolgreich bestanden wird, wird der Lehrling im Hexensabbat vollkommen anerkannt.

Ravenshaw: stark bewaldete Region westlich Rionnagans, im Besitz des Clans der MacBrann.
Reil: achtspitzige, sternförmige Waffe, die von Narbigen Kriegern getragen wird.
Rhyllster: der Hauptfluss in Rionnagan
Rhyssmadill: das Schloss des Rìgh am Meer
Rieseneulen: riesige, weiße Eulen; leben in den wilden Bergregionen.
Rìgh; Righrean (Pl.): König
Rionnagan: zusammen mit Clachan und Blèssem die reichsten Länder Eileanans. Im Besitz der MacCuinns, Abkömmlinge von Cuinn Löwenherz, Anführer des Ersten Hexensabbats.
Rote Garden: Soldaten im Dienste der Banrìgh. Sie tragen rote Umhänge und sind bekannt für ihre Unbarmherzigkeit.
Roter Wanderer: Komet, der alle acht Jahre erscheint. Auch Drachenstern genannt.
Rückgrat der Welt: Bezeichnung des Khan'cohbans für die schneebedeckte Bergkette, die Eileanan teilt. Auch Tìrlethan genannt.

Rurach: urwüchsiges Bergland zwischen Tìreich und Siantan. Regiert vom Clan der MacRuraich, den Abkömmlingen Rùraichs, einem Mitglied des Ersten Hexensabbats.

Säbelzahnpanther: wilde Raubkatze mit gekrümmten Reißzähnen, die in entlegenen Bergregionen lebt.
Samhain: erster Wintertag. Fest für die Seelen der Toten. Die beste Zeit des Jahres, um in die Zukunft zu blicken. Wird mit Feuerfesten, Masken und Feuerwerk begangen.
Sani: Dienerin von Maya der Verhexerin
Schattenhunde: sehr große, schwarze Hunde, die sich wie ein einziges Wesen bewegen. Sind hochintelligent und haben sehr scharfe Sinne.
Schicksalsgöttinnen: Die Spinnerin Sniomhar, die Göttin der Geburt; die Weberin Breabadair, die Göttin des Lebens; und die Fadenschneiderin Gearradh, Göttin des Todes.
Schimmernde Wasser: der große Wasserfall, der über den Felsen in den Lucesceresee stürzt.
Schlüssel: das heilige Symbol des Hexensabbats, ein mächtiger Talisman, den die Bewahrerin des Schlüssels, die Anführerin des Hexensabbats, trägt.
Scruffy: Bettlerjunge in Lucescere. Auch bekannt als Dillon der Kühne.
Seanalair: Heerführer
Seeschlange: Zauberwesen, das in Seen lebt
Seychella: Windhexe. Von einem Mesmerd getötet.
Sgàileanberge: Bergkette im Nordwesten, trennt Siantan und Rurach. Reiche Metall- und Marmorvorkommen. Bedeutet »Schattige Berge«.
Sgian Dubh: kleiner Dolch, den man im Stiefel trägt.
Siantan: nordwestliches Land Eileanans, zwischen Rurach und Carraig. Berühmt für seine Wetterhexen. Einst vom Clan der

MacSian regiert, Abkömmlinge Sians, aber jetzt Teil des Doppelten Thrones von Rurach.

Sithicheberge: nördlichstes Gebirge Rionnagans

Sommerbaum: Wappenbild des Clans der MacAislin, ein Baum, der vermutlich in den legendären Gärten der Celestine wächst. Von allen Zauberwesen des Waldlandes verehrt.

Sommersonnenwende: wenn die Sonne im nördlichen Wendepunkt steht (weiteste Entfernung vom Äquator). Johannisnacht, Mittsommernacht.

Sonnenwende: einer der Zeitpunkte, zu dem die Sonne am weitesten von der Erde entfernt ist

Sorcha die Rote: eine der Zwillingszauberer des Ersten Hexensabbats. Auch Sorcha die Mörderin genannt, infolge ihres blutrünstigen Angriffs auf die Menschen des Turms der Rosen und Dornen nach der Entdeckung der Liebesaffäre zwischen ihrem Bruder und einer Khan'cohbanfrau.

Spiegel von Lela: magischer Spiegel, der von Maya und Sani benutzt wird; ein uraltes Relikt der Fairgean.

Stechginster: eine süß duftende Pflanze mit grauen Blättern und scharfen Dornen

Sterngucker: ein anderer Name für die Celestine

Tabithas die Wolfsläuferin: Bewahrerin des Schlüssels des Hexensabbats, bevor sie nach dem Tag des Verrats verschwand.

Tag des Verrats: Der Tag, an dem sich der Rìgh gegen die Hexen wandte, sie verbannte oder hinrichtete und die Hexentürme verbrannte. Von der Liga gegen Hexen Tag der Abrechnung genannt.

Talent: Hexen verbinden ihre Kräfte in den verschiedenen Elementen häufig zu einem mächtigen *Talent*, z. B. die Fähigkeit, Tiere zu bezaubern (wie Meghan), zu fliegen (wie Ishbel) oder in die Zukunft zu sehen (wie Jorge).

Theurgia: eine Schule für Akoluthen und Lehrlinge
Thigearn: Pferde-Lairds; leben auf dem Pferderücken und können ohne Ehrverlust nicht absteigen. Zähmen und reiten oft fliegende Pferde.
Tìreich: Land der Pferde-Lairds – westlichstes Land Eileanans, bewohnt von Nomadenstämmen, die für ihre Pferde berühmt sind, und regiert vom Clan der MacAhern.
Tìrlethan: Land der Zwillinge; einst von Faodhagan und Sorcha, den Zwillingszauberern, regiert. Von den Khan'cohban »Rückgrat der Welt« genannt.
Tìrsoilleir: das Glorreiche Land. Nordöstliches Land Eileanans, bewohnt von einer Rasse wilder Krieger. Wurde einst vom Clan der MacHilde, den Abkömmlingen der Berhtilden, Mitgliedern des Ersten Hexensabbats, regiert. Die Bewohner Tìrsoilleirs haben der Zauberei und der herrschenden Familie jedoch zugunsten einer kriegerischen Religion abgeschworen. Träumen davon, Eileanan zu kontrollieren.
Tòmas der Heiler: siebenjähriger Junge, Akoluth Jorges des Sehers
Traumwandler: Bezeichnung für die Hexen vom Turm der Träumer in Aslinn. Manche von ihnen können in ihren Träumen die Zukunft und die Vergangenheit sehen.
Tricktrack: eine Art Backgammon.
Tuathansee: der See in der Nähe von Caeryla, der erste der Juwelen Rionnagans.
Türme: Die Türme der Hexen. Zwölf Türme, die in den zwölf Ländern Eileanans als Zentren des Lernens und der Hexerei erbaut wurden. Die Türme sind:

Tùr de Aisling in Aslinn (Turm der Träumer)
Tùr na cheud Ruigsinn in Clachan (Turm der Ersten Landung)
Tùr de Ceò in Arran (Turm der Nebel)
Tùr na Fitheach in Ravenshaw (Turm der Raben)

Tùr na Gealaich dhà in Rionnagan (Turm der Zwei Monde)
Tùr na Raoin Beannachadh in Blèssem (Turm der Gesegneten Felder)
Tùr na Rùraich in Rurach (Turm der Sucher)
Tùr de Ròsan is Snathad in Tìrlethan (Turm der Rosen und Dornen)
Tùr na Sabaidean in Tìrsoilleir (Turm der Krieger)
Tùr na Seinnadairean Mhuir in Carraig (Turm der Meersinger)
Tùr de Stoirmean in Siantan (Turm der Stürme)
Tùr na Thigearnean in Tìreich (Turm der Pferde-Lairds)

Tulachna Celeste: ein heiliger Ort der Celestine. Im Verschleierten Wald, nahe dem Tuathansee, Rionnagan.

Tùr: Turm

Uile-Bheist; Uile-Bheistean (Pl.): Scheusal

Verfluchte Gipfel: Bezeichnung der Khan'cohbans für die Drachenklaue

Vermisste Prionnsachan von Eileanan: die drei Brüder des Rìgh Jaspar – Feargus, Donncan und Lachlan. Verschwanden eines Nachts alle aus ihren Betten.

Verschleierter Wald: dichter Wald am Westufer des Tuathansees in Rionnagan. Umgibt Tulachna Celeste und ist von Schattenhunden und anderen magischen Wesen heimgesucht.

Weißlockenberge: nach der weißen Locke im Haar aller MacCuinns benannt

Wulfrum: Fluss, der durch Rurach fließt.

Yedda: Meerhexen

Yutta: Großinquisitor der Liga gegen Hexen

BLANVALET

MARGARET WEIS • DRACHENLANZE

Der Fantasy-Welterfolg

Margaret Weis, die Schöpferin der Drachenlanze-Saga, erzählt die Geschichte ihres Lieblingshelden, des Erzmagiers Raistlin.

Die Zauberprüfung
24907

Der Zorn des Drachen
24930

BLANVALET

RAYMOND FEIST
DER MIDKEMIA-ZYKLUS

Raymond Feists Midkemia-Zyklus – das unerreichte Fantasy-Epos von Liebe, Krieg, Freundschaft und Verrat, Magie und Erlösung.

»Wenn es einen Autor gibt, der im Fantasy-Himmel zur rechten von J. R. R. Tolkien sitzen wird, dann ist es Raymond Feist.«
The Dragon Magazine

Die Verschwörung der Magier
24914

Der verwaiste Thron
24617

BLANVALET

DIE KRIEGER DER DRACHENLANZE

Drachenlanze – der Fantasy-Welterfolg

Neue Abenteuer aus Krynn – der phantastischen Welt, in der Magie und Zauber, dunkle Mächte und tapfere Kämpfer regieren.

Theros Eisenfeld
24888

Der Lanzenschmied
24889

Diebesglück
24890

Die Ritter der Rose
24891

BLANVALET

R.A. SALVATORE • DIE VERGESSENEN WELTEN

Das mitreißende Epos von Krieg und Frieden, Freundschaft und Verrat, Liebe und Magie.

Die silbernen Ströme
24551

Der gesprungene Kristall
24549

Brüder des Dunkels
24706

Kristall der Finsternis
24931

BLANVALET

STAR WARS™

Der Science-Fiction-Welterfolg

Die Romane zum großen Kino-Ereignis von George Lucas – eine einzigartige monumentale Weltraumsaga voller Emotionen und Abenteuer.

Krieg der Sterne
35248

Das Imperium schlägt zurück
35249

Die Rückkehr der Jedi-Ritter
35250

Episode I
35243

BLANVALET

DRACHENLANZE

Der Fantasy-Welterfolg

Die legendären Abenteuer aus Krynn – der phantastischen Welt, in der Magie und Zauber, dunkle Mächte und tapfere Kämpfer regieren.

Die Zitadelle des Magus
24538

Schattenreiter
24673

Die Ritter des Schwerts
24887

Drachennest
24782

BLANVALET

R.A. SALVATORE • DÄMONENDÄMMERUNG

Die Saga vom Kampf einer kleinen Schar mutiger Männer und Frauen gegen die übermächtigen Horden des Bösen.

Das verwunschene Tal
24905

Straße der Schatten
24906

Der steinerne Arm
24936

Abtei im Zwielicht
24937